国学经典
名句珍藏

中国戏曲名句解析

天人／主编

内蒙古出版集团
内蒙古人民出版社

图书在版编目(CIP)数据

中国戏曲名句解析/天人主编. -呼和浩特:内蒙古人民出版社,
2016.4

(国学经典名句珍藏)

ISBN 978-7-204-14015-2

Ⅰ.①中… Ⅱ.①天… Ⅲ.①古代戏曲-名句-鉴赏-
中国 Ⅳ.①I207.37

中国版本图书馆 CIP 数据核字(2016)第105932号

中国戏曲名句解析

主　　编	天　人
责任编辑	侯海燕
责任校对	李月琪
责任监印	王丽燕
封面设计	宋双成
出版发行	内蒙古人民出版社
地　　址	呼和浩特市新城区中山东路8号波士名人国际B座5楼
网　　址	http://www.nmgrmcbs.com
印　　刷	内蒙古爱信达教育印务有限责任公司
开　　本	680mm×960mm　1/16
印　　张	21
字　　数	390千
版　　次	2016年7月第1版
印　　次	2016年7月第1次印刷
印　　数	1-3000册
标准书号	ISBN 978-7-204-14015-2/I·2696
定　　价	38.00元

如发现印装质量问题,请与我社联系。联系电话:(0471)3946120　3946169

前言

在中国源远流长的文学史上，文学的形式一直在不断地发展变化。其中，诗歌就经历了从四言到五言、七言，从古体诗到近体诗，再由诗演变为词和散曲的过程。这样，散曲也就成了我国文学史上最后一种具有生气的古体诗歌。散曲有过自己辉煌灿烂的时代，世人历来有"唐诗、宋词、元曲"的提法，说明元代散曲可以与唐诗、宋词相媲美。

散曲虽以元代成就最高，但是，就像唐之后并非无诗、宋之后并非无词一样，元之后的明、清两代也有大量好的散曲作品。再者，元曲实际上包括元代的散曲和杂剧两部分，二者虽然是两种不同的文学样式，但元杂剧里的曲子实际与散曲是同一种文学形式。为了让读者能够全面地欣赏到人们传诵已久的散曲和戏曲里的曲词精华，我们摘选了元、明、清三代的散曲和戏曲曲词精粹，并将书名定为《中国戏曲名句妙引妙用》。在以元散曲和元代戏曲为主的前题下，该书涉及了明、清两代散曲名作与戏剧名作。

散曲和戏曲曲词有许多脍炙人口的佳作，我们选取其中的名句，并对名句加以注释和解析，消除文字障碍，帮助读者阅读理解，使读者能够很轻松地欣赏散曲及曲词精华。

本书分"元代戏曲名句""明代戏曲名句"和"清代戏曲名句"三部分内容，

元代部分将散曲与杂剧曲词放在一起，以作者生活年代先后为序；明、清两代则将散曲作品列于前，将戏剧曲词录于后。本书所选每一名句都分原句、注释、解析和原曲四个部分。“注释”的最前边指出该名句之出处，然后是难字注解以及原句释义。对简单易懂的句子只指明出处，不作注解和释义；解析是编撰者个人对原句的理解，仅供读者阅读时参考。

为方便读者检索，我们在书后附了条目拼音检索。读者可按名句的首字拼音进行检索，十分便利。

由于水平有限，编写中难免存在不足与疏漏之处，恳请方家不吝赐教。

编　者

目 录

元代戏曲名句

枯藤老树昏鸦，
小桥流水人家，
古道西风瘦马。
夕阳西下，
断肠人在天涯。

——马致远《天净沙·秋思》。

谢公扶病，羊昙挥涕，一醉都休。古今几度：生存华屋，零落山丘。

【注释】元好问〔黄钟·人月圆〕《卜居外家东园》。谢公：即东晋政治家谢安。谢安受到会稽王司马道子的排挤，出镇广陵，不久重病缠身，入西门州。他想到自己壮志难酬，不禁慨然长叹说："吾病殆不起乎？"果病卒。谢安死后，一名叫羊昙的名士因大醉误入西门，想起谢安的遭遇，就诵曹植诗曰："生存华屋处，零落归山丘！"恸哭而去。

【解析】元好问在金亡之后，饱尝乱离之苦。当他回到阔别二十多年的故乡时，看到的只是田园寥落、亲友凋零，屋宇犹存、居人已逝的惨景。他不禁愁思满怀，因而借古喻今，抒发了一种陵变谷移、家破人亡、今昔盛衰的情感，在酸楚沉痛的字句中包容了社会离乱的广阔内涵。

【原曲】玄都观里桃千树，花落水空流。凭君莫问：清泾浊渭，去马来牛。谢公扶病，羊昙挥涕，一醉都休。古今几度：生存华屋，零落山丘。

乳燕雏莺弄语，有高柳鸣蝉相和。骤雨过，琼珠乱撒，打遍新荷。

【注释】元好问《骤雨打新荷》。

【解析】这是一幅夏日风情十足的画面：池塘碧绿，繁花似锦；刚刚出生的小燕子与雏莺用稚嫩的声音歌唱着良辰美景，高高的柳树上新蝉长嘶，组成一曲新生命的合唱。元好问妙笔生花，在上述这种热烈喧闹的气氛中，专门安排了一场暴雨。这场"骤雨"不但不煞风景，反而给人一种扑面的凉意。特别是"琼珠乱撒，打遍新荷"一句，为整个画面做了润色，使人如在其中，真乃神来之笔。

【原曲】绿叶阴浓，遍池亭水阁，偏趁凉多。海榴初绽，朵朵蹙红罗。乳燕雏莺弄语，有高柳鸣蝉相和。骤雨过，琼珠乱撒，打遍新荷。

人生百年有几，念良辰美景，休放虚过。穷通前定，何用苦张罗。

【注释】元好问《骤雨打新荷》。

【解析】人生短暂，如红炉焰上片雪飞，忽然而已；而人的命运又是早已注定的，虽苦心孤诣地去张罗，亦不能改变其根本。因此不如及时行乐，在良辰美景之中尽情浅斟低唱。元好问历尽沧桑，洞明世事，深悟人生真谛，主张尽情享受人生，不可将年华浪费在不值得追求的事上，体现了元好问旷达的胸怀与明智的抉择。

【原曲】人生百年有几，念良辰美景，休放虚过。穷通前定，何用苦张罗。命友邀宾玩赏，对芳樽浅酌低歌。且酩酊，任他两轮日月，来往如梭。

满城烟水月微茫，人倚兰舟唱。常记相逢若耶上，隔三湘，碧云望断空惆

怅。美人笑道，莲花相似，情短藕丝长。

【注释】杨果《小桃红》。若耶：是会稽若耶山下的一条小溪，相传西施曾在这里浣纱。

【解析】此曲文采飞扬，并有着浓厚的民歌色彩，是一首男女恋情的颂歌。杨果以江南水乡为背景，以采莲唱歌为媒介，巧妙地表达了男女青年互相倾慕的情怀。月上柳梢，雾满江城，在清幽的环境中，依稀有人在轻巧的兰舟上低唱、倾诉着，这使曲中的男主人公蓦然想起曾经在若耶溪畔遇见过的美人。然而雁足无凭，秋水望穿，却得不到情人的消息，只有临风惆怅而已。这时，作者又从女主人公的角度落笔，写了她不相信水远山长就能隔断彼此的消息，更不相信年深月久能冲淡他们的情感，深信自己的爱情像莲花一样纯洁，像藕丝一样连绵。这样，全曲在意脉上完成了男女主人公的互诉互答。

【原曲】满城烟水月微茫，人倚兰舟唱。常记相逢若耶上，隔三湘，碧云望断空惆怅。美人笑道，莲花相似，情短藕丝长。

采莲人和采莲歌，柳外兰舟过。不管鸳鸯梦惊破，夜如何？有人独上江楼卧。伤心莫唱，南朝旧曲，司马泪痕多。

【注释】杨果《小桃红》。

【解析】杨果是由金入元的诗人，金亡后五年才出来做官。这支小令以婉曲的表达方式，抒发了深沉的兴亡之感。作者以柳外荡舟、莲歌互答为契机，联想到“惊破鸳梦”“南朝旧曲”以及“司马泪痕”。他以孤独反衬上文的欢笑，冷热相间，悲喜交错。这种以乐景写哀、以哀景写乐的手法，更倍增其哀乐，反映了金的腐败、元的黑暗，寄寓了作者深沉的故国黍离之情。

【原曲】采莲人和采莲歌，柳外兰舟过。不管鸳鸯梦惊破，夜如何？有人独上江楼卧。伤心莫唱，南朝旧曲，司马泪痕多。

采莲湖上棹船归，风约湘裙翠。一曲琵琶数行泪，望君归，芙蓉开尽无消息。晚凉多少，红鸳白鹭，何处不双飞。

【注释】杨果《小桃红》。

【解析】全曲塑造了一位思念良人的少妇形象。一位风姿绰约的少妇，惆怅地站在船头，眼巴巴地盼望着丈夫归来。然而深秋已至，繁花落尽也没有半点消息。女主人公的一腔离恨、满腹闲愁，只有付诸琵琶，弹到动情处，不免潸然泪下。天已经凉多了，看到双飞双栖的鸳鹭，女主人公更加担心起远行之人的冷暖来了。同时，一种美人迟暮、身世飘零的感觉又一次袭击了她的心头。

【原曲】采莲湖上棹船归，风约湘裙翠。一曲琵琶数行泪，望君归，芙蓉开尽无消息。晚凉多少，红鸳白鹭，何处不双飞。

莺穿细柳翻金翅，迁上最高枝。海棠零乱飘阶址，坠胭脂。共谁同唱送春词。

【注释】杨果〔仙吕〕《翠裙腰》。

【解析】黄莺儿舞动着金翅，时高时低，在细柳中穿梭。海棠花落，阶前一片残红，宛若鲜艳的胭脂。这是一幅暮春的景象，作者以金翅翻飞、欢快穿行的黄莺，来反衬主人公落寞孤寂的心情。海棠花落，飘满阶前，如泪洒胭脂，这也正是主人公怨苦的象征。末句点出孤独送春的主旨，可谓浑然天成，不落痕迹。

【原曲】莺穿细柳翻金翅，迁上最高枝。海棠零乱飘阶址，坠胭脂。共谁同唱送春词。

干荷叶，色苍苍，老柄风摇荡。减了清香，越添黄。都因昨夜一场霜，寂寞在秋江上。

【注释】刘秉忠〔南吕〕《干荷叶》。

【解析】本曲不以含蓄蕴藉取胜，而以语言明快、形容尽致见长，这正是元曲的显著特点。深秋已至，残荷憔悴。叶干、柄老、香减、色苍，这样凄凉的景象大有众芳凋敝、美人迟暮之感。其中的喻意是极其丰富的，既有青春不再、年华易逝的人生慨叹，又有繁华消歇、江南残破给人带来的无奈。

【原曲】干荷叶，色苍苍，老柄风摇荡。减了清香，越添黄。都因昨夜一场霜，寂寞在秋江上。

弹破庄周梦，两翅驾东风。三百座名园，一采一个空。谁道风流种，唬杀寻芳的蜜蜂。轻轻飞动，把卖花人搧过桥东。

【注释】王和卿〔醉中天〕《咏大蝴蝶》。

【解析】美丽的蝴蝶，历来是传统文学中的不灭精灵。它们千姿百态、色彩斑斓，流连于花丛之中，起舞于绿草之上。这支小令滑稽挑达，谐谑幽默，妙趣横生，它用夸张的手法写一只奇大无比的蝴蝶从庄周的梦中挣脱，乘风而起，采空了数不完的花园，吓跑了所有的蜜蜂。它的翅膀轻轻一搧，就把卖花的人搧过了桥东。这种高度的夸张手法，虽可谓荒诞不经，但又不失情趣，读来令人忍俊不禁。

【原曲】弹破庄周梦，两翅驾东风。三万座名园，一采一个空。谁道风流种，唬杀寻芳的蜜蜂。轻轻飞动，把卖花人搧过桥东。

胜神鳌，夯风涛，脊梁上轻负着蓬莱岛。万里夕阳锦背高，翻身犹恨东洋小。

【注释】王和卿〔拨不断〕《大鱼》。

【解析】此曲继承了古代神话中夸张的手法，在汪洋恣肆的想象中描绘了一条奇大无比的鱼儿。这条鱼力胜神鳌，可翻江海、负海岛，就连万里夕阳都只能照见它的脊背，照不见它的首尾；东海之大，却令它在这里无法翻个身、掉个尾。全曲充满了奇思壮采，语言幽默诙谐。作者塑造这样一条形大无比的鱼儿，正是他自己放浪形骸、恣肆任诞的精神的折光。

【原曲】胜神鳌，夯风涛，脊梁上轻负着蓬莱岛。万里夕阳锦背高，翻身犹恨东洋小。太公怎钓？

万家灯火闹春桥，十里光相照，舞凤翔鸾势绝妙。可怜宵，波间涌出蓬莱岛。

【注释】盍西村〔小桃红〕《江岸水灯》。

【解析】在我国传统文学中，有许多描写元宵佳节盛况的作品。本句正是歌咏了临川元宵节水上灯船的热闹景象。作者从大处落笔，极力渲染了元宵节盛大的场面：倾城出动，人流如潮，灯火闪耀，光辉照映，洋溢着节日特有的喜庆气氛。站在春桥上，可望见十里江岸，灯火通明；水上浮灯，五光十色；船上花灯，龙飞凤舞。作者置身于水灯相映的人间胜景之中，欣赏着辉煌璀璨的灯船，有种亲临仙山楼阁、蓬莱胜地的感觉。情动于中，发而为叹，遂成奇句。

【原曲】万家灯火闹春桥，十里光相照，舞凤翔鸾势绝妙。可怜宵，波间涌出蓬莱岛。香烟乱飘，笙歌喧闹，飞上玉楼腰。

杏花开候不曾晴，败尽游人兴。红雪飞来满芳径。问春莺，春莺无语风方定。小蛮有情，夜凉人静，唱彻醉翁亭。

【注释】盍西村〔小桃红〕《杂咏》。

【解析】仲春时节，杏花怒放，正是游春赏景的大好时光。可恰逢春雨潇潇，击落了正在开放的花瓣，纷飞的落红飘洒了一地，本来浪漫的情怀一下子烟消云散，袭上心头的是一种春光已逝的惆怅与遗憾。泪眼迷离问春莺，春莺未语。此时，多情的歌女，在夜凉人静时分，唱一曲今宵珍重的歌曲，那些寻春不遇的游客，就找到了自己失落的情感家园。

【原曲】杏花开候不曾晴，败尽游人兴。红雪飞来满芳径。问春莺，春莺无语风方定。小蛮有情，夜凉人静，唱彻醉翁亭。

绿杨堤畔蓼花洲，可爱溪山秀。烟水茫茫晚凉后，捕鱼舟，冲开万顷玻璃皱。

【注释】盍西村〔小桃红〕《杂咏》。

【解析】绿杨满堤，红蓼遍地，溪山秀丽，可谓美景堪玩，野趣横生。然而，夕阳西下，苍烟袅袅，暮霭沉沉，晚凉阵阵，这使主人公在苍茫的景致中，顿生惆怅之感。这时，一叶渔舟向湖水深处划去，它冲走了湖水的平静，同时也带走了主人公浅浅的哀愁。全句充满诗情画意，寄托了作者热爱自然、钟情河山的情感。

【原曲】绿杨堤畔蓼花洲，可爱溪山秀。烟水茫茫晚凉后，捕鱼舟，冲开万顷玻璃皱。乱云不收，残霞妆就，一片洞庭秋。

带月披星担惊怕，久立纱窗下。等候他。蓦听门外地皮儿踏，则道是冤家，原来风动荼蘼架。

【注释】商挺《潘妃曲》。

【解析】这首小令鲜明生动地塑造出一个热恋中少女的形象。她披星戴月，伫立在纱窗下，惴惴不安地等待着心上人，全不顾露凉夜冷、天黑怕人。正在殷切期待之时，猛听得脚步声响，她的心儿止不住一阵狂跳。但仔细一看却不见人影，原来自己错把风吹荼蘼架发出的声音当作了脚步声。短短几句，一个笃情、娇憨的少女形象跃然纸上。

【原曲】带月披星担惊怕，久立纱窗下。等候他。蓦听门外地皮儿踏，则道是冤家，原来风动荼蘼架。

一点青灯人千里。锦字凭谁寄？雁来稀。花落东君也憔悴。投至望君回。滴尽多少关山泪。

【注释】商挺《潘妃曲》。

【解析】这是一支描写闺怨、离情的曲子。女主人公的夫君远行千里，异地求生，造成了两人天各一方，难以逾越的空间距离。一点青灯下，相思之苦已无法排遣，偏又是碧天无路信难通，山高水阔无寄处。女主人公只有坐看落花，空自嗟叹。在飞红万点中伤离怨别，一种年华虚掷、青春空负的悲哀强烈地袭上心来："最是人间留不住，朱颜辞镜花辞树。"

【原曲】一点青灯人千里。锦字凭谁寄？雁来稀。花落东君也憔悴。投至望君回。滴尽多少关山泪。

几枝红雪墙头杏，数点青山屋上屏。一春能得几晴明？三月景，宜醉不宜醒。

【注释】胡祗遹〔阳春曲〕《春景》。

【解析】这是一首描写烂漫春光的小令。作者由近及远，先写墙头杏花似红雪，再写"数点青山屋上屏"。两句不见一个"晴"字，却都是在写"晴"，可谓

"不写之写"。接下来作者强调了这烂漫春光的难得:"一春能得几晴明?"流露出他尽兴的心情,在结构上完成了向下面的过渡。最后作者说,这样的天气,应该醉眼看春光,尽情陶醉于自然的恩赐之中,看似发议论,实则是抒情,流露了作者一种悠然自得的心情。

【原曲】几枝红雪墙头杏,数点青山屋上屏。一春能得几晴明?三月景,宜醉不宜醒。

宁可身卧糟丘,赛强如命悬君手。寻几个知心友,乐以忘忧,原作林泉叟。

【注释】不忽木〔点绛唇〕《辞朝》。

【解析】不忽木作为忽必烈的功臣,权倾朝野。可他却时常向往着退隐山林、"身卧糟丘"的生活,足见当时仕途风波的险恶。作者在政治漩涡中奋勇搏击后,产生了激流勇退的想法。与其命悬君手,不如身外无愁,同朋友们一起,"数着残棋江月晓,一声长啸海门秋",这是何等潇洒的境界。作者认为,只要心灵自由,即使是草衣木食,也胜过肥马轻裘。

【原曲】宁可身卧糟丘,赛强如命悬君手。寻几个知心友,乐以忘忧,原作林泉叟。

江山信美,终非吾土,问何日是归年。

【注释】王恽〔越调〕《平湖乐》。

【解析】乡园多故,不能不动客子之愁。湖光山色尽管秀美,却不是自己的故乡,因而不必流连忘返。此句以他乡之美,反衬自己的思乡之苦,乐景哀情,相辅相成,具有极强的艺术感染力,深得王粲《登楼赋》语"虽信美而非吾土兮,曾何足以少留"之神思。

【原曲】采菱人语隔秋烟,波静如横练。入手风光莫流转,共留连。画船一笑春风面。江山信美,终非吾土,问何日是归年。

雨晴云散,满江明月。风微浪息,扁舟一叶。半夜心,三生梦,万里别,闷倚篷窗睡些。

【注释】卢挚〔节节高〕《题洞庭鹿角庙壁》。

【解析】元成宗大德年间,卢挚被外放湖南,内心可以说充满了愁闷和烦躁。入夜后的洞庭湖,风微浪息,涟漪不泛,而作者的内心却是百感交集、心潮澎湃,其中有离愁别恨,也有对人生的终极思考。他愁绪万端,莫可暂释,于是只有闷倚篷窗,希望小睡片刻,以求得精神的安宁。但"客夜何曾著,秋天不肯明",在这漫漫长夜之中,诗人到底还是失眠了。这支小令在明月清辉的静谧中展现了一个痛苦的灵魂。

【原曲】雨晴云散，满江明月。风微浪息，扁舟一叶。半夜心，三生梦，万里别，闷倚篷窗睡些。

梦中邯郸道，又来走这遭。须不是山人索价高，时自嘲，虚名无处逃。谁惊觉？晓霜侵鬓毛。

【注释】卢挚〔金字经〕《宿邯郸驿》。邯郸道：这里用了“邯郸梦”的典故。唐代沈既济的传奇《枕中记》，写卢生在邯郸道邸舍遇吕翁，吕翁授一瓷枕命睡，梦中卢生历尽荣华富贵，醒来主人蒸的黄粱尚未熟，卢生从此领悟了穷富得失都不过是一场梦而已的道理。

【解析】卢挚重官燕南（第二次任燕南河北道提刑按察司），已是年过花甲的人了。四十年宦海生涯，卢挚屡赴重任，可以说是荣华历尽。当他又一次来到“黄粱梦”故事的地点时，不由得产生了人生如梦的想法，因此写了这首小令，自嘲自讽为功名奔波劳碌的大半生，并惊呼年华老去，鬓毛已斑，透出一种身不由己的无奈与繁华将尽的苍凉。

【原曲】梦中邯郸道，又来走这遭。须不是山人索价高，时自嘲，虚名无处逃。谁惊觉？晓霜侵鬓毛。

对酒问人生几何，被无情日月消磨。炼成腹内丹，泼煞心头火。葫芦提醉中闲过。万里云山入浩歌，一任旁人笑我。

【注释】卢挚《沉醉东风·重九》。

【解析】卢挚尽管仕途得志，平步青云，但对于当时社会现实中的丑恶现象有着极大的愤慨与不平，可又苦于无法发泄，只能强自压抑。“醉里乾坤大，壶中日月长。”卢挚在人生短暂、世事纷扰的双重苦闷中，产生了一种通过醉酒与修炼超凡脱俗的念头，幻想自己不顾别人讪笑，踏着万里云山，唱着响彻灵霄的歌声，步入自由世界。体现了卢挚旷放通达的性格。

【原曲】对酒问人生几何，被无情日月消磨。炼成腹内丹，泼煞心头火。葫芦提醉中闲过。万里云山入浩歌，一任旁人笑我。

天长雁影稀，月落山容瘦。

【注释】卢挚《沉醉东风·重九》。

【解析】九九重阳，正是暮秋时节，天高气爽，自然景物异彩纷呈，但又有一股衰败之气。古代文人每逢此时此景，不免心生悲凉之感，卢挚的这两句曲词正是此中名句。秋日晴朗，天高云淡，极目远眺，唯见雁阵稀疏，秋月西斜，山影清瘦，低眉细忖，顿觉寂寥高旷。真可谓意境浑成，对仗工整。

【原曲】题红叶清流御沟，赏黄花人醉歌楼。天长雁影稀，月落山容瘦。冷清清暮秋时候。衰柳寒蝉一片愁,谁肯教白衣送酒?

野花路畔开,村酒槽头榨。直吃得欠欠答答。醉了山童不劝咱,白发上黄花乱插。

【注释】卢挚〔沉醉东风〕《闲居》。

【解析】山花烂熳,村酒飘香,主人公来到淳朴农家,禁不住扑鼻酒香的诱惑,只吃得迷迷糊糊、踉踉跄跄。随身的童子是知道他的脾性的,所以一任主人喝得酩酊大醉,也不去劝他。醉后的主人公大发酒狂,摘下路边的黄花,胡乱插在白发苍苍的头上。这是卢挚久耽官场后一种归隐理想的形象化图解,是作者对享受自然美景和无拘无束生活的强烈向往。

【原曲】恰离了绿水青山那答,早来到竹篱茅舍人家。野花路畔开,村酒槽头榨。直吃得欠欠答答。醉了山童不劝咱,白发上黄花乱插。

残花酿蜂儿蜜脾,细雨和燕子香泥。白雪柳絮飞,红雨桃花坠。杜鹃声又是春归。

【注释】卢挚〔沉醉东风〕《春情》。

【解析】残花酝酿蜂儿蜜,细雨调和燕子泥,柳絮飞扬如白雪,桃花溅落似红雨,杜鹃声声报春归。这是一幅春天的图画,一首春天的赞歌,让人感到生命的律动。

【原曲】残花酿蜂儿蜜脾,细雨和燕子香泥。白雪柳絮飞,红雨桃花坠。杜鹃声又是春归。纵有新诗赠别离,医不可相思病体。

今日少年明日老。山,依旧好;人,憔悴了。

【注释】陈草庵《山坡羊》。

【解析】时光易逝,年华易老,人生之短,犹如红炉焰上片雪飞,今日还是黑发少年,眨眼就已白发苍苍。青山依旧在,韶华已无多。陈草庵以大自然的永恒与美好,启示人生的短暂与荒谬,从而说明功名无日而白首有期的道理。警示不应蝇营狗苟,劳累奔波,把宝贵的青春消磨在官场的争名逐利上。

【原曲】晨鸡初叫,昏鸦争噪,那个不去红尘闹。路遥遥,水迢迢,功名尽在长安道。今日少年明日老。山,依旧好;人,憔悴了。

自送别,心难舍,一点相思几时绝。凭阑袖拂杨花雪。

【注释】关汉卿〔四块玉〕《别情》。

【解析】这是一首描写男女离别相思的小令。杨花如雪,又是暮春时节,飞扬的杨花牵动起了女主人公缠绵的情思。她不禁想起去年此时,长亭相送,飞雪似杨花。今年春尽，杨花似雪，犹不见良人还家。相思不多，只有“一点”，却连绵不断，难以割舍，无法挣脱。女主人公苦闷至极，独上高楼，凭栏望尽天涯路。黯然伤神之余，才偶尔用衣袖拂拭一下，可拂掉的是满身的杨花，留下的仍是满腹的相思。

【原曲】自送别，心难舍，一点相思几时绝。凭阑袖拂杨花雪。溪又斜，山又遮，人去也。

适意行，安心坐。渴时饮饥时餐醉时歌，困来时就向莎茵卧。

【注释】关汉卿〔四块玉〕《闲适》。

【解析】元代官场黑暗，一些郁郁不得志的知识分子看破功名，参透荣辱，决意退出那车尘马足、蚁穴蜂衙的官场，从此过上一种闲适清静、无拘无束的快乐生活。关汉卿正是这样的文人，他无意于功名利禄，对“官囚”“利牢”的名利场深表厌倦与唾弃，而执意以“适意行，安心坐”为自己的人生信条。顺其自然，随心所欲，既不受人差使，也不仰人鼻息——种得春风二顷田，远离红尘千丈波，做到知荣知辱牢缄口、谁是谁非暗点头、莎茵丛中且淹留的境界。

【原曲】适意行，安心坐。渴时饮饥时餐醉时歌，困来时就向莎茵卧。日月长，天地阔，闲快活。

旧酒投，新醅泼，老瓦盆边笑呵呵。共山僧野叟闲吟和。他出一对鸡，我出一个鹅，闲快活。

【注释】关汉卿〔四块玉〕《闲适》。

【解析】这首小令生动地描绘了诗人与良朋好友诗酒欢宴的动人情景。这是一次充满了诗情画意与生活气息的聚会：在一个风和日丽的日子里，旧酒重新酿过，新酒刚刚蒸熟，老瓦盆边，三五成群的亲朋好友团团围坐，喜笑颜开，意气扬扬。席间，诗人与山僧野叟你唱我和，饮酒赋诗，虽然没有达官贵人的山珍海味及妙舞笙歌的奢靡场面，但有酒有肉，又有自然俭朴的场面、融洽和谐的人际关系和真诚热烈的气氛，大家照样其乐无穷，充满了田园生活的乐趣与山野隐逸的雅致。

【原曲】旧酒投，新醅泼，老瓦盆边笑呵呵。共山僧野叟闲吟和。他出一对鸡，我出一个鹅，闲快活。

意马收，心猿锁。跳出红尘恶风波，槐阴午梦谁惊破。离了利名场，钻入安乐窝，闲快活。

【注释】关汉卿〔四块玉〕《闲适》。

【解析】在蒙古贵族的统治下，元朝时民族压迫与民族歧视是空前的，许多知识分子看破官场险恶与仕途纷争，决意摆脱名缰利锁的束缚，去寻找一片田园静土，修身养性。他们批评屈原、伍子胥、韩信、马援等不知激流勇退，而赞美范蠡、严陵、陶潜、陈抟“会作山中相，不管人间事”。关汉卿以槐阴午梦的典故来说明“功名纸半张，富贵十天限”，梦里功名不如醉里乾坤。这绝不是追求安逸、逃避现实的消极思想，诗人热爱生活，但生活不让他编织自己的理想；诗人才华足可济世，而世界不需要他来分忧，因而“激流勇退寻归计”与“钻入安乐窝”是诗人在严酷现实面前的唯一选择。

【原曲】意马收，心猿锁。跳出红尘恶风波，槐阴午梦谁惊破。离了利名场，钻入安乐窝，闲快活。

南亩耕，东山卧，世态人情经历多。闲将往事思量过。贤的是他，愚的是我，争什么！

【注释】关汉卿〔四块玉〕《闲适》。南亩耕：用陶渊明典故。陶潜不为五斗米折腰，罢官归田。东山卧：用谢安典故。谢安曾在浙江上虞即东山隐居，屡辞征召，高卧不起。

【解析】作者以陶潜、谢安自比，渴望归隐田园与山林，远离宦海红尘，这并非诗人不关心世事，恰恰是因为作者曾经有过济苍生、安社稷的抱负，但在亲历了世态人情的沧桑后才有此决定和认识的。作者看到了“红尘万丈困贤才”“十谒朱门九不开”的人生悲剧；看到了“利名场上苦奔波”“蜗牛角上争人我”的钻营偷机；看到了“浮云世态纷纷变，秋草人情日日疏”的刻薄世风；也看到了“为善的受贫穷命更短，造恶的享富贵又寿延”的善恶颠倒，往事历历发人深省，诗人经过反复思考，终于发出鄙夷的一笑：“贤的是他，愚的是我，争什么！”显示了诗人不与市侩之徒、逐臭之夫同流合污的傲岸性格。

【原曲】南亩耕，东山卧，世态人情经历多。闲将往事思量过。贤的是他，愚的是我，争什么！

咫尺的天南地北，霎时间月缺花飞。

【注释】关汉卿《沉醉东风》。

【解析】黯然销魂者，唯别而已矣！多情自古伤离别，送别、惜别成为抒情文学中永恒的主题。本句正是一曲声情并茂的长亭送别之歌。虽然眼下近在咫尺，但顷刻就要天南地北了，并非人寡情，实乃现实使然，身不由己。月有阴晴圆缺，花有开谢盛衰，这些自然的变化本在人的意料之中。但这“霎时间”的“月缺花飞”却是一颗即将离别的心无法承受得了的。故此处“月缺花飞”并非眼中之景，实乃心中之情。主人公在此时此景中，深刻地感到韶光易逝、聚散无常的无奈，不能不为之动情、伤感。

【原曲】咫尺的天南地北，霎时间月缺花飞。手执着饯行杯，眼阁着别离泪。刚道得声“保重将息”，痛煞煞教人舍不得。“好去者望前程万里！”

忧则忧鸾孤凤单，愁则愁月缺花残。

【注释】关汉卿《沉醉东风》。鸾凤，凤凰一类的鸟，古人常用以比喻夫妻。

【解析】对于相爱的人，离别是痛苦的，而离别后的思念更令人刻骨铭心，本句正是描写了主人公与情人别后的那种孤独凄凉的幽恨与牵肠挂肚的愁绪。作者的妙处在于运用了两个能暗中唤起昔日恩爱欢聚的美好回忆，与今日之景形成鲜明的对照：昔日鸾凤和鸣、情深意笃，今日劳燕分飞、天各一方；从前是花好月圆、良辰美景，如今却是月缺花残、四壁萧然。离合悲欢，迥乎天地，抚今追昔，不能不令人断肠。

【原曲】忧则忧鸾孤凤单，愁则愁月缺花残。为则为俏冤家，害则害谁曾惯？瘦则瘦不似今番，恨则恨孤帏绣衾寒，怕则怕黄昏到晚。

秋景堪题，红叶满山溪；松径偏宜，黄菊绕东篱。

【注释】关汉卿《碧玉箫》。

【解析】本句描绘了秋山景色的绚丽宜人，读来豪情满怀，气盖全篇。金风玉露时节，诗人豪情博发，载酒游山，但见漫山遍野，枫叶流丹，层林尽染，状似云锦彩霞，势如熊熊大火，大有赛过小杜“霜叶红于二月花”之气势。山溪泉水，淙淙作响，清浅澄澈，喝一口，沁人心脾，通体清凉，青松挺拔苍翠，卓尔不群；金菊迎霞而绽，光彩照人。秋景如画，令诗人禁不住逸兴豪发，文思泉涌，欣然而叹曰：“秋景堪题。”作者一反诗词中草木摇落、红衰翠减的悲秋情调，而以乐观豪情去描写秋天的沛然生机，可谓独树一帜。

【原曲】秋景堪题，红叶满山溪；松径偏宜，黄菊绕东篱。正清樽斟泼醅，有白衣劝酒杯。官品极，到底成何济！归，学取他渊明醉。

子规啼，不如归，道是春归人未归。几日添憔悴，虚飘飘柳絮飞。一春鱼雁无消息，则见双燕斗衔泥。

【注释】关汉卿〔大德歌〕《春》。

【解析】暮春时分，杜鹃声声，唤起了闺中少妇的相思之情。记得送别的时候，良人说春天就回来，可如今春天将尽，却不见那人的影子。盼人不至，心烦意乱，备受相思的煎熬，几日下来，衣带渐宽，形容憔悴，人比黄花瘦。此时的心绪宛如飘飞的柳絮，漫天飞扬却无所适从，连燕子都知道双飞双栖的季节，让一个多情少妇怎能承受得了“一春鱼雁无消息”的漫长相思？

【原曲】子规啼，不如归，道是春归人未归。几日添憔悴，虚飘飘柳絮飞。

一春鱼雁无消息，则见双燕斗衔泥。

俏冤家，在天涯，偏那里绿杨堪系马！困坐南窗下，数对清风想念他。蛾眉淡了教谁画？瘦岩岩羞带石榴花。

【注释】关汉卿〔大德歌〕《夏》。

【解析】这支小令勾画了一个对远方情人充满猜疑和抱怨的少妇形象。女主人公亲昵地称自己的情人为"冤家"，而且冠之以"俏"，足见对他的迷恋。正因为迷恋，正因为去久不归，才使女主人公爱极而怨深，怨深却又不忍弃绝，各种矛盾心情，只有她自己清楚。在万般慵懒、无所事事的情况下，女主人公只能面对南窗，向清风倾吐满腹的相思。"蛾眉淡了教谁画"一句，借汉代张敞为妻画眉的典故来表现主人公对过去恩爱生活的怀念。然而好事难成，归期无日，瘦恹恹的女主人公再也无心插花，因为女为悦己者容，欣赏花的人已经不在了。

【原曲】俏冤家，在天涯，偏那里绿杨堪系马！困坐南窗下，数对清风想念他。蛾眉淡了教谁画？瘦岩岩羞带石榴花。

风飘飘、雨潇潇，便做陈抟睡不着。懊恼伤怀抱，扑簌簌泪点抛。秋蝉儿噪罢寒蛩儿叫，淅零零细雨打芭蕉。

【注释】关汉卿〔大德歌〕《秋》。便做陈抟睡不着：相传唐末五代时陈抟在华山修道，可一睡百日而不醒。这里以此句极言难以入睡。

【解析】这支小令仍然是写闺怨的，只是更显凄清。"风飘飘，雨潇潇"，写风雨飘摇，声势逼人，突然而至。有道是"秋风秋雨愁煞人"，忧心忡忡、心质脆弱的少妇适逢此景，不能不引起心灵的震颤。思念之情如湖水一下子被打开了闸门，滔滔汩汩，奔涌而下，一发而不可收，伤心的泪水滚落而下，终日积累的烦恼、悔恨、伤心一古脑地倒了出来——感情决堤了。最后，作者又借助外界景物，衬托出女主人公孤独寂寞、难以言喻的久别之苦。情景相生，交织成篇。

【原曲】风飘飘、雨潇潇，便做陈抟睡不着。懊恼伤怀抱，扑簌簌泪点抛。秋蝉儿噪罢寒蛩儿叫，淅零零细雨打芭蕉。

雪纷纷，掩重门，不由人不断魂！瘦损江梅韵，那里是清江江上村！香闺里冷落谁瞅问？好一个憔悴的凭阑人。

【注释】关汉卿〔大德歌〕《冬》。

【解析】这支小令反映了一个闺中少妇绝望的心情。大雪纷飞，掩闭重门，道路从此阻隔，大雪封山，远行人毫无音讯，这不能不令人断魂。江梅瘦损，人比江梅更憔悴。在凄清孤寂的痛苦中，少妇长叹一声，发出冷落香泥辗作尘的慨叹，表达了她不被问津的绝望心情。绝望归绝望，女主人公居然还要冒着狂风暴雪，挺着病恹恹的身子，坚持凭阑远眺，等待着那杳无音讯的情人，显示了女主人公对爱情的执着追求和她坚强的性格。

【原曲】雪纷纷，掩重门，不由人不断魂！瘦损江梅韵，那里是清江江上村！香闺里冷落谁瞅问？好一个憔悴的凭阑人！

春闺院宇，柳絮飘香雪。帘幕轻寒雨乍歇，东风落花迷粉蝶。芍药初开，海棠才谢。

【注释】关汉卿《侍香金童》。

【解析】庭院深深，春闺幽谧。一阵春雨过后，帘幕间顿生凉意。柳絮纷飞，芍药初绽，海棠已谢，连纷飞的蜜蜂与蝴蝶都贪恋短暂的春光，追逐着被东风吹谢的满地落红，独不见远行之人的归来。此句看似写景，实则写情。在这样的景致中，即使是铁石心肠，也极易泛起愁思。作者就是在这种清新、雅致的暮春景色中，安排了女主人公的出场。

【原曲】春闺院宇，柳絮飘香雪。帘幕轻寒雨乍歇，东风落花迷粉蝶。芍药初开，海棠才谢。

鳞鸿无个，锦笺慵写。腕松金，肌削玉，罗衣宽彻。泪痕淹破，胭脂双颊。宝鉴愁临，翠钿羞贴。

【注释】关汉卿《侍香金童》。

【解析】关汉卿散曲中的一个重要题材，就是抒写离愁别恨。此曲正描写了一个思妇对远别之夫刻骨铭心的思念以及思念造成的痛苦。寡情的丈夫一别之后，竟杳无消息，连一纸家书也懒得去写。女主人公在离愁别恨的折磨下，衣带渐宽，花容憔悴，玉肌日减，瘦恹恹以泪洗面——泪水淹破了脸上的脂粉，自知形容憔悴，人比黄花瘦，还那有心思去照照镜子，梳妆打扮呢？到此，一个为情所困、不能自拔的思妇形象跃然纸上。

【原曲】鳞鸿无个，锦笺慵写。腕松金，肌削玉，罗衣宽彻。泪痕淹破，胭脂双颊。宝鉴愁临，翠钿羞贴。

听子规啼血，又西楼角韵咽。半帘花影自横斜，画檐间丁当风弄铁，纱窗外琅玕敲瘦节。

【注释】关汉卿《侍香金童》。

【解析】此段从环境的描绘中表现了思妇的辗转难眠。杜鹃声声，牵动着思妇的心，那一声声“不如归去”的啼叫，击打着相思不眠人的神经。是啊，杜鹃叫了，春天回来了，可是春归不能唤回人归，这正是痛苦所在。子规啼血，又加西楼号角悲鸣，人何以承受！纱窗外瘦竹相撞，画檐间铜铃铁马丁当，哪一声不是敲在失眠人的心上？单从景物、环境描写就可以体验到女主人公的相思之深、相思之苦与相思之切，真可谓情景相融。

【原曲】听子规啼血，又西楼角韵咽。半帘花影自横斜，画檐间丁当风弄铁，纱窗外琅玕敲瘦节。

愁的是抹回廊暮雨萧萧，恨的是筛曲槛西风剪剪，爱的是透长门夜月娟娟。

【注释】关汉卿〔一枝花〕《赠朱帘秀》。

【解析】朱帘秀是关汉卿时著名戏曲女演员，关汉卿在此曲中以珠帘为喻，曲折地表达了对朱帘秀真挚的倾慕之情。此句运用“愁的”“恨的”“爱的”打头，生动地道出了朱帘秀的好恶、爱憎，突出了她尚雅图静的心情以及对当时恶浊社会风气的痛恨。暮雨、西风、夜月的背后，透着无尽的凄楚，揭示了朱帘秀苦闷、凄凉的内心世界，赞美了她月光般高洁的品格。

【原曲】富贵似侯家紫帐，风流如谢府红莲，锁春愁不放双飞燕。绮窗相近，翠户相连，雕栊相映，绣幕相牵。拂苔痕满砌榆钱，惹杨花飞点如绵。愁的是抹回廊暮雨萧萧，恨的是筛曲槛西风剪剪，爱的是透长门夜月娟娟。凌波殿前，碧玲珑掩映湘妃面，没福怎能够见。十里扬州物妍，出落着神仙。

家家掩映渠流水，楼阁峥嵘出翠微，遥望西湖暮山势。看了这壁，觑了那壁，纵有丹青下不得笔。

【注释】关汉卿〔一枝花〕《杭州景》。

【解析】“上有天堂，下有苏杭。”历代文人对杭州风景的歌咏层出不穷，不乏脍炙人口之作。关汉卿在元统一中国后不久来到杭州，这位在北国长大的诗人被素有湖山之盛的古城杭州深深吸引了，赞叹之余写下了此篇。从莽莽北国到秀丽的江南，诗人精神为之一振，映入眼帘的是满眼的苍翠，再往近走，只见苍松如盖，亭台遍布，石径通幽，处处清溪绿水，户户楼台画阁，令诗人目不暇接，不由得发出由衷的赞叹，感喟纵有丹青妙笔也不能描绘杭州山水于万一，令读者回味无穷。

【原曲】家家掩映渠流水，楼阁峥嵘出翠微，遥望西湖暮山势。看了这壁，觑了那壁，纵有丹青下不得笔。

我是个蒸不烂、煮不熟、捶不匾、炒不爆、响珰珰一粒铜豌豆。

【注释】关汉卿〔一枝花〕《不伏老》。

【解析】元朝社会政治黑暗，正直的知识分子毫无用武之地。其中一部分文人流入民间，与民间艺人结合，为他们创作剧本，用自己的笔揭露社会的黑暗，讴歌正义，反映人民的疾苦、愿望与抗争。关汉卿正是这样一位文人。他是当时的“梨园领袖”“编修帅首”与“杂剧班头”，他以“浪子”自我调侃，以玩世不恭的形象与邪恶抗争，而那颗“蒸不烂、煮不熟、捶不匾、炒不爆、响珰珰”的铜豌豆，正是关汉卿在抗争中自我人格的写照，表现了市民化了的“书会才人”不畏重压、不甘屈辱的铮铮铁骨与不肯虚度年华、坚持艺术创作的顽强精神。

【原曲】我是个蒸不烂、煮不熟、捶不匾、炒不爆、响珰珰一粒铜豌豆，恁子弟每谁教你钻入他锄不断、斫不下、解不开、顿不脱、慢腾腾千层锦套头？我玩的是梁园月，饮的是东京酒；赏的是洛阳花，攀的是章台柳。我也会围棋、会蹴踘、会打围、会插科、会歌舞、会吹弹、会咽作、会吟诗、会双陆。你便是落了我牙、歪了我嘴、瘸了我腿、折了我手，天赐与我这几般儿歹症候。尚兀自不肯休。则除是阎王亲自唤，神鬼自来勾。三魂归地府，七魄丧冥幽。天哪，那其间才不向烟花路儿上走。

大丈夫心烈，我觑这单力会似赛村社。

【注释】关汉卿《关大王独赴单刀会》。

【解析】《关大王独赴单刀会》是诗人关汉卿以其盖世才华与喷薄的激愤谱写成的一曲强者的颂歌。东吴鲁肃设宴请关羽，想趁机捉拿这位英雄。关羽单刀赴会，不辱使命，全节而归，依靠的正是他那种大无畏的英雄气概与坚贞不屈的精神。此段一开头就以壮美的画卷为关羽的出场渲染气氛——大江东去，波涛万顷，吞天浴月，浩浩渺渺，气势磅礴。作者大笔勾勒，先声夺人，使人顿生豪迈之感。只身赴会本是深入“千丈虎狼穴”，而关大王却觑同“村社”。关羽那种豪气万丈、坦荡无畏的形象被表现得酣畅淋漓。

【原曲】大江东去浪千叠，引着这数十人驾着这小舟一叶。又不比九重龙凤阙，可正是千丈虎狼穴。大丈夫心烈，我觑这单刀会似赛村社。

分明是风雨催人辞故国！行一步一叹息，两行愁泪脸边垂。一点雨间一行凄惶泪，一阵风对一声长吁气。

【注释】关汉卿《闺怨佳人拜月亭》。

【解析】蒙古骑兵攻破金朝都城中都，王瑞兰随母逃难，蒋世隆携妹流亡，双方在乱离中失散。王母与蒋妹相逢，瑞兰与世隆邂逅。同行之中，瑞兰与世隆终成眷属。这就是《拜月亭》的故事梗概。本句写的正是主人公王瑞兰逃难时的情与景：战火纷飞，兵荒马乱，人们背井离乡，在秋雨、秋风中奔波、呼号，泪水和雨水在脸上交织，风声与哭喊声交并，真可谓人愁天也愁，人哭天也哭，表现了女主人公凄凉无助、忧伤满怀的心态。

【原曲】分明是风雨催人辞故国！行一步一叹息，两行愁泪脸边垂。一点雨间一行凄惶泪，一阵风对一声长吁气。嗻，百忙里一步一撒！嗨，索与他一步一提！这一对绣鞋分不得帮和底，稠紧紧粘糗糗带着淤泥。

地也，你不分好歹何为地？天也，你错勘贤愚枉做天！

【注释】关汉卿《感天动地窦娥冤》。

【解析】窦娥从一个童养媳到一个寡妇，命运已够悲惨，可黑暗的社会还要雪上加霜，使这个弱女子最终沦为法场问斩的死囚。窦娥在经历了生命中最后一次磨难时，她的反抗终于强烈地爆发出来。她勇敢地抨击了封建社会的“王法”与“刑宪”，以排山倒海之势向至高无上的天地日月和鬼神宣战，彻底否定了封建秩序。本句所选，正是窦娥对黑暗社会的血泪控诉与强烈谴责，表明她对这个污浊社会的绝望以及与之彻底决裂的决心。

【原曲】有日月朝暮悬，有鬼神掌著生死权。天地也只合把清浊分辨，可怎生糊涂了盗跖颜渊。为善的受贫穷更命短，造恶的享富贵又寿延。天地也做得个怕硬欺软，却原来也这般顺水推船。地也，你不分好歹何为地？天也，你错勘贤愚枉做天！哎，只落得两泪涟涟。

船到江心补漏迟，烦恼怨他谁？事要前思免后悔。

【注释】关汉卿《赵盼儿风月救风尘》。

【解析】《救风尘》是一出反映妓女从良却历经坎坷的喜剧。赵盼儿有心救助妓女宋引璋从良，为她和穷书生安秀实作媒，宋、安二人情投意合。可宋引璋又被纨绔子弟周舍迷住。赵盼儿力劝宋引璋莫轻信轻薄的周舍，但没有成功。周舍将宋骗到手后，翻脸无情，万般虐待。宋不堪毒手，向赵盼儿求救。赵盼儿不计前嫌，鼎力相助，捉弄了周舍，又成全了宋引璋与安秀实。本句正是赵盼儿在劝宋引璋在择婿前要三思后行，不可轻信他人，体现了赵盼儿患难与共的侠义心肠。

【原曲】恁时节船到江心补漏迟，烦恼怨他谁？事要前思免后悔。我也劝你不得，有朝一日，准备着搭救你块望夫石。

自苦书生多命薄，端的可便成事的少，你看几人平步蹑云霄。

【注释】高文秀《须贾大夫谇范叔》。

【解析】范叔，即范雎，是魏国大夫须贾的门客。须贾出使齐国时特荐范雎为副使。但到达齐国后，齐国大夫驺衍鉴于范雎才能出众，对他做了特别款待，反倒冷落了须贾。须贾怀恨在心，回国后责骂范雎不义，还施以重刑，折磨至死。范雎被丢入粪坑后，苏醒过来，逃往秦国，更名张禄，后官至宰相。本句所选正是范雎出使齐国时驺衍宴请他时所言。通过感叹诗书无用、书生薄命抒发了自己怀才不遇的情感。

【原曲】自古书生多命薄,端的可便成事的少,你看几人平步蹑云霄。便读得十年书也只受的十年暴,便晓得十分事也抵不得十分饱。至如俺学到老,越着俺穷到老。想诗书不是防身宝,划地着俺白屋教儿曹。

汤着风把柳絮迎,冒着雪把梨花拂。雪遮得千树老,风剪得万枝枯。

【注释】高文秀《好酒赵元遇上皇》。

【解析】《好酒赵元遇上皇》是一个民间传说。赵元好酒贪杯,与其妻私通的臧府尹欲置赵元于死地,设圈套令赵元递送公文到东京。赵元明知有诈,又不得不上路。路上又误了期限,眼见得到京城就要被问斩,他仍然嗜酒如命。他在东京郊外的一家小酒店,为三位付不了酒钱的客人付了钱,解了围,不料其中一人竟是当朝天子赵匡胤。皇帝与赵元结为兄弟。赵元到东京后不但保全了性命,而且获得了高官,惩罚了仇人。最后赵元又辞官回家,以酒为乐。此句所选,正是赵元行至东京郊外,遭遇大风雪的情景。大雪飘扬,如柳絮纷飞、梨花绽开,遮盖了大地,积压着枯枝。正是在这种风雪弥漫的环境里,主人公出场。在风雪中挣扎了一天的赵元酒瘾大作,不由得溜进酒店,大唱酒的颂歌。可见,写“雪”的目的是为写“酒”,进而写“酒鬼”赵元。

【原曲】汤着风把柳絮迎,冒着雪把梨花拂。雪遮得千树老,风剪得万枝枯。这般风雪程途,雪迷了天涯路。风又紧,雪又扑,恰便似杴瀼筛扬,恰便似挦绵扯絮。

旗开云影飘,炮响雷霆噪。弓开秋月圆,箭发流星落。

【注释】高文秀《保成公经赴渑池会》。

【解析】廉颇负荆请罪,与蔺相如握手言欢,团结对敌。此时适逢秦兵入侵,二人共同迎战。廉颇领兵,奋勇杀敌;蔺相如押阵,擂鼓助威。本句描写的正是这一场景:旗幡招展如云影飘飘;号炮连天,似雷霆万钧;弓开如满月,箭发似流星。如一曲豪迈而激越的英雄交响乐,生动地再现了沙场杀敌动人心魄的场景。

【原曲】旗开云影飘,炮响雷霆噪。弓开秋月圆,箭发流星落。

从来道要得千军易,偏求一将难。闲时故把忠臣慢,差时不听忠臣谏,危时却要忠臣干。

【注释】郑廷玉《楚昭公疏者下船》。

【解析】《楚昭公疏者下船》写春秋时,楚国伍子胥因父兄为奸臣费无忌所害,愤而投奔吴国,率兵四十万杀回楚国。楚昭公乘小舟逃亡,几经磨难,得以不死。他派申包胥去哭请秦兵,前来解围。本句所选,就是申包胥临行之前,楚昭公对他的嘱托。表示自己求贤苦渴以及对过去行为的懊悔之情，从而体现了作者对历代忠臣命运不济的深沉慨叹。

【原曲】从来道要得千军易，偏求一将难。闲时故把忠臣慢，差时不听忠臣谏，危时却要忠臣干。谁当这借吴雪恨伍将军，我则索求那扶周摄政姬公旦。

长醉后方何碍，不醒时有甚思。糟腌两个功名字，醅渰千古兴亡事，曲埋万丈虹霓志。不达时皆笑屈原非，但知音尽说陶潜是。

【注释】白朴〔寄生草〕《饮》。

【解析】这支小令强劲旷达，抒发了作者欲有为而不能的无奈与失落。劈头就说宁愿长醉不愿醒，在作者看来，只有长醉，方可无碍；只有不醒，才能无思。他口口声声弃绝功名，决不出仕新朝，这都是愤激无奈之词。其实作者时刻未忘个人功名，时刻关心着国家兴亡，只是身负国恨家仇，加之社会政治的丑恶黑暗，不允许他有施展才华的机会。因此，纵有满腔热血、凌云壮志也只能深埋酒缸之中了。

【原曲】长醉后方何碍，不醒时有甚思。糟腌两个功名字，醅渰千古兴亡事，曲埋万丈虹霓志。不达时皆笑屈原非，但知音尽说陶潜是。

知荣和辱牢缄口，谁是谁非暗点头。诗书丛里且淹留。闲袖手，贫煞也风流。

【注释】白朴〔阳春曲〕《知几》。

【解析】这支小令表现了白朴的生活态度和处世观念，有浓烈的老庄味："知其荣，守其辱，为天下谷。为天下谷，常德乃足，复归于朴。"作者声称自己知道何者为荣、何者为辱，却缄默不语，不愿道破。作者向往的是诗书满架、亲朋相欢的雅致生活，体现了清高孤傲的性格特征。但这种性格更大部分是由社会现实造成的："似箭穿着雁口，没个人敢咳嗽。"在高压统治下，产生不乐仕进、无是无非、鄙薄功名、颂扬归隐的想法反倒合情合理了。

【原曲】知荣和辱牢缄口，谁是谁非暗点头。诗书丛里且淹留。闲袖手，贫煞也风流。

张良辞汉全身计，范蠡归湖远害机。乐山乐水总相宜、君细推，今古几人知。

【注释】白朴〔阳春曲〕《知己》。

【解析】功成身不退，自古多愆由！自古以来，封建帝王忘恩负义，乱杀功臣是一普遍现象。在元代，统治阶级争权夺利，互相倾轧本已十分严重，官场险恶的恐惧感威胁着每一个准备出仕做官的知识分子，再加上白朴自幼饱受离乱之苦，终身郁郁不乐，故归隐思想一直是他思想的主要组成部分。元统一中国后，他迁家金陵，从诸遗老放逐山水间，日以诗酒悠游，以忘天下。这支小令体现了他乐山乐水总相宜，知荣知辱牢缄口的精神内核。

【原曲】张良辞汉全身计，范蠡归湖远害机。乐山乐水总相宜，君细推，今古几人知。

轻拈斑管书心事，细折银笺写恨词。可怜不惯害相思。则被你个肯字儿，迤逗我许多时。

【注释】白朴〔阳春曲〕《题情》。

【解析】相思是文学中常新的主题。这支小令刻画了一个初害相思的少女的形象。女主人公将银白色的信笺细细折来，拈起有美丽花纹的笔，一字字、一行行抒写自己的心事。这里有“恨”，但这里的恨是爱的变种，正因爱之弥深，才有恨之甚切。初恋女子，第一次尝到相思之苦，牵肠挂肚，魂牵梦绕。她自悯自怜，无计消除，只能以拈管折笺写恨词来排遣。而这一切愁苦，又归于当初情人一句轻易的承诺：“肯”。至此，一个敢爱敢恨的女主人公形象已跃然纸上。

【原曲】轻拈斑管书心事，细折银笺写恨词。可怜不惯害相思。则被你个肯字儿，迤逗我许多时。

从来好事天生俭，自古瓜儿苦后甜。奶娘催逼紧拘钳，甚是严，越间阻越情忺。

【注释】白朴〔阳春曲〕《题情》。

【解析】这支小令写了一个大胆泼辣、敢于蔑视封建礼教的女子形象。古代闺中少女常由乳母与丫环共同伴随服侍，乳母还负有教育训导责任，也是个“行临坐牢”的人物。乳母常常是封建礼教闺训的传授者，因此与恋爱中的少女难免有冲突。本小令的主人公就是一位被乳母严加管制的女孩。然而“抽刀断水水更流”，管束越严，情思越烈——“越间阻越情忺”，显示了女主人公在婚姻观上的叛逆精神。

【原曲】从来好事天生俭，自古瓜儿苦后甜。奶娘催逼紧拘钳，甚是严，越间阻越情忺。

春山暖日和风，阑干楼阁帘栊，杨柳秋千院中。啼莺舞燕，小桥流水飞红。

【注释】白朴〔天净沙〕《春》。

【解析】这支小令描绘了一幅充满生机、春意盎然的画面。风和日暖，柳枝袅娜，秋千轻悬，小桥流水，落英缤纷，再加上穿梭飞舞的莺燕，更为春光增添了一分活力。整个小令细腻委婉，堪称曲中佳品。

【原曲】春山暖日和风，阑干楼阁帘栊，杨柳秋千院中。啼莺舞燕，小桥流水飞红。

云收雨过波添，楼高水冷瓜甜，绿树阴垂画檐。纱厨藤簟，玉人罗扇轻缣。

【注释】白朴〔天净沙〕《夏》。

【解析】借景言情，是中国古典诗词表情达意的手法。在这支小令中，白朴选取了一个别致的角度——用静物写生的手法，勾画出一幅宁静的夏日图景：云收雨霁，流水微波，空气清爽，高楼矗立，绿树掩映。纱帐中的藤席上，一个身着轻绢夏衣、手执罗扇的芳龄女子，静静地享受着宜人的时光。整首小令都没有夏日的燥热与喧闹，却描绘了一个静谧清爽的情境，使人不觉神清气爽。

【原曲】云收雨过波添，楼高水冷瓜甜，绿树阴垂画檐。纱厨藤簟，玉人罗扇轻缣。

孤村落日残霞，轻烟老树寒鸦，一点飞鸿影下。青山绿水，白草红叶黄花。

【注释】白朴〔天净沙〕《秋》。

【解析】以《天净沙》写景，在元代是一种风气。本支小令的突出特点是意象的构成与语言的引用。作者把一组由自然景物构成的意象并置：落日、残霞笼罩着孤村，轻烟缭绕在老树寒鸦之间。一副萧条破败、暮色增寒的景象，令人顿生惆怅之情与扑朔迷离之感。在这孤寂的画面中，“一点飞鸿”是唯一活动的生命。最后，作者笔锋一转，变为近景，朦胧的感觉顿时消失，眼前景物渐次清晰。明朗的青山绿水，灿烂的红叶黄花，使惆怅失落的心情得到了补偿与安慰。

【原曲】孤村落日残霞，轻烟老树寒鸦，一点飞鸿影下。青山绿水，白草红叶黄花。

一声画角谯门，半庭新月黄昏。雪里山前水滨。竹篱茅舍，淡烟衰草孤村。

【注释】白朴〔天净沙〕《冬》。

【解析】在这首曲中，白朴选取了一个黄昏的城郊作为描写冬天的具体环境。一开篇就把读者带入一个苍凉的环境之中：暮色重重，谯门微掩，号角哀鸣；新月斜照，庭院深深；雪山寂寂，水寒刺骨；衰草连天，淡烟绕孤村。整个画面，清静中透着一股肃杀之气，反映了作者在动乱年月里寥落、荒凉的心境。

【原曲】一声画角谯门，半庭新月黄昏。雪里山前水滨。竹篱茅舍，淡烟衰草孤村。

裂石穿云，玉管宜横清更洁。霜天沙漠，鹧鸪风里欲偏斜。凤凰台上暮云遮，梅花惊作黄昏雪。人静也，一声吹落江楼月。

【注释】白朴〔驻马听〕《吹》。

【解析】《吹》这首曲子，极尽能事，描写了笛声的悠扬动听。作者运用了一系列比喻，发挥了奇特的艺术想象。以“裂石穿云”喻笛声高昂；以“清更洁”谓调之雅正。笛声动听，就连鹧鸪听了都要侧身斜飞，就连暮云、梅花都为之动容。“一声吹落江楼月”更是出神入化，强烈地夸张了笛声的感染力。

【原曲】裂石穿云，玉管宜横清更洁。霜天沙漠，鹧鸪风里欲偏斜。凤凰台上暮云遮，梅花惊作黄昏雪。人静也，一声吹落江楼月。

雪调冰弦，十指纤纤温更柔。林莺山溜，夜深风雪落弦头。芦花岸上对兰舟，哀弦恰似愁人消瘦。泪盈眸，江州司马别离后。

【注释】白朴〔驻马听〕《弹》。

【解析】《弹》也是写乐器效果，同样运用了丰富的想象。雪调冰弦，喻琴声高雅。“十指纤纤”从视觉角度描写了弹琴者的姣好。而“林莺山溜，夜深风雨落弦头”又从听觉上想象了琴声的丰富内涵。最后，作者又从人的感觉角度表达了曲调的凄婉，催人泪下。全曲层次井然，步步迈进，可谓水到渠成，淋漓酣畅。

【原曲】雪调冰弦，十指纤纤温更柔。林莺山溜，夜深风雪落弦头。芦花岸上对兰舟，哀弦恰似愁人消瘦。泪盈眸，江州司马别离后。

白雪阳春，一曲西风几断肠。花朝月夜，个中惟有杜韦娘。前声起彻绕危梁，后声并至银河上。韵悠扬，小楼一夜云来往。

【注释】白朴〔驻马听〕《歌》。

【解析】白朴在《歌》中的音乐渲染，主要是正面描写。此小令几乎一句一个比喻，从多方面直接描述歌者的艺术造诣。阳春白雪，谓其所歌乐曲高雅；“一曲西风几断肠”谓其歌唱情感真切动人；“花朝月夜”谓所歌时辰美好；“绕危梁”与“至银河”谓歌声清越高昂；“小楼一夜云来往”谓歌声韵味无穷，令云彩低回，不忍离去。

【原曲】白雪阳春，一曲西风几断肠。花朝月夜，个中惟有杜韦娘。前声起彻绕危梁，后声并至银河上。韵悠扬，小楼一夜云来往。

凤髻蟠空，袅娜腰肢温更柔。轻衫莲步，汉宫飞燕旧风流。谩催鼍鼓品梁州，鹧鸪飞起春罗袖。锦缠头，刘郎错认风前柳。

【注释】白朴〔驻马听〕《舞》。

【解析】与《驻马听》的前几首小令相比，本支小令是写人体造型艺术——舞蹈的，因而不着墨于“声”，而是紧扣于“姿”。首先作者从发式与身段体形两方面渲染舞者的精致装饰与天姿丽质，用直观的手法，初步描写了她的俏丽姿态。接着，又从具象的角度，抓住舞的基本特征加以描写，塑造了一位轻衫飘舞、莲步轻移、罗衫翻飞的动态形象。末句又以刘郎代表观者的眼光，用“错认风前柳”的幻觉，渲染了舞者给人留下的深刻印象。

【原曲】凤髻蟠空，袅娜腰肢温更柔。轻衫莲步，汉宫飞燕旧风流。谩催鼍鼓品梁州，鹧鸪飞起春罗袖。锦缠头，刘郎错认风前柳。

黄芦岸白蘋渡口，绿杨堤红蓼滩头。虽无刎颈交，却有忘机友。点秋江白鹭沙鸥。傲杀人间万户侯，不识字烟波钓叟。

【注释】白朴〔沉醉东风〕《渔夫》。

【解析】白朴幼遭离乱，适逢蒙古灭金，家人失散，随父亲的好友元好问逃出汴京。因此，他对元朝的统治报有一种本能的反感，终身不仕，却仍然找不到一片避世的净土。因此，他在文学作品中寄托了自己的这种情思与理想。他在这支小令中塑造了一位悠闲自在、傲视王侯的渔夫形象。整首曲子语言清丽，风格俊逸，表达了备受压抑的知识分子所追求的理想。

【原曲】黄芦岸白蘋渡口，绿杨堤红蓼滩头。虽无刎颈交，却有忘机友。点秋江白鹭沙鸥。傲杀人间万户侯，不识字烟波钓叟。

独自走，踏成道，空走了千遭万遭。肯不肯疾些儿通报，休直到教耽搁得天明了。

【注释】白朴《得胜乐》。

【解析】这支小令言简意赅，画面生动，几笔就勾勒出一个锲而不舍、执着追求爱情的男主人公形象。为了和自己所爱的人相见，他独自徘徊在夜里，走了千遭万遭，脚下已踩出一条小道，但他仍没有见着朝思暮想的人。爱而不见的痛苦折磨着他，他心中充满了复杂的情感，有幽期密约的神秘感、一厢执拗的急迫感和败兴空归的孤独感。空虚、惆怅、焦灼和埋怨一古脑儿地涌上心头，可他又欲罢不能，舍不得走开，固执地坚守到最后一刻，等待着心上人通报他见面。

【原曲】独自走，踏成道，空走了千遭万遭。肯不肯疾些儿通报，休直到教耽搁得天明了。

红日晚，残霞在，秋水共长天一色。寒雁儿呀呀的天外，怎生不捎带个字儿来？

【注释】白朴《得胜乐》。

【解析】这是一首怀念远人的曲子。秋深日晚，红霞满天，长天尽头，远水相连，一幅境界开阔的绝妙秋景图。这几句表面上字字写景，其实句句关情，深深地烙上了主人公的情感印记。眼前之景美丽而静谧，静得有点冷清，美丽中有一丝凄凉，一种落寞的感觉袭上了主人公的心头。他只好将一腔哀怨发泄到了寒雁声上："怎生不捎带个字来？"使全曲由写景过渡为思秋怀人的意境。

【原曲】红日晚，残霞在，秋水共长天一色。寒雁儿呀呀的天外，怎生不捎带个字儿来？

空外六花翻，被大风洒落千山。穷冬节物偏宜晚。

【注释】白朴〔青杏子〕《咏雪》。

【解析】这支曲子描写了塞外的雪景。冬天将尽，大雪纷飞，又兼大风正起，吹落千山万壑，山河银装素裹，使人置身于苍茫、空蒙的境界，有一种缥缈、神秘的感觉。

【原曲】空外六花翻，被大风洒落千山。穷冬节物偏宜晚。冻凝沼沚，寒侵帐幕，冷湿阑干。

海棠初雨歇，杨柳轻烟惹，碧草茸茸铺四野。俄然回首处，乱红堆雪。

【注释】白朴〔白木查〕《对景》。

【解析】这是白朴描写春景的名句。一场春雨刚刚停歇，娇艳欲滴的海棠花带着晶莹的露珠在阳光下闪亮。春风和絮，杨柳青青，婆娑摇曳，含烟惹雾，意态轻盈而又朦胧，绿草如茵，一望无边。可惜好景不长，转眼之间，回首所见，落花纷纷满地，像一堆堆积雪。抒发了作者对人世沧桑、功名虚幻的无限感慨。

【原曲】海棠初雨歇，杨柳轻烟惹，碧草茸茸铺四野。俄然回首处，乱红堆雪。

倏忽早庭梧坠，荷盖缺。院宇砧韵切，蝉声咽，露白霜结。水冷风高，长天雁字斜，秋香次第开彻。

【注释】白朴〔乔木查〕《对景》。

【解析】这是一支写秋景的曲子。光阴飞逝，倏忽之间，庭院里的梧桐树叶已纷纷坠落，池塘里如盖的荷叶也渐渐残枯。院落屋檐下，响起一片急切的捣衣声，那是妇女们正在为自己的丈夫准备冬装。白露秋霜，降临大地，高居树巅的秋蝉发出声声哽咽凄厉的悲鸣。风急天高，秋水清冷，大雁南飞，金菊怒放。此曲寄托了作者人生短暂、迟暮堪伤的沧桑之感。

【原曲】倏忽早庭梧坠，荷盖缺。院宇砧韵切，蝉声咽，露白霜结。水冷风高，长天雁字斜，秋香次第开彻。

隐隐天涯，剩水残山五六搭；萧萧林下，坏垣破屋两三家。秦川远树雾昏花，灞桥衰柳风潇洒；煞不如碧窗纱，晨光闪烁鸳鸯瓦。

【注释】白朴《唐明皇秋夜梧桐雨》。

【解析】本段描写的是唐明皇在安史叛军攻破潼关后，逃命至马嵬坡时所见情景。他放眼望去，似乎隐隐约约看到了远处的青山绿水，平原沃野，想到了中原动荡，烽烟四起，两京沦陷，神州沉沉，唯有西蜀、江淮暂未陷落，比起昔日大唐帝国的辽阔版图，眼前只是满目疮痍的剩水残山。秋风瑟瑟，破陋茅屋上冒着几缕轻烟，几户人家尚在苟延残喘。在这凄凉萧索的亡国之景中，唐明皇不但不能警醒，反而想念起温柔梦乡、荣华富贵来了。一个至死不悟的昏君形象跃然纸上。

【原曲】隐隐天涯，剩水残山五六搭；萧萧林下，坏垣破屋两三家。秦川远树雾昏花，灞桥衰柳风潇洒；煞不如碧窗纱，晨光闪烁鸳鸯瓦。

天风海涛，昔人曾此，酒圣诗豪。

【注释】姚燧〔中吕〕《满庭芳》。

【解析】狂风呼啸，惊涛拍岸。古往今来，有多少文人雅士、迁客骚人曾在此饮酒赋诗，诉说豪情。“天风海涛 ”，境界开阔，气象豪迈，笔锋突起，笔力千钧，可与苏东坡的“大江东去”相媲美。接着作者笔锋一转，从眼前景荡开去，于空间描写中穿插入历史的回溯。“昔人曾此，酒圣诗豪”，此句不仅描写了风物人情，同时也回荡着浓浓的历史纵深感。

【原曲】天风海涛，昔人曾此，酒圣诗豪。我到此闲登眺，日远天高。山接水茫茫渺渺，水连天隐隐迢迢。供吟啸，功名事了，不待老僧招。

山接水茫茫渺渺，水连天隐隐迢迢。

【注释】姚燧〔中吕〕《满庭芳》。

【解析】此句是作者登高远眺所见之景象：山水相接，水天一线，烟波浩淼，景象阔大悠远，气势非凡。

【原曲】见“天风海涛、音人曾此，酒圣诗豪”句

浙江秋，吴山夜。愁随潮去，恨与山叠。

【注释】姚燧〔中吕〕《普天乐》。浙江：新安江流经杭州入海一段叫浙江，也叫钱塘江。吴山：在杭州西湖东南，左瞰钱塘江，右瞰西湖。

【解析】此句写的是送行时的离愁别绪。适逢清秋之夜，钱塘江潮起潮落，

吴山重重叠叠，一动一静，无比壮观。而那离愁恰如钱塘江潮，无有已时；那别恨犹如吴山山峰，重重叠叠。潮去，极具汹涌之感；山叠，极具沉重之感。情景交融，愁绪不断。

【原曲】浙江秋，吴山夜。愁随潮去，恨与山叠。寒雁来，芙蓉谢。冷雨清灯读书舍，怕别离又早别离。今宵醉也，明朝去也，宁奈些些。

寒雁来，芙蓉谢。冷雨清灯读书舍，怕别离又早别离。

【注释】姚燧〔中吕〕《普天乐》。

【解析】北雁南飞，芙蓉凋谢，物候变迁，时光流逝。独守书斋，与冷雨清灯相伴，倍感凄凉孤寂。原来种种凄凉之感都是由于要与好友离别而生。“怕别离又早别离”是全句的精彩透辟之处，一语道破人之常情，质朴有余，回味无穷。全句融情入景，清逸流利，凝重从容。

【原曲】见“浙江秋，吴山夜。愁随潮去，恨与山叠”句。

十年燕月歌声，几点吴霜鬓影。西风吹起鲈鱼兴，已在桑榆暮景。

【注释】姚燧〔中吕〕《醉高歌·感怀》。燕月：指在京城大都度过的时光。吴霜鬓影：是由李贺诗《还自会稽吟》中的“吴霜点归鬓，身为塘蒲晚”句化用来的。鲈鱼兴：晋朝张翰是吴郡人，曾到洛阳做官，一日见秋风起，忽思家乡莼菜鲈鱼之美味，便说：“人生贵得适志，何能羁宦数千里，以要名爵乎？”桑榆暮景：落日的余晖照在桑榆树上。比喻年老的时光。

【解析】这是一首年迈思归之作。作者曾宦游于京城大都，夜夜笙歌宴舞，岁岁歌舞升平；又曾在江东为官，经几年的吴地风霜，又平添了几许白发；两鬓如吴地的霜雪一样斑白。回首平生经历，饱含人世沧桑。再回到眼前，如今人已老，已倦于这种宦游生活，不由让人想起晋朝张翰思家的故事，想想自己已值桑榆暮景，思归之情更加急迫。作者有感而作，真挚动人，曲词虽着墨无多，却简淡古雅，回味无穷。

【原曲】十年燕月歌声，几点吴霜鬓影。西风吹起鲈鱼兴，已在桑榆暮景。

岸边烟柳苍苍，江山寒波漾漾。《阳关》旧曲低低唱，只恐行人断肠。

【注释】姚燧〔中吕〕《醉高歌·感怀》。《阳关》旧曲：阳关，古地名，在今甘肃敦煌西南，古代出塞必经之路。所谓“旧曲”，指王维《送元二使安西》诗：“渭城朝雨浥轻尘，客舍青青柳色新。劝君更尽一杯酒，西出阳关无故人。”后演变为《阳关三叠》，成为送行的歌曲。

【解析】这首曲词描写了一个送别的场面。长江畔，翠柳如烟，远远望去，青翠苍莽；初春时节，江上水波荡漾，微风拂起，乍暖还寒。在这样的环境中，送行者就要与友人分别了，一切的“珍重”“再见”都已说过，只听得那令人断肠的《阳关》旧曲在低低地吟唱，因为害怕远行者听到会更伤感。这首小令选取友人的船只欲去未去之际，杨柳依依，波光荡漾，离歌送行，言短情长。全曲笔调舒缓，语言浅白，情感浓郁，亲切自然。

【原曲】岸边烟柳苍苍，江山寒波漾漾。《阳关》旧曲低低唱，只恐行人断肠。

十年书剑长吁，一曲琵琶暗许。

【注释】姚燧〔中吕〕《醉高歌·感怀》。书剑：代指文人的宦游生涯。长吁：即长叹，指多年的为官生涯令人感叹。暗许：暗中许诺，心灵达到默契境界。

【解析】此曲是姚燧在元成宗大德九年（1305年）拜江西行省参知政事时所作。当时作者已是耆旧之人，思归心切，心情郁闷，恰值巡视九江，遂因白居易的《琵琶行》而起兴，抒发心中的惆怅之情。当年，白居易沦落江洲，与琵琶女相遇，一曲琵琶道尽人世苍桑，白居易与琵琶女达到心灵的默契，发出“同是天涯沦落人，相逢何必曾相识”的感叹。白居易与琵琶女遭遇时的郁闷心情恰恰契合了姚燧此时的心情，于是咏古以抒怀。

【原曲】十年书剑长吁，一曲琵琶暗许。月明江上别湓浦，愁听兰舟夜雨。

笔头风月时时过，眼底儿曹渐渐多。有人问我事如何，人海阔，无日不风波。

【注释】姚燧〔中吕〕《阳春曲》。风月：指清风明月，也就是美好的景色、时光。儿曹：儿辈。

【解析】作为一个文人，清风明月，美好时光，不知不觉中已从笔尖悄然逝去；在时光流逝中，膝下的儿孙渐渐增多，如有人问我仕途命运和家事前途如何，我只能无奈地回答：“人海广阔，自己就像颠簸在惊涛骇浪之中，时时都会被风浪卷走。”姚燧尽管一生仕途坦坦，文名藉藉，但他所生活的元代，政治上内部倾轧，暗流迭起；民族关系上隔阂与歧视丛生，眼前的平静生活并不能隐藏生活的暗流。对世事的惊觉、对前途的忧虑溢于笔端。

【原曲】笔头风月时时过，眼底儿曹渐渐多。有人问我事如何，人海阔，无日不风波。

马上墙头瞥见他，眼角眉尖拖逗咱。论文章他爱咱，睹妖娆咱爱他。

【注释】姚燧〔越调〕《凭阑人》。马上墙头：指的是少女来到墙头上，才子骑马从下面经过，双方一见钟情。

【解析】这首小令描写了才子佳人的爱情，才子佳人“马上墙头”一见钟情，眼光含情脉脉，目成心许，“一见知君即断肠”，时间虽短却极富含意。并进一步引入人物内心世界，才子大胆披露：“论我文章才华，她肯定爱我；看她美丽风流，我当然爱她。”写得落落大方，绝无忸怩之态，却不失之轻薄，显示了才子对爱情成功的自信，也增添了曲情俊爽直白的感染力。

【原曲】马上墙头瞥见他，眼角眉尖拖逗咱。论文章他爱咱，睹妖娆咱爱他。

欲寄君衣君不还，不寄君衣君又寒。寄与不寄间，妾身千万难。

【注释】姚燧〔越调〕《凭阑人·寄征衣》。

【解析】这首散曲是思妇怨女想念征夫游子的题材。它构思新巧，情感真切，音律婉转。以思妇为夫寄征衣所引出的矛盾心理，曲折地表现他们怀念夫君的深挚感情。征夫多年不归，她是多么希望能把自己亲手缝制的寒衣寄给亲人，但转念又一想，远方亲人穿上征衣是不是会不想归来呢？不寄吧，又恐亲人受寒冷。寄与不寄间的每一次踌躇，每一次反复，都深化了她的思念的痛苦，言有尽而意无穷，给读者无尽的回味。

【原曲】欲寄君衣君不还，不寄君衣君又寒。寄与不寄间，妾身千万难。

掩白沙翠竹柴门，听彻秋来夜雨。闲将得失思量，往事水流东去。

【注释】刘敏多〔正宫〕《黑漆弩·村居遣兴》。

【解析】此句是刘敏多受朝廷奸邪排挤，愤然辞归，隐居山村时所作，写了作者村居时的景况。门外白沙清江，鸥鹭翔集，翠绿疏竹随风摇曳，然而作者紧闭柴门无心观赏。绵绵秋雨，如烟如织，响在耳鼓，滴在心头，引出无边愁绪，彻夜难眠，于是往事历历浮现在他的脑际，感到荣辱功过都如过眼云烟，水流东去。全句写得悲凉沉郁，极具感染力。

【原曲】长巾阔领深村住，不识我唤作伧父。掩白沙翠竹柴门，听彻秋来夜雨。闲将得失思量，往事水流东去。便宜教画却凌烟，甚是功名了处？

从他绿鬓斑，欹枕白石烂。回头红日晚，满目青山矸。

【注释】庾天锡〔双调〕《雁儿落过得胜令》。欹：倾斜。矸：山石白净的样子。

【解析】一任黑发变成斑白，我一枕高卧而无忧，头枕山中光泽洁白的石头，直枕到白石烂也不起。一觉醒来，回头望去，但见得，红日西沉，返照山中，满目青山，分外明净。这句话将山林胜景与隐逸高致相交织，主人公高卧山中、遗世独立的豪情隐然可感。绿鬓斑与红日晚相映照，白石烂与青山矸相映衬，白头将老而青山不老，真意无穷，深情高致。

【原曲】从他绿鬓斑，欹枕白石烂。回头红日晚，满目青山矸。翠立数峰寒，碧锁暮云间。媚景春前赏，晴岚雨后看。开颜，玉盏金波满。狼山，人生相会难。

翠立数峰寒，碧锁暮云间。媚景春前赏，晴岚雨后看。

【注释】庾天锡〔双调〕《雁儿落过得胜令》。媚景：明媚的景色。

【解析】群峰高耸，山色苍翠，虽犹带寒意，却显出无限生机；暮云霭霭，萦绕峰际，衬托之下，山色愈加翠碧可爱。春前犹寒，却可以欣赏青山明媚的景致。雨后天晴，日光辉映，山林云气又别是一番绚丽的景色。写出了作者对大自然美景的赞赏，也意味着作者高洁盎然的精神。

【原曲】见"从他绿鬓斑"句。

开颜，玉盏金波满。狼山，人生相会难。

【注释】庾天锡〔双调〕《雁儿落过得胜令》。

【解析】有友人入山来相会，怎能不开颜而笑呢？擎起玉杯，斟满美酒，在这狼山的幽绝之处，为朋友难得的相会，开怀畅饮，真乃人生一大快事。此句写作者会客山中，举杯畅饮。寥寥数笔使主人公的情深意重、热心肠、真性情跃然纸上。

【原曲】见"从他绿鬓斑"句

送客时，秋江冷。商女琵琶断肠声。可知道司马和愁听。

【注释】马致远〔南吕〕《四块玉·浔阳江》。

【解析】唐代著名诗人白居易贬谪江洲时，在浔阳江畔巧遇琵琶女，曾作《琵琶行》，抒发"同是天涯沦落人，相逢何必曾相识"的深切感触。自《琵琶行》问世后，凡经浔阳江，文人墨客都会缅怀白居易。这种身临其境的氛围，使久滞下僚、游宦他乡的马致远产生了真切的共鸣，同样的明月，一样送客江滨，歌伎弹唱送别的曲调使人断肠。作者怀古伤今，辞句清淡，韵味深长。

【原曲】送客时，秋江冷。商山琵琶断肠声。可知道司马和愁听。月又明，酒又醒，客乍醒。

种春风二顷田，远红尘千丈波，倒大来闲快活。带野花，携村酒，烦恼如何到心头。

【注释】马致远〔南吕〕《四块玉·叹世》。

【解析】这句曲词是马致远归隐后所作。青年时作者充满豪情壮志，但愿有补于世，无奈生不逢时，历尽宦海浮沉，尝尽漂泊之苦，到头来只落得一事无成，两鬓斑斑。于是学陶渊明归园田居，种二顷薄田，迎春风雨露，远万丈红尘，自在若神仙。在自得其乐的小天地中，无人海风波之险，有野花村酒之乐，他静掩柴扉，旁观世态，忘记了往日的风云气概。这句曲词写得超脱旷达，怡然自得，野趣丛生。

【原曲】两鬓皤，中年过，因甚区区苦张罗？人间宠辱都参破。种春风二顷田，远红尘千丈波，倒大来闲快活。带野花，携村酒，烦恼如何到心头。谁能跃马常食肉？二顷田，一具牛，饱后休。佐国心，拿云手，命里无时莫刚求。随时过遣休生受。几叶绵，一片绸，暖后休。

枯藤老树昏鸦，小桥流水人家，古道西风瘦马。夕阳西下，断肠人在天涯。

【注释】马致远〔越调〕《天净沙·秋思》。

【解析】这是一幅绝妙的秋思图：时已深秋，一位远离故乡的断肠人在天涯飘泊。他骑着瘦马，顶着迎面而来的西风，在荒凉的古道上奔波，不知去向何方。那纠缠着枯藤的老树上，已有乌鸦栖息，又到黄昏时候了。看到小桥流水人家，便想起自己的家，但如今有家难回，今夜又将投宿何家？太阳已西沉，他依旧在荒凉的古道上飘泊。此曲以一个断肠人飘泊天涯的所见所感，以丰富独特的意象，把萧条、寂寞、悲凉的秋思图写活了，人与物结合，情与景交融，具有动人心魄的艺术魅力，成为千古传唱的名篇。

【原曲】枯藤老树昏鸦，小桥流水人家，古道西风瘦马。夕阳西下，断肠人在天涯。

东篱半世蹉跎，竹里游亭，小宇婆娑。有个池塘，醒时渔笛，醉后渔歌。

【注释】马致远〔双调〕《蟾宫曲·叹世》。

【解析】马致远半世蹉跎，历经宦海浮沉，既不愿沉寂下僚，与官场同流合污，又无力摆脱或与之抗争。于是在官署之旁、闹市之中苦心经营了一片小天地：通幽的竹径中，隐映着一座小巧的游亭，走到竹径的尽头是小巧的庭院，院中花木繁茂，在风中，小院摇曳婆娑，动感十足。庭院后有一池清水，水面上漂浮着扁舟一叶。舟中一老，醒时轻吹渔笛，醉后放声渔歌，放浪形骸，沉浸在心旷神怡、荣辱皆忘的心境之中，这也是他半世蹉跎后的大彻大悟。

【原曲】东篱半世蹉跎，竹里游亭，小宇婆娑。有个池塘，醒时渔笛，醉后渔歌。严子陵他应笑我，孟光台我待学他。笑我如何？倒大江湖，也避风波。

花村外、草店西，晚霞明雨收天霁。四围山一竿残照里，锦屏风又添铺翠。

【注释】马致远〔双调〕《寿阳曲·山市晴岚》。霁：天气放晴。

【解析】“山市晴岚”是著名的“潇湘八景”之一。在山花烂漫的山村外，在宁静的山影草店西，正值雨后天晴，绚丽多彩的晚霞铺满天空，只见小店上空，一面酒旗在雾气中若隐若现。山色青青，在淡淡的雾气中连成一片，再加上夕阳晚霞的辉映，就像翠绿的锦屏风立在花村外、草店西。马致远的这首散曲落墨雨后晴岚，写得自然灵动、生气勃勃，在绮丽的自然风光中透着人间生活的气息。

【原曲】花村外、草店西，晚霞明雨收天霁。四围山一竿残照里，锦屏风又添铺翠。

夕阳下，酒旆闲，两三航未曾着岸。落花水香茅舍晚，断桥头卖鱼人散。

【注释】马致远〔双调〕《寿阳曲·远浦帆归》。酒旆：酒店的旗子。

【解析】"远浦帆归"是著名的"潇湘八景"之一。夕阳西下，宁静的江滨小镇里，酒旗在随风舒展，远远望去，只见江面上几只渔船正向岸边驶来。江上落英缤纷，有淡淡的花香飘来，几座茅舍立在岸边静静地等候晚归的渔人。傍晚时分，断桥头曾有短暂的鱼市，但很快就结束了，卖鱼人散尽，小镇又重归平静。这首散曲描绘的是一幅江村渔人晚归图，表现了对宁静生活的向往，全曲境界清淡闲远，远浦，酒旗，断桥，茅舍，远景近景相得益彰，显得清疏而又淡雅。

【原曲】夕阳下，酒旆闲，两三航未曾着岸。落花水香茅舍晚，断桥头卖鱼人散。

渔灯暗，客梦回，一声声滴人心碎。孤舟五更家万里，是离人几行情泪。

【注释】马致远〔双调〕《寿阳曲·潇湘夜雨》。潇湘，原指湘水与潇水在零陵的汇合处，后用以指湖南。

【解析】"潇湘夜雨"是宋元人所称的"潇湘八景"之一。马致远的这首小令写的是自己由江西至湖南，夜渡潇湘的亲身感受。在江上过夜，船舱内渔灯暗淡，那船客在梦中早已回到久别的家乡。但梦回人醒，却只听得舱外雨点滴在船舱上，一声声像滴在心上。想想自己离家万里，独身一人流落江上，不禁两泪涟涟。这首曲将雨、泪、情、景融为一体，语简意深，是马致远散曲中的佳作。

【原曲】渔灯暗，客梦回，一声声滴人心碎。孤舟五更家万里，是离人几行情泪。

云笼月，风弄铁，两般儿助人凄切。

【注释】马致远〔双调〕《寿阳曲》。

【解析】这句曲词以意境绝妙著称：月亮被层云所笼罩，阵阵晚风吹动悬挂在画檐下的铁马铜铃，丁当作响，撞击有声。这情景使得那本来就很孤独、愁闷的女子更加感到凄切。思妇早以愁苦难耐，无限凄凉了，再加上"云笼月""月弄铁"这等恼人的景况更使她烦躁不安，难以忍受了。此句曲词写得虽直白，却言有尽而意无穷，耐人寻味。

【原曲】云笼月，风弄铁，两般儿助人凄切。剔银灯欲将心事写，长吁气一声欲灭。

满眼云山画图开，清风明月还诗债。

【注释】马致远〔南吕〕《四块玉·恬退》。

【解析】面对着满眼云山，一片美丽的画图在眼前展来，伴着徐徐清风，朗朗明月，吟诗作赋，那才是人生真意。想想自己为名利所羁绊，错过了多少人间美景，大好时光，如今只愿伴着清风明月还久欠的诗债。表现了作者鄙弃名利场，一心归隐山林的情怀。

【原曲】酒旋沽，鱼新买。满眼云山画图开，清风明月还诗债。本是个懒散人，又无甚经济才。归去来。

悲，故人知未知？登楼意，恨无上天梯。

【注释】马致远〔南吕〕《阅金经·夜来西风里》。登楼意：取意于王粲的《登楼赋》。据传王粲初投荆州牧刘表，刘表见他貌丑体弱，不肯重用。王粲登当阳县城楼后有感而作赋，内容主要是抒发怀才不遇和思乡之情。马致远的“登楼意”亦此意。

【解析】这句曲词抒发了作者怀才不遇的悲愤。朝廷黑暗，恶人当道，纵有一腔豪情壮志，也无从施展，只能空悲叹，遗恨没有进入朝廷，报效国家的途径。

【原曲】夜来西风里，九天雕鹗飞，困煞中原一布衣。悲，故人知未知？登楼意，恨无上天梯。

一阵风，一阵雨，满城中落花飞絮。纱窗外蓦然闻社宇，一声声唤回春去。

【注释】马致远〔双调〕《寿阳曲》。蓦然：突然。杜宇：鸟名，又名子规、杜鹃和布谷。

【解析】这首小令像一首抒情小诗，以流畅自然的语言记述了作者暮春时节的伤春之情。“一阵风，一阵雨”，写得不是风雨交加，而是时而风时而雨。因为只有风才能卷起满城飞絮，只有雨才能摧落满城落花。飞絮、落花已形象地点出正是暮春时节。又听得窗外杜宇声声啼，叫的声音像是“不如归去”，这不是一声声叫春回去吗？

【原曲】一阵风，一阵雨，满城中落花飞絮。纱窗外蓦然闻社宇，一声声唤回春去。

春风骄马五陵儿，暖日西湖三月时，管弦触水莺花市，不知音不到此，宜歌

宜酒宜诗。

【注释】马致远〔双调〕《湘妃怨·和卢疏斋西湖》。五陵儿：汉朝五座皇帝陵墓。长陵、安陵、阳陵、茂陵、平陵，统称五陵。立陵时，曾将富家豪族迁至陵区，故“五陵儿”借指豪贵子弟。

【解析】这句曲词写了春季游西湖的热烈场面。作者避开写湖光山色的老路，以游人、游兴入手，渲染了一片热闹欢腾的气氛。三月一个风和日暖的日子里，西湖上车马喧闹，游人如织，尤其是那些王孙公子们，锦衣绣裳，骑着高头大马，在人群中分外引人注目。在水滨的画船上有美妙舒缓的音乐掠过水面，飘散在街市的莺花丛中，这样的美景中最能激发游人的诗酒吟唱之兴，“宜歌宜酒宜诗”。

【原曲】春风骄马五陵儿，暖日西湖三月时，管弦触水莺花市，不知音不到此，宜歌宜酒宜诗。山过两颦眉黛，柳拖烟堆鬓丝。可喜杀睡足的西施。

山过雨颦眉黛，柳拖烟堆鬓丝。

【注释】马致远〔双调〕《湘妃怨·和卢疏斋西湖》。

【解析】这句曲词以西湖喻西子，与“欲把西湖比西子，淡妆浓抹总相宜”的曲词有异曲同工之妙。雨中的远山如美女西施微颦的翠眉，清翠可人；近处如烟的柳丝，如美人浓密蓬松的头发，这不正是活脱脱的一个刚从睡梦中醒来的神采焕发、喜气盈盈的西施姑娘吗？“过”“颦”“拖”“堆”四个动词写得动感十足，美女西施如在眼前。作者于工整中求变化，显示了非凡的功力。

【原曲】见“春风骄马五陵儿”句。

采莲湖上画船儿，垂钓滩头白鹭鸶。雨中楼阁烟中寺，笑王维作画师。

【注释】马致远〔双调〕《湘妃怨·和卢疏斋西湖》。

【解析】这句曲词描写的是西湖的夏景。主要以自然风光入手写的。采莲湖就是西湖，不称西湖而称采莲湖，湖的名称就提供了丰富的想像。彩绘的船身由一片红花绿叶的出水芙蓉衬托，构成了一幅绚烂明丽的动人画面。滩名垂钓，与湖名异曲同工，使人联想到湖畔的垂钓者，更有几只鹭鸶悠闲地停伫其上，越发显得宁静之极。再看远处楼阁寺院的宝顶飞檐，在烟雨的笼罩中显现出一派朦胧之美，与西湖的自然美景相比，王维笔下的山水也黯然失色，因此王维作画师便可笑极了。

【原曲】采莲湖上画船儿，垂钓滩头白鹭鸶。雨中楼阁烟中寺，笑王维作画师。蓬莱倒影参差。熏风来至，荷香净时。清洁煞避暑的西施。

想秦宫汉阙，都做了衰草牛羊野。

【注释】马致远〔双调〕《夜行船》。

【解析】马致远在历经世事沧桑之后，顿悟人生百年，富贵荣华、王图霸业都是梦一场，秦宫汉阙到头来无非变成牧场，做渔父樵夫谈今论古的材料，表现了马致远超然绝世的生活态度。

【原曲】〔乔木查〕想秦宫汉阙，都做了衰草牛羊野。不恁么渔樵没话说。纵荒坟横断碑，不辨龙蛇。

红尘不向门前惹，绿树偏宜屋角遮，青山正补墙头缺；更那堪竹篱茅舍。

【注释】马致远〔双调〕《夜行船·秋思》。红尘：人马践踏起来的尘埃，借喻热闹繁华的景象。惹：招引。

【解析】门前没有尘世热闹繁华的喧嚣，只有绿树在门前遮掩，墙外青山依依，墙内竹篱茅舍，一派隐逸生活的图景，这正是马致远与世无争、不为名利所逐的生活追求。他要从恬退中解除痛苦，其实反映了他对社会的不满，对统治阶级消极反抗的态度。

【原曲】〔拔不断〕利名竭，是非绝。红尘不向门前惹，绿树偏宜屋角遮，青山正补墙头缺；更那堪竹篱茅舍。

蛩吟罢一觉才宁贴，鸡鸣万事无休歇。

【注释】马致远〔双调〕《夜行船·秋思》。蛩：蟋蟀。宁贴：平静、安静。

【解析】这句话的意思是说，争名夺利的人到深夜才睡去，天一亮又为名利去奔波去了。这些人为名利所驱逐，终身劳碌，一日不得闲。马致远在曾经沧海之后，认为这种生活方式不足为道，他更向往那种诗酒参禅的隐逸生活。

【原曲】〔离亭宴煞〕蛩吟罢一觉才宁贴，鸡鸣万事无休歇。何年是彻？看密匝匝蚁排兵，乱纷纷蜂酿蜜，急攘攘蝇争血。裴公绿野堂，陶令白莲社，爱秋来时那些：和露摘黄花，带霜分紫蟹，煮酒烧红叶。想人生有限杯，浑几个重阳节？人向我顽童记者：便北海探吾来，道东篱醉了也。

看密匝匝蚁排兵，乱纷纷蜂酿蜜，急攘攘蝇争血。

【注释】马致远〔双调〕《夜行船·秋思》。蚁排兵：两穴的蚂蚁常因争夺一点食物，互相残杀。

【解析】马致远把世人争名夺利的行径看作蚁排兵、蜂酿蜜、蝇争血，表示了极大的鄙视和愤怒。他们一天到晚忙得不可开交，你拥我挤，就像争穴的蚂蚁；嘈嘈杂杂，就像酿蜜的蜜蜂；抢来抢去，就像争着吸血的苍蝇。在此作者生动地描绘了那些追逐名利的人的丑恶形象，表明作者不慕名利、廉洁避秽的节操。

【原曲】见“蛩吟罢一觉才宁贴，鸡鸣万事无休歇”一句。

裴公绿野堂，陶令白莲社，爱秋来时那些：和露摘黄花，带霜分紫蟹，煮酒烧红叶。

【注释】马致远〔双调〕《夜行船·秋思》。裴公绿野堂：裴公隐居在绿野堂。裴公指唐代名臣裴度。裴度字中立，历事德宗、宪宗、穆宗、敬宗、文宗，官至宰相。为人正直有节操，屡次被当权者排斥在外。后来宦官当权，他在洛阳修了一个别墅，名叫绿野堂，常与白居易、刘禹锡等一起饮酒作诗。陶令白莲社：陶渊明参加白莲社钻研佛法。陶令，指陶潜，他做过彭泽令，所以称他陶令。白莲社，晋代高僧慧远法师在庐山虎溪东林寺邀集当时名僧和名士组成白莲社研究佛法，传说陶潜曾参加过这一组织。

【解析】马致远认为人生如梦，生命短促 ，应该及时享乐。他鄙视那些争名夺利的丑恶行径，认为只有像裴度、陶潜那样过着诗酒参禅的隐逸生活，才是人生应该走的路。“和露摘黄花，带霜分紫蟹，煮酒烧红叶”都是隐逸生活的绝佳境界，表现了作者不慕名利、洁身自好的生活态度。

【原曲】见“蛩吟罢一觉才宁贴，鸡鸣万事无休歇”句。

当日先生沉醉，脱巾露顶，裸袖揎衣；霜毫历历蘸寒泉，麝香浓浓浸端溪；卷展霜缣，管握铜龙，赋歌赤壁。

【注释】马致远〔般涉调〕《哨遍·张玉嵓草书》。霜毫：指白色毛笔。寒泉：指润笔的泉水或开水。麝香：指优质香墨。端溪：指盛产端砚的广东德兴县端溪水，因自唐以来便有“端州石砚人间重”的盛誉，故此处借指装墨水的端砚。霜缣：即供书画用的白绢。铜龙：指铜制龙形的计时漏器或喷水器，这里代指笔管。赤壁：即苏轼的《赤壁赋》。

【解析】这句曲词具体描绘了书法大师张玉嵓醉后草书的生动情状。“脱巾露顶”“裸袖揎衣”，状其醉后放浪不羁的狂态，“霜毫”二句画其操笔蘸墨的雄姿，用“历历”“ 浓浓”叠字嵌入，活画出了他那一边频频浸笔，蘸墨酣畅，一边凝神运思，沉着稳健的神态。先生铺展白绢，紧握笔管，一边吟唱《赤壁赋》，一边悬笔疾书的豪情逸兴，真是声态毕肖。将张玉嵓的胸襟才气、书写动态、声气神韵尽现纸上，恍若目睹了其人卓异不凡的风采神态，如亲见其书之龙蛇飞动的笔势气韵。

【原曲】自唐晋倾亡之后，草书扫地无踪迹，天再生玉嵓翁，卓然独立根基。甚纲纪？胸怀洒落，意气聪明，才德相兼济。当日先生沉醉，脱巾露顶，裸袖揎衣；霜毫历历蘸寒泉，麝香浓浓浸端溪；卷展霜缣，管握铜龙，赋歌赤壁。

写长空两脚墨淋漓，洒东窗燕子衔泥。

【注释】马致远〔般涉调〕《哨遍·张玉嵓草书》。

【解析】这一句写出了张玉嵓草书下笔气势磅礴，气韵飞动，挥洒淋漓。雁在长空成列而飞，其行如字，故喻草书行款为“书长空”，以大雁的两脚比喻草书的笔画；“淋漓”和“洒”，皆形容笔酣墨畅，迅疾潇洒，似随意洒泼，即成妙趣。

【原曲】〔幺〕仔细看六书八法皆完备，舞凤戏翔鸾韵美。写长空两脚墨淋漓，洒东窗燕子衔泥。甚雄势！斩钉截铁，缠葛垂丝，似有风云气。据此清新绝妙，堪为家宝，可上金石。二王古法梦中存，怀素遗风尽真习。料想方今，寰宇四海，应为赛敌。

声清恰似蚕食叶，气勇浑如猊抉石。

【注释】马致远〔般涉调〕《哨遍·张玉嵓草书》。猊：雄狮。

【解析】此句从听觉上写张玉嵓书法的声气韵致，那走笔落纸的声音轻又细，如蚕子吃桑叶一样沙沙作响，声音清晰可辨；而其笔势之勇，又活像一头雄狮要击碎一块巨石一样，真是潇洒淋漓，快哉快哉！

【原曲】〔五煞〕尽一轴，十数尺，从头一扫无凝滞。声清恰似蚕食叶，气勇浑如猊抉石。超先辈，消翰林一赞，高士留题。

软如杨柳和风舞，硬似长空霹雳摧。

【注释】马致远〔般涉调〕《哨遍·张玉嵓草书》。

【解析】此句写张玉嵓的书法兼具阳刚阴柔之美，软硬轻重皆宜。用“杨柳和风舞”形容其笔势轻松灵动、秀润圆融，用“长空霹雳摧”又壮其字体遒劲、笔锋奇壮，使其书法的风格神韵跃然纸上，恍然如现眼前。

【原曲】〔四〕写的来狂又古，颠又实，出乎其类拔乎萃。软如杨柳和风舞，硬似长空霹雳摧。真堪惜！沉沉着着，曲曲直直。

画一画如阵云，点一点似怪石，撇一撇如展鹍鹏翼。弯环怒偃乖龙骨，峻峭横拖巨蟒皮。特殊异，似神符堪咒，蚯蚓蟠泥。

【注释】马致远〔般涉调〕《哨遍·张玉嵓草书》。弯环：指笔画的弯折圆曲。乖龙：传说中的孽龙。横拖：隐含“拔镫法”，为运笔如拈拔灯芯的一种书法。

【解析】此句侧重赞美张玉嵓草书的笔画技法。他每作一横画如列阵排云，点一点如高峰坠怪石，作一撇如鹍鹏展翼。笔画弯折圆曲像怒卧的恶龙之骨，笔力筋骨老健，遒劲猛烈，而又桀傲不羁，风神洒脱。“神符”二句则从总体角度，喻其草书笔画像道士念咒的“符箓”一样曲屈迷离，像泥土中的蚯蚓一样盘绕蜿蜒，极写其书法变化无端，神鬼莫测。

【原曲】画一画如阵云，点一点似怪石，撇一撇如展鹍鹏翼。弯环怒偃乖龙骨,峻峭横拖巨蟒皮。特殊异,似神符堪咒,蚯蚓蟠泥。

写的来娇又嗔,怒又喜,千般丑恶十分媚。恶如山鬼拔枯树,媚似杨妃按羽衣。

【注释】马致远〔般涉调〕《哨遍·张玉嵓草书》。

【解析】此句侧重写张玉嵓草书字里蕴含的情态。既娇媚秀丽而又嗔怪奇倔;既气象怒张又不乏虚和之度。字里行间无不寄托着书法家内心的情感色彩。字字各具情态,有的笔法瘦硬棱历如山鬼拔枯树,有的笔法轻盈妩媚,活像杨贵妃按和节拍跳霓裳羽衣舞一样风姿翩翩。总之,他的草书仪态万端,变化多姿。

【原曲】〔二〕写的来娇又嗔,怒又喜,千般丑恶十分媚。恶如山鬼拔枯树,媚似杨妃按羽衣。谁堪比?写黄庭换取,道士鹅归。

振乾坤雷鼓鸣,走金蛇电影开。他那里撼岭巴山,搅海翻江,倒树摧崖。

【注释】马致远《半夜雷轰荐福碑》。

【解析】这句曲词写雷电轰鸣、风雨大作的景象。漆黑的天空中,金蛇闪闪,雷鼓隆隆,震天动地。其威力足以摇撼巴岭山,能搅海翻江,能倒树摧崖。声势凶猛,威力巨大。

【原曲】〔幺篇〕振乾坤雷鼓鸣,走金蛇电影开。他那里撼岭巴山,搅海翻江,倒树摧崖。这孽雷,更做你这般神通广大,也不合佛顶上大惊小怪。

上昆仑,摘星辰,觑东洋海则是一掬寒泉滚,泰山一捻细微尘。天高二三寸,地厚一鱼鳞。

【注释】马致远《邯郸道省悟黄粱梦》。

【解析】这句曲词把昆仑山上的景物叙说得生动形象,使人恍如身临其境。昆仑山是传说中神仙的居所,作者以浪漫的想象,写昆仑山之高,一伸手便可摘星辰。在昆仑山顶俯视下界,只见那浩瀚的东海大洋犹如一捧寒泉,巨大的泰山更是一把尘埃,那高低起伏、宽厚深广的大地,看起来好像一层薄薄的鱼鳞;而当你抬头仰望天空时,你会惊奇的发现,那高不可测的天空原来离自己的头顶仅二三寸的距离,作者以寥寥数语,便形象描绘了神仙洞府的超凡脱俗,让人真切地感受到一种恢宏的境界。

【原曲】〔金盏儿〕上昆仑,摘星辰,觑东洋海则是一掬寒泉滚,泰山一捻细微尘。天高二三寸,地厚一鱼鳞。抬头天外觑,无我一般人。

雨滋棕叶润,露养药苗新。

【注释】马致远《邯郸道省悟黄粱梦》。

【解析】这句话写景自然天成，字畅语俊。用字极熟极稳，却又极奇。雨水滴在棕叶上碧绿润泽，露水爬在药圃的新苗上晶莹剔透。

【原曲】〔金盏儿〕俺那里地无尘，草长春，四时花发常娇嫩，更那翠屏般山色对柴门。雨滋棕叶润，露养药苗新。听野猿啼古树，看流水绕孤村。

听野猿啼古树，看流水绕孤村。

【注释】马致远《邯郸道省悟黄粱梦》。

【解析】此句以悲啼的猿声、苍老的古树、清澈的流水、幽静的孤村构筑了一副幽美的山林隐居图，而“听”“看”二字的使用使全句明朗、轻俊，静止的景物中增添了人的活动，加上了强烈的感情色彩，妙语天成，整齐富丽。

【原曲】见“雨滋棕叶润，露养药苗新”句。

风吹羊角，雪剪鹅毛，飞六出，海山白，冻一壶，天地老。

【注释】马致远《邯郸道省悟黄粱梦》。羊角：曲而上升的旋风。六出：雪之代称。因雪花结晶成六角形，故雪花又称六出之花。一壶：又称壶天，道家认为天地日月都在一壶中。

【解析】此句写大风雪铺天盖地：强劲的旋风吹剪着鹅毛般的团团大雪，将海天、山林乃至整个宇宙都装点的银装素裹。在大雪中，仿佛整个天地都被冻得凝固了。作者以白描手法将大风雪之景写得传神之至。

【原曲】风吹羊角，雪剪鹅毛，飞六出，海山白，冻一壶，天地老。便有丹青巧，画笔难描。俺这里遥望千山表，是谁将粉黛扫？幽窗下寒敲竹叶，前村里冷压梅梢。撩乱野云飞，微茫江树杳。

遥望千山表，是谁将粉黛扫？幽窗下寒敲竹叶，前村里冷压梅梢。

【注释】马致远《邯郸道省悟黄粱梦》。粉黛：即青山。

【解析】此句写雪之大：抬头遥望，是谁将青山遮盖了。寒雪敲打着竹叶，仿佛铿然有声，又是何等幽静；而冷魂压弯了梅梢，越发使人感到冷气的凝重。作者抓住了“寒”与“冷”这两个雪的特征，不实写雪，而用虚笔写出，显得空灵而不粘滞。

【原曲】见“风吹羊角”句。

撩乱野云飞，微茫江树杳。

【注释】马致远《邯郸道省悟黄粱梦》。

【解析】此句写风雪中江树远远的微茫难见，而天边的乌云也吹得四散撩乱。以云和树虚写风雪，铺排得巧妙之极，描绘得细致入微。

【原曲】见“风吹羊角”句。

为甚春归早？既不沙可怎生蝶翅舞飘飘。梅蕊粉填合长安道，柳花绵迷却灞陵桥，山馆酒旗遥。

【注释】马致远《邯郸道省悟黄粱梦》。既不沙：转接词，犹如“不然”，元曲中常用。

【解析】这支曲写作者由眼前的雪景所引起的幻觉：乍一看，那纷纷扬扬的雪花，犹如翩翩飞舞的蝴蝶；再一看，又像是填满了长安大道的梅蕊花粉，又如灞陵桥头绵绵的柳絮，又像是迎风招展的山馆酒旗，主人公突然醒悟到，春天已经归来了。

【原曲】为甚春归早？既不沙可怎生蝶翅舞飘飘。梅蕊粉填合长安道，柳花绵迷却灞陵桥，山馆酒旗遥。

孤村晓，稚子道犹自月明高。青女剪冰寒不散，黑云喷雨冻难消，无处觅渔樵。

【注释】马致远《邯郸道省悟黄粱梦》。稚子：即道童。青女：即青霄玉女，神话中主霜雪的女神。

【解析】此曲写的是风雨中孤村拂晓的情景。已是孤村拂晓，满地冰雪的反光照着天地一片透亮，道童以为是月亮高挂呢。此刻高空的乌云继续喷洒着雨水，雨水结成冰雪，还在纷纷落下。天地都冻结了，连最不怕天寒地冻的渔樵也不见了影踪。

【原曲】孤村晓，稚子道犹自月明高。青女剪冰寒不散，黑云喷雨冻难消，无处觅渔樵。

清溪一叶舟，芙蓉两岸秋。采菱谁家女，歌声起暮鸥。乱云愁，满头风雨，戴荷叶归去休。

【注释】赵孟頫〔仙吕〕《后庭花》。芙蓉：荷花的别称。鸥：水鸟，白羽毛，常飞翔于水上，捕食鱼虾。休：语尾助词。

【解析】这首小令纯然写景，不着情语，诗中有画，含蓄淡远，宛如一幅水乡秋暝图。水清清，荷亭亭，一叶轻舟，两岸荷塘，一群无忧无虑的少女轻摇小舟，穿梭于藕塘之中。是谁家采菱女儿，唱起一曲清歌，歌声飞扬，惊起了向暮栖息的白鸥。霎时间，乱云密布，满头风雨，采菱女儿面对这风云突变从容坦然，她们只顺手摘下一片荷叶戴在头上，轻荡小舟，踏上归途。少女的欢乐、荷塘的美景构成了一幅动人的风景画。而少女处变不惊的坦荡、喜怒哀乐不为进退荣辱所牵的胸襟，恰恰与作者内心的追求契合。

【原曲】清溪一叶舟，芙蓉两岸秋。采菱谁家女，歌声起暮鸥。乱云愁，满头风雨，戴荷叶归去休。

自别后遥山隐隐，更那堪远水粼粼。见杨柳飞绵滚滚，对桃花醉脸醺醺。透内阁香风阵阵，掩重门暮雨纷纷。

【注释】王实甫〔中吕〕《十二月过尧民歌·别情》。更那堪远水粼粼：更那受得了遥望远处清澈闪光的河水。对桃花醉脸醺醺：面对着像吃醉酒那样鲜红脸色的桃花。

【解析】这句曲词委婉细致地描写了一位独处深闺的妇女，在暮春季节里思念她远在异地的爱人的悲切心情。遥山层峦叠嶂遮望眼，远水波光粼粼动离情，爱人去的地方远隔千山万水难以相见。她不由地触景生情。面对着满天飞舞的柳絮杨花，眼望桃花盛开，闻见内阁的香风阵阵，怎能让人不相思；再加上暮雨纷纷更增添了离人的烦恼。在这春雨绵绵的夜晚，“内阁”与“重门”也掩饰不住主人公内心的寂寞与悲愁，只能发出无可奈何的声声叹息。

【原曲】自别后遥山隐隐，更那堪秋水粼粼。见杨柳飞绵滚滚，对桃花醉脸醺醺。透内阁香风阵阵，掩重门暮雨纷纷。怕黄昏忽地又黄昏，不销魂怎地不销魂？新啼痕压旧啼痕，断肠人忆断肠人！今春，香肌瘦几分，搂带宽三寸。

怕黄昏忽地又黄昏，不销魂怎地不销魂！

【注释】王实甫〔中吕〕《十二月过尧民歌·别情》。

【解析】这句曲词惟妙惟肖地刻画出了主人公矛盾而复杂的心理活动，“怕黄昏忽地又黄昏”对离人心理的刻画，达到了深邃入微的境界。怕黄昏是怕随着黄昏而来的漫漫长夜，怕长夜相思之苦的煎熬，思人心切，长夜难眠，这种离情的痛苦，“不销魂怎地不销魂”。作者把司空见惯的离情别绪写活了，足见其功力之深厚。

【原曲】见“自别后遥山隐隐”句。

新啼痕压旧啼痕，断肠人忆断肠人！今春，香肌瘦几分，搂带宽三寸。

【注释】王实甫〔中吕〕《十二月过尧民歌·别情》。

【解析】此句与柳永的“衣带渐宽终不悔，为伊销得人憔悴”有异曲同工之妙。主人公日夜饱受相思之苦，忍受着孤独的煎熬。天天思念，日月啼哭，新啼痕压着旧啼痕，香肌销瘦，衣带渐宽，进一步衬托出了相思之深，离别之苦。

【原曲】见“自别后遥山隐隐”句。

江梅并瘦，槛竹同清，岩松共久，身外何求？

【注释】王实甫〔商调〕《集贤宾·退隐》。

【解析】此句曲词中，王实甫以梅、竹、松自喻其高洁的情怀。他愿同江边的梅一样挺拔，同槛前的竹一样高洁，同岩上的松一样坚强。松、竹、梅一向被称为“岁寒三友”，作者认为自己与它们一样志趣高远，不与世俗为伍，这是他最基本的人生要求，除此之外，又有何求呢？

【原曲】江梅并瘦，槛竹同清，岩松共久，身外何求？

玉宇无尘，银河泻影；月色横空，花阴满庭。

【注释】王实甫《崔莺莺待月西厢记》。

【解析】此句曲词写晴朗的夜空，繁星生辉，一轮明月直挂中天，庭院里的数不清的花朵借着如水的月光映照出洒脱的风姿。寥寥数语便将一幅迷人的夏夜美景图呈现在读者面前。

【原曲】〔越调·斗鹌鹑〕玉宇无尘，银河泻影；月色横空，花阴满庭。罗袂生寒，芳心自警。侧着耳朵听，蹑着脚步行；悄悄冥冥，潜潜等等。

落红成阵，风飘万点正愁人。池塘梦晓，阑槛辞春；蝶粉轻沾飞絮雪，燕泥香惹落花尘。

【注释】王实甫《崔莺莺待月西厢记》。池塘梦晓：用谢灵运梦写“池塘生春草”的典故，极写春去之快。

【解析】此句写暮春之景：地上空中，落英缤纷，在风中飞飞扬扬。面对飞飞扬扬的落红图，莺莺愁绪万端，这不正是青春易逝的写照吗？春光易逝，仿佛朝生而暮尽。看看眼前，柳絮与彩蝶齐飞，蝴蝶翅膀上都沾上了雪白的飞絮；落花沾泥，筑巢燕子所衔之泥都染上了香味，作者想象丰富，独出心裁，以飞絮和香泥来表现暮春之景，惜春之意，写出了莺莺对春光易逝、青春不再的惆怅及对爱情的渴望。

【原曲】〔混江龙〕落红成阵，风飘万点正愁人。池塘梦晓，阑槛辞春；蝶粉轻沾飞絮雪，燕泥香惹落花尘；系春心情短柳丝长，隔花阴人远天涯近。香消了六朝金粉，清减了三楚精神。

系春心情短柳丝长，隔花阴人远天涯近。

【注释】王实甫《崔莺莺待月西厢记》。

【解析】此句为流传极广的名句。莺莺怀有惜春之心，想挽留住即将别去的春天。无奈，长长的柳丝尚且系不住那匆匆离去的春光，更何况短短的情思呢？尽管自己的绵绵情思长而又长，但由于环境的束缚，她只能压抑自己，又显得短而又短。接着作者又以花阴之近和天涯之远作反衬，写前者远而后者近，突出了她与张生咫尺天涯的感情，又表现了莺莺与张生迫切交往又不能实现的失望心理。

【原曲】见“落红成阵”句。

香消了六朝金粉，清减了三楚精神。

【注释】王实甫《崔莺莺待月西厢记》。

【解析】此句写莺莺怀着失望抑郁的心情面对着匆匆离去的春天，金粉香消，精神大减，无心打扮自己，精神萎靡不振的情状。突出了莺莺所受的情感折磨，表现了她所处环境的恶劣。

【原曲】见“落红成阵”句。

从今后玉容寂寞梨花朵，胭脂浅淡樱桃颗，这相思何时是可？

【注释】王实甫《崔莺莺待月西厢记》。

【解析】此句写老夫人赖婚，使崔、张的婚姻成为泡影后，崔莺莺悲切伤心的心情。想到自己又将回到深锁的闺房，一任韶华黯然逝去，不禁满腔哀怨，万般无奈，发出“这相思何时是可”的悲叹。

【原曲】〔离亭宴带歇指煞〕从今后玉容寂寞梨花朵，胭脂浅淡樱桃颗，这相思何时是可？昏邓邓黑海来深，白茫茫陆地来厚，碧悠悠青天来阔；太行山般高仰望，东海洋般深思渴。毒害的恁么。俺娘啊，将颤巍巍双头花蕊搓，香馥馥同心缕带割，长搀搀连理琼枝挫。白头娘不负荷，青春女成担搁，将俺那锦片也似前程蹬脱。俺娘把甜句儿落空了他，虚名误赚了我。

其声壮，似铁骑刀枪冗冗；其声幽，似落花流水溶溶；其声高，似清月朗鹤唳空；其声低，似儿女语，小窗中，喁喁。

【注释】王实甫《崔莺莺待月西厢记》。

【解析】这句曲词精雕细刻地写出了琴声所创造的各种意境，声音之壮似铁骑突奔，刀枪交合；声音之幽如落花流水，静静飘流；声音之高，如明月朗照，鹤唳长空；其声之低，如多情儿女窃窃私语。作曲以精炼的语言表达了琴声所创造的各种不同意境，表现了崔、张二人情感的融通。

【原曲】其声壮，似铁骑刀枪冗冗；其声幽，似落花流水溶溶；其声高，似清月朗鹤唳空；其声低，似儿女语，小窗中，喁喁。

果若你有心，他有心，昨日秋千院宇夜深沉；花有阴，月有阴，“春宵一刻抵千金”，何须“诗对会家吟”？

【注释】王实甫《崔莺莺待月西厢记》。

【解析】这段曲词是红娘所唱,她告诉张生,如果双方都有心,昨夜在寂静的院宇中,你们定会成就好事。“花有阴,月有阴”,强调了院宇自有隐蔽的所在,在牡丹花下,在葡萄架下,古往今来不知发生过多少风流韵事。至于月亮,有时被浮云遮蔽,有时也很朦胧,并不妨碍男女幽会。可惜莺莺顾虑太多,错过了一刻值千金的春宵,如果昨夜成其好事,则今天的诗信当然是多余的。

【原曲】果若你有心,他有心,昨日秋千院宇夜深沉;花有阴,月有阴,“春宵一刻抵千金”,何须“诗对会家吟”?

碧云天,黄叶她,西风紧,北雁南飞。晓来谁染霜林醉?总是离人泪。

【注释】王实甫《崔莺莺待月西厢记》。

【解析】这句曲词写送别的场面。正是暮秋时节,天高云淡,黄叶遍地,在凄紧的西风中,北雁正结队南飞,那如丹的枫林仿佛染上了离人的泪。全句虽无一句写离人的情状,但所写之景处处都着上了离别的色彩,浑然一体,构成了寥廓萧瑟,令人黯然神伤的境界。

【原曲】碧云天,黄叶她,西风紧,北雁南飞。晓来谁染霜林醉?总是离人泪。

泪添九曲黄河溢,恨压三峰华岳低。

【注释】王实甫《崔莺莺待月西厢记》。

【解析】此句以夸张的手法写主人公的悲愤之情,眼泪足以使九曲黄河溢,怨恨积压在胸可使华岳低。

【原曲】这忧愁诉与谁?相思只自知,老天不管人憔悴。泪添九曲黄河溢,恨压三峰华岳低。到晚来闷把西楼倚,见了些夕阳古道,衰柳长堤。

青山隔送行,疏林不作美,淡烟暮霭相遮蔽。

【注释】王实甫《崔莺莺待月西厢记》。

【解析】这句曲词写送行时的依依惜别之情。行人渐行渐远,送行人即久久不愿离去,只怪青山阻隔,遮断视线,更恨疏林不作美,烟霭弥漫,欲望不能,让人怎不伤心。将送行时的怅惘情景和依依之情尽现笔端。

【原曲】〔一煞〕青山隔送行,疏林不作美,淡烟暮霭相遮蔽。夕阳古道无人语,禾黍秋风听马嘶。我为甚么懒上车儿内,来时甚急,去后何迟?

夕阳古道无人语,禾黍秋风听马嘶。

【注释】王实甫《崔莺莺待月西厢记》。

【解析】这句曲词写送别时的情景。日夕薄暮，本是当归之时，而如今却与亲人挥袂相别，人何以堪！秋风恼人，更听得远去的马匹声的嘶鸣，怎不叫人撕心裂肺，肝肠寸断！一个“古”字，平添了许多苍凉之感，“无人语”三字道出了环境的寂静凄清和送行人孤独凄苦却无人可诉的痛苦心理。

【原曲】原曲见“青山隔送行”句。

闲对着绿树青山，消遣我烦心倦目。

【注释】王实甫《四丞相高会丽春堂》。

【解析】曲中一位声名显赫的丞相，居然被贬到青山绿水间披蓑垂钓，这一巨大的变化，给他带来了种种前所未有的感受。他远离险恶的仕途，每日“闲对着绿树青山”，消遣度日，这无拘无束、闲散自由的生活使他品尝到了生活的真谛。

【原曲】〔越调·斗鹌鹑〕闲对着绿树青山，消遣我烦心倦目。潜入那水国渔乡，早跳出龙潭虎窟。披着领箬笠蓑衣，堤防他斜风细雨。长则是琴一张、酒一壶。自饮自斟，自歌自舞。

水声山色两模糊，闲看云来去。

【注释】王实甫《四丞相高会丽春堂》。

【解析】此句曲词看似信手拈来，实则浑然天成。表现了主人公被贬之后无可奈何的惆怅和苦闷之情，虽面对着绿树青山，思绪却常常飘走，心情也无法释然，对“水声山色”常视而不见，“闲看云来去”，显然，绿水青山的美景，终究不能完全消除被贬谪居的苦闷。

【原曲】〔小桃红〕水声山色两模糊，闲看云来去。则我怨结愁肠对谁诉？自踌躇。想这场烦恼都也由咱取。感今怀古，旧荣新辱。都装入酒葫芦。

天霁云开，月华精彩，南楼外。

【注释】王实甫《韩彩云丝竹芙蓉亭》。

【解析】此句写雨后的月夜美景。乌云散去，天空一片晴朗，一轮明月高悬，照彻宇宙，也照亮了人的心，让人跃跃欲试，蠢蠢欲动。在这样的夜晚，女主人公将向心爱的人儿表明心意。

【原曲】〔仙吕·点绛唇〕云霁天开，月华精彩，南楼外。行过阶庭，我潜立在湖山侧。

柳丝柔，莎茵细。数枝红杏，闹出墙围。

【注释】滕宾〔中吕〕《普天乐》。

【解析】这句曲词写春之景，明丽秀淡，生机盎然，且极富动感。莎，草名，俗称香附草，初春乃生，丛丛茸茸，如翠茵铺地。柳丝如线，落草成茵，春回大地，"柔"与"细"突出了春光尚浅。"数枝红杏，闹出墙围"，化用"春色满园关不住，一枝红杏出墙来"和"红杏枝头春意闹"，句中"一枝"改"数枝"似拙而实巧，使春天的气氛热烈奔放。

【原曲】柳丝柔，莎茵细。数枝红杏，闹出墙围。院宇深，秋千系。好雨初晴东郊媚。看儿孙日下扶犁。黄尘意外，青山眼里，归去来兮。

好雨初晴东郊媚。看儿孙月下扶犁。

【注释】滕宾〔中吕〕《普天乐》。

【解析】好雨初晴的明媚春光中，在东郊闲看儿孙们在月下扶犁春耕。此句是作者为自己的归隐生活设置的理想境界。"看"字之中蕴含着恬淡、闲适和作者的无限喜乐。

【原曲】见"柳丝柔，莎茵细"句。

黄尘意外，青山眼里，归去来兮。

【注释】滕宾〔中吕〕《普天乐》。黄尘：暗用陆机诗"京洛多风尘，素衣化为缁"和唐令狐楚《塞下曲》诗"黄尘满面长须战，白发生头未得归"句意，借指官场尘氛之气。

【解析】作者已年老体衰，厌弃官场风云，毫无留恋之心，故曰"意外"；"青山"借指归隐，隐者多以山林为归。青山在作者眼里却百看不厌，对作者有吸引力，最后引出"归去来兮"的结句，把自己的归隐之意袒露无遗。

【原曲】见"柳丝柔，莎茵细"句。

翠荷残，苍梧坠。千山应瘦，万木皆稀。

【注释】滕宾〔中吕〕《普天乐》。

【解析】此句曲词写秋景。翠荷凋残，苍梧坠叶。"千山应瘦"中一个"应"字移情入景，使无情之山亦人格化，仿佛山若有情，山亦当憔悴消瘦一般。于是草木摇落、万物悲秋的萧瑟秋景皆着上了悲凉多凄的色彩。

【原曲】翠荷残，苍梧坠。千山应瘦，万木皆稀。蜗角名，蝇头利，输与渊明陶陶醉。尽黄菊围绕东篱，良田数顷，黄牛一只，归去来兮。

蜗角名，蝇头利，输与渊明陶陶醉。

【注释】滕宾〔中吕〕《普天乐》。

【解析】作者看破了人生的碌碌风尘，不愿再为名利所羁绊。蜗角虚名、蝇头小利让他鄙视。归隐之志未遂只因自己不识实务，在这一点上应该承认自己是输与陶渊明了。一个“输”字，表现了作者对陶渊明归隐生活的倾慕和自己未能及早归隐田园的悔恨。

【原曲】见“翠荷残，苍梧坠”句。

白云深处青山下，茅庵草舍无冬夏。闲来几句渔樵话，困来一枕葫芦架。

【注释】邓玉宾〔正宫〕《叨叨令》。

【解析】在那白云缭绕、峰峦叠翠的深山里，潺潺的溪水顺着山脚流去。在这个依山傍水、远离喧嚣的地方，造几间茅草屋。住在如此优美宁静的山里，只见花开花落，草枯草荣，在不知不觉中冬去夏来，寒暑交易，完全忘却了人世间的烦恼与纷扰。闲来无事时，再与樵夫渔民谈谈家常。疲倦了，就和衣卧倒在葫芦架下，甜美地睡一觉。此曲将一种无忧无虑、怡然自得的乡野生活情趣表现得很生动，反映了作者鄙薄名利、返璞归真的情趣。

【原曲】白云深处青山下，茅庵草舍无冬夏。闲来几句渔樵话，困来一枕葫芦架。您省得也么哥，您省得也么哥？煞强如风波千丈担惊怕。

西风落叶山容瘦，呀呀的雁过南楼，霜满汀洲，水痕渐收。

【注释】尚仲贤《陶渊明归去来兮》。西风落叶山容瘦：由宋代陆游的《秋思》诗句“风林脱叶山容瘦”化来。雁过南楼，霜满汀洲：由唐代杜荀鹤《题新雁》诗句“暮天新雁起汀洲”中化来。

【解析】此句写暮秋之景。西风落叶，山容枯瘦，霜满汀洲，水痕渐收，这萧萧的秋色中有一股肃杀之气，耳边传来“呀呀”两声雁鸣，令人陡然一惊。这北雁南飞，横天而过，又为萧萧秋色平添了几分凄凉之意。

【原曲】〔灵寿杖〕西风落叶山容瘦，呀呀的雁过南楼，霜满汀洲，水痕渐收。山泼黛层层崄，水泛碧粼粼皱。记得是清明三月三，不觉又重阳九月九。

山泼黛层层崄，水泛碧粼粼皱。

【注释】尚仲贤《陶渊明归去来兮》。崄：同“险”，险要高峻的样子。

【解析】山青青，仿佛泼上了黛；水碧碧，犹如泛着层层碧。一个“泼”，一个“泛”，将迷人的山水景色写得生机勃勃、色彩斑斓。山水中透着浓浓的春的气息。

【原曲】见“西风落叶山容瘦”句。

他将那花阴串，我将这柳径穿。少年人乍识春风面，春风面半掩桃花扇。

【注释】石君宝《李亚仙花酒曲江池》。

【解析】此句曲词写男女主人公偶然相遇，一见倾心，描绘了爱情萌生时美妙的瞬间。他们为彼此的才貌风韵所吸引，穿花拂柳，互相缓缓走近，恰似彩蝶双飞在花丛柳雾之中。他们越走越近，终于四目相对，眉目传情，女主人公面容娇媚，羞答答地用桃花扇半遮脸庞，偷窥这英俊少年，少年则又惊又喜，手足无措。作者将这一见钟情的场面描绘得别有风采、美妙动人，将他们的感情烘托得分外妩媚、自然。

【原曲】他将那花阴串，我将这柳径穿。少年人乍识春风面，春风面半掩桃花扇。桃花扇轻拂垂杨线，垂杨线怎系锦鸳鸯，锦鸳鸯不锁黄金殿。

桃花扇轻拂垂杨线，垂杨线怎系锦鸳鸯，锦鸳鸯不锁黄金殿。

【注释】石君宝《李亚仙花酒曲江池》。鸳鸯锁黄金殿：出自李白《宫中行乐词》："玉楼巢翡翠，金殿锁鸳鸯。"在此比喻"有情人终成眷属"。

【解析】此句写男女二人一见倾心，却因素不相识而无法交谈，只能含情脉脉地凝视对方，只有丝丝垂柳无声地轻拂桃花扇，真是"此时无声胜有声"。而此时他们的感情是极其复杂微妙的。女子对柳丝飘拂，触景生情："垂柳虽长，可怎能系住美如锦绣的鸳鸯？正如我俩相逢相悦，可如何才能结成美眷良缘呢？"作者使用回旋反复的手法，咏叹了男女纯真无邪的爱情。

【原曲】见"他将那花阴串"句。

恨残霞不近人情，截断玉虹南去。望人间三尺甘霖，看一片闲云起处。

【注释】冯子振〔正宫〕《鹦鹉曲·农夫渴雨》。

【解析】此曲写农夫盼雨的急切心情。以农夫的眼光去写，恰如农夫眼中看出、口中说出一样。他们一年辛苦耕耘，只盼望风调雨顺，能有一个好收成，可眼见着，只有几片残霞，隔断彩虹，飘然而去。农民眼巴巴地盼望天公能降下及时雨，而天公偏不做美，只在天上飘着一缕浮云。

【原曲】年年牛背扶犁住，近日最懊恼杀农父。稻苗肥恰待抽花，渴煞青天雷雨。〔幺〕恨残霞不近人情，截断玉虹南去。望人间三尺甘霖，看一片闲云起处。

一声声只在芭蕉，断送别离人去。甚河桥柳树全疏，恨正在长亭短处。

【注释】冯子振〔正宫〕《鹦鹉曲·城南秋思》。

【解析】这句曲词写离别后回忆离别时难舍难分的场面。秋天，淅淅沥沥的雨声打在芭蕉叶上，使人彻夜难眠，思念之情油然而生，想起离别时的情景让人断肠。为什么河畔柳树枝叶稀疏呢？因为人间有无数离人别去，只恨长亭路短，转眼就不见了离人的影踪。此句极妙地表达了离别人不愿分别，却又不得不分别的复杂心理和难以割断的情意。

【原曲】新凉时节城南住，灯火诵鲁国尼父。到秋来宋玉生悲，不赋高唐云雨。〔幺〕一声声只在芭蕉，断送别离人去。甚河桥柳树全疏，恨正在长亭短处。

柳青青万里初程，点染阳关朝雨。

【注释】冯子振〔正宫〕《鹦鹉曲·别意》。

【解析】在一片青青的柳色中，离人即将远去万里边疆，蒙蒙朝雨下个不停，伴着深婉缠绵的《阳关三叠》，想着荒凉寂寞的塞外荒漠，怎不叫人黯然伤神，难舍难分？

【原曲】花骢嘶断留侬住，满酌酒劝据鞍父。柳青青万里初程，点染阳关朝雨。〔幺〕怨春风雁不回头，一个个背人飞去。望河桥敛衽频啼，早蓦到长亭短处。

怨春风雁不回头，一个个背人飞去。望河桥敛衽频啼，早蓦到长亭短处。

【注释】冯子振〔正宫〕《鹦鹉曲·别意》。

【解析】这句曲词写送别人的离愁别恨。春天本应是无限美好的，而心上的人就像秋来春去的鸿雁一样，恰在这美好的春天里要离去，女子怎能不诅咒这无情的春风？她甚至迁怒于大雁，那样无情无义，执意南飞，从不回头。深情的女子只能送了一程又一程，远远望见河面的浮桥，知是长亭已到，眼泪不禁夺眶而出，失声痛哭，敛起衣袖，频频地擦眼泪。时间太快了，而长亭的路太短了，分别的时刻无情的降临了。

【原曲】见“柳青青万里初程”句。

山无数，烟万缕，憔悴煞玉堂人物。

【注释】朱帘秀〔双调〕《寿阳曲·答卢疏斋》。玉堂人物：指卢挚，他曾做过翰林学士，而翰林学士在宋代后被称为“玉堂”。

【解析】此曲以写景起兴，渲染分别时的气氛。无数青山将成为隔离情人的障碍，缕缕云烟犹如纷乱的情丝，绵绵不绝，在这难舍难分的别离时刻，怎不让卢挚伤心、憔悴！表现了卢挚对作者的一片情意。此曲语言质朴，情感强烈，冲口而出，一泻无余。

【原曲】山无数，烟万缕，憔悴煞玉堂人物。倚篷窗一身儿活受苦，恨不得随大江东去 。

展花笺欲写几句知心事，空教我停霜毫半晌无才思。

【注释】贯云石〔正宫·塞鸿飞〕《代人作》。铺展精美的信纸想写几句知心话,空握毛笔却半天也没有文思。

【解析】“悲秋”——借写秋景的寥落来烘托内心的悲凉——是我国文学传统主题,大多是表现作者孤寂、失意、飘零之类的慨叹。这句话表达了作者的难言之苦是因为他极度悲伤,无法诉说。他并不是“无才思”,而是思如潮涌。

【原曲】战西风几点宾鸿至,感起我南朝千古伤心事。展花笺欲写几句知心事,空教我停霜毫半晌无才思。往常得兴时,一扫无瑕疵。今日个病厌厌刚写下两个相思字。

东家醉了东家唱,西家再醉何妨?

【注释】贯云石〔正宫〕《小梁州》在东家喝醉了就大唱抒怀,在西家再喝醉一次又有什么妨碍?

【解析】此曲写年华易逝、功名难成的感慨,表现了作者难以把握自己命运的悲哀,也表现了作者对社会现实的强烈不满。主人公不去欣赏花柳芬芳,终日只图一醉。是醉着好,还是醒着好?各人看法不同,作者不去争辩,只求自己享受清闲。

【原曲】朱颜绿鬓少年郎,都变做白发苍苍。尽教他花柳自芬芳。无心赏,不趁燕莺忙。〔幺〕东家醉了东家唱,西家再醉何妨?醉的强,醒的强,百年浑是醉,三万六千场。

玉女弹,佳人唱,湖山堂上,直吃醉何妨?

【注释】贯云石〔正宫·小梁州〕《春》。湖山堂上设宴,有玉女佳人弹唱,大好春光,正当一醉。

【解析】贯云石一生最后十年隐居杭州,对身边山山水水怀有深厚感情。以春、夏、秋、冬为题的〔正宫·小梁州〕写出了西湖四季的物态、风光,笔调生动,情致宛然,读后使人眼前呈现一幅优美画卷。作者置身楼台,沐浴春风,开怀痛饮,畅然忘归。这是多少人所企及的生活啊!

【原曲】春风花草满园香,马系在垂杨。桃红柳绿映池塘。堪游赏,沙暖睡鸳鸯。〔幺〕宜晴宜雨宜阴旸,比西施淡抹浓妆。玉女弹,佳人唱,湖山堂上,直吃醉何妨?

画船撑入柳阴凉,一派笙簧,采莲人和采莲腔。

【注释】贯云石〔正宫·小梁州〕《夏》。笙,一种簧管乐器。簧,乐器中发声的薄片。将画船停在柳荫中乘凉,有人吹奏笙簧,采莲少女互相唱和。

【解析】江南是“水乡”,画中无水便少了精神。画船泊于柳荫,面对怡情悦意的山光水色,游人便进入忘忧弃躁的境界。船上歌伎才色俱佳,水面采莲女歌声互答,兼有荷香阵阵、鸳鸯双栖,令人沉醉,新月初升之时,游客才恋恋不舍地离去。

【原曲】画船撑入柳阴凉,一派笙簧。采莲人和采莲腔。声嘹亮,惊起宿鸳鸯。〔幺〕佳人才子游船上,醉醺醺笑饮琼浆。归棹晚,湖光荡,一钩新月,十里芰荷香。

枯荷叶底鹭鸶藏。金风荡,飘动桂枝香。

【注释】贯云石〔正宫·小梁州〕《秋》。荷叶枯败,水鸟也感到秋天的萧瑟,秋风阵阵,传来沁人心脾的桂子馨香。

【解析】秋天西风萧瑟,万木凋零,诗人往往因萧杀、凄清而动诗情。贯云石不回避这一点,但更欣赏秋高气爽的美景,菊花在霜露中绽放,桂子在空中飘香 ,秋天让人感觉清爽、沉静。每个季节都有它的生机与活力,贯云石的取景展示了他那种淡于名利、飘然出世的心胸。

【原曲】芙蓉映水菊花黄,满目秋光。枯荷叶底鹭鸶藏。金风荡,飘动桂枝香。〔幺〕雷峰塔畔登高望,见钱塘一派长江。湖水清,江潮漾,天边斜月,新雁两三行。

六桥顷刻如银洞,粉妆成九里寒松。

【注释】贯云石〔正宫·小梁州〕《冬》。九里寒松:《西湖志》:"唐刺史袁仁敬植松于行春桥,西达灵竺路,左右各三行,每行相去八九尺,苍翠夹道,人行其间,衣袂尽绿。"

【解析】一场大雪不期而至,贯云石立即乘兴出游,在苏堤踏雪寻梅。西湖六桥披上银妆,好像白色洞穴,苍翠的青松也被妆点成琼枝玉树。大雪严寒,游人雅兴不减,湖畔有丝竹悠扬,人们举杯助兴。情景交织出一幅令人难以忘怀的画面。

【原曲】彤云密布锁高峰,凛冽寒风。银河片片洒长空。梅梢冻,雪压路难通。〔幺〕六桥顷刻如银洞,粉妆成九里寒松。酒满斟,笙歌送,玉船银棹,人在水晶宫。

夜来香透帏,人初睡,玉堂春梦回。

【注释】贯云石〔南吕〕《金字经》。夜深了香气透入床帏,人刚睡稳,却被春梦惊醒。

【解析】此曲以女子口吻写别后无休无止的相思。"晓日""碧风",风光如画,女主人公却无心观赏。满饮一杯酒,欲减相思偏使人相思无限,静坐出神。

一“思”字使画面由静转动，道出她相思的无穷无尽，“春梦”恼人更是平添神韵，加深了内蕴。

【原曲】金芽薰晓日，碧风度小溪。香暖金炉酒满杯。思，夜来香透帏。人初睡，玉堂春梦回。

夜深愁寐醒，人孤零，萧萧月二更。

【注释】贯云石〔南吕〕《金字经》。深深的离愁使人从睡梦中醒来，孤零零一个人，更感到夜半的寂寞。

【解析】这是一支情真意切的离别之歌。女子知道应该克制愁苦，珍惜自己，所以不敢在送别时唱《阳关三叠》。但离情满怀，无法排遣，夜深时睡而又醒。二更时分，更觉无边的孤寂凄凉，总算有明月相伴，多少给人以安慰。贯云石婚后不久，就辞母别妻，前往永州任职，对曲中所写离情是有切身感受的。

【原曲】蛾眉能自惜，别离泪似顷。休唱《阳关》第四声。情，夜深愁寐醒。人孤零，萧萧月二更。

泪溅描金袖，不知心为谁？芳草萋萋人未归。

【注释】贯云石〔南吕〕《金字经》。泪珠落在精美的服饰上，不知是在想念谁？原来是为了迟迟未归的夫君。

【解析】前两句设问，引人思考。原来是看到春日的芳草萋萋，思念起远行游子，感慨一刻千金的大好时光，却不能共同度过。语言清润、自然，以眼前景道出心中情。此曲意境像温庭筠《菩萨蛮》，这大概是二人都有类似生活体验，都同情思妇的痛苦。

【原曲】泪溅描金袖，不知心为谁？芳草萋萋人未归。期，一春鱼雁稀。人憔悴，愁堆八字眉。

返旧约十年心事，动新愁半夜相思。

【注释】贯云石〔中吕〕《红绣鞋》。想起了旧日盟誓和多年心事，让人半夜里忽生相思，触动新愁。

【解析】此曲写主人公在西风吹落红叶时想起往日情人，恨不能引发诗思，只能默想几缕心事，空怀无尽相思。旧日约定已不复存在，但仍能引起愁思，表现了主人公对爱情的忠贞以及由此带来的痛苦。元曲较诗词更口语化，多对偶，也多排比，但少有对仗如此工稳的佳句。

【原曲】返旧约十年心事，动新愁半夜相思，常记得小窗人静夜深时。正西风闲时水，秋兴浅不禁诗。雕零了红叶儿。

更闰一更儿妨甚么?

【注释】贯云石〔中吕〕《红绣鞋》。夜晚再长一些又能怎么样。

【解析】这只曲子写得泼辣大胆,俚俗生动。前三句连用八个“着”字,描写正处于欢会中的青年男女的六个动作和两种心态,浮雕般凸现他们的欢悦情态和他们害怕天明的心理状态。女子用反问语气吐露自己的微小愿望,是值得同情的。此句对“闰”字进行了活用,“更闰一更儿”是一种大胆的创造,令我们佩服曲作家的想象力和幽默感。

【原曲】挨着靠着云窗同坐,偎着抱着月枕双歌,听着数着愁着怕着早四更过。四更过情未足,情未足夜如梭。天哪,更闰一更儿妨甚么?

一声长叹嗟,凭阑人去也。

【注释】贯云石〔越调·凭阑人〕《题情》。凭栏眺望的人看不见了,离人暗自嗟叹。

【解析】此曲写出了远行人离别之时的哀伤叹惋情状。游子思妇之情是历来歌咏不尽的,在元曲小令中表现得尤为精警。昨日缱绻缠绵,今天就要分别,离愁别绪无法也无处诉说。作者不写凭阑人的感受,反写远行人“一声长叹嗟”。

【原曲】昨日欢娱今日别,满腹离愁何处说?一声长叹嗟,凭阑人去也。

梦里相逢情倍加,梦断香闺愁恨多。梦他憔悴他,争如休梦他。

【注释】贯云石〔越调·凭阑人〕《题情》。梦里见到他情谊更深,梦醒时愁恨也就更多。梦见他却让人憔悴,不如不去梦他。

【解析】闺中女子思念远行人,只有在睡梦中与他见面。想梦他又怕梦他,不梦他又做不到,写出了痴心女子对恋人的爱恋之深和欲罢不能。后一句是反语,表现了女子处于极度相思之苦中,心理有波动,但实际上是宁愿梦他,自甘其苦。

【原曲】梦里相逢情倍加,梦断香闺愁恨多。梦他憔悴他,争如休梦他。

目外秋江,意外风光,环佩空归,分付下凄凉。

【注释】贯云石〔双调〕《蟾宫曲》。远眺秋江,却没有心思看风光,踽踽独行,环佩空响,从此就难脱凄凉。

【解析】从唐诗到宋词,再到元曲,遣词造句越来越趋向于口语化,同样的意思、情境,元曲却能表现得更有趣味。此曲以愁苦心情描写秋景,以景衬情,“准备了今宵乐章”“分付下凄凉”两句把秋拟人化,似乎这一切都是它安排好的。

【原曲】竹风过雨新香,锦瑟朱弦,乱错宫商。樵管惊秋,渔歌唱晚,淡月疏篁，准备了今宵乐章。怎行云不住高唐？目外秋江，意外风光，环佩空归，分付下凄凉。

人已如仙，花正堪怜，酒满金樽，诗满鸾笺。

【注释】贯云石〔双调〕《蟾宫曲》。花开得正可爱，对花酌酒，展纸赋诗，面对此情此景，人好像已经羽化登仙。

【解析】元代社会等级制度森严，官场黑暗，所以散曲小令中多讽喻世事、流露归隐思想之作。此曲不落窠臼，通过一段仙境般的描写，表达了自己想要遗世独立的想法。全曲无一怨语，通过对自己怡然自得心情的描写来感染读者，给人以美的享受。

【原曲】凌波晚步晴烟，太华云高，天外无天。翠羽摇风，寒珠泣露，总解留连。明月冷亭亭玉莲，荡轻香散满湖船。人已如仙，花正堪怜，酒满金樽，诗满鸾笺。

倦理琵琶，人倚秋千，月照窗纱。

【注释】贯云石〔双调·蟾宫曲〕《送春》。懒得去弹琵琶，倚着秋千却没心思荡几下，只默默看着窗纱上的月光。

【解析】贯云石此曲受了文人诗词影响。名为“送春”，而不着“春”字，纯以自然景象与人的活动罗列来加以描绘，别有一番情趣。“惜春”是人们常有的一种情绪，但春天却毫不理会、倏忽即逝。你看杜鹃已在夕阳中悲啼，落花已逐流水，人也就再无情思。

【原曲】问东君何处天涯？落日啼鹃，流水桃花，淡淡遥山，萋萋芳草，隐隐残霞。随柳絮吹归那答，趁游丝惹在谁家。倦理琵琶，人倚秋千，月照窗纱。

弃微名去来心快哉！一笑白云外。

【注释】贯云石〔双调〕《清江引》。放弃名利追求，心中真是畅快，笑声回荡在青天外。

【解析】此曲是作者辞官之后，南游杭州途中所作，抒发了诗人摆脱了宦海风波，投入大自然怀抱之中那种无拘无束、自由自在、轻松痛快的豪放不羁之情。贯云石少年得志，文武双全，正当大展鸿图之际，却激流勇退。这一方面是因为元代社会是非颠倒、仕途险恶，另一方面是因为贯云石那热爱自由的诗人禀性。此曲笔调骏快，风格豪放，无景物描写，纯以率真自然的抒情取胜。

【原曲】弃微名去来心快哉！一笑白云外。知音三五人，痛饮何妨碍？醉袍袖舞嫌天地窄。

竞功名有如车下坡,惊险谁参破?

【注释】贯云石〔双调〕《清江引》。争功名利禄好像马车直下陡坡,速度虽快,但也易翻,惊险谁能看破?

【解析】此曲揭露了官场险恶、祸福无常的残酷现实,表现了作者全身远祸而又愤世嫉俗的思想感情。"下坡车"是通行的俗语,常用以比喻光阴荏苒,本曲则注入了"惊险"的内涵,有了对生活内容的深思。用通行的俗语来表现对人生的思索,是贯云石散曲本色特征的价值所在。

【原曲】竞功名有如车下波,惊险谁参破?昨日玉堂臣,今日遭残祸。争如我避风波走在安乐窝。

偏宜雪月交,不惹蜂蝶戏。有时节暗香来梦里。

【注释】贯云石〔双调·清江引〕《咏梅》。梅花偏偏爱开在雪中、月下,不去惹浮蜂浪蝶的狎戏。常把清幽淡远的芳香散发给梦中的人们。

【解析】此曲赞美梅花在冰雪严寒中早放,报春而不争春,幽香而不媚众的凛然风骨和高标逸韵,表现了诗人不逐流俗、贞洁自守的高尚品格。"雪月",与梅同是一尘不染,洁白无瑕,故能衬托出梅之神韵;梅花更有"雪月"不具备的暗香,超凡脱俗而又令人赏心悦目。

【原曲】南枝夜来先破蕊,泄露春消息。偏宜雪月交,不惹蜂蝶戏。有时节暗香来梦里。

芳心对人娇欲说,不忍轻轻折。

【注释】贯云石〔双调·清江引〕《咏梅》。一枝梅花就像一位冰肌玉骨的美人,想要倾诉,欲说还休,让人不忍折枝。

【解析】此曲描写了郊外野梅在烟笼月罩中娇美动人、意态朦胧的幽姿和神清骨秀、春情无限的风韵,抒发了诗人对野梅的无限爱怜之情。作者运用拟人化手法,将野梅写得娇美可爱、含情脉脉,那一片爱梅惜梅之情,简直呼之欲出了。物我浑然一体,情景交融一片。

【原曲】芳心对人娇欲说,不忍轻轻折。溪桥淡淡烟,茅舍澄澄月。包藏几多春意也。

草堂书千卷,月下琴三弄。

【注释】贯云石〔双调·清江引〕《知足》。身居草堂,但四壁有书千卷;无官身轻,可以月下抚琴自乐。

【解析】作者少年得志,身居高位,却能毫不犹疑地从官场抽身,因为他的性情更适合做一个诗人。此曲为自己的退隐写心述志,描写了自己闲适而充实的田园生活。春日野花满园，正宜观赏，白天时间长，恰可临窗读书，“万卷读书消永昼，一窗昏晓送流年”，完全可以移来形容作者的知足心态。

【原曲】野花满园春昼永，客来相陪奉。草堂书千卷，月下琴三弄，子落得这些儿闲受用。

无处托春心，背立秋千下。

【注释】贯云石〔双调·清江引〕《惜别》。一片春心却无处寄托，背倚秋千没心思去荡。

【解析】情人分离自古令人神伤，但又不得不去面对。离人骑马乘舟，望归路弥漫着湘云楚雨，渐行渐远，无语伤怀；闺中女子哭泣着直到声音嘶哑，晚凉生起，却浑然不觉。试图按捺春心，又因月下的梨花院落惹起愁绪。一点相思未平，一片相思又起，如何承受。

【原曲】玉人泣别声渐哑，久立凉生袜。无处托春心，背立秋千下，被梨花月儿挑逗煞。

不是修书，不是无才思，绕清红买不得天样纸。

【注释】贯云石〔双调·清江引〕《惜别》。不是不想写信，也不是没什么可写，只是我跑遍清江一带也买不到天那样大的纸。

【解析】这是男主人公托朋友向女方带口信，含蓄巧妙地表达了自己的无限相思和一腔忠诚。可以看出男女双方离别已经很久，距离太远，相见太难，但是男主人公的相思眷恋之情却与日俱增，有如天长海阔，难以用信来表达。惊人的想象和高度的夸张让人耳目一新，未写相思而相思自见。

【原曲】若还与他相见时，道个真传示：不是不修书，不是无才思，绕清红买不得天样纸。

不与时人共，倚帏屏静中心自省。

【注释】贯云石〔双调〕《清江引》。不随便接受时人的看法或效仿时人的做法，背倚帏屏独自思考。

【解析】作者有四曲《清江引》首尾相连，共同表达这样一种思想：生死有命，富贵在天，不要追随俗流去争名逐利，且与知己好友开怀畅饮。此曲为其二，说心事无人可诉，且付与瑶琴。岳飞曾有“知音少，弦断有谁听”的感叹，作者却是劝人耐心，等待清明时日。

【原曲】且开怀与知音谈笑饮。一曲瑶琴弄，弹出许多声。不与时人共，倚帏屏静中心自省。

金钗影摇春燕斜，木杪生春叶。水塘春始波，火候春初热。土牛儿载将春到也。

【注释】贯云石〔双调·清江引〕《立春》。木杪(miǎo)：树梢。土牛儿，即春牛。立春日妇女头上插金钗、戴春燕，人们盛装出游。树木吐绿，水塘冰解，气候变暖，人们鞭打土牛儿迎接春天的到来。

【解析】此曲用的是嵌字格。贯云石一次赴宴正赶上立春，有人请他赋《清江引》，要求用“金、木、水、火、土”五个字冠于每句之首，又要求每句中要有“春”字。贯云石此曲赋成，满座倾倒。这么严格的要求，他居然写得文意充实、意境生动，可见艺术功力之深。

【原曲】金钗影摇春燕斜，木杪生春叶。水塘春始波，火候春初热。土牛儿载将春到也。

看江潮鼓声千万家，卷朱帘玉人如画。

【注释】贯云石《〔双调〕寿阳曲》。江潮声如战鼓齐，千万家竞相观看，深闺女子也卷起朱帘，向江上眺望。

【解析】钱塘江流经杭州东南，每年八月十八日钱塘江大潮是天下奇观。潮头高数丈，声如雷鼓，城内百姓倾城而出，观潮是杭州百姓一大胜事。后一句借美女卷帘眺望来突出江潮之胜，美女卷帘的雅致情景与江潮涌来的热闹场面对比，闹中寓静，给人以轻松恬静的美感。

【原曲】鱼吹浪，雁落沙，倚吴山翠屏高挂。看江潮鼓声千万家，卷朱帘玉人如画。

新秋至，人乍别，顺长江水流残月。

【注释】贯云石《〔双调〕寿阳曲》。秋天刚刚来到，离人就分手远去，残月依然，而人却被日夜不息的江水带走了。

【解析】此曲写出了作者因离人远去而产生的怅惘伤感之情。离别从来让人神伤，又赶上清秋时节，倍感孤独寂寥。作者用烘云托月的手法，渲染了离人的深重愁肠；写离愁而不着一个“愁”字，全用客观景象烘托。结尾写头一夜离愁别绪就这么深重，今后还不知到什么程度。

【原曲】新秋至，人乍别，顺长江水流残月。悠悠画船来去也，这思量起头儿一夜。

绿阴茅屋两三间，院后溪流门外山，山桃野杏开无限。

【注释】贯云石〔双调·水仙子〕《田家》。几间茅屋在绿荫里，门前可看山，屋后可听水，山桃野杏，花开灿烂。

【解析】作者辞官后寓居杭州十年,终日游山玩水,这几句描写田家清幽的生活环境,是有切身感受的。心态超然的人才选择这种生活环境,这种环境也造就着心态超然的人。大好春光不能白白溜走。邀上三五亲邻赏景饮酒,享受浮生半日闲。

【原曲】绿阴茅屋两三间,院后溪流门外山,山桃野杏开无限。怕春光虚过眼,得浮生半日清闲。邀邻翁为伴,使家僮过盏,直吃的老瓦盆干。

乐丰年畅饮开颜,唤稚子筛新酿,靠蓬窗对客弹。

【注释】贯云石〔双调·水仙子〕《田家》。赶上了丰收年欢笑痛饮,叫小孩子筛好新酿美酒,靠着蓬窗为客弹琴,与客对饮。

【解析】此曲以田家老翁口吻讲出农家丰收之乐。老翁无心去做长安名利客,家中仆僮辛勤劳作,换得丰收年景,可使家人免受饥寒,这就使老翁十分满足。"仓廪实而知礼节",老翁因为丰收而少于操劳,约知己伴饮酒、弹琴,互诉衷肠。

【原曲】田翁无梦到长安,婢织奴耕尽我闲,蚕收稻熟今秋办,可无饥不受寒。乐丰年畅饮开颜,唤稚子筛新酿,靠蓬窗对客弹,直吃的老瓦盆干。

畅幽哉,春风无处不楼台。

【注释】贯云石〔双调〕《殿前欢》。真幽雅,登上楼台眺望,四处是春光。

【解析】登高望远,心旷神怡,生机勃勃的春天却使他想起抱负无法伸展,因而感伤。作者武功非凡,文才过人,曾官拜翰林侍读学士,正当官运亨通之时,要归隐谈何容易,自有一番矛盾。但是黑暗的社会现实和残酷的官场斗争又使作者警醒,不如辞官,尽情领受大好春光。

【原曲】畅幽哉,春风无处不楼台。一时怀抱俱无奈,总对天开。就渊明归去来,怕鹤怨山禽怪,问甚功名在。酸斋是我,我是酸斋。

沧浪污你,你污沧浪。

【注释】贯云石〔双调〕《殿前欢》。沧浪清澈之水玷污了你,而你的自沉也使沧浪之水污浊了。

【解析】此曲写作者为屈原被逼投江而惆怅,继而省悟:积极进取的人总是命运多舛,不如放达超脱,尽赏山水之乐。作者情绪复杂,这句话以反言正,其实对屈原是钦佩之至的。风格既不豪放又不清润,是所谓俳谐体。词中多用反语,间或流露出辛酸和愤懑。

【原曲】楚怀王,忠臣跳入汨罗江。《离骚》读罢空惆怅,日月同光。伤心来笑一场,笑你个三闾强,为甚不身心放。沧浪污你,你污沧浪。

楼心月扇底风，情缘重，恨不似《钗头凤》。

【注释】贯云石〔双调〕《殿前欢》。楼头明月、扇底清风让人憧憬相见，情缘深重，恨无法用诗歌来与恋人通款曲、诉衷肠。

【解析】此曲表达了渴望与恋人朝夕相处的心情，披露了爱不能伸、情不能禁的苦闷忧愁。作者以含蓄、蕴藉的手法抒写复杂、微妙的情愫，用主观的意念感染读者，容易与人产生共鸣。主人公那种失望而尚未绝望、不甘于苦苦相思又情愿相思的心情，不需借助内容，足以打动人心。

【原曲】怕相逢，怕相逢歌罢酒樽空。醉归来纵有阳台梦，云雨无踪。楼心月扇底风，情缘重，恨不似《钗头凤》。东阳瘦损，羞对青铜。

独立苍苔，看黄花谩自开。人安在？还不彻相思债。

【注释】贯云石〔双调·殿前欢〕。谩（mán）：随意。独自一人，看菊花自在地开放。思念的人不在身边，只感到无法还清的相思债。

【解析】秋天的景物容易使人有萧瑟悲凉的感受，并触发人们的伤感情怀。久别情侣的相思之情更是比平时更强烈。看着盛开的菊花，希望和所思念的人一同观赏。人不在身边，无缘享受这种赏心乐事，怎不令人惆怅、感叹。主人公无法改变离别的残酷现实，只有在梦中去寻求一见。

【原曲】怕秋来，怕秋来秋绪感秋怀。扫空阶落叶西风外。独立苍苔，看黄花谩自开。人安在？还不彻相思债。朝云暮雨，都变了梦里阳台。

向烟霞笑傲，任世事蹉跎。

【注释】贯云石〔双调·殿前欢〕《和阿里西瑛懒云窝》。隐居山林，笑傲于烟霞之中，一任世事蹉跎。

【解析】阿里西瑛的居所叫“懒云窝”，曾自作《殿前欢·懒云窝自叙》，以玩世不恭的口气，表达了作者藐视功名富贵、唯求自由自在的情怀。贯云石这支和曲同样借描写懒云窝赞赏真正具有隐士情怀的人。懒云窝已成为文人田园生活茅屋的象征。

【原曲】懒云窝，阳台谁与送巫娥。蟾光一任来穿破。遁迹由他，蔽一天星斗多，分半榻蒲团坐，尽万里鹏程挫。向烟霞笑傲，任世事蹉跎。

今春又惹前春恨，泪珠儿滴尽愁难尽。

【注释】贯云石〔仙吕·点绛唇〕《闺愁》。今年春天的离恨还和去年一样，眼泪流尽也无法排遣心中苦闷。

【解析】春女感阳则思，闺中少妇更是无法一个人度春日。黄昏时分，暮春天气，最盼远行人寄来书信。一春又将远去，没能够二人共赏春景，焚香祝愿，只引起愁绪万端。春去春来，行人却去而不归，不知这刻骨相思何日才能得到慰藉，真使人心灰意懒。

【原曲】琼簪折，宝鉴分，今春又惹前春恨，泪珠儿滴尽愁难尽，瘦庞儿不似当时俊。思量几度甚时休，相思满腹何年尽。

有万种凄凉不可堪，何日回还？

【注释】贯云石〔南吕·一枝花〕《离闷》。无边无际的凄凉感袭来，让人无法忍受。离人什么时候才能回归？

【解析】这支曲子深入细致地描写了思妇的凄凉无奈心理：弹琴没有了兴致，容颜憔悴却又没心思梳妆打扮，坐下来修封书信，却无人能为传送。这句话直接喊出了思妇的想法，体现了元曲中爱情描写直率、大胆的特点。

【原曲】卜龟卦铜腥玉笋，盼鸿书目断云山。别离情绪谁曾惯？这些时银筝懒按，锦瑟慵弹，玉箫倦品，宝鉴羞观。病恹恹瘦损容颜，闷昏昏多少愁烦。花钿坠懒贴香腮，衫袖湿镇淹泪眼，玉簪斜倦整云鬟。近间，坐间，用工夫修下封鸳鸯缄，无处倩鱼雁。有万种凄凉不可堪，何日回还？

半帘红日愁天晚，一盏孤灯照夜阑。

【注释】贯云石〔南吕·一枝花〕《离闷》。夕阳照在半卷的珠帘上，愁闷又加重了。夜深了，对着一盏孤灯独坐。

【解析】白日的喧嚣或许可以暂时冲淡离愁，但夜晚的静谧却让人无处可逃，浓重的春愁就像黑暗一样包围着独守春闺的思妇。孤灯掩映，一人度清宵，人会变得那么无助、那么脆弱，什么事都没有心思，眼见得腰身瘦下去。这句话写出了凄凉、愁苦的意境，让人心情沉重。

【原曲】半帘红日愁天晚，一盏孤灯照夜阑。全不似当时旧风范。绣床又倦攀，梳妆又意懒，瘦怯怯裙腰儿旋旋的攒。

清湛湛水光浮岚碧，响当当晓钟敲破。

【注释】贯云石〔中吕·粉蝶儿北〕《西湖小景》。水光清澈澄净，山林中雾气飘荡，晨钟响起，打破四周的沉寂。

【解析】作者移居杭州后，据说无一日不游西湖。他吟咏山水风月之作，意态潇洒，格调清丽，读来令人赏心悦目。他在曲中用了许多叠词，绘声绘色，使语言富于雕塑感和色彩美。“清湛湛”形容水色，“响当当”写钟声，很有表现力，描画了一方清空幽雅的世界。

【原曲】清风送蕙香，月穿岫云破。清湛湛水光浮岚碧，响当当晓钟敲破，呜咽咽猿啼在古岭，见对对鸳鸯戏清波。迢迢似渔舟钓艇，碧澄澄满船雨笠共烟蓑。

风物熙，丽日迟，连天芳草正萋萋。

【注释】贯云石〔越调·斗鹌鹑〕《忆别》。风光景物明丽，丽日迟迟不落，连绵不尽的芳草长得正茂盛。

【解析】主人公别了婷婷袅袅能歌善舞的佳人，为功名利禄去得急，一曲《阳关三叠》都未听罢便上路了。长亭送别，执手相看泪眼，使人悲伤无限。眼前春意正浓，春光正好，但自己却身在遥远的九嶷山。回望远山，烟雾迷茫，再不能一同游乐武陵溪上。

【原曲】风物熙，丽日迟，连天芳草正萋萋。客万里，人九嶷，遥岑十二远烟迷。生隔断武陵溪。

常想着相见时话儿甜，早忘了星前月下苦。

【注释】贯云石〔越调·斗鹌鹑〕《佳偶》。因为渴望着相见时的甜言蜜语，就不在乎星前月下等候之苦。

【解析】古时婚姻讲才子配佳人，但囿于门第，许多天成佳偶被拆散；碍于男女大防，恋人见面也很难。此曲所写的一对儿恋人相互倾慕，心满意足，只恨相见太难，常常要受星前月下等候之苦。这句话表现了散曲惯用俚语的特点，表达真实想法，毫不掩饰。

【原曲】锦纹封寄情缘薄，罗帕留香信物。常想着相见时话儿甜，早忘了星前月下苦。

将柴门掩落霞，明月向杖头挂。

【注释】贯石屏〔仙吕·村里迓鼓〕《隐逸》。夕阳西下，落霞满天之中掩上柴门，月色中拄杖散步。

【解析】《词林摘艳》注为贯石屏作，而《北宫词纪》和《词林白雪》都说是贯云石作，很可能贯石屏就是贯云石。此曲写隐逸，造句平淡，用典浑融，无斧凿痕。竹篱茅舍，渔樵闲话，写出了真实感受，各方面看来都像是贯云石的作品，置之其中，难以觉察。

【原曲】将柴门掩落霞，明月向杖头挂。我则见青山影里的鱼槎。慢腾腾间潇洒，闷来独自对天涯，荡村醪饮兴加。

魂消闷颜，愁舒倦眼，何处家山？

【注释】鲜于必仁〔中吕·普天乐〕《潇湘夜雨》。心情烦闷，若有所失，疲倦的双眼不愿睁开,家乡山水在何处?

【解析】元曲中多景观描写,有“西湖十景”、“燕京八景”、“潇湘八景”,多写登临之乐,陶陶然乐哉。作者这一组散曲却时时透出愁闷情绪。夜雨之时,本是思念、读书的大好时刻,心情应该愉悦,作者眼中却满是“密云”、“乱雨”、“浊浪”、“孤灯”,大概是久滞异乡的原因吧!

【原曲】白蘋洲,黄芦岸,密云堆冷,乱雨飞寒。渔人罢钓归,客子推篷看。浊浪排空孤灯灿,想鼋鼍出没其间。魂消闷颜,愁舒倦眼,何处家山?

山光凝暮,江影涵秋。

【注释】鲜于必仁〔中吕·普天乐〕《平沙落雁》。暮色凝结在夕阳回照的山峰上,秋意涵容在树影下的江水中。

【解析】据说湖南衡阳是大雁南飞的最南端,秋冬之季大雁飞到此地便停下栖息。王勃《滕王阁序》和范仲淹《渔家傲》都写到这一点,《平沙落雁》还被谱为古筝曲。雁落平沙本是一幅优美和谐的图画,是宁静、和平的象征,但作者笔下却是“雁阵惊寒”,一切都染上浓浓秋意。

【原曲】稻粱收,菰蒲秀,山光凝暮,江影涵秋。潮平远水宽,天阔孤帆瘦。雁阵惊寒埋云岫,下长空飞满沧州。西风渡头,斜阳岸口,不尽诗愁。

折腰时心已愧,伸脚处梦先惊。

【注释】鲜于必仁〔越调·寨儿令〕。陶渊明想到向长官折腰时心生愧疚,严子陵与光武帝同塌时肉跳心惊。

【解析】作者赞颂名士归隐,万古流芳。渊明不甘心为微薄俸禄去阿谀、奉承长官,因而辞官归隐;严子陵不愿陪伴在昔日同窗光武帝左右,畏惧仕途险恶而隐居富春山。散曲中表达归隐愿望的作品很多,但此曲有创造性,结构上采取史家常用的诸人合传的手法,其义自现。

【原曲】汉子陵,晋渊明,二人到今香汗青。钓叟谁称,农父谁名,去就一般轻。五柳庄月朗风清,七里滩浪稳潮平。折腰时心已愧,伸脚处梦先惊。听,千万古圣贤评。

成败难量,五丈秋风,落日苍茫。

【注释】鲜于必仁〔双调·折桂令〕《诸葛武侯》。成败难以估量,也难以评价,而今五丈原上只有萧瑟秋风和苍茫落日。

【解析】全曲从刘备逐鹿中原入题,历数诸葛亮辅佐刘备打天下的文韬武略、万古雄才,对其壮志未酬身先死的悲壮一生深表叹惋,表达了对诸葛武侯的钦敬之情。曲中多用偶句,对仗工稳,用语具有咏史的分量感,风格沉雄。

【原曲】草庐当日楼桑。任虎战平原，龙卧南阳；八阵图成，三分国峙，万古鹰扬。《出师表》谋谟庙堂，《梁甫吟》感叹岩廊。成败难量，五丈秋风，落日苍茫。

分曙色流云有影，冻晴光老树无声。

【注释】鲜于必仁〔双调·折桂令〕《西山晴雪》。曙光升起，天际流云映入眼帘；晴日雪色刺眼，寒风中的老树毫无声息。

【解析】燕京地处北国，八景中少江南水乡的秀美，而多了几分雄奇、清峻。西湖的"断桥残雪"只会让人想起伤心往事，而"西山晴雪"却让人为之振奋。白色世界浑融一体，似天开一幅图画，光芒万丈，清明亮丽。"有影"为画面添了几分灵动，"无声"赋予老树不屈的性格。

【原曲】玉嵯峨高耸神京，峭壁排银，叠石飞琼。地展雄藩，天开图画，户判围屏。分曙色流云有影，冻晴光老树无声。醉眼空惊，樵子归来，蓑笠青青。

千古清名，一去钟期，无复能听。

【注释】鲜于必仁〔双调·折桂令〕《琴》。一曲《高山流水》千古闻名，可惜钟子期死后，没有人能够听得懂。

【解析】俞伯牙独自弹琴，钟子期路遇，听出曲中的巍巍高山、洋洋江河。两人引为知音，约一年后再见，不幸钟子期先死，未能见面，俞伯牙摔琴祭友，再不弹琴。弹琴者往往在曲中寄寓高远理想，少有人识，俞、钟二人的交谊诚为难得。后人盛赞两个相知，早已超出音律范围。

【原曲】拂瑶琴弹到鹤鸣，自谓防心，谁识高情？夜月当徽，秋泉应指，晚籁潜声。《广陵散》嵇康醉醒？《越江吟》易简词成。千古清名，一去钟期，无复能听。

不曳旌旗，寸纸关河，万里安危。

【注释】鲜于必仁〔双调·折桂令〕《棋》。小小棋枰，关河皆现，虽无旌旗金鼓，同样关系着万里江山的安危。

【解析】元人散曲中常见春夏秋冬、琴棋书画等组曲。这类题目在诗人看来是浅俗可笑的，但是用散曲语言表达出来却含义丰富、妙趣横生。烂柯山的传说赋予了围棋沧海桑田的意义，棋枰上的争竞又是大千世界的缩影，所以，下棋常引发人们无限的感慨。此曲寓意深远、境界雄阔，是咏物佳作。

【原曲】烂樵柯石室忘归。足智神谋，妙理仙机。险似隋唐，胜如楚汉，败若梁齐。消日月闲中是非，傲乾坤忙里轻肥。不曳旌旗，寸纸关河，万里安危。

送朝昏雪案萤灯。三绝韦编，万古群经。

【注释】鲜于必仁〔双调·折桂令〕《书》。冬日映雪，夏天借萤火虫的光读书，终日研读经书，像孔子那样把穿竹简的牛皮都磨断了。

【解析】中国古代年轻学子都被叫作读书人，匡衡凿壁、车胤囊萤、孙康映雪的好学精神激励着一代又一代学子。孔子好学才得以成为圣人，他自己也承认："十室之邑，必有忠信如丘者焉，不如丘之好学也。"但封建社会士子死读四书五经，多为所误，许多人皓首穷经，却一生一事无成，令人叹惜。

【原曲】送朝昏雪案萤灯。三绝韦编，万古群经。亥豕讹传，鲁鱼误辨，帝虎移形。横钿轴牙签整整，缀仙芸竹简层层。匡壁韩檠，孔思周情，为日孳孳，尽老求成。

云抹林眉，烟藏水口，雨断山腰。

【注释】鲜于必仁〔双调·折桂令〕《画》。云朵浮在山林之上，烟雾遮掩了水流的源头，泉水如带横在山腰上。

【解析】王维首创水墨山水画，有飞白、皴法、焦墨、渴墨等独特表现手法，在绘画理论上也自成一家。它讲求衬托、渲染，"山欲高，烟霞锁其腰；春欲活，花树舞婀娜；水欲清，鱼虾写分明；月欲妍，微云巧渲染"，这几句与上面一句有异曲同工之妙，代表东方绘画思想。

【原曲】輞川图十幅生绡，老桧森森，古树萧萧。云抹林眉，烟藏水口，雨断山腰。韦偃去丹青自少，郭熙亡紫翠谁描。手挂掌坳，得意忘形，眼兴迢遥。

身闲道义尊，心远山林近。

【注释】邓玉宾子〔双调·雁儿落过得胜令〕《闲适》。无官身轻而后才能谨守道义，心灵淡远才能与山林亲近。

【解析】日月轮回像射出的箭一样快，世事变换有如天上浮云，人生几十年不过是一场梦。封建社会中，穷达全在于皇帝的好恶，没什么道理可讲，可能早上还在长安城过的很好，晚上就要走上艰险蜀道。认识到这些，作者宁愿尊崇道义，寄迹山林。

【原曲】穷通一日恩，好弱十年运。身闲道义尊，心远山林近。尘世不同群，惟与道相亲。一钵千家饭，双凫万里云。经纶，斗许黄金印；逡巡，回头不见人。

我捱一步又一步何曾停住，这壁厢那壁厢有似江湖。

【注释】杨显之《临江驿潇湘秋夜雨·第三折》。我费力地走着，不敢停下，大雨中到处都像是江河湖泊。

【解析】这一折写翠鸾在流放途中遇到风雨的苦境。此句妙在使用叠词叠句,写出人物倦怠、烦苦之状。暮霭沉沉,一片荒凉,目睹此景,只有恳求解差。无限愁苦之情,尽在哀恳之中。

【原曲】则见他努眼撑睛大叫呼,不邓邓气夯胸脯。我湿淋淋只待要巴前路,哎,行不动我这打损的身躯。我捱一步又一步何曾停住,这壁厢那壁厢有似江湖。则见那恶风波,他将我紧当处。问行人踪迹消疏,似这等白茫茫野水连天暮,你着我女孩儿怎过去?

我只见雨淋淋写出潇湘景,更和这云淡淡妆成水墨天。

【注释】杨显之《临江驿潇湘秋夜雨·第四折]》。在我看来,潇湘风景也只是湿淋淋的地上雨水,青淡淡的天上云雾。

【解析】这一曲写翠鸾对景伤情,抚今追昔,愁泪更无法遏止。这两句本来写出一幅墨迹未干、色彩淡雅的潇湘风雨图,但翠鸾当时心境凄苦,总感觉笼罩着一片凄迷的色彩。风雨肆虐一如人心险恶。

【原曲】当日个近水边,到岸前,怎当那风高浪卷,则俺这两般儿景物凄然。风刮的似箭穿,雨下的似瓮瀽。看了这风雨呵委实的不善,也是我命儿里惹罪招愆。我只见雨淋淋写出潇湘景,更和这云淡淡妆成水墨天。只落的两泪涟涟。

若不是急流中将脚步抽回,险些儿闹市里把头皮断送。

【注释】纪君祥《赵氏孤儿大报仇·第二折》。如果不是从政治风波中抽身出来,很可能断送了身家性命。

【解析】这一曲是退隐的公孙杵臼的内心独白,表现出这位老臣对腐败朝政的谴责,对昏君奸臣的愤恨。正因为有这样的思想,才有了后来掩护程婴保存赵氏孤儿的义举。这一句使人们感受到了这位忠贞老臣痛苦而复杂的心境。

【原曲】兀的不屈沉杀大丈夫,损坏了真梁栋。被那些腌臜屠狗辈,欺负俺慷慨钓鳌翁。正遇着不道的灵公,偏贼子加恩宠,著贤人受困穷。若不是急流中将脚步抽回,险些儿闹市里把头皮断送。

狂风偏纵扑天雕,严霜故打枯根草。

【注释】纪君祥《赵氏孤儿大报仇·第三折》。狂风偏助扑天雕高飞,严霜故意降于干枯的野草。

【解析】程婴把自己的儿子冒充赵氏孤儿,藏在公孙杵臼家里,去向屠岸贾"告发"。公孙杵臼与程婴合计救赵氏孤儿,在屠岸贾大军之前假意痛骂程婴背信弃义。这句话是对恶人得势、忠臣被满门抄斩感到痛心,公孙杵臼知道自己必死，已无所顾忌，指桑骂槐地倾诉了满腔怒气。

【原曲】想着我罢职辞朝，曾与赵盾名为刎颈交。是那个埋情出告，原来这程婴舌是斩身刀。你正是狂风偏纵扑天雕，严霜故打枯根草。不争把孤儿又杀坏了，可着他三百口冤仇甚人来报？

走死荒郊，刎死钢刀，缢死裙腰。

【注释】纪君祥《赵氏孤儿大报仇·第三折》。有的逃走死于荒郊野外，有的下狱被斩，有的用腰带自缢。

【解析】兵卒搜到假孤儿，公孙杵臼唱这支曲子，痛斥屠岸贾的残忍。这句话写出了赵盾全家被屠岸贾迫害的惨状，几种死的情状用排比句式写出，表现了公孙杵臼的强烈悲愤。字字血泪，撼人心魄。

【原曲】你当日演神獒，把忠臣来扑咬。逼的他走死荒郊，刎死钢刀，缢死裙腰，将三百口全家老少尽行诛剿。并没那半个儿剩落，还不厌你心苗。

秀才双脸冷，宰相五更寒。

【注释】戴善夫《陶学士醉写风光好·第一折·〔金盏儿〕》。古时秀才寒窗苦读，冬天冻得周身冰冷；宰相要在寒冷的朝房中等候皇帝召见。

【解析】宋初翰林学士陶谷去劝降南唐，昇州太守韩熙载以名妓秦弱兰陪侍宴饮，欲赚陶谷。陶谷摆出一副不近女色的正人君子面孔，弱兰凭着自己对士大夫文人的透彻了解，认为陶谷是故作假相。这句话说读书人和做官者脸冷面寒，有些阴森可怕，实际上透出轻蔑和不屑。

【原曲】我这里觑容颜，待追攀。嗨，畅好是冷丁丁沉默无情汉。则见那冬凌霜雪都堆在两眉间，恰便似额颅上挂着紫塞，鼻凹里倘着蓝关。可知道秀才双脸冷，宰相五更寒。

相逢不饮空归去，则这明月清风也笑人。

【注释】戴善夫《陶学士醉写风光好·第三折·〔滚绣球〕》。清风朗月，良辰美景，相逢不饮，岂不有负眼前景物。

【解析】此曲表现了秦弱兰从容调侃陶谷，心中却暗自好笑。她为自己夜扮驿吏之妻赚得陶谷、戳穿他的假象而自矜，又真爱陶谷，渴望美好姻缘，所以多嘲弄和戏谑口吻，含提醒和讽刺意味。这句话暗含清风明月可做见证的意思。

【原曲】这酒则是斟八分，学士索是饮一巡，则不要滴留喷噀。学士这玳筵间息怒停嗔，你则待点上灯关上门，那时节举杯丰韵。这里酒盏儿不肯沾唇，却不道相逢不饮空归去，则这明月清风也笑人，常索教酒满金樽。

掏斑鸠争攀古树，摸虾蟆混入淤泥。

【注释】张国宾·《薛仁贵荣归故里·第三折·〔耍孩儿〕》。儿时曾一起爬古树掏斑鸠窝，踩淤泥捉虾蟆。

【解析】薛仁贵征战有功，发迹变泰后衣锦还乡。第三折通过薛仁贵儿时好友村民伴哥的视角和口吻来描述薛的性格。薛装作不认识伴哥，伴哥发出无可奈何的感叹，这两句是回忆往事暗含嘲讽。伴哥不甘卑微，敢于直言相讥，表现了这一人物纯朴、率直的性格。

【原曲】则你那老爹娘受苦，你身荣贵，全改换了个雄躯壮体，比那时将息的可便越丰肥，长出些苫唇的髭髯。我才咒骂了你几句，你权休怪，也是我间别来的多年把你不认的。哎！你看他马儿上簪簪的势，早忘和俺掏斑鸠争攀古树，摸虾蟆混入淤泥。

步九重春色，拂两袖天昏，万里云烟挥翰墨，一天星斗焕文章。

【注释】费唐臣《苏子瞻风雪贬黄州·第一折·〔混江龙〕》。在"九重"宫阙行走，沐浴君恩，得到两袖沾染宫内御香的殊荣，全因为一支生花妙笔，笔下有万里云烟、一天星斗。

【解析】《贬黄州》通过苏东坡的宦海浮沉写出了仕途坎坷，世态炎凉。此曲写了苏东坡得知获罪遭贬前后的心底波澜：身为翰林学士，替皇帝草诏，才高学富却遭到诬陷。

【原曲】想着那丝纶阁上，常则是紫薇花对紫薇郎。步九重春色，拂两袖天香。万里云烟挥翰墨，一天星斗焕文章。翰林风月，京洛山川，洞庭烟雨，金谷莺花，怎能够一轮皂盖飞头上。诗吟的神嚎鬼哭，文惊的地老天荒。

闲看他蟠桃灼灼树头红，撇罢了尘世茫茫海中苦。

【注释】李好古《沙门岛张生煮海·第四折·〔收尾〕》。升仙上天去看桃花灿烂，脱离了茫茫尘世海中生活的苦境。

【解析】书生张羽和龙女琼莲本是天上瑶池的金童玉女，私下相爱，又羡慕人间而被谪罚下界。二人在人间苦恋后终成眷属，又得以重返仙位。这一句是龙女此时愉快心情的反映。张羽在争取爱情实现的斗争中义无反顾，形象单纯、质朴，却更具有男子汉大丈夫的气概，鼓舞了天下有情人。

【原曲】则今日双双携手登仙去，也不枉鲛绡帕留为信物。闲看他蟠桃灼灼树头红，撇罢了尘世茫茫海中苦。

我怎肯躬身叉手降麾下，我宁可睁眼舒头伏剑锋。

【注释】杨梓《忠义士豫让吞炭·第四折·〔二煞〕》。我怎么能弯腰向赵襄子投降,我宁愿眼睁睁被杀。

【解析】春秋末期晋国六卿争权,智伯被赵襄子杀死,家臣豫让漆身变貌、吞炭变声为智伯报仇。赵襄子认出了他,但把他看作义士,不想杀他。他脱下衣服让豫让以剑挫之,象征性地报了仇,但豫让仍自刎以谢智伯知遇之恩。这句话表明了他将以无所畏惧的态度慷慨就义。

【原曲】士为知己死,女为悦己容。我怎肯做诸侯烈士每相讥讽,我怎肯躬身叉手降麾下,我宁可睁眼舒头伏剑锋。枉了你闲唧哝。折末官高一品,禄享千钟。

我只待要一心儿分破帝王忧,只我这两条眉锁江山恨。

【注释】杨梓《功臣宴敬德不伏老·第一折·〔寄生草〕》。我一心想着忠君报国,为国事怀恨,眉头紧锁。

【解析】《敬德不伏老》写尉迟敬德获罪被贬、立功复职的故事。功臣筵宴上,尉迟敬德和秦叔宝互让座位,李道宗却来相争。他无德无能,居高自傲,敬德举拳相加。李道宗不甘下风,反问敬德有何功。敬德极言武功之意义,历数自己功劳后表示忠心报主、以身许国。

【原曲】太平时文胜似武,事急也武胜似文。我也曾苦相持恶战讨遭危困,扶持的国家安天下定狼烟静,生熬的剑锋缺鞭节曲枪尖钝。我只待要一心儿分破帝王忧,只我这两条眉锁江山恨。

闷愁山重海来深,独自寝,夜雨百年心。

【注释】王伯成〔中吕·阳春风〕《别情》。愁闷像山一样沉重,像海一样深广,一个人睡下,又赶上夜雨,多年心事都翻腾起来。

【解析】此曲描写了一位独处闺中的女子对离别后的心上人的深切思念,心情极度痛苦。多情人略作缠绵便离去了,只有一些气息还留在枕上。夜里只能一个人睡,梦见情人而醒来,才感觉到被子是那样冷。看来两人的结合有些阻力,但女子有些幽怨却没有叹息,可爱之至。

【原曲】多情去后香留枕,好梦回时冷透衾。闷愁山重海来深,独自寝,夜雨百年心。

为想佳期不敢傍妆台,又恐怕爹娘做猜。

【注释】王伯成〔仙吕·春从天上来〕《闺怨》。佳期未定,女子因心神不定、容颜衰减而不敢照镜子,又怕被爹娘看出心事。

【解析】曲中写出了一位痴情而坚强的女子。对于恋人没有足够了解,不知道他是否真的看重自己；这段感情又无法对父母讲出，心中愁苦还要故作笑颜。心中痛苦无人能解，必然整日无精打采；夜深时更是泪流满腮。怎么办？只有捱下去等着看，如果落空，就当还了相思债。

【原曲】巡官算我，道我命运乖，教奴镇日无精彩。为想佳期不敢傍妆台，又恐怕爹娘做猜，把容颜只恁改。漏永更长，不由人泪满腮。他情是歹，咱心且捱，终须也要还满了相思债。

碧澄澄万里天如水，明朗朗十分月满营。

【注释】王伯成〔般涉调·哨遍〕《项羽自刎》。碧空如洗，万里长天就像澄澈的水面，明朗朗的满月照遍军营。

【解析】楚汉争霸是以项羽在垓下战败自刎而告终的，多少人为他洒过一掬同情的泪水。王伯成也是带着这种态度来创作此曲的，既写到项羽对自己刚愎自用性格的追悔，又写了四面楚歌时项羽与虞姬相对无言的神态。这两句用大好月色反衬项羽凄凉无助的心情，让人动容。

【原曲】唯除个植楚怀忠政，错认作奸人暗等。误截一臂不任疼，猛魂飘已赴幽冥。碧澄澄万里天如水，明朗朗十分月满营。马首立虞姬氏，翠蛾低敛，粉泪双擎。

长春有景闲时游，大道无极静中参。

【注释】王伯成〔般涉调·哨遍〕《赠长春宫雪庵学士》。长春宫的景致可以在闲时游赏，大道没有极限，需要静心参悟。

【解析】雪庵学士是作者至交，官运正通。作者劝他看清官场险恶，及早抽身，经历了许多事也该深谙其理：没有什么天理、公道，只是朝三暮四、翻云覆雨。世事无常，要珍惜生命。身体发肤，受之父母，不忘十月怀胎、三年哺乳之恩，修身养性才是人生正道。

【原曲】因见无常，谩劳供养看经忏。虽有六亲人，谁能替入棺函。劝省咱，从今白甚，则管教人，吃粉羹餐酸馅。皮骨这回绝却，三年乳哺，十月怀胎。长春有景闲时游，大道无极静中参，出凡笼再不争搀。

四时风月双邻友，万里乾坤一草庵。

【注释】王伯成〔般涉调·哨遍〕《赠长春宫雪庵学士》。一年四季中风月就像我的两位邻居和友人。乾坤万里，我所要求的不过是一个草庵。

【解析】浮世变换，人的生命消耗在其中。看破了这一点，就多把时间用在游山玩水上。做官就像燕子在梁上做巢，像身入虎穴龙潭，很危险，应尽早抛开这个念头。作者甚至极端地写道，不要为妻子儿女所牵绊，披头散发，不戴帽子,不用发簪,随意做人。

【原曲】牵衣妻子情伤感,一任红愁绿惨。顿然摘脱便奔腾,不居土洞石龛。四时风月双邻友,万里乾坤一草庵。蓬松鬓,不分髻角,焉用冠簪。

生来忙似尘中蚁,老去空如茧内蚕。

【注释】王伯成〔般涉调·哨遍〕《赠长春宫雪庵学士》。一生中忙得像尘土中的蚂蚁。老来一无所获,像蚕为人吐丝。

【解析】为封侯一生奔波劳苦,但是一不小心就会受到各种苦难的侵袭,不如像颜回一箪食、一豆羹,自得其乐。人生苦短,眨眼之间就白了头,追求终会归于虚幻的功名利禄,只会如蚕吐丝,为人作嫁衣,空悲切。

【原曲】手欲翻,眼未眨,镜中华发霜匀糁。生来忙似尘中蚁,老去空如茧内蚕。明图甚,形骸伛偻,涕唾腌臜。

香馥馥花开满路,碧粼粼水绕孤村,绿茸茸芳草烟迷。

【注释】王伯成〔越调〕《斗鹌鹑》。花开满路,芳香馥馥;水绕孤村,碧波粼粼;芳草一片,茸茸生烟。

【解析】这一支套曲全是景色描写,以一位酒后游人的眼光,用移步换景法,勾勒出一幅浓墨重彩的丹青图画。"紫燕""黄莺""红杏""绿杨",让人目不暇接,花香、鸟语、水声,给人全方位美的享受。这几句采用排比手法,连用叠字,给人生动活泼的感觉。

【原曲】香馥馥花开满路,碧粼粼水绕孤村,绿茸茸芳草烟迷。扬鞭指处,堪画堪题。更那堪竹坞人家傍小溪,彩绳高系。春色飘零,花事狼藉。

笔尖儿鼓角声悲壮,驱雷霆号令,焕星斗文章。

【注释】王伯成《李太白贬夜郎·第一折·〔六幺序〕》。笔下文章有悲壮的鼓角声,好像迅猛的雷霆,璀璨的星斗。

【解析】此曲写出了李白喜欢喝酒的性格,也表现了他在皇帝面前的高傲狂放。李白喜欢喝酒,是对现实不满的发泄,是借酒浇愁,所以醉后才有好诗文。李白的诗文所以具阳刚之气而豪放劲健,都得力于酒——这就是李白的为人,也是他诗文的风格。

【原曲】何时静,尽日狂,但行处酒债寻常。粜尽黄粱,典尽衣裳,知他在谁家里也琴剑书箱!这酒似长江后浪推前浪,洒歌楼醉墨琳琅。笔尖儿鼓角声悲壮,驱雷霆号令,焕星斗文章。

岸边学渊明种柳,水面学太乙浮莲。

【注释】王伯成《李太白贬夜郎·第四折·〔殿前欢〕》。学陶渊明在岸边种柳树，学太乙真人卧在莲叶上读书。

【解析】这支曲子表现的是李白被流放夜郎后遇赦归来。他生性豁达，并不消沉，反而更加放旷，纵情诗酒。陶渊明说自己“宅边有五柳树”。太乙，传说是黄帝时的真人，修炼成仙。这两句是说要步二人后尘，过终日饮酒、与世无争的理想生活。

【原曲】酒如川，鹭鸥长聚武陵源，鸳鸯不锁黄金殿，绿蓑衣带雨和烟。酒里坐，酒里眠。红蓼岸，黄芦堰，更压着金马门，琼林宴。岸边学渊明种柳，水面学太乙浮莲。

他退猪汤不热如俺浓研的墨，他杀狗刀不快如俺完成笔。

【注释】岳伯川《吕洞宾度铁拐李岳·第三折·〔太清歌〕》。浓研的墨水比烫退猪毛的滚水还要厉害，吏人致人死命的笔比屠户的杀狗刀还要锋利。

【解析】这一曲以屠户与官吏联类譬喻，揭露吏人残害人民的罪行。吏人的笔墨何以如此厉害？因为他们舞文弄墨，可以随便捏造罪名，陷害百姓。屠户杀生害命只不过是为了维持生计，而吏人则为贪赃枉法，掠夺别人财物。

【原曲】他退猪汤不热如俺浓研的墨，他杀狗刀不快如俺完成笔。他虽是杀生害命为家计，这恶业休提。俺请受了人几文钱改是成非，似这般行为，磣可可的活取民心髓，抵多少猪肝猪蹄。也则是秤大小为生过日，不强似俺着人脓血换人衣。

景因人得誉，人为景摹真，佳趣平分。

【注释】康进之〔双调·新水令〕《武陵春》。景色因为人事而赢得美誉，人又为景描摹真态，人与景平分佳趣。

【解析】陶渊明提到的“桃花源”的探访者是武陵人，人们多认为“桃花源”在武陵境内，后世常视武陵溪、武陵春为仙境。作者描写了舞动的瑶草、翠鬟一样的溪云，认为人与景是相对应存在的，景的存在是为人们观赏，并因此扬名，人促进景的完美。

【原曲】当年曾避虎狼秦，是仙家幻来风韵。景因人得誉，人为景摹真，佳趣平分。人景共评论。

花片纷纷，过雨犹如弹泪粉；溪流滚滚，迎风还似皱湘裙。

【注释】康进之〔双调·新水令〕《武陵春》。雨后花片上水珠纷纷滴落，好像粉面垂泪；劲风吹动水面，波纹滚滚好像褶皱的湘裙。

【解析】散曲不以含蓄为贵，在特定的情境中，状物抒情不仅多用“夸饰”，甚至不以“夸过其辞”为病。此曲描写武陵源景色，绚烂多姿，异彩纷呈，把花片比作粉面，水面比作湘裙，想象力丰富，引人联想。

【原曲】花片纷纷，过雨犹如弹泪粉；溪流滚滚，迎风还似皱湘裙。桃源路近与楚台邻，丽春园未许渔舟问。两般儿情厮隐，浓妆淡抹包笼尽。

杨柳半藏沽酒市，桃花深映钓鱼舟。

【注释】康进之《梁山泊李逵负荆·第一折·〔混江龙〕》。杨柳丛遮掩着小酒店，桃花映红了水面的钓鱼小船。

【解析】这句话写梁山泊在清明节时，宋江放众兄弟下山踏青祭扫，李逵尽情欣赏梁山景致。这支曲子通过李逵的醉眼，渲染了清明时节的梁山春色。李逵不是骚人墨客，故没有“风雨替花愁”的感叹，他赞美梁山大好春光，为此感到自豪，表现了他对梁山的发自肺腑之爱。

【原曲】可正是清明时候，却言“风雨替花愁”。和风渐起，暮雨初收。俺则见杨柳半藏沽酒市，桃花深映钓鱼舟。更和这碧粼粼春水波纹绉，有往来社燕，远近沙鸥。

呼保义哥哥见责，我李山儿情愿餐柴。

【注释】康进之《梁山泊李逵负荆·第四折〔沉醉东风〕》。宋江哥哥若是想惩罚我，我李逵情愿受鞭打之苦。

【解析】酒家王林向李逵哭诉，说宋江和鲁智深抢走了他女儿。李逵火冒三丈，认为二人败坏了梁山名声，叫二人下山对质，结果证明是他人假冒。李逵羞愧、内疚，担心宋江不肯原谅他，几次想投崖，终于选择负荆请罪的道路。这句话写出了李逵光明磊落的赤子之心和天真可爱的喜剧性格。

【原曲】呼保义哥哥见责，我李山儿情愿餐柴。第一来看着咱兄弟情，第二来少欠他脓血债。休着您兄弟不伏烧埋，由你便直打到梨花月上来，若不打，这顽皮不改。

跨凤吹箫三岛客，抱琴携剑五陵游。

【注释】石子章〔仙吕〕《八声甘州》。骑凤凰、吹玉箫飞往蓬莱三岛，抱着琴、带着剑与五陵子弟一同游玩。

【解析】石子章，大都人，贾仲明在《录鬼簿续编》中为他写的挽词中说他疏狂放浪无拘禁，从这支套曲可以看出。先是因天涯羁旅、回首西楼而感伤，但回想起年少时梦游扬州的气概和千金买笑的风流往事，不禁又精神振奋。这两句写游乐和升仙，是作者永远的梦想。

【原曲】十年往事，也曾一梦到扬州。黄金买笑，红绵缠头。跨凤吹箫三岛客，抱琴携剑五陵游。风流，罗帏画烛，彩扇银钩。

几时能够月枕双欹，玉箫齐品，翠鸾同跨？

【注释】石子章《秦修然竹坞听琴·第二折·〔醉春风〕》。什么时候能一同躺在枕头上，或者一起吹玉箫，同乘翠鸾飞上天？

【解析】这一曲是表达少女对爱情幸福的热烈追求。按道家的说法，这情思是“心猿意马”，即心神不定，如猿马之难以控制。这一句用了《列仙传》中萧史者和秦穆公之女弄玉跨凤鸾升天仙去的典故，表现郑彩鸾对情投意合、相亲相爱的美好生活的向往。

【原曲】我如今将草索儿系住心猿，又将藕丝儿缚定意马。人说道出家的都待要断尘情，我道来都是些假、假！几时能够月枕双欹，玉箫齐品，翠鸾同跨？

海棠过了酴醾尽，憔悴煞惜花人。

【注释】石子章·《黄桂娘秋夜竹窗雨·第一折·〔油葫芦〕》。不仅海棠花开过了，就是酴醾也已开尽，使惜花人心灰意懒。

【解析】黄桂娘父母因男方家道衰落而悔婚，桂娘对此不满。正是暮春天气，身居深闺的黄桂娘眼见帘外落红阵阵，不免心伤，这句话唱出了她的遗憾。旧说“开到酴醾花事了”，春天已无可奈何地匆匆而逝，联想自己的命运，她怎不暗自垂泪。

【原曲】枝上流莺和泪闻，为甚这粉汗湮？我常是新啼痕间旧啼痕。我这里懒妆只为心间恨。举杯试向花前问：人能得几日好？花能得几日新？却又早海棠过了酴醾尽，憔悴煞惜花人。

名利似汤浇瑞雪，荣华如秉烛当风。

【注释】史九敬先《老庄周一枕蝴蝶梦·第一折·〔混江龙〕》。名利像雪被开水浇了一样转瞬即逝，荣华富贵像风中烛火一样容易熄灭。

【解析】此剧中庄周的形象在一定程度上是按照元代文人的精神生活特征加以塑造的，他既玩世不恭，又感时不遇，对功名难于忘怀。这一曲是对“一枕蝴蝶梦”的具体阐发，作者对世俗的荣辱、是非以及人我关系都看得很透彻，认为那不过是你争我夺的“虎狼丛”。

【原曲】世俗迎送，都是些是非人我虎狼丛。流的紧黄河九曲，坐的稳华岳三峰。依旧春风人世所，黄河一去永无踪。生太素阴阳未判，辨清浊混沌初分；推物理三皇治世，定人伦五帝兴隆。宠女色夏桀无道，自荒淫太甲居桐；废殷祀纣辛失位，建周朝文武成功。为宰臣职居相府，作公侯禄厚千钟；名利似汤浇瑞雪，荣华如秉烛当风。度寒暑雁鸿南北，搬兴废乌兔西东；天地久消磨造化，黄尘老埋没英雄。人有限，事无穷；观二气，渐消熔。一会家叹干戈千载战争场，可怜人一枕南柯梦。恰开眼蜂衙蚁阵，转回头兔迹狐踪。

恰开眼蜂衙蚁阵，转回头兔迹狐踪。

【注释】史九敬先《老庄周一枕蝴蝶梦·第一折〔混江龙〕》。争名夺利者闹攘攘似蚂蚁排兵、蜜蜂布阵，转瞬之间，他们的荒坟却成了狐兔出没的场所。

【解析】黄河和华岳形象地体现了大自然的永恒和生生不息，寄寓着作者对宇宙无穷而人生短促的感叹。以天地的久长，消磨着大自然的创造化育之功，盖世的英雄也终究会被埋没于黄土之中。"恰开眼""转回头"，增强一种迅速没落的倏忽感。作者以冷峻之笔，对那些追名逐利之徒表达了极大的嘲讽和猛烈的抨击。

【原曲】见"名利似汤浇瑞雪，荣华如秉烛当风"句。

俺昆仑顶上人，比凌烟阁上臣。试看咸阳原上麒麟冢，都一般潇洒月明中！

【注释】史九敬先《老庄周一枕蝴蝶梦·第一折·〔油葫芦〕》。

【解析】此曲集中宣扬神仙逍遥物外的乐趣，着力渲染神仙世界的美妙和神奇。作为不食人间烟火的"昆仑顶上人"，远远胜过唐太宗凌烟阁上的功臣。请看咸阳荒原上那些显赫一时人物的坟堆，在凄清的月光的映照下，也不比其他坟冢有什么特别之处。荒凉的景物增添了人世争斗结局的悲剧色彩。

【原曲】不如我跨风乘鸾朝玉京，仙家日月永。你只待浩歌一曲酒千钟。见如今春秋士国刀兵动，不如我柳阴中一枕南柯梦。俺昆仑顶上人，比凌烟阁上臣。试看咸阳原上麒麟冢，都一般潇洒月明中！

好光阴流水不相饶。

【注释】张养浩〔双调〕《胡十八》。好时光像流水一样过去了，不会再多有一些。

【解析】张养浩的《云庄乐府》，主要反映他辞官后闲居生活的乐趣，并不是真正在歌咏田园，这与历史上的田园诗人有所不同。他很少写田园风光，而是即景抒情，写出自己闲适的心情。这支小令感叹时光易逝，人已垂老，愿意醉着、睡着，不去管日升月落、朝代更迭。

【原曲】正妙年，不觉的老来到。思往常，似昨朝，好光阴流水不相饶。都不如醉了、睡着。任金乌搬废兴，我只推不知道。

唤蛾眉酒再斟，把春光且邀住。

【注释】张养浩〔双调〕《胡十八》。叫蛾眉女子再斟满酒，举杯邀请春天留下来。

【解析】乐天知命的人生哲学使作者随遇而安，似乎得到了人生最大的满足。此曲表现了他执着的追求以及对自己所选择的人生道路的肯定。大好春光只有九十日，屈指细数间已经如飞而去，不要闲放着酒杯。他人笑我像个狂夫，我笑他人为名利所累，努力享受春光吧！

【原曲】人笑余，类狂夫；我道渠，似囚拘。为些儿名利损了身躯。不是他乐处，好教我叹吁。唤蛾眉酒再斟，把春光且邀住。

被黄花数丛，白云几峰，惊觉周公梦。

【注释】张养浩〔双调〕《庆东原》。看见数丛绽放的黄花，几处白云绕山峰，惊醒了几十年的功名梦。

【解析】功名利禄海阔山高般没有止境，常人难以跳出这个圈子。作者流连美景，决定归隐。他把前半生比作一场大梦，幸而觉醒，得以享受自由自在、无忧无虑的生活。四面青山环绕着草屋，放眼看去像图画一般，与青山花草相看两不厌，哪里舍得再去做官？

【原曲】海来阔风波内，山般高尘土中，整做了三个十年梦。被黄花数丛，白云几峰，惊觉周公梦。辞却凤凰池，跳出醯鸡瓮。

鹤立花边玉，莺啼树杪弦，喜沙鸥也解相留恋。

【注释】张养浩〔双调〕《庆东原》。鹤站在花丛边像尊玉雕，黄莺在枝头唱歌，更可喜的是沙鸥也留恋我。

【解析】作者厌恶官场，向往白云青山、对酒开怀的生活。此曲写的是隐居后游目骋怀、怡情悦性之乐。鸟儿也与人相亲，因为人没有了机心。沙鸥卧于锦绣川，黄莺的鸣叫声穿透翠烟，白鹤飞上青天，这都给作者带来无尽诗思。很平常的几种意象，经作者用引发诗思这一共同点连缀起来，便成佳作。

【原曲】鹤立花边玉，莺啼树杪弦，喜沙鸥也解相留恋。一个冲开锦川，一个啼残翠烟，一个飞上青天。诗句欲成时，满地云撩乱。

空惹得暮云生，越显的秋容淡，常引得月华来。

【注释】张养浩〔中吕·最高歌兼喜春来〕《咏玉簪》。玉簪花的美丽惹得暮云生起，使其他秋景黯淡，常常引得月光来照。

【解析】玉簪花，又名白萼、白鹤仙，色洁如玉而且清芬拂香，淡雅可人。它独特的姿色风韵，引起诗人美好联想，被称作是瑶池王母醉宴后仙子遗落的玉簪幻化而成。作者以玉簪花的幽闲洁白自比，表达了自己对隐居生活的无限热爱和对高尚人格的赞美。

【原曲】想人间是有花开,谁似他幽闲洁白?亭亭玉立幽轩外,别是个清凉境界。裁冰剪雪应难赛,一段香云压绿苔。空惹得暮云生,越显得秋容淡,常引得月华来。和露摘,端的压尽凤头钗。

对一缕绿杨烟,看一弯梨花月,卧一枕海棠风。

【注释】张养浩〔中吕〕《最高歌兼喜春来》。绿杨烟中赏景,月光下漫步于梨花院落,卧窗下听风吹海棠。

【解析】古代一些有抱负的文人,当政治黑暗时大都以诗酒自遣,张养浩的闲居生活也是这样。历尽了仕途况味之后,他深感做官味同嚼蜡。激流勇退之后,他着力描写闲居生活的乐趣,摆脱了名利羁绊,心无挂碍,所见无不可乐,寻常之景,诗人也有无限会心之处。

【原曲】诗磨的剔透玲珑,酒灌的痴呆懵懂。高车大纛成何用,一部笙歌断送。金波潋滟浮银瓮,翠袖殷勤捧玉钟。对一缕绿杨烟,看一弯梨花月,卧一枕海棠风。似这般闲受用,再谁想丞相府帝王宫。

四面桑麻深,一带云山妙。

【注释】张养浩〔双调〕《雁儿落兼清江引》。四围桑麻长势正好,一带云山景色奇妙。

【解析】隐者多隐居田园,游赏乡村美景和享受闲适之乐的同时,又关心庄稼生长情况,与农民同悲欢。种桑纺麻是农民的主要副业,所以备受重视。孟浩然到乡村访故人,二人畅饮时的话题也是桑麻一类的农事。农业是天下的根本,隐居至少要保证衣食自给,不可能不食人间烟火。

【原曲】喜山林眼界高,嫌市井人烟闹。过中年便退官,再不想长安道。绰然一亭尘世表,不许俗人到。四面桑麻深,一带云山妙,这一搭儿快活直到老。

爱江心六月寒,荷花绽,十里香风散。

【注释】张养浩〔双调·殿前欢〕《登会波楼》。最爱江心亭上六月炎夏却清爽宜人,荷花绽放,风吹过香飘十里。

【解析】江心亭在六月是避暑的好去处,荷花有香有色,令人赏心悦目;乡村是黑暗社会躲避祸患的好去处,保全身家性命,欣赏自然风光。此曲写眼前即目之景,气势浩荡,流转自然,自具本色,不是故写山林之气的人所能比。

【原曲】四围山,会波楼上倚阑干,大明湖铺翠描金间。华鹊中间,爱江心六月寒,荷花绽,十里香风散。被沙头啼鸟,唤醒这梦里微官。

我爱山无价。看时行踏,云山也爱咱。

【注释】张养浩〔双调〕《雁儿落兼得胜令》。我喜爱山景，不用花钱买，又可以随时行踏，相信白云青山也喜欢我。

【解析】此曲通篇写云与山互为依托、相互映衬，有云时山更妩媚，云去时青山疏朗如画；山色明暗全是因为云，云的位置高低都相对于山而言。我爱云山，时常游赏，云山因为我的存在而更有意义。“我看青山多妩媚，料青山看我应如是”说人与山互相欣赏，作者在此更为肯定这一点。

【原曲】云来山更佳，云去山如画。山因云晦明，云共山高下。倚杖立云沙，回首见山家。野鹿眠山草，山猿戏野花。云霞，我爱山无价，看时行踏，云山也爱咱。

酒吸华峰月，诗吟泺水春。

【注释】张养浩〔双调〕《雁儿落兼得胜令》。一口饮下杯中倒映的华山皓月，挥笔写出泺水畔的明媚春光。

【解析】作者辞别官场，追求自己理想的诗酒人生。他以喝酒来忘却世间烦忧，平息心中怒火；写诗歌颂壮丽河山，赞叹美好生活。吸入华山之巅的皓月，胸襟开阔，包容万物；吟出泺水之滨的春色，锦绣文章，多彩生活。性情和才学使酒变成了诗。

【原曲】抖擞了元亮尘，分付了苏卿印，喜西风范蠡舟，任雪满潘安鬓。乞得自由身，且作太平民，酒吸华峰月，诗吟泺水春。而今，识破东华梦，红裙，休歌南浦云。

云水屋三间，风月竹千竿。

【注释】张养浩〔双调〕《雁儿落兼得胜令》。云水缭绕的三间草屋，风吹月照的千竿翠竹。

【解析】作者归隐只需要一个普通地方，不必像严子陵的七里滩，也不必像姜太公的磻溪岸，不去专门选择鉴湖，也无须游赏南涧。他只需要宅旁有白云、流水，是个山野人家；只需要屋前有新植翠竹，显出主人是个文人雅士。隐居处所不必是什么名胜，只要适合主人性情。

【原曲】也不学严子陵七里滩，也不学姜太公磻溪岸，也不学贺知章乞鉴湖，也不学柳子厚游南涧。俺住云水屋三间，风月竹千竿。一任傀儡棚中闹，且向昆仑顶上看。身安，倒大来无忧患；游观，壶中天地宽。

翠淡遥山眉，红惨春风面，恨燕莺期天样远。

【注释】张养浩〔双调·清江引〕《咏秋日海棠》。海棠的翠绿使山眉变淡，海棠的深红比得过春风面，只是花期总与莺歌燕舞的好时光相违背。

【解析】秋海棠又名八月春，秋季开花，花淡红色。《花镜》中说此花妖冶柔媚，如同美人倦妆。历来吟咏诗篇多笼罩着淡淡哀伤气息。此曲感叹海棠花虽娟然可爱，可惜开得不是好时候，借以比喻自己满腹经纶、胸中锦绣，却不得见之于事业，仅仅作案头文章。

【原曲】前日彩云飞上天，又向深秋见。翠淡遥山眉，红惨春风面，恨燕莺期天样远。

往事惟心知，新恨凭谁说，只恐怕梦回时春去也。

【注释】张养浩〔双调·清江引〕《咏秋日海棠》。伤心往事只记在心里，新恨又向谁诉说，恐怕好梦成真时春天已经过去了。

【解析】作者有一组咏秋日海棠的小令，多写秋日海棠开不逢时，暗喻自己身逢官场黑暗的时代。有时甚至直接说海棠不怕东君的怪罪，在秋天开放是为投自己喜好。此曲对秋日海棠的命运做了拟人化抒写，用昭君出塞遇风雨和蔡琰他乡歌胡笳的悲苦对照秋日海棠的凄凉、冷落，形象可感。

【原曲】昭君路迷关塞雪，蔡琰胡笳月。往事惟心知，新恨凭谁说，只恐怕梦回时春去也。

黄金带缠着忧患，紫罗襕裹着祸端，怎如俺藜杖藤冠?

【注释】张养浩·《〔双调〕水仙子》。襕(lán)，一种上下相连的衣服。黄金腰带里藏着忧患，穿紫色蟒袍为官容易生出祸端，不如拄藜杖、戴藤冠来的安全。

【解析】张养浩身居要职(官至翰林院学士、礼部尚书、参议中书省事)，深知官场危机，多有警世之作。前人评其曲："言真理到……使人名利之心都尽。"此曲写与山水相留恋之乐，认为这才是真趣。的确，宦海浮沉，危机难料，不如过平民生活自在、舒心。

【原曲】中年才过便休官，合共神仙一样看。出门来山水相留恋，倒大来耳根清眼界宽。细寻思这的是真欢。黄金带缠着忧患，紫罗襕裹着祸端，怎如俺藜杖藤冠?

画船儿天边至，酒旗儿风外飐，爱杀江南。

【注释】张养浩〔双调·水仙子〕《咏江南》。飐(zhǎn)：风吹使颤动。画船从水天之际归来，酒旗在风中飘动，江南美景真是让人爱煞。

【解析】此曲把江南秋色视为良辰美景，在此间游乐真是赏心乐事。"画船"和"酒旗"是江南水乡的代表性景物，韦庄有"春水碧于天，画船听雨眠"，杜牧有"水村山郭酒旗风"，都借以抒发对江南的无限热爱、留恋。这里把两个词语口语化，更觉亲切。

【原曲】一江烟水照晴岚，两岸人家接画檐。芰荷丛一段秋光淡，看沙鸥舞再三，卷香风十里珠帘。画船儿天边至，酒旗儿风外飐，爱杀江南。

花与竹无俗气，水和山有异香。

【注释】张养浩〔双调·水仙子〕《咏遂闲堂》。栽花种竹使草堂没有一点俗气，门前山水有异样的清香。

【解析】作者归隐后的生活充满情趣，修了绰然亭后又建了遂闲堂，意思是从此就将闲居于此。他自觉闲适生活美好但不迅捷，可以充分享受，如同生活在羲皇时代。栽花种竹表明自己的雅士身份，观赏山水竟觉有清香袭来。由仕而隐的人比从来就隐的人更珍视这份快乐。

【原曲】绰然亭后遂闲堂，更比仙家日月长。高情千古羲皇上，北窗风特地凉，客来时樽酒淋浪。花与竹无俗气，水和山有异香，委实会受用也云庄。

野水明于月，沙鸥闲似云。

【注释】张养浩《〔双调〕落梅引》。野外水塘在明月映照下显得比月还明亮，沙鸥飞起与云相上下好像比云还悠闲。

【解析】作者几曲《落梅引》都是借描写断云、野鹤、红尘、白鸟来衬托自己恬然自乐的心情。这两句赋予野水、月、沙鸥、云以生命、性格，构成了生机盎然、声光韶华的画面，抒发了舒心惬意的闲情逸致。触目景色都变成了作者源出万斛的诗思。

【原曲】野水明于月，沙鸥闲似云。喜村深地偏人静，带烟霞半山斜照影，都变做满川诗兴。

无穷名利无穷恨，有限光阴有限身。

【注释】张养浩〔中吕〕《喜春来》。追名逐利是永无止境的，最终带来无穷祸患。人生短暂，要珍惜有限生命。

【解析】此曲表达作者看破了世态炎凉，企图挣脱名缰利锁羁绊，向往清闲自在生活的情趣。过去的岁月像一场梦，现在才发觉壶中自有天地，不再去奴颜卑膝、攀龙附凤，用心去欣赏鸟语花香的世界。这两句把名利与生命对比，使人看到生命的短暂与可贵。

【原曲】无穷名利无穷恨，有限光阴有限身。也曾附凤与攀鳞。今日省，花鸟一般春。

一溪烟水奁开镜，四面云山锦簇屏。

【注释】张养浩〔中吕〕《喜春来》。奁(lián):古代妇女梳妆用的镜匣和盛其他化妆品的器皿。烟雾笼罩的溪水就像打开的镜匣清亮可鉴,四面云山簇拥就像锦绣的屏风。

【解析】抛弃了功名梦,没有了是非心,得以平心静气地欣赏自然风光。作者真正把身心融入了大自然,以溪水为镜子,以云山为屏风,给人幕天席地的感觉。张养浩的小令中多以景色描写作为情感的铺垫,往往有形神兼备的佳句。这两句妥贴工稳,形象生动。

【原曲】一溪烟水奁开镜,四面云山锦簇屏。客来沉醉绰然亭。对着这无限景,因此上不肯就功名。

浮名浮利待何如?枉干受苦,都不如三径菊四围书。

【注释】张养浩〔中吕〕《喜春来》。虚幻的名利会带来什么?追求名利只是白费心机,不如静心种菊、坐拥书城。

【解析】作者在武宗朝曾任监察御史,直言敢谏,因批评时政而遭免职。曲作中常有警世之句,暗含对时政的不满。身享千钟禄的人风险大,可能转眼就有祸患,终日忧心忡忡,像逆水行舟样艰难度日。最好是降低身份,减少事务,从心所欲地享受生活。

【原曲】翻腾祸患千钟禄,搬载忧愁四马车。浮名浮利待何如?枉干受苦,都不如三径菊四围书。

恰才桃李春,又早桑榆晚。

【注释】张养浩〔双调〕《沉醉东风》。刚刚还是桃李花开春日,早早到了日落桑榆、人生暮年。

【解析】这支小令告诫人们,年华易逝,青春难驻,生命似流水如春归。滚滚长江东去,后浪推前浪,一辈辈古人像浪花一样流入历史长河。天地无情,不让人间有更多乐事;天地若有情,它们也会衰老下去。做人还应像天地般无私,弃绝功名,才不会有那么多感叹。

【原曲】昨日颜如渥丹,今朝鬓发斑斑。恰才桃李春,又早桑榆晚。断送了古人何限。只为天地无情乐事悭,因此上功名意懒。

杖藜无处不堪行,满目云山画难成。

【注释】张养浩〔中吕〕《十二月兼尧民歌》。拄着藜杖闲游,没有什么地方不能去;满眼白云青山,这是人所难以画成的图画。

【解析】这支小令用通俗平易的口语,赞美了跳出名利场、回归家居后自由自在、无拘无束的生活。守着几顷良田,养着鸡犬,种着桑麻,生活和谐、宁静。

每天放宽心睡到大天亮，柴门有什么声响也不会心惊。闲来四处游赏，看大自然鬼斧神功的美景。

【原曲】从跳出功名火坑，来到这花月蓬瀛。守着这良田数顷，看一会雨种烟耕。倒大来心头不惊，每日家直睡到天明。 见斜川鸡犬乐升平，绕屋桑麻翠烟生。杖藜无处不堪行，满目云山画难成。泉声，响时仔细听，转觉柴门静。

人家浑似武陵源，烟霭蒙蒙淡春天。

【注释】张养浩〔中吕·十二月兼尧民歌〕《寒食道中》。山野人家好像是桃花源中，烟雾蒙蒙给春天遮上了薄薄的面纱。

【解析】古时清明节是踏青祭扫的日子。正值初春时节，绿柳才黄，春光乍泄，人们常常三五成群地游玩赏景。寒食节是清明前一天，为纪念介子推，不生火。此曲写寒食节游途所见，似闻管弦，原来是流水；游人跃马扬鞭，田父谈论庄田。景物与人物互衬，用笔简淡中见粗豪，有如写意水墨丹青。

【原曲】清明禁烟，雨过郊原。三四株溪边杏桃，一两处墙里秋千。隐隐的如闻管弦，却原来是流水溅溅。 人家浑似武陵源，烟霭蒙蒙淡春天。游人马上袅金鞭，野老田间话丰年。山川，都来杖履边，早子称了闲居愿。

槐根梦觉，苦尽甘来。花也喜欢，山也相爱。

【注释】张养浩〔中吕〕《普天乐》。像槐树下梦中醒来一样悟出人生无常，开始注意享受生活，发现花也可爱，山也多情。

【解析】此曲写出了作者归隐前后的生活、心情和感受，化用典故和选取细节都颇见功底。这句话通过对自然景物拟人化的描写，反映出作者内心的情感。连自然界最俏丽的花和最稳重的山都赞赏他辞官，为之动情，从中可见作者归隐的欢快心情和独特的审美眼光。

【原曲】折腰惭，迎尘拜。槐根梦觉，苦尽甘来。花也喜欢，山也相爱。万古东篱天留在，做高人轮到吾侪。山妻稚子，团栾笑语，其乐无涯。

青山劝酒，白云伴睡，明月催诗。

【注释】张养浩〔中吕·普天乐〕《辞参议还家》。青山近前来劝酒，白云飘过来伴人入睡，明月升起催发人的诗思。

【解析】作者仕途坦坦，文名赫赫，但在人事纷争的社会现实中，也不得不慨叹人生不易处世难。此曲写农家生活的自由自在、自得自足，从侧面表现出作者对当时现实政治的不满。这几句用拟人手法写出青山、白云、明月对于隐居生活的重要。

【原曲】昨日尚书，今朝参议，荣华休恋，归去来兮。远是非，绝名利，盖座团茅松阴内,更稳似新筑沙堤。有青山劝酒,白云伴睡,明月催诗。

杯斟的金波滟滟,诗吟的青霄惨惨,人惊的白鸟皑皑。

【注释】张养浩·〔中吕·普天乐〕《大明湖泛舟》。滟(yàn)滟:水波摇动的样子。杯中酒波光荡漾,诗吟成青天变色,船行处白鸟惊飞。

【解析】张养浩在为官期间,替朝廷尽心尽力,却因正直而遭陷,从此把一切都看穿了,只寄情于山水之间。他的小令,多数是这种情绪的流露。士大夫的孤傲迫使他仍要以胜利者的姿态出现,自称闲居生活如同神仙,其实却隐忍着一种难言的愁绪。

【原曲】画船开,红尘外。人从天上,载得春来。烟水间,乾坤大,四面云山无遮碍,影摇动城郭楼台,杯斟的金波滟滟,诗吟的青霄惨惨,人惊的白鸟皑皑。

柴门外春风五柳,竹篱边野水孤舟。

【注释】张养浩〔双调〕《折桂令》。柴门也有五棵柳树在春风中拂动,竹篱外野渡无人,孤舟整日横在岸边。

【解析】作者脱离官场的泥沼,投入大自然的怀抱,全曲自然地流露出一种超脱感和新鲜感,基调可以说是向上的,风格也是清新明快的。作者以大笔渲染的手法,由情入景,抓住最能表现闲居特点的细节,构画出一幅归隐极乐图。遣怀逸兴,直追陶渊明。

【原曲】功名事一笔都勾。千里归来,两鬓惊秋。我自无能,谁言有道,勇退中流。柴门外春风五柳,竹篱边野水孤舟。绿蚁新酿,瓦钵磁瓯,直共青山,醉倒方休。

诗句成风烟动色,酒杯倾天地忘怀。

【注释】张养浩〔双调·折桂令〕《过金山寺》。诗句吟成风烟为这动色,酒醉倾杯,天地忘怀于我胸。

【解析】金山寺下的长江江面上,船只往来,川流不息。寺中老僧说只看见两只船,一只为名,一只为利。作者过金山寺,一定也有"天下熙熙,皆为利来;天下攘攘,皆为利往"的感叹。此曲借描写金山寺下的美景,透露出对名利的蔑视。

【原曲】长江浩浩西来,水面云山,山上楼台。山水相连,楼台相对,天与安排。诗句成风烟动色,酒杯倾天地忘怀。醉眼睁开,遥望蓬莱,一半儿云遮,一半儿烟霾。

杖藜徐步近钓矶,看鸥鹭闲游戏。

【注释】张养浩〔中吕〕《朝天曲》。拄着藜杖慢慢走近钓鱼台，闲看鸥鹭飞上飞下。

【解析】此曲抒写了作者陶醉于田园生活的强烈感受。老人漫步走来，看到一幅美丽恬静的画面：农夫在耕耘，渔父在撒网，他们专心致志地在经营自己的活计，殊不知也在点缀着绿水青山，使得这幅画面更加充满了生机。此曲干净利落，形象生动，画面感强，人物动作与环境描写相映成趣，下笔如有神助。

【原曲】柳堤，竹溪，日影筛金翠。杖藜徐步近钓矶，看鸥鹭闲游戏。农父渔翁，贪营活计，不知他在图画里。对着这般景致，坐的，便无酒也令人醉。

此杯，莫推，雪片儿云间坠，火炉头上酒自煨。

【注释】张养浩〔中吕·朝天曲〕《冬》。这杯酒，莫推辞，你看窗外雪花纷纷，火炉上正煨着酒，正是饮酒天气。

【解析】下雪天最是饮酒天，“晚来天欲雪，能饮一杯无”永远在召唤着人们。此曲写出了雪天饮酒赋诗之乐，曲词不事雕琢，质朴而明畅。全篇句式，参差中见整饬，整齐中又有变化，构成和谐而豪爽的艺术特色。

【原曲】此杯，莫推，雪片儿云间坠。火炉头上酒自煨，直吃的醺醺醉。不避风寒，将诗寻觅。笑襄阳老子痴，近着这剡溪。夜黑，险冻的来不得。

鸡犬欣欣，鸥鹭纷纷，占断玉溪春。

【注释】张养浩〔越调·寨儿令〕《春》。鸡犬自由自在，鸥鹭纷纷飞动，玉溪的春色都被它们占去了。

【解析】作者游玉溪赞美村居生活的逍遥自在。门前流水，村边皆树，雨后初晴，花草展新姿。鸡鸣犬吠，鸥鹭也来与人亲近，可见这里的人没有什么机心。能创造这种生活、安于这种生活的人并不是等闲人，人与自然和谐一体就会熙熙而乐，这才是人间永远的春色。

【原曲】水绕门，树围村，雨初晴满川花草新。鸡犬欣欣，鸥鹭纷纷，占断玉溪春。爱庞公不入城闉，喜陈抟高卧烟云。陆龟蒙长散诞，陶元亮自耕耘。这几君，都不是等闲人。

一带山川，万顷风烟，都在几席边。

【注释】张养浩〔越调·寨儿令〕《夏》。一带秀丽山川，万里迷人风烟，都像是陈列在桌几枕席旁边。

【解析】此曲赞美绰然亭，这里可以休息，可以会客，可以饮酒，可以赋诗。它靠近林泉，是一个独特的观赏风景的落脚点，万物向我展示。这首小令节奏明快，曲词如潺潺流水，一环扣一环，没有丝毫雕凿痕迹。参差的句式、层次分明的韵律，把作者自由解脱的心情表达得恰如其分。

【原曲】爱绰然，靠林泉，正当门满池千叶莲。一带山川，万顷风烟，都在几席边。压枝低金杏如拳，客来时樽酒留连。按新声歌乐府，分险韵赋诗篇。见胎仙，飞下九重天。

一雨晴，百花明。

【注释】张养浩〔越调·寨儿令〕《寿日燕饮》。一场大雨过后，百花更加亮丽。

【解析】元代散曲所特具的清新活泼、委婉入调的特点，在这首小令中表现得很充分。全曲通俗易懂，几乎没有一个僻典，紧凑而不繁乱地写了自己生日宴饮的过程，是作者辞官后少有的热闹场面。因为是在乡间，雨后百花竞艳更添喜庆色彩。

【原曲】一雨晴，百花明。谢诸公不辞郊外行。尽是簪缨，充塞门庭，车马闹纵横。递香罗争祝长生，捧金杯斗和歌声。彻青霄仙乐响，扶翠袖玉山倾。眼睁睁，险踏碎绰然亭。

无官何患？无钱何惮？休教无德人轻慢。

【注释】张养浩〔中吕〕《山坡羊》。无官职有什么可害怕的，没有钱有什么可担心的，不要因为无德而受人轻慢。

【解析】此曲是对现实世界的否定，对追名逐利人生理想的否定，这是处于特别黑暗的元代的一般知识分子的共同态度。做官终归是为了衣食，衣食已经无忧就不必做官。此曲说尽说透，不像诗词含蓄吞吐，表现了元曲尖锐的本色。

【原曲】无官何患？无钱何惮？休教无德人轻慢。你便列朝班、铸铜山，止不过只为衣和饭。腹内不饥身上暖。官，君莫想；钱，君莫想。

恶非难，善为难，细推物理皆虚幻，但得个美名儿留在世间。

【注释】张养浩〔中吕〕《山坡羊》。做坏事不难，难的是做善事。仔细推究事理，一切都是虚幻的，不如行善留个美名。

【解析】元曲中有许多充满对世道不公的愤懑和对人生的悲怆感的作品，写历尽艰辛、正派为人只落得两鬓斑斑、前程黯淡。此曲以乐观态度、调侃口吻劝人行善，要与人方便，救人危难，不为利益而欺诈他人，才能身心俱安。因这一切都将成空，只有好名声能传之永恒。

【原曲】与人方便，救人危患，休趋富汉欺穷汉。恶非难，善为难，细推物理皆虚幻，但得个美名儿留在世间。心，也得安；身，也得安。

琴书笔砚为功课，轩裳倘来何用躲。

【注释】张养浩〔中吕〕《山坡羊》。每天与琴书笔砚打交道，像必备功课不可缺少。轩车驶来，我不担心这是祸。

【解析】此曲是作者对自己多年为官的回顾与反思，也可以说是他对人生的反思。他识破了官场中种种尔虞我诈、勾心斗角的伎俩，发现整个现实世界也是如此。正直的知识分子只有追求闲适的生活，用则行，舍则藏。不为此处心积虑，也就不必担心惹来灾祸。

【原曲】天机参破，人情识破，归来闲枕白云卧。向岩阿，且婆娑，琴书笔砚为功课，轩裳倘来何用躲。行，也在我；藏，也在我。

草萧疏，水萦纡，至今遗恨迷烟树。

【注释】张养浩〔中吕·山坡羊〕《骊山怀古》。萧萧疏疏的野草，弯弯曲曲的河流，弥漫着烟雾的树林，都让人充满遗恨和悲戚。

【解析】张养浩怀古之作高屋建瓴，视野阔大，气势雄浑，感慨深沉。此曲是作者亲临秦中有感而作，视野一直扩展到阿房宫，文字简洁而容量很大。阿房宫已化为焦土，历代王朝繁华过后莫不如此，无论曾经多么轰轰烈烈，最终归于岑寂。无处凭吊，只好寄情烟树。

【原曲】骊山四顾，阿房一炬，当时奢侈今何处？只见草萧疏，水萦纡，至今遗恨迷烟树。列国周齐秦汉楚。赢，都变做了土；输，都变做了土！

树苍苍，水茫茫，云台不见中兴将，千古转头归灭亡。

【注释】张养浩〔中吕·山坡羊〕《洛阳怀古》。夕烟笼罩树林，山水一片苍茫，云台上已不见了中兴诸将，世事转头成空。

【解析】曲中用典，只是利用现成语句说明问题，务求使读者理解，用起来不像诗词那样规范。作者用“云台将”说明自然永恒，而人生无常，功名都不长久，千古兴亡之事转头成空，作者从对人生价值的思考中发出了浩叹。

【原曲】天津桥上，凭栏遥望，舂陵正气都雕丧。树苍苍，水茫茫，云台不见中兴将，千古转头归灭亡。功，也不久长；名，也不久长。

兴，百姓苦！亡，百姓苦！

【注释】张养浩〔中吕·山坡羊〕《潼关怀古》。国家兴盛，百姓要受劳役之苦；朝代更迭，百姓要受流离之苦。

【解析】作者行至潼关，这里自古是兵家必争的险要关隘。向前行，是历代的古都，“宫阙万间”随朝代隆替修了又毁，毁了又修；在身后，元朝又在新的都城大兴土木。历代王朝赖以夺天下、修宫阙的百姓，却始终摆脱不了苦难。此曲在元人散曲中,甚至整个古典诗歌中,都是难得的精构之作。

【原曲】峰峦如聚,波涛如怒。山河表里潼关路。望西都,意踌躕。伤心秦汉经行处,宫阙万间都做了土。兴,百姓苦!亡,百姓苦!

山河犹带英雄气。

【注释】张养浩〔中吕·山坡羊〕《未央怀古》。终南山和渭水依然洋溢着英雄气概。

【解析】张养浩曾用〔山坡羊〕调名写了一组怀古曲,本曲是一首内涵深沉的佳作。未央,即未央宫,从高祖到平帝都居住于此,这是西汉王朝的政治中枢。作者面对未央遗址,想到为汉朝的建立立下汗马功劳的“三杰”——张良、萧何、韩信。他们的结局并不好,但山河显示着他们的英雄形象,他们的业绩与关中山河并存。

【原曲】三杰当日,俱曾此地,殷勤纳谏论兴废。见遗基,怎不伤悲!山河犹带英雄气。试上最高处闲坐地:东,也在图画里;西,也在图画里。

多情眉宇,有离人愁万缕。

【注释】张养浩〔中吕·朝天子〕《咏美》。眉宇间虽透露出多情,但更多的是离愁别绪。

【解析】作者曲作多描写归隐生活之乐,揭露黑暗现实,反映民生疾苦,《咏美》《赠美》之作是相当少见的。曲中思君归来久不归的愁怨,全由女主人公的行为、动作表现出来,扩大了读者的审美想象空间,愈发让人觉得情切切、意绵绵,意味隽永。

【原曲】翠梳,浅铺,粉汗香尘素。画阑谁与月同孤,试听高唐赋。云堆玉梳,多情眉宇,有离人愁万缕。若还,寄取,罗帕上题诗去。

古和今都是一南柯,紫罗襕未必胜渔蓑。

【注释】张养浩〔双调·新水令〕《辞官》。从古到今都是南柯一梦,穿紫袍做官未必强过穿蓑衣钓鱼。

【解析】张养浩辞官有不得已的苦衷。想起生平往事,壮志已被消磨,人生好景无多。人生如梦,时不再来,回首仕途境况,自觉无味。人生贵在知足,贵在随遇而安、自得其乐,能和村民渔夫开怀痛饮,岂非人生最大乐事?此语可见诗人襟怀。

【原曲】向花前莫惜醉颜酡,古和今都是一南轲,紫罗襕未必胜渔蓑,休只管恋他。急回头好景亦无多。

便下当街上似五湖，都淹了九衢，犹自洗不尽从前受过的苦。

【注释】张养浩〔南吕·一枝花〕《咏春雨》。即使大街小巷都变成了江河湖海，大雨淹了通衢道路，也洗不去百姓几年来遭受的苦难。

【解析】天历二年（1329年），作者任陕西行台中丞。当时关中连年大旱，饥民相食，作者慨然赴任，终因忧劳成疾而死于任所。作者曾多次祈雨，适逢天降甘霖，百姓认为是精诚所至，作者也欢喜异常，写下这首套曲。但人民仍未摆脱饥饿的威胁，过去的生活惨景也难以抹去，作者曲中夹杂着悲愤的哀鸣。

【原曲】青天多谢相扶助，赤子从今罢叹吁。只愿的三日霖霪不停住，便下当街上似五湖，都淹了九衢，犹自洗不尽从前受过的苦。

算从前错怨天公，甚也有安排我处。

【注释】白贲〔正宫〕《鹦鹉曲》。以前真是错怪了上天，他竟为我安排了这么好的归宿。

【解析】此曲通过对一个隐遁人物的闲适生活的描写，曲折地透露出对现实的不满。语言很明白，但意思很含蓄，耐人寻味。西方说"上帝关上一扇门，必定会打开另一扇门"，渔父不识字，不能谋取高官厚禄，但是生活悠闲，满眼风光。意识到这一点，他也就不再埋怨上天了。

【原曲】侬家鹦鹉洲边住，是个不识字渔父。浪花中一叶扁舟，睡煞江南烟雨。〔幺〕觉来时满眼青山，抖擞绿蓑归去。算从前错怨天公，甚也有安排我处。

动羁怀西风木叶秋水蒹葭。

【注释】白贲〔双调〕《百字折桂令》。西风吹动着树叶，秋水荡漾着蒹葭，牵动了游子的羁旅情怀。

【解析】郑光祖也有一支散曲，与这一支只有几个字的不同，不知是谁原作。此曲写出一位天涯羁客在萧索落寞的秋景中的凄凉与孤独：独自一人在沙尘弥漫、芦花飞舞的荒凉古道上行进，禾黍离离，秋水苍苍。又通过描写安详静谧的农家生活，反衬天涯羁客的旅思与乡愁。

【原曲】弊裘尘土压征鞍鞭倦袅芦花。弓剑萧萧，一迳入烟霞。动羁怀西风木叶秋水蒹葭。千点万点老树昏鸦，三行两行写长空哑哑雁落平沙。曲岸西边近水湾鱼网纶竿钓槎，断桥东壁傍溪山竹篱茅舍人家。满山满谷，红叶黄花。正是伤感凄凉时候，离人又在天涯！

语怜檀口口咨嗟，情怨芳心心哽咽，愁压蛾眉眉暗结。

【注释】白贲〔黄钟〕《醉花阴》。咨嗟（zī jiē）：叹息。樱桃小口中发出声声叹息,心中怨恨声音哽咽,愁眉紧锁。

【解析】这支曲子用焦点透视和白描手法,寥寥几笔勾画出一位与丈夫别后盼欢聚时刻到来的少妇形象:形容憔悴,肌瘦衣宽,愁眉不展。三句形成鼎足对,句中都有叠字,句内顶真,充分发挥了散曲的语言风格特点。

【原曲】粉香一捻,不思量难弃舍。语怜檀口口咨嗟,情怨芳心心哽咽,愁压蛾眉眉暗结。

菱花半缺,合欢带绝;楚岫云迷,蓝桥月缺;银瓶沉坠,琼簪碎折。

【注释】白贲〔黄钟〕《醉花阴》。菱花镜缺了一半,合欢带未能连结;迷失了楚山找不到阳台,蓝桥相会月不满;银瓶落到井底,琼簪碎了、折了。

【解析】作者用一系列的典故来形容少妇的处境,都是说婚姻不美满。夫妻离别,秦晋之好成了吴越一样的分离,看来今生缘分已尽。上述这些故事都是不可挽回的,看来他们也遇到了大问题,但少妇仍有如海样深般的相思,想要极力挽回。

【原曲】菱花半缺,合欢带绝;楚岫云迷,蓝桥月缺;银瓶沉坠,琼簪碎折。锦筝应折弦难接,骖鸾梦宁贴,修鸳简更悲切。紫砚飞香,墨浮兰麝,蘸秋毫撇代喉舌,诉离情粉笺和泪写。

人生能几浑如梦,梦里奈愁何?别时犹记,眸盈秋水,泪湿春罗。

【注释】赵雍〔黄钟〕《人月圆》。一生能有多久,不过是一场梦,梦中怎能消除我的离别之愁?还记得分别时,你眼中闪着泪花,罗裙早被泪水打湿了。

【解析】赵雍是元初书画家赵孟頫之子,也以书画知名。曲中常写如画美景,如“绿杨台榭”“梨花院宇”“浓荫深院”“斜月幽窗”,曲风婉转含蓄,有如写意山水画。这里写梦见情人却不减相思,后几句生动表现了离别场面,更增相思苦。

【原曲】人生能几浑如梦,梦里奈愁何?别时犹记,眸盈秋水,泪湿春罗。绿杨台榭,梨花院宇,重想经过。水遥山远,鱼沉雁渺,分外情多。

盼煞那负心贼不到,将封寄来书乘恨一时烧。

【注释】李子中〔仙吕·赏花时〕《煞尾》。怎么盼那负心汉也不回来,恨得我把他写来的信都烧了。

【解析】此曲描写一位因丈夫去久不归的少妇焦躁不安、梦萦魂绕的愁苦心情。全词以思妇口吻绘景、叙事、抒怀,笔触细腻,情感缠绵,深切真挚。与影子相对,发现影子也是瘦的,恨远行人不来关照。这句话既表达了她追求丈夫的热烈情怀,又显示了她的惆怅,一缕情思,沁人心脾。

【原曲】篆烟消，银釭照，和个瘦影儿无言对着。一自阳台云路杳，玉簪折难觅鸾胶。最难熬，更漏迢迢，线帖儿翻腾耳谩搔。愁的是断肠人病倒。盼煞那负心贼不到，将封寄来书乘恨一时烧。

黑暗暗云迷四野，白茫茫水淹长途。

【注释】孟汉卿《张孔目智勘魔合罗·第一折·〔混江龙〕》。乌云弥漫于四野，一片黑暗。大雨白茫茫一片，淹没了道路。

【解析】悲剧主人公李德昌是一个被命运紧紧束缚住心灵的小商人，为避灾难，别离妻儿老小，远走千里之外。他在古庙中病倒，被亲弟弟杀害。"黑暗暗""白茫茫"都使他迷失了回家的道路，也预示着他走到了生命之路的尽头。自然环境的阴森可怖，衬托了他内心深处的悲凉与凄苦。

【原曲】连阴不住，荒郊一望水模糊。我则见雨迷了山岫，云锁了青虚。云气深如倒悬着东大海，雨势大似翻合了洞庭湖，好教我满眼儿没处寻归路。黑暗暗云迷四野，白茫茫水淹长途。

枉塑你似观音像仪，怎无那半点儿慈悲面皮？

【注释】孟汉卿《张孔目智勘魔合罗·第四折·〔倘秀才〕》。把你个魔合罗塑得像个观音，却怎么没有半点儿慈悲心肠。

【解析】李文道害死兄长李德昌后嫁祸于嫂嫂刘玉娘，刚愎自用的河南府尹定玉娘死罪。六案都孔目孔鼎认为刘玉娘冤枉，假审物证魔合罗，终于发现底上刻着塑造者名字，顺藤摸瓜揭穿了李文道的阴谋。这句话对观音大士进行了辛辣的嘲讽，关键时刻才发现人要靠自己。

【原曲】枉塑你似观音像仪，怎无那半点儿慈悲面皮？空着我盘问你，你将我不应对，我彻上下，细观窥，到底。

古渡渔歌隐隐，行宫烟草萧萧。

【注释】狄君厚〔双调·夜行船〕《扬州忆旧》。古渡头传来隐隐渔歌声，古行宫只余下荒烟野草。

【解析】扬州自古是繁华之地，姜夔称之为"淮左名都，竹西佳处"，但北宋以来，受到战争破坏，总让人有黍离之叹。此曲怀念旧日扬州，感慨世事无常，同时劝人们趁青春年少遍览江山风物，尝尽万种风情，莫等到繁华落尽、岁月空老。

【原曲】东风杨柳舞长条，犹似学纤腰。牙樯锦缆无消耗，繁华去也难招。古渡渔歌隐隐，行宫烟草萧萧。

兰舟再买，吴姬还约，安排着十万缠腰。

【注释】狄君厚〔双调·夜行船〕《扬州忆旧》。再雇上装饰华美的游船，邀请美丽的吴姬，腰缠十万贯，准备花费。

【解析】《殷芸小说》载，几人谈论各自的心愿，一个说要到扬州做官，一个想要万贯家财，一个说要骑鹤成仙，最后一个总结说“腰缠十万贯，骑鹤上扬州”。后人用以比喻贪得而妄想。这句话说的也是一个不切实际的梦想，表达了作者对美好人生的渴望。

【原曲】世态浮沉，年光迅速。人情颠倒，无计觅黄鹤。有一日旧迹重寻，兰舟再买，吴姬还约，安排着十万缠腰。

夜宴将终，十二帘栊，月转梧桐。

【注释】刘唐卿〔双调〕《蟾宫曲》。夜宴要结束了，月光从帘栊上转到梧桐树上。

【解析】《录鬼簿》说此曲是刘唐卿在王彦博左丞席上所作。前一半是写宴会上烛影摇红，美女斟酒，文章巨公们欢聚、畅饮。欣然就醉，人生能有几回，且享受这醉眼朦胧的一刻。欢乐是短暂的，宴会终要散了，你看月光也不再眷顾了。

【原曲】博山铜细袅香风，两行纱笼，烛影摇红。翠袖殷勤捧金钟，半露春葱。唱好是会受用文章巨公，绮罗丛醉眼朦胧。夜宴将终，十二帘栊，月转梧桐。

西风吹渭水，落叶满长安。

【注释】孔文卿〔南宫·一枝花〕《禄山谋反》。秋风吹动着渭水，长安城中落叶飘零。

【解析】“安史之乱”使唐朝由盛转衰，这支曲子写了安禄山谋反之前帝都附近的萧瑟景物，透露出唐朝统治衰败的迹象。中国古代讲“天人合一”，认为人间大事都可以从天象和自然景物的变化中看出。此曲写渭水上刮着秋风，暗示唐朝也到了末代。

【原曲】苍烟拥剑门，老树屯云栈，西风吹渭水，落叶满长安。近帝都景物雕残，伤感起人愁叹，只合在边塞间。则见那白茫茫莎草连天，甚的是娇滴滴莺花过眼。

三魂儿潇潇洒洒，七魄儿怨怨哀哀，一灵儿荡荡悠悠。

【注释】孔文卿《地藏王证东窗事犯·第三折·〔紫花儿序〕》。这是冤魂对自己孤独、凄凉、悲愤和哀怨的反复吟诵。

【解析】此剧写北宋名将岳飞被奸相秦桧陷害至死,死后冤魂托梦,最终奸臣被惩。三个排比句表现了岳飞冤魂向宋高宗托梦时的悲凉景象。人们熟知,岳飞被害于风波亭的时候,境况是非常凄惨的。生前如此,死后也必然如此,这一基调定得很恰当。

【原曲】三魂儿潇潇洒洒,七魄儿怨怨哀哀,一灵儿荡荡悠悠。俺不是降灾邪祟,俺是出力公侯。你问缘由,我对圣主明言剐骨仇。俺说的并无虚谬。谢上圣将这屈死冤魂,放入这凤阁龙楼。

俺这里有意传心事,他那里无言指落花。

【注释】张寿卿《谢金莲诗酒红梨花·第一折·〔后庭花〕》。我想要对他表达爱慕之情,他却一无所知。

【解析】秀才赵汝州往洛阳拜访同窗故友刘公弼,兼访名妓谢金莲。公弼时为洛阳太守,恐怕汝州迷恋烟花,堕了进取之志,假称金莲已嫁人。又教金莲扮作王同知女儿,与汝州见面。金莲在见面之前已侧面了解了汝州,一见遂生爱慕之心,这句话表现了她微妙的心理。

【原曲】俺将俏书生去问他,又怕这劣梅香瞧见咱。俺这里有意传心事,他那里无言指落花。争奈我是女儿家,做这一场活靶,可不的被傍人活笑杀。

你大拼着十年家富小儿娇,也少不的一朝马死黄金尽。

【注释】宫天挺《死生交范张鸡黍·第一折·〔幺篇〕》。即使你多年富贵,小儿娇宠,终究难免家道败落。

【解析】此剧一是歌颂范式和张劭之间不以利害相关、生死不渝的真挚友情,二是揭露、斥责元代官场中普遍存在着的腐败黑暗。曲文逐步深入地剖析、剥开谋求仕进途中的黑幕,具有孤松挺上、绝峰壁立之态。这句话说的是富不过三代,功名富贵不是可以依靠之物。

【原曲】口边厢奶腥也犹未落,顶门上胎发也尚自存。在下来便落在那爷羹娘饭长生运,正行着兄先弟后财帛运,又交着夫荣妻贵催官运。你大拼着十年家富小儿娇,也少不的一朝马死黄金尽。

轻舟短棹,蓑笠纶竿,一钩香饵钓斜阳。

【注释】宫天挺《严子陵垂钓七里滩·第一折·〔赚煞〕》。乘小舟,摇短桨,着蓑衣斗笠,携丝线钓竿,坐在夕阳中静静垂钓。

【解析】此剧讲布衣刘秀和严光交好,感叹历代兴衰,赞美自由自在、无忧无虑的生活。严光平时以醉汉面目出现,但关键时刻头脑清醒,识见远到。他不反对刘秀伸展其志,但自己也绝不羡慕宰相侯王之尊贵,这句话表现了他隐居七里滩的决心。

【原曲】平地上窝弓，水面上张罗网，再谁想相寻相访。鸿鹄志飞腾天一方，拣深山旷野潜藏。莫行唐，蓦岭登冈，拽着个钝木斧，系着条粗麻绳，携着条旧担杖。我则待驾孤舟荡漾，趁五湖烟浪，望七里滩头，轻舟短棹，蓑笠纶竿，一钩香饵钓斜阳。

依稀闻兰麝余香。唤起思量，待不思量，怎不思量。

【注释】郑光祖〔双调·蟾宫曲〕《梦中作》。似乎闻到枕上的淡淡香气，思念起恋人，不想去思念，又怎能不思念。

【解析】有的作家在梦境里即兴吟咏，醒后将它记下来竟是奇妙的作品；也有的则是借梦境的浪漫手法，来间接表达作者的某种理想或寄托某些不便直说的衷曲。此曲写主人公梦见恋人，一番缠绵后惆怅而醒，只见月照纱窗、梨花淡妆，枕上余香又引起相思无限。

【原曲】半窗幽梦微茫，歌罢钱塘，赋罢高唐。风入罗帏，爽入疏棂，月照纱窗。缥缈见梨花淡桩，依稀闻兰麝余香。唤起思量，待不思量，怎不思量？

相思借酒消，酒醒相思到。月夕花朝，容易伤怀抱。

【注释】郑光祖〔南吕·梧桐树〕《题情》。借醉酒来忘却相思，但酒醒时相思之情又袭来。有月色的夜晚，花儿怒放的早晨，都是容易让人伤怀的时刻。

【解析】此曲写出了闺中少妇无尽的烦恼。知疼知热的话向谁说，机密事向谁告？画堂绮筵、红烛高烧的美好时刻难以盼到。但我们都还年轻，终有一天会在一起，不忘记相思苦，才能迎来更美好的重聚。这是少妇在自我宽慰。

【原曲】相思借酒消，酒醒相思到。月夕花朝，容易伤怀抱。恹恹病转深，未否他知道。要得重生，除是他医疗。他行自有灵丹药。

雨过池塘肥水面，云归岩谷瘦山腰，横空几行塞鸿高。

【注释】郑光祖〔双调·驻马听近〕《秋闺》。雨后池塘水位升高，白云回归岩穴空谷使山显得瘦了，几行秋雁横空飞过。

【解析】郑光祖无论写杂剧还是创作散曲，风格清雅典丽，被誉为“锦绣文章满肺腑，笔端写出惊人句”。此曲可以看出他捕捉形象的手法很高明。用一些引人秋思的形象，来渲染萧瑟凄凉的情绪，深秋风物，也在这一派瑟瑟秋意中被描写得历历如画。

【原曲】雨过池塘肥水面，云归岩谷瘦山腰，横空几行塞鸿高，茂林千点昏鸦噪。日衔山，船舣岸，鸟寻巢。

倦闻近砌竹相敲,忍听邻院砧声捣。景无聊,闲阶落叶从风扫。

【注释】郑光祖〔双调·驻马听近〕《秋闺》。听腻了阶前风吹竹声,受不了邻院捣衣声。无心赏景,也无心扫落叶。

【解析】写离愁多用秋天做背景,写闺思多以春天为背景,此曲却写"秋闺"。闺中少妇多是春季见别人家夫妇和乐而生春愁,此曲中却是听到邻院捣衣声而为离家在外的丈夫牵肠。若是夫妻双栖双宿,窗前竹影便觉娟娟可爱,独自一人便觉烦恼,真是"一切景语皆情语"。

【原曲】闷入孤帏,静掩重门情似烧。文窗寂静,画屏冷落暗魂消。倦闻近砌竹相敲,忍听邻院砧声捣。景无聊,闲阶落叶从风扫。

紧截定阳台路儿叫。

【注释】郑光祖〔双调·驻马听近〕《秋闺》。我正梦往阳台欢会,你这促织截在路上向我吵闹。

【解析】在梦境中,人物的时间与空间的界限消失了,不可能的事变成现实了,情感能得到充分宣泄。少妇独守闺房,好不容易才入睡,正要在梦中见到远行人,却被促织吵醒。本来烦闷无处说,现在统统向促织发泄,好像促织故意截在阳台路上。这样写来,少妇的可爱形象呼之欲出。

【原曲】一点来不够身躯小,响喉咙针眼里应难到。煎聒的离人,斗来合噪,草虫之中无你般薄劣把人焦。急睡着,急惊觉,紧截定阳台路儿叫。

气呵做了江风淅淅,愁呵做了江声沥沥,泪呵弹做了江雨霏霏。

【注释】郑光祖《醉思乡王粲登楼·第三折·〔普天乐〕》。气化作了淅淅江风,愁化作了沥沥江涛声,泪化作了霏霏江雨。

【解析】此剧写的是家道贫寒的书生王粲,"学成满腹文章",一心仕进。岳父蔡邕为涵养他的锐气,故意羞辱他,使他投奔荆州刘表。这里写他不为刘表所用,与友人登溪山风月楼,遥望中原,怀念家乡,壮志未展,感叹赋诗。这几句连续类比,表现了王粲悲伤至极的心情。

【原曲】楚天秋,山叠翠,对无穷景色,总是伤悲。好教我动旅怀难成醉,枉了也壮志如虹英雄辈,都做助江天景物凄其:气呵做了江风淅淅,愁呵做了江声沥沥,泪呵弹做了江雨霏霏。

山林钟鼎俱无味,命矣时兮。

【注释】郑光祖《醉思乡王粲登楼·第三折·〔石榴花〕》。既不能列食于钟鼎,又不能隐逸于山林,功不成,名不就,真是命啊。

【解析】每当中秋赏月或重阳登高,身在异乡的游子都可能产生想要归家团聚的心情。此曲写寒蛩唧唧的秋声唤起了王粲思乡和功名不就的感伤之情。如果当初守着旧柴扉，过着清贫的日子，倒也安然无虑。如今进退两难，王粲只感到自己时运不济、命途多舛。

【原曲】现如今寒蛩唧唧向人啼，哎！知何日是归期？想当初只守着旧柴扉，不图甚的，倒得便宜。则今山林钟鼎俱无味，命矣时兮。哎！可知道枉了我顶天立地居人世，老兄也恰便是睡梦里过了三十。

想急煎煎人多情人去了，和青湛湛天有情天亦老。

【注释】郑光祖《迷青琐倩女离魂·第一折·〔后庭花〕》。多情的人急匆匆地走了，湛湛青天若有感情，也会因我们的离别而悲戚、衰老。

【解析】《倩女离魂》是郑光祖的代表作，据唐代陈玄祐的传奇小说《离魂记》改编。主人公张倩女从小和王文举订婚。王文举长大成人后，张母打发他前往京城应举。一对热恋中的情人被拆散，悲痛欲绝。这支曲子就是倩女忍痛泣别时的唱词。

【原曲】我这里翠帘车先控着，他那里黄金镫懒去挑；我泪湿香罗袖，他鞭垂碧玉梢。望迢迢，恨堆满西风古道。想急煎煎人多情人去了，和青湛湛天有情天亦老。俺气氲氲喟然声不定交，助疏剌剌动羁怀风乱扫；滴扑簌簌界残妆粉泪抛，洒细蒙蒙浥香尘暮雨飘。

踏岸沙，步月华；我觑这万水千山，都只在一时半霎。

【注释】郑光祖《迷青琐倩女离魂·第二折·〔越调·斗鹌鹑〕》。踏着岸边沙地，走在月光下，我看这万水千山，一会儿就走过去了。

【解析】现实中妇女对婚姻只能消极等待。此剧通过倩女魂离躯壳，与王文举一同上京，从而过上幸福的爱情生活这一奇幻情节，横跨了这一现实中无法逾越的鸿沟，成功塑造了一个主动抗争，把命运握在自己手中的少女形象，因而具有强烈的浪漫主义色彩。这两句表现了倩女追赶情人的迫切心情，又符合魂灵飞翔的特征。

【原曲】人去阳台，云归楚峡。不争他江渚停舟，几时得门庭过马？悄悄冥冥，潇潇洒洒。我这里踏岸沙，步月华；我觑这万水千山，都只在一时半霎。

疏剌剌秋水菰蒲，冷清清明月芦花。

【注释】郑光祖《迷青琐倩女离魂·第二折·〔紫花儿序〕》。秋风吹拂水草发出疏剌剌的声音，冷清清的月光照在雪白的芦花上。

【解析】此曲进一步表现倩女之魂在追赶路上的思想和神态，勾勒出了少女既激动兴奋又紧张害怕的样子。这两句看似单纯写景，实际句句写情。它是以萧瑟凄凉的秋夜景物来映衬倩女孤独寂寞的心绪，情寓景中，景与情合，把倩女复杂的思想感情表现得含蓄蕴藉，深切动人。

【原曲】想倩女心间离恨，赶王生柳外兰舟，似盼张骞天上浮槎。汗溶溶琼珠莹脸，乱松松云髻堆鸦，走的我筋力疲乏。你莫不夜泊秦淮卖酒家？向断桥西下，疏剌剌秋水菰蒲，冷清清明月芦花。

日长也愁更长，红稀也信尤稀，春归也奄然人未归。

【注释】郑光祖《迷青琐倩女离魂·第三折·〔迎仙客〕》。白天时间逐渐延长，愁怨也随之增长。枝头花残，心上人的消息更少。春天来了，而应归之人却未归。

【解析】这是现实世界中倩女之身的遭遇，对爱情的执着与担心情人负心的恐惧交织在一起，剪不断，理还乱，把封建社会丧失了婚姻自主权的少女的复杂心态淋漓尽致地描绘了出来。这一句通过丰富的联想，巧妙地将残春的景物与人物的感情互相沟通。

【原曲】日长也愁更长，红稀也信尤稀。春归也奄然人未归。我刚道相别也数十年，我则道相隔着几万里。为数归期，则那竹院里刻遍琅玕翠。

愁心惊一声鸟啼，薄命趁一春事已，香魂逐一片花飞。

【注释】郑光祖·《迷青琐倩女离魂·第三折·〔普天乐〕》。空中传来一声鸟啼都引起她内心一阵惊悸和颤动；看到春天匆匆归去，会使她想到自己的青春也正在消逝；枝头坠落的一片花瓣，会使她觉得自己的魂灵也随着飘坠、零落。

【解析】作者以华美俊逸的语言，把倩女缠绵哀怨的情思表达的委婉尽致，弥漫着浓厚的感伤情调。这三句鼎足对，对仗精美，音节铿锵，淋漓酣畅地渲泄出女主人公的一腔凄凉哀怨。

【原曲】想鬼病最关心，似宿酒迷春睡；绕晴雪杨花陌上，趁东风燕子楼西。抛闪杀我年少人，辜负了这韶华日。早是离愁添萦系，更那堪景物狼藉。愁心惊一声鸟啼，薄命趁一春事已，香魂逐一片花飞。

一程程捱入相思境，一声声总是相思令，一星星尽诉相思病。

【注释】郑光祖《㑳梅香骗翰林风月·第一折·〔幺篇〕》。一步步陷入相思之中，一声声总是相思语，一点点尽诉相思苦。

【解析】《㑳梅香》写裴度生前将女儿小蛮许给白敏中，后来夫人悔约，婢女樊素使二人终成眷属。此曲是樊素陪小姐在园中漫步赏景之际听见白敏中在书房抚琴哀歌，通过樊素唱曲反映这种伤感之情。这三句层层递进地刻画出白敏中的相思深入骨髓，以致成病。

【原曲】他曲未终肠先断，俺耳才闻愁越增。一程程捱入相思境，一声声总是相思令，一星星尽诉相思病。不争向琴操中单诉着你飘零，可不道窗儿外更有个人孤另。

坐下马空踏遍山水雄，背上剑枉射得斗牛寒。

【注释】金仁杰《萧何月下追韩信·第二折·〔双调·新水令〕》。坐下空有踏遍山水的宝马，背上白背着光射斗牛的霜锋。

【解析】此曲写的是韩信从刘邦军中出走后痛感壮志难酬、英雄失路的愤懑与凄凉。得不到施展才能的机会，是自古以来志士才人感受最深的痛苦之一，韩信的遭遇常引起人们的感慨与同情。这两句感叹天涯流落、半生虚幻，孤寂落魄中又不失壮怀激烈的英雄本色。

【原曲】恨天涯流落客孤寒，叹英雄半世虚幻。坐下马空踏遍山水雄，背上剑枉射得斗牛寒！恨塞于天地之间。云遮断玉砌雕栏，按不住浩然气透霄汉！

绿珠娇人无比，石崇富祸有余。

【注释】范康〔仙吕·寄生草〕《财》。绿珠娇媚可人，无人可比。石崇富可敌国，只会招来无穷祸患。

【解析】石崇是晋朝巨富，与贵戚王恺、羊琇等比富，所建金谷园，收藏各类珍奇。宠妾绿珠多才多艺，孙秀讨绿珠不成，于是怂恿赵王伦抄了石崇的家，并将石崇送斩。石崇对绿珠说“这都是为了你”。两句对仗工稳，妙语天成，警策有力。

【原曲】绿珠娇人无比，石崇富祸有余。全家儿老幼遭诛戮，半合儿帑藏无金玉，两般儿景物伤情绪。暗尘埋锦步障边花，乱蝉鸣金谷园中树。

明明的添寿算，暗暗的减容仪。

【注释】范康〔双调·新水令〕《乐道》。年龄在一年年增长，容颜随之渐渐衰老。

【解析】日月如飞梭，光阴似流水，人生天地间好像匆匆过客，旧友越来越少。白发越来越多是年龄增长，脸上光泽越来越少是人在老去。想起多少年的往事，有的可笑，有的可叹，这些年来追逐功名利禄，现在终于省悟，那些都是转瞬即逝的东西。还是潜心向道、修身养性最为可贵，行医度日，下棋寻乐。

【原曲】老来方知幼时非，急省悟半途之际。明明的添寿算，暗暗的减容仪。白发相催，全不似少年日。

人我山为平地，是非海波浪息。

【注释】范康〔双调·新水令〕《乐道》。不再把人分为你我，那么与人交往就少了障碍，少生许多是非。

【解析】范康的杂剧和散曲常常宣扬道教思想，反映了元代知识分子迷惘、焦灼的心态和情绪。这两句用形象化的说法，表明作者有意避开人世纷争。这首先要从心理认识上改变自己：清心寡欲，恬然自适，不可心猿意马。严格约束自己，则人生光明如皓月当空。

【原曲】呀！我如今参透静中奇，识破动中机。人我山为平地，是非海波浪息。莫待要呆痴，将意马心猿系，休纵放奔驰，现一轮皓月辉。

晓屯蒙否泰交，知消长盈虚意。

【注释】范康〔双调·新水令〕《乐道》。懂得了艰难和转机、厄运和亨通是交错的，知道了有消就有长、有满就有亏。

【解析】《录鬼簿》中称范康"一下笔即新奇，天资卓异，人不可及也"。元曲中少有作者这样大谈《庄》《老》《易》三玄的，但他写来流畅平易，化人更深。为人处世首先要注重修养，还要分清宾主，判明浮沉，通晓人世变幻的规律，之后才能超凡出世。

【原曲】诵《南华》讲《道德》，谈周易见天心，察地利明人事。须持心炼己。分宾主，定浮沉；辨疏亲，识老嫩；通造化，识真伪。晓屯蒙否泰交，知消长盈虚意。甚的是先天至极？打破了太虚空，便是那出世超凡大道理。

旧恨新愁乱山叠，思君凝望临台榭。

【注释】曾瑞〔南吕·四块玉〕《闺情》。旧恨新愁一起涌上心头，连梳头都没有心思，思念你就登上高台上的房子眺望。

【解析】四块玉属于适宜抒发感叹情怀的南吕宫，作者使用颇多。此曲生动地描绘了一个妻子因丈夫长时间远行当归不归的相思苦楚情状。丈夫远行，一直没有消息；春闺独守，有无穷的相思和担忧。登台远望，人在哪里？短短小令，写出了少妇的凄凉无助。

【原曲】簪玉折，菱花缺。旧恨新愁乱山叠，思君凝望临台榭。鱼雁无，音信绝，何处也？

白酒初熟菊方花，醅浑巾漉何须榨。

【注释】曾瑞〔南吕·四块玉〕《乐饮》。醅（pēi）：未过滤的酒。漉（lù）：渗。白酒刚刚酿好，菊花正开放，酒虽浑，用头巾筛一下就可以了。

【解析】曾瑞是一位艺术风格丰富多样的作家，他的自我抒情之作具有元人潇洒、嘲讽的特点。此曲写闲居纵饮之乐，调笑口吻表现了作者的乐观、豁达。肥鹿、鲜鱼佐酒，莫笑农家酒浑，葛巾一筛便罢。酒兴越来越浓，酒量却不增长，“生灌杀”也是情愿的。

【原曲】鹿煮肥，鱼煎鲊。白酒初熟菊方花，醅浑巾漉何须榨。酒越添，量不加，生灌杀。

惊午梦恨厌厌，别离情绪难绝念。

【注释】曾瑞〔南吕·骂玉郎过感皇恩采茶歌〕《四时闺怨·夏》。午梦惊醒心怀怨恨，离情别绪难以忘怀。

【解析】作者擅长写闺情、闺怨，此曲侧重写惦念与盼归的心理。夏日天气热，白天长，午睡也没有心思，正要在梦中见到远行人，被惊醒十分懊恼。求签问卜的结果并不如意，愁闷更重了。曲中肖像描写和心理描写交叉，使女主人公的相思之苦更具体化了。

【原曲】纱厨烟淡波纹簟。惊午梦恨厌厌，别离情绪难绝念。闷转添，恨转添，愁无厌。　问卜求签，有苦无甜。痛无心，调锦瑟，对妆奁。泪淹残杏脸，愁压损眉尖。欢娱俭，愁检束，闷拘钳。　近雕檐，簌朱帘，困人天气扇慵拈。云髻蓬松愁病染，湘裙宽掩舞腰纤。

暗想有缘添恨满，料应无梦继情欢。

【注释】曾瑞〔南吕·骂玉郎过感皇恩采茶歌〕《四时闺怨·秋》。心中暗想只能是不断地增添怨恨，就连梦中欢会也不可能有了。

【解析】此曲以闺中少妇的口吻，描述她因久盼离人归来而终不见归的凄凉苦恼的心情。眼中萧瑟秋景使少妇感到无边的凄苦，“月正圆，夜漫漫”，闺中思妇愁肠欲断，不忍看景色。一人独卧，觉得枕头太长、被子太大，更增寂寥之感。

【原曲】斜阳万点昏鸦乱，闲楼阁映林峦，漫天愁闷为奴伴。眉黛攒，秋水漫，柔肠断。　刀搅锥剜，情苦心酸。晚帘栊，笼双凤，锁孤鸾。病身属恨管，暮景序愁端。云初判，月正圆，夜漫漫。　景难观，闷难搬，流苏空掩枕衾宽。暗想有缘添恨满，料应无梦继情欢。

消疏景物助凄凉，梅竹无言成闷党，心情怀恨入愁乡。

【注释】曾瑞〔南吕·骂玉郎过感皇恩采茶歌〕《四时闺怨·冬》。景物消疏更使人感到凄凉，梅竹无言和我一样愁闷，使我梦中不安。

【解析】作者闺情之作的笔调是婉约细致、精美含蓄的。此曲写闺中少妇的冬季相思之情，借助景物描写揭示了孤身独处中苦不堪言的内心世界。魂不守舍，不由自己支配，因而难入梦境。

【原曲】同云黯黯冰花放，梅扑簌絮颠狂，严凝寒透红绡帐。情感伤，难抵挡，愁魔障。 风竹敲窗，雪月侵廊，暮寒生，欢梦少，漏声长。漫魂劳意攘，空腹热肠荒。何曾忘，愁万缕，泪千行。 掩空堂，锁余香，消疏景物助凄凉。梅竹无言成闷党，心情怀恨入愁乡。

对遥山，倚阑干，当时无计锁雕鞍，去后思量悔应晚。

【注释】曾瑞〔南吕·骂玉郎过感皇恩采茶歌〕《闺情》。倚着阑干望远山，当时没能留住他，现在想留已经晚了。

【解析】此曲从送别入手，先描述临别时的难舍难分，举起酒杯唱《阳关三叠》，曲未终人已远去。第二段写别后相思，未收到信，为丈夫担忧。第三段后悔当初没留住他，何时再见。作者巧借三支带过曲勾画三幅画面，生动感人。

【原曲】才郎远送秋江岸，斟别酒唱《阳关》，临岐无语空长叹。酒已阑，曲未残，人初散。 月缺花残，枕剩衾寒，脸消香，眉蹙黛，髻松鬟。心长怀去后，信不寄平安。拆鸾凤，分莺燕，杳鱼雁。 对遥山，倚阑干，当时无计锁雕鞍，去后思量悔应晚，别时容易见时难。

曲阑边，雕檐外，画楼西，把春酲唤起。

【注释】曾瑞〔南吕·骂玉郎过感皇恩采茶歌〕《闺中闻杜鹃》。酲(chéng)：酒后困倦的样子。

【解析】此曲写思妇情思，新颖别致。春日本多愁闷，女子正要小睡，杜鹃却在不停地聒噪，啼声从“曲阑边”“雕檐外”，一直到“画楼西”，惊醒了女子的好梦。鸟叫着“不如归去”，可丈夫却不归来，女子独守空房，烦闷不安。

【原曲】无情杜宇闲淘气，头直上耳根底。声声聒得人心碎。你怎知，我就里，愁无际？ 帘幕低垂，重门深闭。曲阑边，雕檐外，画楼西，把春酲唤起，将晓梦惊回。无明夜，闲聒噪，厮禁持。 我几曾离这绣罗帏，没来由劝我道不如归。狂客江南正着迷，这声儿好去对俺那人啼。

庭槐破梦秋风撼，妾泪联珠夜雨搀，朝云无计出湘潭。

【注释】曾瑞〔中吕·喜春来〕《秋闺思》。秋风摇动庭中槐树惊醒了梦中人，泪落如珠与夜雨搀在一起，明早湘潭朝云也升不起来了。

【解析】此曲以秋风秋雨难成眠入题，写出了独守闺中女主人公的愁肠怨绪。雨夜流泪，泪和雨落，刻画出了黯然神伤、泪湿绣枕的闺中人的凄苦形象。环境描写与气氛的渲染起了极好的烘托作用。短短小令，丰富意象。

【原曲】庭槐破梦秋风撼，妾泪联珠夜雨搀，朝云无计出湘潭。休问俺，司马泪青衫。

魂来纸帐香先到，花放冰梢雪未消，浩然驴背灞陵桥。

【注释】曾瑞〔中吕·喜春来〕《咏雪梅》。芳魂来到帐中香气先到，冰雪未化，梅花已在枝头开放，骑驴吟诗过了灞陵桥。

【解析】自古诗人酷爱梅花，自然是为其高风幽韵所沉醉。但更为诗人所倾倒的，则是梅花凌霜傲雪的高洁品格。此曲赋予梅花美好的心灵和不屈的性格，芳香袭人，引人探访。诗人骑驴，踏雪寻梅，灞陵桥边忽见红梅绽放，引发无限诗思。这也是隐居的一个绝好理由。

【原曲】魂来纸帐香先到，花放冰梢雪未消，浩然驴背灞陵桥。风势恶，休笑了猷乔。

佳章软语醒时和，白雪阳春醉后歌，簪花饮酒且婆娑。

【注释】曾瑞〔中吕·喜春来〕《阅世》。清词丽句清醒时唱和，《白雪》《阳春》醉后高歌，头上戴花，喝酒跳舞作乐。

【解析】曾瑞心志傲岸，不愿为官，因为钦羡江浙人才景物之盛而移居杭州，优游市井，善绘画。此曲自写饮酒欢歌之乐，看似快活，骨子里却充满了愤世之情。看尽世间风波，为解烦闷而自娱自乐，快乐实出无奈，只有长歌当哭。

【原曲】佳章软语醒时和，白雪阳春醉后歌，簪花饮酒且婆娑。开闷锁，闲看恶风波。

更漏永声来绣枕，篆烟消寒透罗衾。恨杀邻砧，惊散离魂，捣碎人心。

【注释】曾瑞〔双调·折桂令〕《闺怨》。

【解析】春思多写凭栏远眺，秋怨多写夜雨独寝。此曲写夜闻鸟啼、雁叫、蛩吟，本来就难以入睡，炉中香尽感觉夜深了，被中冰冷，少妇又听到没完没了的更漏声传到耳边。最可恨的是邻家的捣衣声，让少妇惦念起远行人。又思念又惦记，少妇愁肠百结，心如刀绞。一腔怨恨统统发泄于捣衣声，表现了少妇既可怜又可爱的情态。

【原曲】秋霄淡淡轻阴，暮景萧条，疏雨淫霖。林外鸟啼，天边雁叫，砌下蛩吟。更漏永声来绣枕，篆烟消寒透罗衾。恨杀邻砧，惊散离魂，捣碎人心。

消磨世态杯中酒，聚散人情水上萍。

【注释】曾瑞〔般涉调·哨遍〕《村居》。且饮酒消磨光阴，看世事变化；人情冷暖、人生聚散就像水上浮萍一样不稳定。

【解析】元代读书人多沉郁下僚，深感现实生活中无是非可言，既然如此，何必卷入是非漩涡中消磨人生？他们都以逃避是非、求得安闲为乐事。作者在聚散无定、悲欢无常、人生如梦的叹息中，以随遇而安的态度、自行其乐的方式作为人生归宿，看似旷达，却透露着人生的辛酸。

【原曲】兴来画片山，闲来看卷经，推敲访友铖诗病。消磨世态杯中酒，聚散人情水上萍。心方定，但缘有酒，与世忘形。

衰柳拂月户云窗，残荷临水阁凉亭。

【注释】曾瑞〔商调·集贤宾〕《宫词》。装饰华美的窗户前飘拂着衰柳，临水的亭阁掩映在残荷之中。

【解析】曾瑞是一位善于描写妇女心理的作家，有许多作品写闺情、闺思。他没有宫廷生活的直接感受，因此所写的宫词实际是闺怨的扩展。此曲写宫人一个秋日夜晚的感受和思绪，红衰翠减的凋残景象，未能解忧，反添新愁。

【原曲】闷登楼倚阑干看暮景，天阔水云平。浸池面楼台倒影，书云笺雁字斜横。衰柳拂月户云窗，残荷临水阁凉亭。景凄凉助愁越逞，下妆楼步月空庭。鸟惊环佩响，鹤吹铎铃鸣。

握雾拿云志已疏，咏月嘲风心愿足。

【注释】沈和〔仙吕·赏花时·北〕《潇湘八景》。现在已经心灰意懒，没有了少年时的上干云霄之志，能够歌咏无边风月就心满意足了。

【解析】沈和是钱塘人，能辞翰，善谈谑，天性风流，兼明音律，作品极为工巧。他并不像其他人把“潇湘八景”分为八支小令来写，而是把八景作为一幅图画，化为隐居生活的背景。这首套曲少有景物描写，多即景生情，写隐居山水之乐。

【原曲】休说功名，皆是浪语。得失荣枯总是虚。便做道三公位待何如？如今得时务，尽荆棘是迷途。便是握雾拿云志已疏，咏月嘲风心愿足。我们待离尘世访江湖，寻几个知音伴侣，我则待林泉下共樵夫。

吟魂醉，饮兴足，满身花影倩人扶。

【注释】沈和〔仙吕·赏花时·北〕《潇湘八景》。倩(qìng)：请别人代自己做事。本想作诗，但灵魂都醉了，饮酒的心愿得到了极大满足，走在园中也要人搀扶。

【解析】此曲写隐居后披蓑垂钓、对饮低歌的赏心乐事。不住画堂，不穿紫朝服，便有更多时间与朋友往来，有鲜鱼、新酿，终日陶陶然乐哉。杯中酒浅了，瓶中酒也干了，酒至半酣，再去邻家沽酒，终于大醉，仍要在花影中散步。

【原曲】我则将这小舟撑、兰棹举，蓑笠为活计。一任他紫朝服，我不愿画堂居。往来交游，逍遥散涎，几年无事傍江湖，旋酿新酒钓鲜鱼。终日陶陶乐有余。杯中浅，瓶内无，邻家有酒也宜沽。吟魂醉，饮兴足，满身花影倩人扶。

春景看山色晴岚翠，夏天听潇湘夜雨疏，九秋玩洞庭明月生南浦。

【注释】沈和〔仙吕·赏花时·北〕《潇湘八景》。岚(lán)：山林中的雾气。春天看青翠的山色、流动的雾气，夏天听淅淅沥沥的潇湘夜雨，秋天玩赏洞庭湖上的明月。

【解析】山光水色随着季节变换而呈现出不同特点，四季各有其代表性景物：春花春鸟，秋月秋蝉，夏雨暑云，三冬暮雪。四季轮回使景色不再单调，宋代画家郭熙说“春山淡冶而如笑，夏山苍翠而如滴。秋山明净而如妆，冬山惨淡而如睡”，单是山就有各种情态变化，何况世界上万千景象。

【原曲】春景看山色晴岚翠，夏天听潇湘夜雨疏，九秋玩洞庭明月生南浦，见平沙落雁迷芳渚。三冬赏江天暮雪飘飞絮，一任教乱纷纷柳絮舞空中，争如俺侬家鹦鹉洲边住。

欲求生富贵，须下死工夫，且常教两眉舒。

【注释】沈和〔仙吕·赏花时·北〕《潇湘八景》。想要过上富贵的生活，需要付出难以估量的代价，别去费这个劲儿了。

【解析】作者静中暗想，尘世几度沧桑，明月几度圆亏，生命何其短暂，且使身心放松，享受生活。谋求功名富贵的代价太大了，对于正领悟人生、热爱生活的人来说，是无法承受的。一“生”一“死”对举，使人认识到仕途的险恶。

【原曲】闲来思虑，自从那日赋归欤，山河日月几盈虚，风光渐觉催寒暑。欲求生富贵，须下死工夫，且常教两眉舒。

才离了一时半刻，恰便似三暑十霜。

【注释】范居中〔正宫·金殿喜重重·南〕《秋思》。分别才不长时间，就好像三年十载没见面了。

【解析】范居中善写南北合套散曲，今天仅存一套《秋思》，也是在一套散曲之中兼用南曲和北曲。这句话是主人公在剖析自己的情感，感到有些不解：相偎相傍的欢爱，在过去的许多年中不知重复了多少次，但现在为什么还有这么高的热情呢?

【原曲】想着和他相偎厮傍，知他是千场万场。我怎比司空见惯当寻常?才离了一时半刻，恰便似三暑十霜。

宜嗔宜喜娇情况，知疼知热俏心肠。

【注释】范居中〔正宫·金殿喜重重·南〕《秋思》。虽然时而嗔怒，时而欣喜，撒娇作态，但是善于体贴和关心人。

【解析】作者曾远离杭州而客寓北方，对羁旅之情深有体验，所以写游子对故乡妻子或情人的思念很动人。渴望回乡与恋人团聚，但路途充满险阻，只有回忆她表达情感时半真半假、装模作样的可爱情状。想起她的百般温存、无微不至，愈发令人神伤。

【原曲】恨程途渺茫，更风波零瀼。我这里千回百转自彷徨，撇不下多情数桩：半真半假乔模样，宜嗔宜喜娇情况，知疼知热俏心肠。但提来神伤。

弹鱼空馆，断蟒长途；逢贤把赠，遇寇即除。

【注释】施惠〔南吕·一枝花〕《咏剑》。冯谖弹剑而歌"食无鱼"，汉高祖拔剑斩白蛇；季札挂剑于徐国国君之墓，义士可以挥剑杀仇寇。

【解析】此曲多用典，让我们感受到了排比句所特有的浩荡气势、亢奋情绪和浓烈畅快的行文风格。作品极力渲染剑的神异，外表形象的神异，身世来历的神异，但我们从中可以感受到这把剑的锋利。

【原曲】金错落盘花扣挂，碧玲珑镂玉妆束，美名儿今古人争慕。弹鱼空馆，断蟒长途；逢贤把赠，遇寇即除。比莫邪端的全珠，纵干将未必能如。曾遭遇诤朝谗烈士朱云，能回避叹苍穹雄夫项羽，怕追陪报私仇侠客专诸。价孤，世无。数十年是俺家藏物，吓人魂，射人目。相伴着万卷图书酒一壶，遍历江湖。

芦花千顷雪，红树一川霞。

【注释】孛罗御史〔南吕·一枝花〕《辞官》。芦花开起好似一片白雪，红树倒映在水面好像霞光。

【解析】作者感到御史这个职位很危险，辞官了，作品表现的就是回乡后的轻松心境和生活乐趣。淳朴的民风乡俗使人向往，乡村景色也优美宜人，置身其间，如在画里。这两句对仗工稳，妙语天成，没有一个动词却不板滞。

【原曲】奴耕婢织是生涯。随分村疃人情，赛强如宪台风化。趁一溪流水浮鸥鸭，小桥掩映蒹葭。芦花千顷雪，红树一川霞。长江落日牛羊下。山中闲宰相，林外野人家。

一番花落一番羞，一声杜宇倦凝眸。

【注释】鲍天祐《王妙妙死哭秦少游》。见落花无数，心中也有无限忧愁。听见杜鹃啼叫，没有心思去注视它。

【解析】此剧写妓女王妙妙倾慕秦观的才品，但无缘谋面。秦观受谪迁路过长沙，王妙妙甘心做他的婢妾，但秦观不能带她同行，王妙妙立誓等待秦观回来。一日王妙妙梦见秦观来告别,打探后得知秦观死于归途。王妙妙着丧服行数百里,见到秦观的棺柩后痛哭而死。这句话写王妙妙独守春闺、深切怀念远行人的忧伤情怀,从整个故事看来真实可信。

【原曲】一向淹留,寄一纸书来一字愁。自从别后,一番花落一番羞,一声杜宇倦凝眸。趁一鞭行色慵回首。我精神一旦休,折倒的一枝粉淡梨花瘦。

花溪信马,莲浦乘舟,菊绽霜严,雪残梅堑。

【注释】睢景臣〔大石调·六国朝〕《收心》。骑马过花溪,乘船游莲浦,看菊花在严霜中绽放,喜残雪沟中梅花怒放。

【解析】睢景臣心性聪明,酷嗜音律,在维扬与诸公都创作《高祖还乡》套数,他的作品最新奇。这首《收心》劝人收敛功名利禄之心,健康快乐地享受生活。此曲借写游赏之乐,叹惜年华易逝。"桃腮杏脸"转眼变为"雪鬓霜髯",珍惜与猿、鹤亲近的日子。

【原曲】拜辞了桃腮杏脸,追逐回雪鬓霜髯,死灰绝焰。腹难容囊日杯盘,身怎跳而今坑堑,去奢从俭。六桥云锦,十里风花,庆赏无厌,四时独占。花溪信马,莲浦乘舟,菊绽霜严,雪残梅堑。鸟呼人至,鹤送猿迎,酒榖随分,费用从廉。就清流洗痕濯沾。

寻芳载酒从心赏,遣兴行春歧路迷。

【注释】睢玄明〔般涉调·耍孩儿〕《咏西湖》。带着酒去寻访美景可以随心所欲地欣赏,乘着兴致游赏春景以致迷失了道路。

【解析】睢玄明生平不详,有人说就是睢景臣。钱塘自古以来就是繁荣之地,有很多自然人文景观,数西湖山水最引人。此曲以生花妙笔写出了西湖的无限春光:绿柳、红桃、秋千庭院、枝头酒旗。烂漫春光让人眼花缭乱,沉醉流连,寻芳人更是迷失了归路。

【原曲】绿垂扬拂画桥,红夭桃簇锦溪。夭桃间柳争红翠。寻芳载酒从心赏,遣兴行春歧路迷。殢春景游人醉。粉墙映秋千庭院,杏花梢招飐青旗。

筑墙的曾入高宗梦,钓鱼的也应飞熊梦;受贫的是个凄凉梦,做官的是个荣华梦。笑煞人也么哥,笑煞人也么哥。梦中又说人间梦。

【注释】周文质〔正宫·叨叨令〕《自叹》。飞熊:即吕尚。煞:表程度的副词。笑煞人:即可笑得很。也么哥:语助词,无义。通常用于曲辞中叠句的结尾,有加强语气的作用。

【解析】曲题名为"自叹",顾名思义,是对于自己遭逢的感叹,实际上这一首小令也兼含有感叹世情的意味。他用殷商时傅说入高宗梦的典故讽刺身处底层的建筑工人也想当大官;又用吕尚逢周文王的典故,从另一角度说明了升官梦。接下来又写的是贫苦的人做的是凄凉的梦,当官的人做的是光宗耀祖、封妻荫子的梦,这一切不过都是梦罢了。这些人所做的梦,归根结底,都是趋炎避凉,一个"梦"字反映出了炎凉世态。作者冷眼旁观,深感这世态的可悲可笑,在"笑煞人也么哥"的曲语中,饱含着辛酸的感叹。

【原曲】筑墙的曾入高宗梦,钓鱼的也应飞熊梦;受贫的是个凄凉梦,做官的是个荣华梦。笑煞人也么哥,笑煞人也么哥。梦中又说人间梦。

去年今日题诗处,佳人才子相逢处。世间多少伤心处,人面不知归何处。望不见也么哥,望不见也么哥,绿窗空对花深处。

【注释】周文臣〔正宫·叨叨令〕《自叹》。

【解析】这首曲词感叹的是爱情。爱情是真挚的,但往往并不能尽如人意。前四句作者暗用了崔护的爱情故事。相传崔护应考落第后,清明节独自赏游时,到村居叩门求饮,有女子开门送水,倚桃树而立。第二年清明节再来时,门户紧锁,不见女子,崔护题诗云:"去年今日此门中,人面桃花相映红。人面不知何处去,桃花依旧笑春风。"曲词所谓"佳人才子"相逢题诗,即指崔护艳史,其意在于表现人世间不能如愿的爱情,也可能包含作者自己的爱情悲剧。后三句写情人不知归向何处,作者只能空对着花深处的绿窗,感叹地说:"望不见也么哥!"这一首曲子以"处"字为韵脚,展现了多个空间,依次是"题诗处""相逢处""花深处"。"处"字的重复出现 ,强化了曲词的意境,也加深了这种浓重的悲剧色彩。

【原曲】去年今日题诗处,佳人才子相逢处。世间多少伤心处,人面不知归何处。望不见也么哥,望不见也么哥,绿窗空对花深处。

叮叮当当铁马儿乞留玎琅闹,啾啾唧唧促织儿依柔依然叫。滴滴点点细雨儿淅零淅留哨,潇潇洒洒梧叶儿失流疏剌落。

【注释】周文质〔正宫·叨叨令〕《悲秋》。哨:应为潲,指雨点被风吹得斜洒。

【解析】这是一首以叠字和象声词构成的著名散曲小令,值得注意的是它寓情于景,种种秋声与悲秋之感交迸叠起,达到了情景交融的效果。开头四句都是对秋声的描写。"铁马"是屋椽下的风铃,"乞留玎琅"是直接形容风铃摇动所发出的声音。一个"闹"字表现出秋风的劲厉。"促织"即蟋蟀,它哀婉的鸣声也触人愁思。"淅零淅留"形容点点滴滴的雨声。这句是写淅沥的秋雨随风斜飞。"潇潇洒洒"和"失流疏剌"都是形容梧桐叶落的声音。草木凋零,使人产生岁月迟暮之感,风雨飘摇更能唤起孤独凄凉之愁。这秋夜的风声、雨声、虫鸣声、落叶声，声声撞入耳鼓，扣击心扉，使人原本积淀着的烦恼愈发膨胀、扩大，因此“睡不着也么哥”便是他深切的感叹。“孤孤另另”“迷彤模登”描绘出他孤独凄凉、迷惘困倦的神态。这首曲子语言与句法新鲜活泼、生动贴切，联想丰富，使读者如闻其声，如历其境，如见其人。

【原曲】叮叮当当铁马儿乞留玎琅闹，啾啾唧唧促织儿依柔依然叫。滴滴点点细雨儿淅零淅留哨，潇潇洒洒梧叶儿失流疏刺落。睡不著也末哥，睡不着也末哥，孤孤另另单枕上迷彤模登靠。

挑短檠，倚云屏，伤心伴人清瘦影。薄酒初醒，好梦难成，斜月为谁明。闷恹恹听彻残更，意迟迟盼杀多情。西风穿户冷，檐马隔帘鸣。叮，疑是珮环声。

【注释】周文质〔越调·寨儿令〕。檠（qíng）：灯架。恹（yān）：精神不振的样子。

【解析】这首曲子写的是男子对女子的思念。在秋天的夜里，他想念情人，无以自解，想借酒浇愁，希望在醉梦中能够相见，然而“好梦难成”，而薄酒已醒。于是他独自挑着灯芯，倚靠着云母屏风，伤心地看着灯下因相思而消瘦的身影。他抬起头来，想象着这斜月又是为谁而明呢。他心情烦闷，难以入睡，整夜听着打更的声音，他是多么执着地盼望恋人的到来。实然，一阵丁丁当当的响声传来，是恋人身上所佩的珮环的声音吗？然而，这只是一个空喜。当他明白过来后，又陷入无穷的相思之中。这首曲子用极富表现力的动作描写为我们表现出一个相思男子的形象，像电影镜头一样，浮现于我们的脑海里，引起不尽的联想和回味。

【原曲】挑短檠，倚云屏，伤心伴人清瘦影。薄酒初醒，好梦难成，斜月为谁明。闷恹恹听彻残更，意迟迟盼杀多情。西风穿户冷，檐马隔帘鸣。叮，疑是珮环声。

羊角风踅地踅天，鹅毛雪扑头扑面，恰便似落琼花粉甸山川；接天涯，侵海角，都冻做寒冰一片。休笑俺牧羊人耸定双眉，你便是铁石人也冻的撼颏打战。

【注释】周文质《持汉节苏武还乡·第三折·〔中吕·粉蝶儿〕》。踅（xué）：盘旋，来回乱转。颏（kē）：脸的最下部分，通称下巴颏儿。

【解析】苏武的故事是这样的：汉武帝时苏武奉使匈奴被扣留，流放北海牧羊，前后达十九年，历尽艰险，但始终不屈不挠。后来汉昭帝即位，匈奴和亲，汉朝要求匈奴放还苏武，单于诡称苏武已死。苏武托雁传书，说明情况，后来终于归国还乡。这一曲写苏武牧羊之地风雪严寒，羊角风旋天转地，鹅毛大雪打头扑面，正好像是洁白无瑕的玉屑，纷纷扬扬，洒落在原野山川，不论天涯海角，都冻结成寒冰一片。你不要嘲笑牧羊人耸定双肩，即使是铁面人也会撼颏打战。

这首曲子首先用朴直形象的语言描述了边塞风、雪、寒冰的雄奇景象，并用牧羊人与铁石人做对比，表现了牧羊人的坚强意志。曲子笔调雄劲俊拔，同苏武铁骨铮铮的英雄品格非常相应。

【原曲】羊角风踅地踅天，鹅毛雪扑头扑面，恰便似落琼花粉甸山川；接天涯，侵海角，都冻做寒冰一片。休笑俺牧羊人耸定双眉，你便是铁石人也冻的撼颏打战。

雪打的我眼难开，风吹的身倒偃。似这般风吹雪打荡散了群羊，漫山中微微的显，显。

【注释】周文质《持汉节苏武归乡·第三折·〔醉春风〕》。偃（yǎn）：向后倒。

【解析】这一曲写雪地牧羊的艰难境况。风雪弥漫，眼睛难以睁开，狂风肆虐，人也几乎站立不住，在这样恶劣的环境下，羊群也被旋风盘卷而散，与白雪融为一色，难以辨认，只有当它们行走时，才可以被发现。作者的描写细致传神，巧妙生动。

【原曲】雪打的我眼难开，风吹的身倒偃。似这般风吹雪打荡散了群羊，漫山中微微的显，显。单于王地占了三山，汉武帝早分了千顷，苏武呵，几时能勾户封八县。

这一封寄帛书全央你个塞鸿传。则要你乘风势驾云轩。者莫你宿芦花，穿柳岸过平川，哎，雁也，休恋着水食地面，将日月俄延。则你那六稍翎疾提防着雕翎箭。蓦然间祷告青天，愿孤飞影里青云现，便休题风紧雁行偏。

【注释】周文质《持汉节苏武还乡·第三折·〔石榴花〕》。帛书：写在丝织品上的书信。塞鸿：边地大雁。轩：车子。

【解析】这一曲写托雁传书。苏武在思念家园时，有一只大雁落到他跟前，他就请求大雁为他传信。他希望大雁能乘风飞速而去，并嘱咐雁儿："不要在芦花丛中休息，不要穿过杨柳岸边，不要飞过平原山川，不要留恋水食地面，别将时间拖延。"他让雁儿小心"雕翎箭"，他还祷告青天，让乌云遮着雁儿的身影，不要让狂风吹散雁行。这支曲子写苏武对雁谆谆嘱咐，对苍天深深祈祷，生动有趣，同时也突出了他思念国家的一片赤诚之心。

【原曲】这一封寄帛书全央你个塞鸿传。则要你乘风势驾云轩。者莫你宿芦花，穿柳岸过平川，哎，雁也，休恋着水食地面，将日月俄延。则你那六稍翎疾提防着雕翎箭。蓦然间祷告青天，愿孤飞影里青云现，便休题风紧雁行偏。

长江浩浩西来，水面云山，山上楼台。山水相连，楼台相对，天与安排。诗句成风烟动色，酒杯倾天地忘怀。醉眼睁开，遥望蓬莱。一半儿云遮，一半儿

烟霾。

【注释】赵禹圭〔双调·折桂令〕《过金山寺》。霾(mái):风夹着尘土。

【解析】这首散曲写的是金山寺的壮观景象以及作者的内心感受。作者下笔没有直接写金山寺,而是先描写金山寺气势不凡的背景:浩浩长江自西而来,到了江苏镇江附近,却突然出现“水面云山”的景象,巍峨的金山在江中突兀而起,而金山寺就雄踞在这高山上。作者接下来具体描绘金山寺的景况:金山寺倒映江中,山水连在一起,楼台相互映照,宛若仙境。这种奇妙的景象真是上天的安排呀!面对这种奇观,作者举杯痛饮,乘兴赋诗,一篇吟就,连风云烟霞也为之变色,他好像离开了人间,置身于仙境,因而不禁手舞足蹈,倾翻了酒杯。当他睁开朦胧的醉眼时,只见金山若隐若现,一半儿被云雾笼罩,一半儿陷于烟霾之中。这最后几句,给整个画面染上一层朦胧的色彩,把读者引入无限的遐想之中。

【原曲】长江浩浩西来,水面云山,山上楼台。山水相连,楼台相对,天与安排。诗句成风烟动色,酒杯倾天地忘怀。醉眼睁开,遥望蓬莱。一半儿云遮,一半儿烟霾。

不占龙头选,不入名贤传。时时酒圣,处处诗禅。烟霞状元,江湖醉仙。笑谈便是编修院。留连,批风抹月四十年。

【注释】乔吉〔正宫·绿幺遍〕《自述》。龙头:即状元。编修院:即翰林院。

【解析】这支小令的题目表明,这是一篇述志的作品。作者乔吉是一位出生于北国、客居江南、放荡江湖的落魄文人。曲子前两句就表明了他否定仕途进取、鄙薄争名夺冠的态度。接下来他讲述自己的生活方式,他以“酒圣”为伴,以“诗禅”作乐,啸傲山水,醉情风月,这些都表现了他放诞不羁的情怀。他认为笑谈今古事,就如同在翰林院编修史籍,作者的狂欢自傲由此可见。结尾表现对自己吟风弄月生活的留连之情,真是终老不悔,怡然自乐。这首小令真切地表现作者的心性和生活态度,文笔自然流畅,雅俗并用,是一篇耐人寻味的佳作。

【原曲】不占龙头选,不入名贤传。时时酒圣,处处诗禅。烟霞状元,江湖醉仙。笑谈便是编修院。留连,批风抹月四十年。

钓台下风云庆会,纶竿上日月交蚀。

【注释】乔吉〔中吕·满庭芳〕《渔父词》。王纶(lún):钓丝。

【解析】乔吉写了二十首《渔父词》,它们从不同角度反映了渔父悠闲自得的美好生活,也表现出作者向往徜徉于山水之间的情怀。“吴头楚尾”这首,重点是写远离政治漩涡,得享山水之乐。在古诗文中,常用“风云际会”来形容君臣遇合，人生得志，有用于时。这句话把“际会”改作“庆会”，来形容鱼儿上钩，不仅歌颂了渔父生活，也隐含着对仕宦生活的轻蔑否定。后半句写在垂钓中消磨时光。这两句话对仗工整，与整首曲子搭配起来，有抑扬顿挫之美。

【原曲】吴头楚尾，江山入梦，海鸟忘机。闲来得觉胡伦睡，枕著蓑衣。钓台下风云庆会，纶竿上日月交蚀。知滋味，桃花浪里，春水鳜鱼肥。

湖平棹稳，桃花泛暖，柳絮吹春。蒌蒿香脆芦芽嫩，烂煮河豚。

【注释】乔吉〔中吕·满庭芳〕《渔父词》。棹(zhào)：桨。蒌蒿(lóu hāo)：又称白蒿，可食用。

【解析】这里首先描绘了这样一幅美景：暮春三月，柳碧桃红，和暖的春风把柳絮吹得漫天飞舞，把桃花的花瓣洒落在碧玉般的湖面上，渔父荡起小舟，风是那样轻，湖水是那样静，船儿是那样平稳，这俨然是一幅平湖轻棹图。接下来写了渔父的日常生活。蒌蒿香脆，芦芽鲜嫩，河豚味美，全是就地取来，没有达官贵人的珍奇美味，却别具一番风味，表现出了渔父水上生活的鲜明特征。这几句话采用白描手法，寥寥几语描绘出渔父远离尘世的美好生活，令人向往。

【原曲】湖平棹稳，桃花泛暖，柳絮吹春。蒌蒿香脆芦芽嫩，烂煮河豚。闲日月熬了些酒樽，恶风波飞不上丝纶。芳村近，田园隐隐，疑是避秦人。

太湖水光摇酒瓯，洞庭山影落渔舟。

【注释】乔吉〔中吕·满庭芳〕《渔父词》。瓯(ōu)：盛酒器。

【解析】这两句是写渔父的悠闲自在，无忧无虑。意思是渔父携着酒与鱼，享受着自己的劳动果实，太湖的水波中摇漾着他酒瓯的影子，渔舟上也洒落着洞庭山的影子。作者把湖光、山色同酒瓯联系起来，使景中有人、人在景中，更有情致，也更能表现渔父的生活之美。

【原曲】携鱼换酒，鱼鲜可口，酒热扶头。盘中不是鲸鲵肉，鲟鲊初熟。太湖水光摇酒瓯，洞庭山影落渔舟。归来后，一竿钓钩，不挂古今愁。

江声撼枕，一川残月，满目遥岑。白云流水无人禁，胜似山林。钓晚霞寒波濯锦，看秋潮夜海镕金。村醪窨，何人共饮，鸥鹭是知心。

【注释】乔吉〔中吕·满庭芳〕《渔父词》。岑(cén)：小而高的山。村醪(láo)窨(yìn)：指乡村中人家自酿之酒。醪：粗劣的酒。窨：地窖。

【解析】这首曲子通过对优美景色的描绘，表现渔父愿与鸥鹭为友，在江河湖海中终此一生的情怀。它描写的是夜景。前三句写渔父卧看残月江山。“白云”一句是说山林有主，白云流水却无人拘管，任人享用。以下几句是说在晚霞中垂钓，霞光映着寒冷的水面，犹如洗过的锦绣，黄昏时观看秋潮，落日照在海面上,一片金光灿烂。取出乡村人家自酿之酒,又与谁共饮呢?只有鸥鹭才是他的知心朋友。这一首《渔父词》通篇写景,描写极为优美传神,堪称元代散曲中的精品。

【原曲】江声撼枕,一川残月,满目遥岑。白云流水无人禁,胜似山林。钓晚霞寒波濯锦,看秋潮夜海镕金。村醪窨,何人共饮,鸥鹭是知心。

活鱼旋打,沽些村酒,问那人家。江山万里天然画,落日烟霞。垂袖舞风生鬓发,扣舷歌声撼渔槎。初更罢,波明浅沙,明月浸芦花。

【注释】乔吉〔中吕·满庭芳〕《渔父词》。槎(chá):木筏。

【解析】这一首曲子表现渔家风情,活泼生动。打些活鱼,又向村民买些酒,渔父是何等逍遥快活。万里江山,长天落日,云霞绚烂,这便是渔父自斟自乐的自然背景,也成为了渔家赏心乐事的一个组成部分。在这种氛围下,渔父乘着酒兴翩翩起舞,纵情歌唱,歌声震撼了渔槎。歌舞尽兴之后,渔船周围的世界一片宁静,只剩下浅沙滩上一片清彻澄亮的水波,将明月的倒影映现在芦花丛中。结尾静谧安宁的景象与上面纵情欢乐的场面构成明显的反差,却共同衬托出渔父自由自在,啸傲江湖的情怀。这首小令很能表现乔吉清丽洒脱的特有风格。

【原曲】活鱼旋打,沽些村酒,问那人家。江山万里天然画,落日烟霞。垂袖舞风生鬓发,扣舷歌声撼渔槎。初更罢,波明浅沙,明月浸芦花。

秋江暮景,胭脂林障,翡翠山屏。

【注释】乔吉〔中吕·满庭芳〕《渔父词》。

【解析】这几句是对大自然美好风光的描绘。秋天的一个傍晚,在江头眺望,红的枫林,绿的山峦,有如一道道胭脂和翡翠砌成的屏障。作者选用色彩浓丽的词语为我们描绘出绚烂的秋江晚景,这便是渔父生活的环境,怪不得他放弃仕宦生活,而情愿在江河湖海中放歌垂钓,终此一生呢!

【原曲】秋江暮景,胭脂林障,翡翠山屏。几年罢却青云兴,直泛沧溟。卧御榻弯的腿疼,坐羊皮惯得身轻。风初定,丝纶慢整,牵动一潭星。

一片世情天地间。白,也是眼;青,也是眼。

【注释】乔吉〔中吕·山坡羊〕《寓兴》。

【解析】这里表现的是乔吉超然物外、冷眼观世的态度。乔吉无钱无势,浪迹江湖,生活窘困,连自己的作品也无力刊行。但他又不肯自轻自贱,因而形成他与世无争而又玩世不恭的性格。他以调侃的笔调写出,面对这种充塞天地间的丑恶世情,还讲什么是非曲直、泾渭黑白呢?这种对人间好恶不计较的态度,貌似浑浑噩噩，其实正是经历人情冷暖、世态炎凉之后的觉醒，反映的是对世俗的高度蔑视，对天地世情的不屑一顾，管你青眼白眼，我依然我行我素。这就是乔吉勾勒出自己那愤世嫉俗形象的精髓。

【原曲】鹏抟九万，腰缠十万，扬州鹤背骑来惯。事间关，景阑珊，黄金不富英雄汉。一片世情天地间。白，也是眼；青，也是眼。

儹家私，宠花枝，黄金壮起荒淫志，千百锭买张招状纸。身，已至此；心，犹未死。

【注释】乔吉〔中吕·山坡羊〕《冬日写怀》。

【解析】这一首曲子表现的是乔吉愤世嫉俗时的情绪。这几句话是乔吉为那些追名逐利之辈所画的一幅漫画像：贪婪聚财，沉迷女色，荒淫无耻。这种人的下场是不会好的。他们搜刮人民，挥金如土，引起民众愤怒，成为千夫所指的罪人。而且剥夺者之间互相倾轧，也随时可能被置于死地，因此这就是“千百锭买张招状纸”。但是，这些顽固派却至死也不悔悟。作者最后一句话对他们执迷不悟的本性进行了尖锐的讽刺。这是作者冬日在客舍中对世情世人的无限感慨。

【原曲】朝三暮四，昨非今是，痴儿不解荣枯事。儹家私，宠花枝，黄金壮起荒淫志，千百锭买张招状纸。身，已至此；心，犹未死。

落花飞絮隔朱帘，帘静重门掩，掩镜羞看脸儿𡢃，𡢃眉尖。眉尖指屈将归期念。念他抛闪，闪咱少欠。欠你病厌厌。

【注释】乔吉〔越调·小桃红〕《效联珠格》。𡢃（qián）：美貌的意思。欠：即惦念，与上文“少欠”意思不同。

【解析】这首曲子内容是写闺中少妇思念远人。意思是深居闺中的少妇，隔着朱帘，看到随风飞舞的落花和柳絮而暗暗感伤，这儿无人走动，窗帘静静地垂着，重重宅门也都关着，一切声音统统隔绝在重门之外。她拿起镜子一看，自己是多么美丽呀，不觉害羞地掩上了镜子。一会儿又悲从中来，为自己寂寞孤独、虚度年华而悲伤。她把手儿举起来，抚摸着自己年轻美貌的脸庞，然后又扳起手指计算他的归期。因为归期还很遥远，她不禁抱怨对方撇下了自己，使自己缺少了温暖和快乐。但是怨而不怒，结尾一句“欠你病厌厌”极为巧妙，写出少妇这种刻骨相思正是一种甜蜜的忧愁。这首曲子语言很有特色，采用顶真的修辞手法，读起来和谐婉转，朗朗上口。

【原曲】落花飞絮隔朱帘，帘静重门掩，掩镜羞看脸儿𡢃，𡢃眉尖。眉尖指屈将归期念。念他抛闪，闪咱少欠。欠你病厌厌。

笔尖扫尽痴云,歌声唤醒芳春。

【注释】乔吉〔越调·天净沙〕《即事》。

【解析】题为"即事",就是即眼前之事物有感而发也。这一首小令写女子回忆初恋情景。"笔尖",指情人写的情诗;"痴云",停止不动的云,常喻人的幼稚无知。这句意思是女子当初还是一个不懂爱情的少女,是情郎赠给她情诗才扫尽了她心灵上幼稚蒙昧的层云。后句中的"芳春",即青春。意思是情郎弹琴唱歌唤醒了她心中的青春意识。这句话以简洁精练的笔触写出青年男女的热恋过程。

【原曲】笔尖扫尽痴云,歌声唤醒芳春。花担安排酒樽,海棠风信,明朝陌上吹尘。

一从鞍马西东,几番衾枕朦胧。薄幸虽来梦中,争如无梦,那时真个相逢。

【注释】乔吉〔越调·天净沙〕《即事》。

【解析】这首小令写女子与情郎别后的相思。意思是男子乘马离去且行踪无定,女子梦中仿佛真与情郎相会了,又仿佛是虚幻。薄幸郎虽与她相逢于梦中,但还不如不出现,而是真正地相逢呢!最后的"争如无梦,那时真个相逢"有翻新出奇之意,女主人公觉得梦中相逢是虚幻的,只是更增添了她的空旷寂寞之感与相思之苦。只有真正相聚才是她所喜欢的,这两句真切地写出了女子的相思之深与痴情缠绵。这首小令写得情真意切,深挚动人。

【原曲】一从鞍马西东,几番衾枕朦胧。薄幸虽来梦中,争如无梦,那时真个相逢。

莺莺燕燕春春,花花柳柳真真,事事风风韵韵,娇娇嫩嫩,停停当当人人。

【注释】乔吉〔越调·天净沙〕《即事》。真真:画中美女的名字。唐代进士赵颜得一美女图,画工告诉他,这一女子叫真真,如果昼夜喊她的名字,一百天后她就会出现。赵颜听从了此言,后来果真女子走出,与赵颜结合,生一子。但赵颜听谗言说这女子是妖怪,就想杀掉她。于是真真携子重回到画上。这里用以形容女子如仙女真真一样美丽动人。

【解析】这一首曲子赞美女子的容貌,描写爱情的和谐美满。前两句用春天的莺燕双双飞舞,花柳摇曳多姿来形容两情相悦和女子的美好。后三句写这个女子言谈举止事事都很有风度和韵致,又娇美年轻,一切都恰到好处,是个无可挑剔的可意美人。这支曲子通首叠字,音韵优美,一气贯注。

【原曲】莺莺燕燕春春,花花柳柳真真,事事风风韵韵,娇娇嫩嫩,停停当当人人。

瘦马驮诗天一涯，倦鸟呼愁村数家。扑头飞柳花，与人添鬓华。

【注释】乔吉〔越调·凭阑人〕《金陵道中》。瘦马驮诗：暗用唐代诗人李贺的典故。李贺常骑驴而行，背一锦囊，遇有好的诗句，就写下来放入囊中。这里代指诗人自己。

【解析】这一支曲子塑造了一个沦落天涯的诗人形象，表现他孤寂思乡的愁苦心情。第一句描绘出一位骑着疲惫无力的瘦马，风尘仆仆地行进于荒郊道上的倦客游子形象。下一句写游子奔波于途，走过一村又一村，眼前又掠过倦飞的鸟儿，鸟儿也声声哀鸣，似乎在诉说不尽的愁思。作者赋情于物，曲折写出异乡游子的归思。最后两句更显出作者构思的巧妙：扑面飞来的柳絮，沾到了游子的鬓角上，好像是增添了他的白发。这支曲子注重白描，不尚藻饰，朴素自然。读此曲，我们可看得见一幅暮春倦游图，也可体会得到游子的孤寂愁苦之情。

【原曲】瘦马驮诗天一涯，倦鸟呼愁村数家。扑头飞柳花，与人添鬓华。

三千丈清愁鬓发，五十年春梦繁华。

【注释】乔吉〔双调·折桂令〕《客窗清明》。

【解析】这两句表现了游子的愁苦与失意。上半句化用李白的诗句"白发三千丈，缘愁似个长"。说明自己的白发因愁而生，表现了愁思的深长。下句说五十年来的生活，像梦一样过去了。"春梦繁华"，意味只有在春梦中才有繁华的生活景象。这两句写出了作者的感思和惆怅。

【原曲】风风雨雨梨花，窄索帘栊，巧小窗纱。甚情绪灯前，客怀枕畔，心事天涯。三千丈清愁鬓发，五十年春梦繁华。蓦见人家，杨柳分烟，扶上檐牙。

不应举江湖状元，不思凡风月神仙。

【注释】乔吉〔双调·折桂令〕《自述》。

【解析】这两句表达了作者对自己生活道路的肯定，也表现出他风流狂放的个性。他自己就是不应举的江湖状元，不思凡的风月神仙。这两句也可以看作是对乔吉才华横溢而又落魄不遇的一生的精练概括。

【原曲】华阳巾鹤氅蹁跹，铁笛吹云，竹杖撑天。伴柳怪花妖，麟祥凤瑞，酒圣诗禅。不应举江湖状元，不思凡风月神仙。断简残编，翰墨云烟，香满山川。

断简残编，翰墨云烟，香满山川。

【注释】乔吉〔双调·折桂令〕《自述》。

【解析】这几句表现了乔吉对书籍文墨的感情，也包括对自己挥洒翰墨创作散曲杂剧的自豪。"断简残编"，指零落不全的简册，指古书；"翰墨云烟"，指挥翰泼墨而生的云气烟霞。这种书香、墨香充满山川。我们也不禁要为之羡慕这种风流典雅的生活了。

【原曲】见“不应举江湖状元，不思凡风月神仙”句。

鹏俯沧溟，蜃横城市，鳌驾蓬莱。

【注释】乔吉〔双调·折桂令〕《登姑苏台》。

【解析】这三句是乔吉写登上姑苏台远眺时的感受。“鹏俯沧溟”写的是大鹏鼓翼，俯瞰着浩瀚无际的大海，“蜃横城市”，即海中的大蛤蜊展开双翅，横亘于繁华的姑苏城阙上空；“鳌驾蓬莱”写的是鳌伸两臂，凌驾于蓬莱仙山之上。作者连用三种与海有关的动物，凭借想象，让它们腾飞云霄，来描写姑苏台的雄伟气势以及远眺广阔碧野时的心理感受，气势宏放，想象奇妙。

【原曲】百花洲上新台，檐吻云平，图画天开。鹏俯沧溟，蜃横城市，鳌驾蓬莱。学捧心山颦翠色，怅悬头土湿青苔。悼古兴怀，休近阑干，万丈尘埃。

蓬莱老树苍云，禾黍高低，狐兔纷纭。半折残碑，空余故址，总是黄尘。

【注释】乔吉〔双调·折桂令〕《丙子游越怀古》。

【解析】这支曲子是写乔吉游览越地时的怀古幽情。前三句为我们展现了一幅凄凉荒寂的图画：那被古人常赞为仙境的越中之地，老树枝丫，黯云沉沉，黍麦高低参差，凄凉冷落，有狐兔出没其间。以下两句写记载先人业绩的石碑，已成断块荒石，以前的富贵繁华已荡然无存，所有的一切不过都是过眼云烟。作者通过几组典型景物的描写写出了物是人非、事事如梦的深切感慨，其中也蕴含着对历史、对人生的思索。伤感、凄凉和惆怅是本曲的基调。

【原曲】蓬莱老树苍云，禾黍高低，狐兔纷纭。半折残碑，空余故址，总是黄尘。东晋亡也再难寻个右军，西施去也绝不见甚佳人。海气长昏，啼鴂声干，天地无春。

红梨叶染胭脂，吹起霞绡，绊住霜枝。正万里西风，一天暮雨，两地相思。

【注释】乔吉〔双调·折桂令〕《秋思》。绡(xiāo)：生丝织成的绸子。

【解析】《秋思》这支曲子写的是一位女子受凄凉的秋色所感而产生的思念情人之情。前三句先写出了萧疏的秋景。红色的梨叶经过秋风秋霜的浸染，如同涂上了一层深红色的胭脂。秋风吹起这些如朝霞如丝绸般的叶子，有的轻轻落地，有的便挂在了经霜渐枯的枝条上。作者选取典型景物构成了一幅萧萧秋色图，为全曲的抒情烘托了一种伤感的氛围。下面三句，将萧瑟之景更深入一层。此时正是西风斜吹，暮雨萧萧，面对此种情景，女主人公与远游未归的意中人不禁都要产生无尽的相思了。此语似受到李清照《一剪梅·红藕香残玉簟秋》"花自飘零水自流,一种相思,两处闲愁"的影响。这几句语言华美,对仗工整,耐人寻味。

【原曲】红梨叶染胭脂,吹起霞绡,绊住霜枝。正万里西风,一天暮雨,两地相思。恨薄命佳人在此,问雕鞍游子何之?雁未来时,流水无情,莫写新诗。

问荆溪溪上人家:为甚人家,不种梅花?老树支门,荒蒲绕岸,苦竹圈笆。寺无僧狐狸样瓦,官无事乌鼠当衙。白水黄沙,倚遍阑干,数尽啼鸦。

【注释】乔吉〔双调·折桂令〕《荆溪即事》。

【解析】仔细读此曲,便不能不为它的深沉意蕴和哲理意味所感动。它所表现的是诗人内心深处的痛苦和伤感,他执着地追求美,而丑恶的现实却只能让他陷入深深的绝望之中。作者曲首便设问:"荆溪的人家,为什么不种梅花呢?"接下来,作者没有解答,他描绘了一幅荒寂凄凉的图画:老树的枝丫遮蔽着人家的门,参差的蒲苇绕岸而生,苦竹圈着棘笆。诗人这里展现的是死寂沉沉的人间。接下来写狐狸在寺庙的瓦上窜来窜去,僧人不知去了何处,衙门里没有了执法官,只有老鼠在尽情戏耍。这里展现的是正常秩序已瓦解的人间场景。全曲最后三句写出了诗人的痛苦。"白水黄沙"便是这个黯淡死寂的世界的写照。面对这不堪再睹的人间,诗人只能倚遍阑干,一点一点数着哇哇悲鸣的乌鸦。由此,我们明白了诗人一开始就把梅花作为美的象征,"不种梅花"是他面对丑恶现实而发出的呐喊。本曲以其浓厚的悲凉情调和深刻的哲理意味将永远吸引着我们。

【原曲】问荆溪溪上人家:为甚人家,不种梅花?老树支门,荒蒲绕岸,苦竹圈笆。寺无僧狐狸样瓦,官无事乌鼠当衙。白水黄沙,倚遍阑干,数尽啼鸦。

酒肠渴柳阴中拣云头剖瓜,诗句香梅梢上扫雪片烹茶。

【注释】乔吉〔双调·折桂令〕《自叙》。

【解析】这两句是作者对自己的任性自然、放浪形骸生活的概括。前句是夏季的一个典型场景:在酒醉饭足之时,坐在柳荫之下,剖瓜解渴。后句是选取了冬季的典型生活场景:从梅梢上扫下雪片烹茶。瓜的清甜,茶的清香,似乎使吟出的诗句也染上了香甜味。作者这种超脱尘世、清俊典雅的生活令人羡慕。

【原曲】斗牛边缆住仙槎,酒瓮诗瓢,小隐烟霞。厌行李程途,虚花世态,潦草生涯。酒肠渴柳阴中拣云头剖瓜,诗句香梅梢上扫雪片烹茶。万事从他,虽是无田,胜似无家。

霞缕烂谁家昼锦,月钩横故国丹心。

【注释】乔吉〔双调·折桂令〕《毗陵晚眺》。

【解析】这两句展现了作者对历史、对人生不尽的迷惘、伤感。“霞缕烂”指霞光灿烂的早晨。“昼锦”即“昼锦堂”，宋魏国公韩琦所建，富丽堂皇，日有丝竹宴饮其间，极尽人间之享乐富贵。“月钩横”指夜晚。“故国丹心”指人已成异代之鬼。这二句意思是光阴迅疾，人生如梦，早晨还是极乐人生，晚上已改朝换代，富贵者已成异代之鬼。其中也蕴含着对富贵人家的蔑视，对真正志士丹心被埋没的痛惜。这两句含意深刻，耐人咀嚼。

【原曲】江南倦客登临。多少豪雄，几许消沉。今日何堪，买田阳羡，挂剑长林。霞缕烂谁家昼锦，月钩横故国丹心。窗影灯深，磷火青青，山鬼喑喑。

窗影灯深，磷火青青，山鬼喑喑。

【注释】乔吉〔双调·折桂令〕《毗陵晚眺》。磷(lín)火：俗称鬼火。喑(yīn)：不能出声。

【解析】这三句描绘了一种极幽深而暗淡的场景。“生”与“死”构成一种对照，一种暗示，从而使诗人深沉而悲切的思考、凄怆而痛苦的感情在幽暗的画面中凝结成一个耐人思索的意境。幽暗的窗影、昏黄的灯光是“生”的图景，而人生之灯终将化为青青的坟间磷火，人生的一切呼喊也将成为山鬼喑喑，这是人生的最大悲剧。

【原曲】见“霞缕烂谁家昼锦，月钩横故国丹心”句。

笔尖和露珠，花瓣题诗句，倩衔泥燕儿将过去。

【注释】乔吉〔双调·清江引〕《有感》。

【解析】这里写的是相思之情。相爱的男女无法见面，男主人公只好以露珠和墨，花瓣题诗，请衔泥燕子将自己的相思之情衔过去。这几句文笔清丽而且想象别致，极富艺术魅力。后来明传奇《燕子笺》中写燕子传笺，促成男女情事也是受此启迪。

【原曲】相思瘦因人间阻，只隔墙儿住。笔尖和露珠，花瓣题诗句，倩衔泥燕儿将过去。

垂杨翠丝千万缕，惹住闲情绪。和泪送春归，倩水将愁去，是溪边落红昨夜雨。

【注释】乔吉〔双调·清江引〕《即景》。

【解析】这首小令写的是暮春景致与伤春之情。大意为绿水边的千万缕垂柳，勾起了伤春人的无限愁绪。昨夜一场春雨，小溪边落红无数。风雨催春，无计留春，只好含泪送春，让这一溪绿水将春恨远远带走。这首小令文字清新婉丽，优美动人。

【原曲】垂杨翠丝千万缕，惹住闲情绪。和泪送春归，倩水将愁去，是溪边落红昨夜雨。

笙歌梦断蒺藜沙，罗绮香余野菜花。

【注释】乔吉〔双调・水仙子〕《游越福王府》。蒺藜（jí lí）：一种长刺的野生植物。

【解析】这两句写出了兴亡盛衰的无常。作者看到满目砂砾、蒺藜丛生时，耳边似乎又响过了当年王府夜夜笙歌的欢笑声。眼前的现实，使他觉得一切不过都是幻梦。当他看到一丛丛野花时，又仿佛嗅到了满身罗绮的宫女们身上散发出来的芳香。在这两句中，作者列举几种典型景物，显出了古时繁华与现在荒凉的强烈对比，让人顿生无限感慨。

【原曲】笙歌梦断蒺藜沙，罗绮香余野菜花。乱云老树夕阳下，燕休寻王谢家。恨兴亡怒煞些鸣蛙。铺锦池埋荒甃，流杯亭堆破瓦，何处也繁华？

谁家练杵动秋庭，那岸窗纱闪夜灯。异乡丝鬓明朝镜，又多添几处星！

【注释】乔吉〔双调・水仙子〕《若川秋夕闻砧》。杵（chǔ）：捣物的棒槌。

【解析】这首小令写乔吉流落异乡时的心情。一个秋天的夜晚，他听到了远处传来的阵阵捣衣之声，不禁发出疑问，但他又自行作答，原来是那岸边的人家在捣衣，窗纱上还透出微弱的光。诗人在这种氛围之下，不由得联想到自己。自己远离家乡，流落异地，不知何时才能归去，看看镜子里花白的头发，又多添了些斑白。这里显示了他的悲伤心情。这首小令语言优美简练，我们也仿佛看到了流落异乡的游子的孤独身影，听到了他对年华渐逝的深深感叹。

【原曲】谁家练杵动秋庭，那岸窗纱闪夜灯。异乡丝鬓明朝镜，又多添几处星！露华零梧叶无声。金谷园中梦，玉门关外情，凉月三更。

冷风来何处香？忽相逢缟袂绡裳。

【注释】乔吉〔双调・水仙子〕《寻梅》。缟袂（gǎo mèi）：白绸做的衣袖。绡（xiāo）裳：薄绸做的下衣。

【解析】这一句写蓦然发现梅花。上句写诗人寻梅未获，正在苦恼之际，一阵冷风吹过，送来阵阵幽香，眼前便出现了仙子一般的梅花。诗人抓住一个“香”字表现了梅花的风韵。下句写梅花的外形。诗人用拟人化的手法，将梅花比作一个穿着白衣的仙子，给人以深刻印象。作者抓住了梅花白色这个特征，写出了梅花的超尘脱俗。“忽相逢”又可见出作者的惊喜之情。乔吉风格以“清丽新奇”见长，这可为代表。

【原曲】冬前冬后几村庄，溪北溪南两履霜，树头树底孤山上。冷风来何处香？忽相逢缟袂绡裳。酒醒寒惊梦，笛凄春断肠，淡月昏黄。

搅柔肠离恨病相兼，重聚首佳期卦怎占？豫章城开了座相思店。

【注释】乔吉〔双调·水仙子〕《为友人作》。

【解析】这是作者写友人对情人的思念之情。离愁别恨，积于友人心中，使他恹恹成病，他渴望与所爱之人重新聚首，但何时才能再见呢？他只能寄希望于占卦，但怎么占，又茫然无知。这句凝聚了多种复杂的感情，如盼望、希冀、焦虑等。最后一句形象地描绘了友人的相思之情，这种感情就像是在豫章城开了一座相思店。豫章这里流传着双渐、苏卿的爱情故事。这种写法新奇别致，有言不尽意无穷之妙。这三句把友人的思念之情写得淋漓尽致，回味无穷。

【原曲】搅柔肠离恨病相兼，重聚首佳期卦怎占？豫章城开了座相思店。闷勾肆儿逐日添，愁行货顿塌在眉尖。税钱比茶船上欠，斤两去等秤上掂，吃紧的历册般拘钤。

天机织罢月梭闲，石壁高垂雪练寒。冰丝带雨悬霄汉，几千年晒未干。露华凉人怯衣单。似白虹饮涧，玉龙下山，晴雪飞滩。

【注释】乔吉〔双调·水仙子〕《重观瀑布》。

【解析】这首小令写瀑布的神奇壮美。前两句写：看来织女已织成了白练，当做织布机梭的弯月已被放置在一边，这条雪练正高高地垂挂在山岩的石壁上。下两句是说丝丝缕缕的冰丝夹杂着水点从天上流下来，经过了几千年，也仍然在流。"露华凉"一句写瀑布之寒。最后三句连用三个比喻写瀑布的动态。这首小令想象丰富，境界开阔，写瀑布气势恢宏，神形俱现。

【原曲】天机织罢月梭闲，石壁高垂雪练寒。冰丝带雨悬霄汉，几千年晒未干。露华凉人怯衣单。似白虹饮涧，玉龙下山，晴雪飞滩。

冷无香柳絮扑将来，冻成片梨花拂不开。大灰泥漫了三千界，银棱了东大海。

【注释】乔吉〔双调·水仙子〕《咏雪》。三千界：佛家用语，指宇宙存在。

【解析】这是一首咏物诗。首句以柳絮喻雪，写出雪的纷乱、轻盈、洁白，前面又加"冷无香"三字，更觉其妙。接下来又以梨花喻雪，"冻成片"说明天气之冷，"拂不开"形容大雪细细密密，下个不停。接着，诗人便极目远望，写雪后景象：雪下得厚厚的，像大片白灰泥，覆盖了整个世界；大海就像被镶嵌了一层银，成了一片茫茫的白色世界。细读几句，似可觉眼前雪片纷飞，令人有不胜其寒之感。

【原曲】冷无香柳絮扑将来，冻成片梨花拂不开。大灰泥漫了三千界，银棱了东大海。探梅的心噤难捱，面瓮儿里袁安舍，盐堆儿里党尉宅，粉缸儿里舞榭歌台。

懒云窝，静看松影挂长萝。

【注释】乔吉〔双调·殿前欢〕《里西瑛号懒云窝自叙有作奉和》。

【解析】这首散曲是乔吉对阿里西瑛〔殿前欢·懒云窝〕的奉和之作。内容是表现对功名富贵的淡泊。这句话是写“懒云窝”的主人的悠闲。懒云窝，是阿里西瑛居室的号，闻其名，便知其人是超尘脱俗、追慕自由的隐士。他待在自己的懒云窝里，乐趣无限地静静观赏那松影里的藤萝，不再有尘世的烦恼。其中的松、藤萝也象征了他远离世俗和高洁的品质。

【原曲】懒云窝，静看松影挂长萝。半间僧舍平分破，尘虑消磨。听不厌隐士歌，梦不喜高轩过，聘不起东山卧。疏慵在我，奔竞从他。

苍天负我，我负苍天。

【注释】乔吉〔双调·殿前欢〕《里西瑛号懒云窝自叙有作奉和》。

【解析】这首也是写懒云窝主人的鄙视功名利禄以及自己沉迷诗酒的生活。前句的“苍天负我”揭示了元代科举不兴、仕进无途、追功逐利的黑暗现实。后句写对这种抛弃我的老天，我也要对不起它了，也就是他要过自己那种随意任性，不再关心国事的生活了。这两句是“懒神仙”的悲愤的呼喊，貌似旷达，实际上却蕴含了他们这些文人深沉的愤懑，语调高旷而深沉。

【原曲】懒神仙，懒窝中打坐几多年。梦魂不到青云殿，酒兴诗颠。轻便如宰相权，冷淡如名贤传，自在如彭泽县。苍天负我，我负苍天。

雾花吹鬓海风寒。浩歌惊得浮云散。

【注释】乔吉〔双调·殿前欢〕《登江山第一楼》。

【解析】“江山第一楼”指镇江北固山甘露寺内的多景楼。这首曲子是借登临之举展现自己的内心世界。“雾花”指强劲而湿润的海滨之风。它扑面吹来，吹得人鬓发飘拂。而“寒”既是写海风袭人，又是指乔吉自己的心理感受。这句话精练传神地写出了登上这浩水之滨高楼的感觉，凸现出了一个沉沉悲凉的形象。在这个寒冷孤独的世界里，乔吉用“浩歌”将世间的一切“浮云”一惊而散。他要寻找的是另一个自我能够自由舒展的所在，这句也体现了他奇崛傲岸、藐视现实的襟怀，同时也是借登临咏怀的佳句。

【原曲】拍阑干。雾花吹鬓海风寒。浩歌惊得浮云散。细数青山。指蓬莱一望间。纱巾岸，鹤背骑来惯。举头长啸，直上天坛。

尖风薄雪,残杯冷炙,掩清灯竹篱茅舍。

【注释】乔吉〔双调·卖花声〕《悟世》。

【解析】这首曲子名为“悟世”,描写了一个饱经世间坎坷而心灰意冷的寒士。这几句是写景,描绘了这位寒士如今的凄苦生涯。屋外是尖利的寒风和飘飞着的薄雪,屋内是残杯冷炙,一切都冷冷清清,主人也只能潜居在竹篱茅舍中,对一盏清灯、几盘残肴,酌几杯残酒而已。这几句写景,不仅让人感到了风雪之寒,也感到了社会人情凉薄和这位寒士的心灰意冷,穷困落魄。风格孤峭冷峻,读来使人感到寒意森森。

【原曲】肝肠百炼炉间铁,富贵三更枕上蝶,功名两字酒中蛇。尖风薄雪,残杯冷炙,掩清灯竹篱茅舍。

行呵,官大忧愁大;藏呵,田多差役多。

【注释】乔吉〔双调·雁儿落过得胜令〕《自适》。

【解析】这两句用通俗明白而又极富概括力的语言抒发了自己的感叹。孔子曾经说过“用之则行,舍之则藏”,而几千年的历史说明,无论行还是藏,都是不容易的。作者从“官大忧愁大”的官场退出,想要过逍遥清雅的生活,可是,即便是田园生活,也难免差役的压迫。由此,我们想到陶渊明笔下所描绘的人人向往的田园生活,其背后的辛酸亦是自不待言了。乔吉这两句正是以其真实打动了人。

【原曲】黄花开数朵,翠竹栽些个。农桑事上熟,名利场中捋。禾黍小庄科,篱落棱鸡鹅。五亩清闲地。一枚安乐窝。行呵,官大忧愁大;藏呵,田多差役多。

殷勤红叶诗,冷淡黄花市。清江天水笺,白雁云烟字。

【注释】乔吉〔双调·雁儿落过得胜令〕《忆别》。

【解析】这几句描绘出情人离别时的天高气爽的秋景。别意的殷勤浓烈与凄冷清淡的黄花之景相反相成,红叶、黄花,殷勤、冷淡,对仗工整巧妙。下面两句写的是澄澈的江水映照着天空,好像一幅巨大的诗笺;天空中白雁行行,好像云烟写在天上的字句。这两句想象奇特,气势宏大。作者用红叶、黄花、清江、白雁构成一幅色彩绚丽而又空灵清丽的秋色景图,含蓄宛转地写出了别情。

【原曲】殷勤红叶诗,冷淡黄花市。清江天水笺,白雁云烟字。游子去何之?无处寄新词。酒醒灯昏夜,窗寒梦觉时。寻思,谈笑十年事;嗟咨,风流两鬓丝。

揉蓝靛绿水溪头,铺腻粉白蘋岸边,抹胭脂红叶林前。

【注释】乔吉〔南吕·梁州第七〕《射雁》。靛(diàn):一种蓝色染料。

【解析】这几句是作者描绘的秋天的绚烂美景。意思是,是谁把蓝靛揉进这绿水溪头,使得江水这样绿;是谁把腻粉铺撒到江岸,使得蘋草这样白;是谁把胭脂抹到那枫树林,使得它那样红。在这里,作者把这江水比作一个美丽的姑娘。作者比喻新颖奇特,语言清丽秀美,在艺术上取得了较高成就。

【原曲】鱼尾红残霞隐隐,鸭头绿秋水涓涓。芙蓉灿烂摇波面。见沉浮鸥伴,来往鱼船。平沙衰草,古木苍烟。江乡景堪爱堪怜!有丹青巧笔难传。揉蓝靛绿水溪头,铺腻粉白蘋岸边,抹胭脂红叶林前。将笠檐儿慢卷,迎头,仰面,偷睛儿觑见碧天外雁行现,写破祥云一片笺,头直上慢慢盘旋。

绣闺深培养出牡丹芽,控银钩绣帘不挂。莺燕游上苑,蝶梦绕东华。

【注释】乔吉〔双调·新水令〕《闺丽》。

【解析】这个套曲是以男子的口吻来叙述一位游子与一位少女的恋爱故事。这几句是描写那位少女的娇贵美丽。在富家深闺之中,培养出像牡丹花芽般娇嫩的人儿,绣帘总是遮掩着她的闺房。她像莺燕一样自由自在地在花园里游玩,像仙子一样无忧无虑地居住在东堂。这几句写出这位女子娴静高雅、超尘脱俗的气质。

【原曲】绣闺深培养出牡丹芽,控银钩绣帘不挂。莺燕游上苑,蝶梦绕东华。富贵人家,花阴内柳阴下。

隔纱窗日高花弄影,听何处啭流莺。虚飘飘半衾幽梦,困腾腾一枕春酲。趁着那游丝儿恰飞过竹坞桃溪,随着这蝴蝶儿又来到月榭风亭。觉来时倚着这翠云十二屏,恍惚似坠露飞萤。多咱是寸肠千万结,只落的长叹两三声。

【注释】乔吉《玉箫女两世姻缘》。酲(chéng):酒醒后神志不清有如患病的感觉。

【解析】《两世姻缘》是乔吉的代表作。讲韦皋与韩玉箫两世姻缘的故事。剧情大意为书生韦皋与洛阳名妓韩玉箫相爱,有白头偕老之约。后韦皋应试,一去再无消息,玉箫相思而死。死后竟转生为张延赏义女,得与韦皋成全了两世姻缘。此曲《集贤宾》为流传后世的名曲。意思为纱窗外花儿在日光下摇荡着身影,黄莺到处宛啭鸣叫。由于这种花儿竞开,鸟儿争鸣,撩乱缤纷的景象,女主人公恍恍惚惚进入梦境。她自由自在,随着蜜蜂、蝴蝶飞到竹坞桃溪,飞到月榭风亭,可一觉醒来,仍是独自倚着画屏,梦醒了什么也没有,她有如从露水中坠下来的萤火虫,只好在黑暗中哭泣。作者用梦中蜂蝶的双双自由飞舞象征女主人公的理想,也更加烘托出女子内心的愁苦。有人评此曲说:"其词如清夜闻猿,使人痛绝。"

【原曲】隔纱窗日高花弄影，听何处啭流莺。虚飘飘半衾幽梦，困腾腾一枕春酲。趁着那游丝儿恰飞过竹坞桃溪，随着这蝴蝶儿又来到月榭风亭。觉来时倚着这翠云十二屏，恍惚似坠露飞萤。多咱是寸肠千万结，只落的长叹两三声。

天有情天亦老，春有意春须瘦，云无心云也生愁。

【注释】乔吉《杜牧之诗酒扬州梦·第一折·〔那吒令〕》。

【解析】《扬州梦》写唐代著名诗人杜牧邂逅歌伎张好好，历经波折，但矢志不移，终结同心的故事。这首曲子前面几句直接描写了一个楚楚动人、风姿绰约的歌伎形象。这几句是虚写，以物拟人来烘托佳人的风姿，像天、春、云这样的自然事物，如果稍有灵性，也会为佳人所动，那么人又何堪？这几句也显示出了典雅工丽的艺术风格。

【原曲】倒金瓶凤头，捧琼浆玉瓯，蹴金莲凤头，并凌波玉钩，整金钗凤头，露春纤玉手，天有情天亦老，春有意春须瘦，云无心云也生愁。

花比她不风流，玉比她不温柔，端的是莺也消魂，燕也含羞，蜂与蝶花间四友，呆打颏都歇在豆蔻梢头。

【注释】乔吉《杜牧之诗酒扬州梦·第一折·〔鹊踏枝〕》。颏(kē)：下巴。

【解析】在这支曲子里，作者进一步描绘这位歌伎的情态。他把酣畅淋漓的表现手法和诗歌中众星拱月的技巧结合起来，浓墨重彩地对张好好进行渲染和烘托。作者用逗人喜爱的一连串美好事物比拟佳人，虽没有直接描绘她的美丽，但却调动了读者的想象力，从物的情态中自由地想象人物之美。这种避实就虚的艺术手法巧妙地表现了人物的神韵。

【原曲】花比她不风流，玉比她不温柔，端的是莺也消魂，燕也含羞，蜂与蝶花间四友，呆打颏都歇在豆蔻梢头。

俺则见香车载楚娃，各剌剌雕轮碾落花；王孙乘骏马，扑腾腾金鞭袅落花；游人指酒家，虚飘飘青旗扬落花。

【注释】乔吉《李太白匹配金钱记·第一折·〔那吒令〕》。

【解析】这首曲子描绘的是九龙池畔的景色。美女乘坐着香车，那雕轮各剌剌地辗碎了落花；王孙公子骑着骏马，那金鞭扑腾腾地袅打着落花；游人手指目顾着酒店，那酒旗虚飘飘地卷扬着落花。这几句为我们描绘出一幅车马嘈杂、人声喧闹的春游图。三句均以“落花”结尾，使自然景物的动态和人的动作相映成趣，同时也以落花纷纷，无处不在增加了春游的热闹气氛。

【原曲】俺则见香车载楚娃，各剌剌雕轮碾落花；王孙乘骏马，扑腾腾金鞭袅落花；游人指酒家，虚飘飘青旗扬落花。宽绰绰翠亭边蹴鞠场，笑呷呷粉墙外秋千架，香馥馥麝兰熏罗绮交加。

闹吵吵嫩绿草聒鸣蛙，轻丝丝淡黄柳带栖鸦。碧茸茸杜若芳洲，暖溶溶流水人家。

【注释】乔吉《李太白匹配金钱记·第一折·〔鹊踏枝〕》。

【解析】这几句是对春天景色的描绘。嫩绿的草地上有闹吵吵的青蛙在鸣叫，轻丝丝的黄柳枝条中有乌鸦在栖息。这两句一动一静、一闹一轻，相互对称，交相辉映。远处则是长满了碧茸茸的芳草的水洲，岸上则是暖融融的小户人家。作者描写景物，精确生动，色彩鲜明，为我们展现了一幅生机盎然的春日美景图。

【原曲】闹吵吵嫩绿草聒鸣蛙，轻丝丝淡黄柳带栖鸦。碧茸茸杜若芳洲，暖溶溶流水人家。子规声好教人恨，他只待送春归几树铅华。

这天晴不得一时半霎，寒凛冽走石飞沙。阴云黯淡闭日华，布四野，满长空、天涯。

【注释】苏彦文〔越调·斗鹌鹑〕《冬景》。

【解析】这支曲子主要写天气的阴冷，描述了走石飞沙的狂风和遮天蔽日的阴云。这种漫天遍野、笼罩天地的阴云不仅让我们看到了地冷天寒的客观环境，同时也不由产生了一种愁苦压抑、凄凉惆怅的感觉。语言生动简洁，很有感染力。

【原曲】这天晴不得一时半霎，寒凛冽走石飞沙。阴云黯淡闭日华，布四野，满长空、天涯。

花木相思树，禽鸟折枝图。水底双双比目鱼，岸上鸳鸯户。一步步金厢翠铺。

【注释】刘时中〔仙吕·醉中天〕。

【解析】这是对杭州西湖美好风光的描绘。从远处望去，西湖边上的花卉树木互相偎依簇拥，枝繁叶茂，像是相思树一般；走到近前，有各色禽鸟往来飞翔，作者凝神观望，美丽的禽鸟同近旁的枝叶互相映衬，不就是一幅折枝图吗？再往水里看，鱼儿成群结队，倒像是比目鱼在相伴而行；在岸上呢，鳞次栉比的人家，居住在这样的湖光山色的画图中，也必定是男欢女悦，像一对对幸福的鸳鸯。最后一句则总体进行概括，这一步步都是用金镶翠铺的啊！这几句状写西湖美景，气氛热烈、欢乐、美好，既显出了西湖的富贵气象，同时也不失清丽之美。

【原曲】花木相思树，禽鸟折枝图。水底双双比目鱼，岸上鸳鸯户。一步步金厢翠铺。世间好处，休没寻思，典卖了西湖。

业贯盈，横祸满，无处闪。

【注释】刘时中〔南吕·四块玉〕。

【解析】这支曲子写了一些官吏的典型。这几句是对他们可悲结局的预告，也暗含着警告的意味。当恶贯满盈、横祸飞来时，就再也无从躲避了。一个“盈”字、一个“满”字使人感到作孽如此之多，报应如此之速。它的语言不事雕琢，犀利尖刻，风格上更接近于谣谚。

【原曲】官况甜，公途险。虎豹重关整威严，仇多恩少皆堪叹。业贯盈，横祸满，无处闪。

《虎韬》、《豹韬》，一览胸中了。时时拂拭旧弓刀，却恨封侯早。

【注释】刘时中〔中吕·朝天子〕《邸万户席上》。

【解析】这首小令是作者在邸万户宴席上赠主人之作。这几句是对老将军的颂扬。《虎韬》《豹韬》与《文韬》《武韬》《龙韬》《犬韬》一起合称为《六韬》。这位老将军通晓兵法，善于作战，可现在却没有继续建功立业的机会。“却恨封侯早”一句极妙，本来“封侯”是古人求之不得的追求目标，而这位将军却怨它实现得太早。于是，在我们面前便站立着一位时时想着报效国家，不以封妻荫子为目的的爱国老将军。

【原曲】《虎韬》、《豹韬》，一览胸中了。时时拂拭旧弓刀，却恨封侯早。夜月铙歌，春风牙纛，看团花锦战袍。鬓毛，木雕，谁便道冯唐老？

云山有意，轩裳无计，被西风吹断功名泪。

【注释】刘时中〔中吕·山坡羊〕《燕城述怀》。

【解析】这是一首怀古叹今的曲子，名为“燕城述怀”。燕城，故址在河北易县东南，相传燕昭王曾于此地建造黄金台，置金台上，招募贤士。不久，乐毅诸贤人到此，使燕国国势大盛。刘时中有感于此唱出了这支深沉的曲子。意思为隔断红尘的云山在召唤着我，无计求取功名的烦恼又困扰着我。“被西风”一句表现作者对追求功名的悲苦厌倦，为功名一事他已洒尽泪珠。这里为我们反映的仍是元代的黑暗统治。

【原曲】云山有意，轩裳无计，被西风吹断功名泪。去来兮，便休提。青山尽解招人醉，得失到头皆物理。得，他命里；失，咱命里。

贵何如？贱何如？六桥都是经行处，花落水流深院宇。

【注释】刘时中〔中吕·山坡羊〕《西湖醉歌次郭振卿韵》。

【解析】这是作者醉眼看西湖的超脱之语。作者在描述完西湖胜景后，冷然一问：富贵怎样呢？贫贱又怎样呢？下面两句便为这个问题展开一幅图景。六桥是映波、锁澜、望山、压堤、东浦、跨虹等桥的总称。当时在六桥周围，集中了朱门望族的庭院楼宇，满目繁华，不过在作者眼中，也都是些流水落花罢了。可见，名为醉歌，其实是似醉而实醒的冷嘲，富于哲理意味。

【原曲】朝朝琼树，家家朱户，骄嘶过沽酒楼前路。贵何如？贱何如？六桥都是经行处，花落水流深院宇。闲，天定许；忙，人自取。

展洙泗千年画图，纳潇湘一道冰壶。

【注释】刘时中〔双调·折桂令〕《送王叔能赴湘南廉使》。洙泗：即流经山东曲阜的洙、泗二水。孔子曾在这里讲学，造就了许多人才，所以被认为是教化礼义之邦。潇湘：二水名。

【解析】这支曲子背景是这样的：正当送友上任之际，突然雷声轰鸣，大雨瓢泼。作者就把这场雷雨抽象化，把它想作是春风化雨的政教。这两句的意思是，他希望王叔能够在洙泗之地继承和发扬光大孔子的事业，在潇湘一地形成清正廉洁的风气，容纳最纯最洁的冰心。这两句表现了作者关心国家的热切善良的愿望。语言气势磅礴，意味深远。

【原曲】正黄尘赤日长途，便雷奋天池，教雨随车。把世外炎氛，人间热恼，一洗无余。展洙泗千年画图，纳潇湘一道冰壶。报政何如？风动三湘，霜满重湖。

春光荏苒如梦蝶，春去繁华歇。风雨两无情，庭院三更夜，明日落红多去也。

【注释】刘时中〔双调·清江引〕。荏苒(rěn rǎn)：时光渐渐过去。

【解析】这首小令的主题是悼春叹逝。美好的春光一天天逝去，无法挽留，它的灿烂绚丽如同一场空幻的梦，已经不见一点踪影，昔日的繁华随着春的逝去都已消歇。可是更有无情风雨，将繁华春光匆匆驱赶。与风雨、春光的无情相比，在深夜的庭院中，伫立着一个难以入眠的人，他在料想，明天又有许多狼藉残红随风雨飘去。曲中寓含着作者感叹韶光蹉跎，人生无情。作品风格清丽，充满着似淡实浓的哀丽情思，也造成一种空灵虚幻的境界。

【原曲】春光荏苒如梦蝶，春去繁华歇。风雨两无情，庭院三更夜，明日落红多去也。

醉颜酡，太翁庄上走如梭。门前几个官人坐，有虎皮驮驮。呼王留唤伴哥，无一个，空叫得喉咙破。人踏了瓜果，马践了田禾。

【注释】刘时中〔双调·殿前欢〕。王留、伴哥:皆元曲中泛用的农民姓名。

【解析】这首小令描写元朝官吏下乡抢夺骚扰农民的情景。一群喝得满脸通红的胥吏,在太翁的庄子里穿梭般地横冲直闯。门口坐着几个长官,旁边堆放着装满财物的袋子。官人们指挥爪牙吆喝呼叫农民交纳钱粮,但村民们早已闻风躲藏起来。爪牙们喉咙都喊破了,也没人响应。于是他们气急败坏地肆行抢夺,践踏了瓜果和田禾。这首小令用白描手法,描绘了官吏们贪暴狠毒的嘴脸。

【原曲】醉颜酡,太翁庄上走如梭。门前几个官人坐,有虎皮驮驮。呼王留唤伴哥,无一个,空叫得喉咙破。人踏了瓜果,马践了田禾。

和风闹燕莺,丽日明桃杏。长江一线平,暮雨千山静。

【注释】刘时中〔双调·雁儿落过得胜令〕《送别》。

【解析】这几句写的是春景。在一片和风丽日中,莺燕喧闹,桃杏争艳。其中的"闹"仿佛使人听到莺啼燕语,而它又是通过和风传送过来的。丽日照耀着桃杏,桃杏也更加光鲜艳丽。再看看远处的景象,绵长的大江平缓宁静,群山经过昨夜雨水的冲刷显得更加妩媚静好。这里的花鸟、江山构成一幅完美的江南春色图景。

【原曲】和风闹燕莺,丽日明桃杏。长江一线平,暮雨千山静。载酒送君行,折柳系离情。梦里思梁苑,花时别渭城。长亭,咫尺人孤另;愁听,阳关第四声。

长亭,咫尺人孤另;愁听,阳关第四声。

【注释】刘时中〔双调·雁儿落过得胜令〕《送别》。

【解析】这几句是写离人去后送别者孤零零的境况和凄凉惆怅的感情。在送别的长亭,刚才还是热烈的惜别,顷刻间只剩下孤零零的自己了。下句中"阳关"即指《阳关三叠》,是用来表达离人的情怀的,原唱三遍即三叠,其愁别之情已不堪忍受。这里的"第四声"为第四遍之意,由此可见离恨之长、之深。这几句写送别时送别者的思念和失落之情,引人落泪。

【原曲】见"和风闹燕莺"句。

吞象心肠歹伎俩,谷中添秕屑,米内插粗糠,怎指望他儿孙久长。

【注释】刘时中〔正宫·端正好〕《上高监司(前套)》。秕(bǐ):谷粒不饱满。

【解析】《上高监司》是刘时中著名的套曲,分前后两套,前套反映元代灾荒之年人民生活的惨状,表现天灾人祸给人民带来的深重灾难,也歌颂了高监司尽力拯救灾民的德政。这几句揭露了那些有权有势之人的心肠狠毒。他们居心不良,贪得无厌,想尽各种歹毒的伎俩来剥削灾民。他们在“谷中添秕屑,米内插粗糠”。对于这种恶行,作者不由得痛恨地发出诅咒:“他们的儿孙是不会久长的。”作品笔调细腻,刻画精细,深刻地揭露了奸商富户对百姓的盘剥,语言自然质朴,有较强感染力。

【原曲】殷实户欺心不良,停塌户瞒天不当。吞象心肠歹伎俩,谷中添秕屑,米内插粗糠,怎指望他儿孙久长。

空怀伏枥心,徒负化龙威。

【注释】刘时中〔双调·新水令〕《代马诉冤》。

【解析】题为《代马诉冤》,实际是借马托喻,借马之口诉说人才备受摧残的不平事。这两句有两个典故,“伏枥”语出曹操诗“老骥伏枥,志在千里”;“化龙”事见《马记》,王昌遇仙,其马化成龙。这两句写马老见弃。这些特点与人世间英俊沉于下僚,空有满腹经纶,而不得见用的不平遭遇有相合之处。

【原曲】世无伯乐怨他谁?干送了挽盐车骐骥。空怀伏枥心,徒负化龙威。索甚伤悲,用之行舍之弃。

问人间谁是英雄?有酾酒临江,横槊曹公。紫盖黄旗,多应借得,赤壁东风。更惊起南阳卧龙,便成名八阵图中。鼎足三分,一分西蜀,一分江东。

【注释】阿鲁威〔双调·蟾宫曲〕。酾(shī):斟酒。

【解析】这是一首咏史怀古之作。诗人首句便提出借问:放眼千秋,谁是英雄呢?接下来,他笔锋一转,把我们引入三国时代,那正是一个英雄辈出、尽显风流的时代。首先是横槊赋诗、酾酒临江的曹操,其次借助东风,大败曹操的儒将周瑜,最后还有“名成八阵图”的卧龙先生。最后一句对魏、蜀、吴三方做了一个总结。纵观全篇,诗人以大合大开之笔,再现三国人物的风采,含蓄表现了自己仰慕英雄,希望能大展宏图的意愿。感情基调高昂雄健,极为振奋人心。

【原曲】问人间谁是英雄?有酾酒临江,横槊曹公。紫盖黄旗,多应借得,赤壁东风。更惊起南阳卧龙,便成名八阵图中。鼎足三分,一分西蜀,一分江东。

动高吟楚客秋风,故国山河,水落江空。断送离愁,江南烟雨,杳杳孤鸿。

【注释】阿鲁威〔双调·蟾宫曲〕。

【解析】这是一首写离情别思的小令,是阿鲁威赴南剑太守任时,旅途中所作。诗人告别故乡,迤逦南行,萧瑟的秋风扑面吹来,他不由想起了宋玉的高吟:“悲哉秋之为气也。”在这草木凋零的秋天里,他也想起了故乡。故乡正是水落江空的寂寥清秋。“水落江空”写北国秋景极为恰切。而眼前的南国之秋则不同:秋雨绵绵,烟水无际,只有一只孤鸿忽明忽灭。它形单影只,孤苦伶仃,也触动了作者无尽的愁绪。作者通过对南北方秋景的描绘,使作品笼罩着一种淡淡的哀伤,细细体味,令人断肠。

【原曲】动高吟楚客秋风,故国山河,水落江空。断送离愁,江南烟雨,杳杳孤鸿。依旧向邯郸道中,问居胥今有谁封?何日论文,渭北春天,日暮江东。

云树蒙蒙,春水东流,有似愁浓。

【注释】阿鲁威〔双调·蟾宫曲〕。

【解析】这几句是以景写情。极目望去,云雾茫茫,树木苍莽,春水浩淼,绵绵无尽。诗人的浓浓愁绪便如同郁郁的云树化也化不开,如同奔腾不息的江流没有止尽。这几句形象生动地概括出元代知识分子的精神苦闷。

【原曲】理征衣鞍马匆匆。又在关山,鹧鸪声中。三叠《阳关》,一杯鲁酒,逆旅新丰。看五陵无树起飞,笑长安却误英雄。云树蒙蒙,春水东流,有似愁浓。

离汗漫飘蓬九有,向壶山小隐三秋。

【注释】阿鲁威〔双调·蟾宫曲〕。

【解析】这支小令写作者对隐逸生活的向往。这两句意为离开虚无飘渺的仙境,像飞蓬一样在九州飘游;到东汉樊英隐居过的壶山去,寻找自己的归宿,过自由自在的归隐生活。作者用典巧妙,典雅含蓄。

【原曲】烂羊头谁羡封侯!斗酒篇诗,也自风流。过隙光阴,尘埃野马,不障闲鸥。离汗漫飘蓬九有,向壶山小隐三秋。归赋《登楼》,白发萧萧,老我南州。

夜深微雨润堤沙,香风万家。画楼洗净鸳鸯瓦,彩绳半湿秋千架。觉来红日上窗纱,听街头卖杏花。

【注释】王元鼎〔正宫·醉太平〕《寒食》。

【解析】这里描绘的是春天明丽的景色。昨夜的小雨湿润了堤上的泥沙,到处拂着花的芬芳,画楼上的鸳鸯瓦被冲刷得更加明亮,悬吊在秋千架上的半湿的彩绳更加绚丽。红日临窗而照,可以听得见街头卖杏花的声音。作者就是这样选取春天里典型的景物,勾画出一幅清丽明亮、富有生气的春景图。语言典雅华丽,风格明快,让我们也感到了春天的欢快美好。

【原曲】声声啼乳鸦,生叫破韶华。夜深微雨润堤沙,香风万家。画楼洗净鸳鸯瓦,彩绳半湿秋千架。觉来红日上窗纱,听街头卖杏花。

鸾舆三顾茅庐，汉祚难扶，日暮桑榆。

【注释】虞集〔双调·折桂令〕《席上偶谈蜀汉事因赋短柱体》。祚(zuò)：福。日暮桑榆：古人以为日落时余光在榆树桑树之间，常用以比喻人的垂老之年。

【解析】这支曲子是作者在“席上”所赋。虞集一次在童童学士家宴集时，有歌儿顺时秀唱一支《折桂令》，一句两韵，名为“短柱”。虞集爱它新奇，就以所谈蜀汉事迹为题，赋成这支曲子。“短柱体”是词曲中“巧体”的一种，一句两韵或三韵，用韵过密，极难写作。这三句是写刘备的事业。他三顾茅庐，请诸葛亮辅佐刘汉大业，然刘汉皇权却难以扶持，如日薄西山，气数将尽。此曲虽用韵极密，但流畅自然，很见功夫。

【原曲】鸾舆三顾茅庐，汉祚难扶，日暮桑榆。深渡南泸，长驱西蜀，力拒东吴。美乎周瑜妙术，悲夫关羽云殂。天数盈虚，造物乘除。问汝何如，早赋归欤。

鸿雁啼寒，枫林染泪，撺断旅情无限。

【注释】李洞〔双调·夜行船〕《送友归吴》。撺(cuān)断：同撺掇的意思。这里意为引起。

【解析】这几句是写送别时的环境气氛，鸿雁啼鸣，枫叶经霜而变红，这一切都引起了离人的愁情别恨。这个“寒”字不仅指秋天的萧瑟寒冷，也指行者的清冷孤寒。“枫林染泪”则把枫叶的变红看作是离人的眼泪染成的，渲染了那种别离的愁苦情绪。这几句借景抒情，非常巧妙。

【原曲】驿路西风冷绣鞍，离情秋色相关。鸿雁啼寒，枫林染泪，撺断旅情无限。

野水鸥边萧寺，乱云马首吴山。

【注释】李洞〔双调·夜行船〕《送友归吴》。

【解析】这是对苏州景物的描写。萧寺，佛寺；吴山，泛指苏州附近的山。在鸥鹭成群的湖畔，有很多美丽的佛寺，那笼罩着吴山的云气，弥弥漫漫，傍着行人的马头飘动。作者为我们描绘了一幅迷离朦胧的苏州山水图。语言优美，意境空灵。

【原曲】丈夫双泪不轻弹，都付酒杯间。苏台景物非虚诞，年前倚棹曾看。野水鸥边萧寺，乱云马首吴山。

剑横腰秋水寒，袍夺目晓霞灿。

【注释】李泂〔双调·夜行船〕《送友归吴》。

【解析】这两句是对要离别的友人的装扮进行描写,剑与秋水,袍与晓霞互相辉映,红袍长剑,何等英武!这里作者用秋水的澄澈透明和散发着森森寒意来比喻友人佩剑的英姿,用灿烂的早霞来比喻红袍的夺目耀眼。这两句色彩鲜明,描绘出一位气派不凡的豪杰之士。

【原曲】剑横腰秋水寒,袍夺目晓霞灿。虹霓胆气冲霄汉,笑谈间人见罕。

阖闾墓野花埋,馆娃宫淡烟晚。

【注释】李泂〔双调·夜行船〕《送友归吴》。阖闾(hé lǘ):吴王,曾一度打败楚国,其墓筑在苏州虎丘山上。馆娃宫:是吴王夫差在苏州灵岩山为西施建造的宫室。

【解析】这是作者对政治、对功名的绝望之语。无论是称雄一时的英雄还是名绝一世的美人,一个是"野花埋",一个是"淡烟晚",都是那样萧条、冷落,昔日的辉煌早已烟飞云灭,到头来也都是一片空虚。语言精练典雅,弥足珍贵。

【原曲】束装预喜苍头办,分襟无奈骊驹趱。容易去何时重返?见月客窗思,问程村店宿,阻雨山家饭。传情字莫违,买醉金宜散。千古事毋劳吊挽。阖闾墓野花埋,馆娃宫淡烟晚。

功名万里忙如燕,斯文一脉微如线。光阴寸隙流如电,风霜两鬓白如练。

【注释】薛昂夫〔正宫·塞鸿秋〕。

【解析】这里作者讽刺那种官居要津者故作清雅,大唱归隐之调的口是心非的现象。他们追官求仕,争名夺利,忙忙碌碌如同燕子一般。"斯文"指文王以来的礼乐制度、文化道统。后来指礼让文雅、品格高尚。这些为官作宦者只顾一己私利,哪有人能想到要互相礼让呢?因此作者发出"微如线"的感叹。下面两句说明官场竞逐之人,乐此不疲,终一生而不歇。人生易老,时光如电,就在这忙碌的奔走中,已经是青春逝尽,两鬓如霜了。这里,作者讽刺了那些官场竞逐者的醉心功名和碌碌无为,豪放而又不失含蓄。

【原曲】功名万里忙如燕,斯文一脉微如线。光阴寸隙流如电,风霜两鬓白如练。尽道便休官,林下何曾见,至今寂寞彭泽县。

凌歊台畔黄山铺,是三千歌舞亡家处。望夫山下乌江渡,是八千子弟思乡去。江东日暮云。渭北春天树,青山太白坟如故。

【注释】薛昂夫〔正宫·塞鸿秋〕《凌歊台怀古》。歊(xiāo)。

【解析】作者登上凌歊台,东望青山,北眺乌江,古今胜迹,一收眼底,昔日繁华,已成废墟。作者不禁感慨富贵浮名转瞬即逝,也产生人生无常的悲哀。

黄山之巅的凌歊台作为刘裕离宫，曾一度繁华。当其盛时，三千粉黛，轻歌曼舞。然而这一切不过只是过眼云烟，舞榭歌台成了一代王朝兴亡的见证。霸王项羽带领八千江东子弟，所向无敌，威震天下，可最终自刎于乌江，盖世功业也化为乌有。在当涂东南的青山，绿树依然，暮云如故，而文采风流、飘然不群的李白却再无踪迹可寻。作者对人生的虚无、寂寞所发的感慨引人深思，耐人咀嚼。

【原曲】凌歊台畔黄山铺，是三千歌舞亡家处。望夫山下乌江渡，是八千子弟思乡去。江东日暮云。渭北春天树，青山太白坟如故。

驾驭英雄，能擒能纵，无人出彀中。

【注释】薛昂夫〔吕·朝天子〕《沛公》。彀(gòu)：牢笼，圈套。

【解析】作者写有咏史二十首，这一首写汉高祖刘邦。韩信辅佐刘邦平定天下后，刘邦疑其谋反，想乘机袭击，可韩信主动请罪，并感叹说："狡兔死，良狗烹；高鸟尽，良弓藏。"因此作者说刘邦能控制这些英雄，任意摆布，没有人可以逃脱他的掌握。短短几句，写出了刘邦这个汉天子的神威。

【原曲】沛公，大风，也得文章用。却教猛士叹良弓，多了游云梦。驾驭英雄，能擒能纵，无人出彀中。后宫，外宗，险把炎刘并。

半夜潮声，千年孤愤，钱塘万马奔。

【注释】薛昂夫〔中吕·朝天子〕《伍员》。

【解析】这一首咏史之作是关于伍子胥的。伍子胥是春秋时吴国大夫，他辅佐吴王夫差，打败越国，劝夫差拒绝越国的求和。夫差听信谗言，逼伍子胥自杀。传说子胥死后化为钱塘江潮神。这几句是写子胥显灵，用潮声澎湃来抒发他忠不被察的悲愤和国破家亡的愤恨。

【原曲】伍员，报亲，为了鞭君忿。可怜悬首在东门，不见包胥恨。半夜潮声，千年孤愤，钱塘万马奔。骇人，怒魂，何似吹箫韵？

牛喘非时，何须留意？原来养得肥。

【注释】薛昂夫〔中吕·朝天子〕。

【解析】这一首咏史之作是关于丙吉的。丙吉，汉宣帝时的丞相。有一次他外出，路上有人打架，死伤横道，他过之不问。前面有条牛喘气吐舌头，他却认真地问这问那，手下人感到奇怪，他说："打死人的事要地方官来处理就行了，我这个宰相是不能在路上问这件小事的。至于牛喘气吐舌头，则事关重大，宰相的责任是调和阴阳，我当然得管了。"丙吉的作法一直以来受到称赞，而作者却对此表示怀疑。意思是，牛喘气是正常的，与时令、阴阳天数无关，这种小事不须留意啊！原来是牛太肥了，引起宰相的食欲了吧！这就是薛昂夫对他的冷嘲热讽，很有新意。

【原曲】丙吉，宰执。燮理阴阳气。有司不问尔相推，人命关天地。牛喘非时，何须留意？原来养得肥。早知，好吃，杀了供食堂。

一脐然出万民膏，谁把逃亡照？

【注释】薛昂夫〔中吕·朝天子〕。

【解析】董卓是汉献帝时的权奸，他先杀少帝、何太后，后又挟持献帝，自为太师。他十分贪残，杀害大臣和百姓，又筑郿坞聚敛财宝，最后被吕布杀死。由于体肥多脂，夜晚守尸的士兵在他的脐中点灯，据说光明达旦，以至数日。这里作者揭示了他的肥是侵吞了百姓的膏脂，以平民破产为代价的，如果不烧他，他又怎么愿去映照逃亡的老百姓呢？语调里充满了对董卓之死的快意。

【原曲】董卓，巨饕，为恶天须报。一脐然出万民膏，谁把逃亡照？谋位藏金，贪心无道，谁知没下梢。好教，火烧，难买棺材料。

高山流水淡生涯，心与琴俱化。

【注释】薛昂夫〔中吕·朝天子〕。

【解析】伯牙是春秋时著名的音乐家，志向高洁，他弹的曲子总是志在高山、意在流水，只有钟子期能理解他，子期死后，他就不再弹琴了。这几句是对伯牙高雅的情趣、淡泊的生涯的颂扬。他过着高山流水一样高雅淡泊的生活，心思与琴曲已经完全相融了。这种恬淡清雅的生活也是我们所向往的。

【原曲】伯牙，韵雅，自与松风话。高山流水淡生涯，心与琴俱化。欲铸钟期，黄金无价。知音人既寡，尽他，爨下，煮了仙鹤罢。

心待足时名便足。高，高处苦；低，低处苦。

【注释】薛昂夫〔中吕·山坡羊〕。

【解析】作者一生宦游天涯，虽想引退，但头发斑白也未能如愿。他用“心待足”这句自责，说自己为了那个名，一生奔波劳累，说到底还是心贪，如果真能做到知足，也就能“乐乎天命”了。后面几句是写处于不同境地的士人都受制于名缰利锁，各有苦忧，有低处的不得志之苦，也有高处的忧谗畏讥之苦。这几句因其朴实而深刻，几乎成了格言、谚语了。

【原曲】大江东去，长安西去，为功名走遍天涯路。厌舟车，喜琴书，早星星鬓影瓜田暮。心待足时名便足。高，高处苦；低，低处苦。

柳扶疏，玻璃万顷浸冰壶。

【注释】薛昂夫〔双调·殿前欢〕《夏》。

【解析】这是薛昂夫晚年退居杭州西湖时所作。这两句是写夏日晚景。柳枝披拂,碧波万顷,月轮倒映。玻璃形容湖面的明净平滑;冰壶比喻皎洁的月亮。这是晚归的时分,升起的月轮倒映在水中。这样美丽的风景足使人心醉神迷。

【原曲】柳扶疏,玻璃万顷浸冰壶。流莺声里笙歌度,士女相呼。有丹青画不如。迷归路,又撑入荷深处。知他是西湖恋我、我恋西湖?

一江春水流,万点杨花坠。

【注释】薛昂夫〔双调·楚天遥过清江引〕。

【解析】作者为我们描绘了这样一幅图景:一江春水无语东流,万点杨花随风飘飞旋转。作者在这里的深层含义是写离情愁绪。前句与李煜"问君能多愁,恰似一江春水向东流"相类似;后句把点点杨花又想象成是离人的眼泪。语言优美雅丽,朗朗上口。

【原曲】花开人正欢,花落春如醉。春醉有时醒,人老欢难会。一江春水流,万点杨花坠。谁道是杨花,点点离人泪。回首有情风万里,渺渺天无际。愁共海潮来,潮去愁难退。更那堪晚来风又急。

愁共海潮来,潮去愁难退。

【注释】薛昂夫〔双调·楚天遥过清江引〕。

【解析】作者把潮与愁互相对照,新颖别致,唤起了读者的联想。想念离人的忧愁随着潮来而渐渐唤起;潮去了,可人的忧愁却再难如潮水一样消失散去。作者使用的这种反义对偶的艺术手法十分高明,因其对比强烈也给人印象至深。

【原曲】见"一江春水流,万点杨花坠"句。

屈指数春来,弹指惊春去。蛛丝网落花,也要流春住。

【注释】薛昂夫〔双调·楚天遥过清江引〕。

【解析】这几句写作者的伤春之情。屈指细数时日,盼望春天的到来,可弹指之间,春天又匆匆归去了。这两句表明作者的盼春惜春之情。后面两句写连蛛网上也粘着几瓣落花,随风荡漾,仿佛是蜘蛛也要把美好的春光留住。作者因为惜春,因而感到客观的景物,也与自己的心交融为一。这几句风格婉约幽丽,带有诗词韵味。

【原曲】屈指数看来,弹指惊春去。蛛丝网落花,也要流春住。几日喜春晴,几夜愁春雨。六曲小屏山,题遍伤春句。春若有情应解语,问着无凭据。江东日暮云，渭北春天树。不知那答儿是春住处！

桃花也解愁，点点飘红玉。

【注释】薛昂夫〔双调·楚天遥洒清江引〕。

【解析】这支曲子也是抒发伤春惜春的悲切心情。这句是说桃花也懂得伤春的愁恨，飘下点点红红白白的花瓣，如同洒下伤心的泪。这句也可说是做到了物与我会、境与情融，意境也极为凄美迷茫。

【原曲】有意送春归，无计留春住。明年又着来，何似休归去。桃花也解愁，点点飘红玉。目断楚天遥，不见春归路。春若有情春更苦，暗里韶光度。夕阳山外山，春水渡傍渡。不如那答儿是春住处！

夕阳山外山，春水渡傍渡。不知那答儿是春住处！

【注释】薛昂夫〔双调·楚天遥过清江引〕。那答儿：即哪里，什么地方。

【解析】这是作者苦苦的寻觅春之去向的急切心情的描绘。只看见，夕阳残照，山外有山，水外有水，千山万水，重重叠叠，见不到春的踪影，不知道什么地方是春的住处。这最后一句，脱口而出，作者急切之情溢于言表。此可谓曲家伤春之绝唱。

【原曲】见“桃花也解愁，点点飘红玉”句。

落花风飞去，故枝依旧鲜。

【注释】吴弘道〔南吕·金字经〕。

【解析】在暮春三月，作者看到落花被风吹去了，他对着无花的树枝不由自主地感到失落惆怅，但再看看树枝，虽然无花，鲜嫩的枝条依然充满生机，就不必再惋惜枝上无花了。这是作者无奈的感叹，也是解脱和安慰。这两句很有新意，不落俗套。

【原曲】落花风飞去，故枝依旧鲜。月缺终须有再圆。圆。月圆人未圆。朱颜变，几时得重少年。

稚子和烟煮嫩茶，老妻带月炰新鲊。醉时闲话。

【注释】吴弘道〔双调·拨不断〕《闲乐》。炰(páo)：烹煮。

【解析】一个秋天的晚上，作者携妻挈子，驾一叶扁舟，往来于大江之上，超凡脱俗，雅趣无穷。这两句写天伦之乐，小儿子在烟气弥漫的火炉前烧着茶水，老妻在月光照耀下烹煮着新鲜的鲊鱼。他在醉意朦胧中，与家人说着闲话。这一幅和谐、淳朴的闲乐图景引人羡慕，其中也洋溢着一种浓厚的诗情画意。

【原曲】泛浮槎，寄生涯，长江万里秋风驾。稚子和烟煮嫩茶，老妻带月炰新鲊。醉时闲话。

万木天寒冻欲折,一枝冷艳开清绝。

【注释】吴弘道〔双调·拨不断〕《闲乐》。

【解析】寒冬时节,雪花飘飘,万木在严寒逼迫下几乎要冻折了,可就在这一片凄冷静寂中,有一枝冷而艳的梅花清绝地开着。白雪红梅,颜色鲜艳,境界极为凄美高绝,从中也可见作者卓而不群的品格。

【原曲】暮云遮,雁行斜,渔人独钓寒江雪。万木天寒冻欲折,一枝冷艳开清绝。竹篱茅舍。

稻粱肥,蒹葭莠。黄添篱落,绿淡汀洲。木叶空,山容瘦。

【注释】赵善庆〔中吕·普天乐〕《江间秋行》。

【解析】这是写秋天的景象。田地里的稻子和高粱结着累累硕果,湖边的芦苇郁郁苍苍,伸展着秀颀的身姿。农家院落里,篱笆上堆积了黄澄澄的收货物,而河上的小洲,芳草的绿色已渐渐暗淡,大地显出了秋天的黄添绿淡的变化。昔日枝繁叶茂的林木,树叶已落空,于是山的容貌便变得瘦削多了。作者为我们描绘了一幅晚秋风景图,极富韵味。

【原曲】稻粱肥,蒹葭秀。黄添篱落,绿淡汀洲。木叶空,山容瘦。沙鸟翻风知潮候,望烟江万顷沉秋。半竿落日,一声过雁,几处危楼。

山腰落日,雁背斜阳。

【注释】赵善庆〔中吕·普天乐〕《秋江忆别》。

【解析】这首小令是回忆离别时的情景。这两句描写离别时的景色。在低缓的山腰上,落日在那里正一点一点下坠,大雁在低空飞翔,由于阳光的照射,翅上闪烁着熠熠霞光。这是一幅非常有诗意的图景。作者笔致细腻,情韵优雅,给人以意味无穷的感觉。

【原曲】晚天长,秋水苍。山腰落日,雁背斜阳。璧月词,朱唇唱,犹记当年兰舟上。洒西风,泪湿罗裳。钗分凤凰,杯斟鹦鹉,人拆鸳鸯。

来时春社,去时秋社,年年来去搬寒热。

【注释】赵善庆〔中吕·山坡羊〕《燕子》。

【解析】这曲小令是借燕子感慨盛衰兴亡。这几句是对燕子的刻画。燕子是候鸟,春来秋去,它们来去的时日与春社、秋社的时间相差不远,因此也有“社燕”的封号。作者把燕子的来去说成是在搬运寒热,想象新鲜奇特,同时也赋予燕子浓厚的人情味。

【原曲】来时春社，去时秋社，年年来去搬寒热。语喃喃，忙劫劫，春风堂上寻王谢。巷陌乌衣夕照斜。兴，多见些；亡，都尽说。

山，空自愁；河，空自流。

【注释】赵善庆〔中吕·山坡羊〕《长安怀古》。

【解析】这首曲子是怀古之作。抒发作者由今思古的慨叹和感伤。这两句是移情入景的手法，写的是骊山也在因怀古而生恨发愁，渭水也因怀古发出汩汩叹息。但是，人生无常，转瞬即逝，山也罢，水也罢，也只能“空自愁”“空自流”了。这两句格调深沉而苍凉，余味无穷。

【原曲】骊山横岫，渭河环秀，山河百二还如旧。狐兔悲，草木秋；秦宫隋苑徒遗臭，唐阙汉陵何处有？山，空自愁；河，空自流。

转头千载春，断肠几辈人。

【注释】赵善庆〔越调·凭阑人〕《春日怀古》。

【解析】铜雀台和金谷园是东汉末至西晋时两大名胜，有多少人曾以它们作为怀古伤今的题材。到作者所处时代，遗迹几乎荡然无存，人们仍然感伤不已。有感于此，他写了这首小令。这两句是说转瞬之间，千年时光已悄悄逝去，一切人物事迹都已烟消云散，可还是有很多人为此断肠。“转头”表示快，“断肠”表现悲，精练而形象。

【原曲】铜雀台空锁暮云，金谷园荒成路尘。转头千载春，断肠几辈人。

山对面兰堆翠岫，草齐腰绿染沙洲。傲霜橘柚青，濯雨蒹葭秀。

【注释】赵善庆〔双调·沉醉东风〕《秋日湘阴道中》。岫(xiù)：峰峦。

【解析】与一般伤秋作品不同，赵善庆笔下的秋景，仍是生气勃勃，色彩绚丽，使人生发出喜悦舒畅之情。对面是峰峦起伏，满目苍翠，沙洲上笼罩了大片茂密高大的绿草。一个“堆”字把郁郁葱葱的浓重色彩渲染出来了；一个“染”字说明绿草的茂密。傲立于秋霜之中的橘柚青黄相杂，圆润鲜艳；新雨之后的芦苇，苍翠清秀，这一切充满了清新爽朗的秋意。作者描写的秋景调子明朗，令人赏心悦目。

【原曲】山对面兰堆翠岫，草齐腰绿染沙洲。傲霜橘柚青，濯雨蒹葭秀。隔沧波隐隐江楼。点破潇湘万顷秋，是几叶儿传黄败柳。

浓淡峰峦，高低杨柳，远近桃花。

【注释】赵善庆〔双调·折桂令〕《西湖》。

【解析】这几句是对西湖美景进行描绘。晴日下的山峰呈现出青紫色，远处的色彩浅淡，近处的色彩深浓，放眼望去，浓浓淡淡，深深浅浅，美不胜收。再看风中摆动的杨柳枝条，参差披拂，高高低低，远远近近，处处是艳丽动人、蒸霞喷火的桃花。这三句写青山、绿柳、红桃，色彩鲜艳绚丽。

【原曲】问六桥何处堪夸？十里晴湖，二月韶华。浓淡峰峦，高低杨柳，远近桃花。临水临山寺塔，半村半郭人家。杯泛流霞，板撒红牙。紫陌游人，画舫娇娃。

歌扇摇风，梨云飘雪，粉黛生香。

【注释】赵善庆〔双调·折桂令〕《湖山堂》。

【解析】这首曲子咏湖山堂，重点在咏堂内歌舞。歌儿舞女们轻歌曼舞，舞衣舞袖和白皙的肌肤，在舞蹈时如同片片梨花飞云卷雪般飘洒，她们所施的粉黛发出阵阵幽香。作者描绘的这种场面令人心醉神迷，也是生发怀古伤今的感慨的基础。

【原曲】八窗开水月交光。诗酒坛台，莺燕排场。歌扇摇风，梨云飘雪，粉黛生香。红袖台已更旧邦，白头民犹说新堂。花妒幽芳，人换宫妆。惟有湖山，不管兴亡。

十载故乡心，一夜邮亭月。

【注释】赵善庆〔双调·庆东原〕《泊罗阳驿》。

【解析】作者在远离故乡的小驿站里，在清冷的秋夜生发了无限情思。这句是写十多年来，作者对故乡山水的怀念，对亲人的思念，孩提时的憧憬，成长后的奔波，一齐珍藏于胸中，化作浓浓的愁思，而此时，在驿地的一轮秋月的牵动下，这种愁思便不可遏抑地倾泻出来。这两句简练概括，余味无穷。

【原曲】砧声住，蛩韵切，静寥寥门掩清秋夜。秋心凤阙，秋愁雁堞，秋梦蝴蝶。十载故乡心，一夜邮亭月。

傲河阳潘岳栽花，效东门邵平种瓜。

【注释】马谦斋〔越调·柳营曲〕《太平即事》。

【解析】这一曲作者抒写归园田居的志趣。潘岳，晋时任河阳令，在县中满种桃李，传为美谈。作者以为他仍是汲汲于功名利禄，因此用“傲”字表示不屑。邵平，秦时封为东陵侯，秦之后沦为布衣，于长安城东种瓜自给。作者要仿效的是邵平。这两句表现作者厌恶官场，追求淡泊平静的心志。

【原曲】亲凤塔，住龙沙，天下太平无事也。辞却公衙，别了京华，甘分老农家。傲河阳潘岳栽花，效东门邵平种瓜。庄前栽果木，山下种桑麻。度岁华，活计老生涯。

生死存活，成败消磨，战策属谁多？

【注释】马谦斋〔越调·柳营曲〕《怀古》。

【解析】这首怀古之作的对象是班超和马援。作者却并没有一开始将班、马列举出来，而是层层铺垫。前两句是对风险四伏、生死未卜的戎马生涯的概括，暗示了将帅责任重大和建功立业的艰难，逼出“战策属谁多”一句，用设置悬念的方法引出怀古的对象。这种手法别具特色。

【原曲】曾窨约，细评薄，将业兵功非小可。生死存活，成败消磨，战策属谁多？破西川平定干戈，下南交威镇山河。守玉关班定远，标铜柱马伏波。那两个，今日待如何？

青镜摩挲，白首蹉跎，失志困衡窝。

【注释】马谦斋〔越调·柳营曲〕《叹世》。衡窝：即隐者所住的简陋的小屋。

【解析】这首小令是写入仕之难和功业难成的感慨。作者在经过几番挫折之后，摩挲着青铜镜，心情复杂揽镜自照，鬓发早已斑白，作者不由地感叹，自己怀才不遇，被困厄在小屋里难以施展抱负。语言跌宕多姿，与作者的愤懑不平互相呼应。

【原曲】手自搓，剑频磨，古来丈夫天下多。青镜摩挲，白首蹉跎，失志困衡窝。有声名谁识廉颇，广才学不用萧何。忙忙的逃海滨，急急的隐山阿。今日个，平地起风波。

瓷瓯内潋滟莫掩，瓦盆中渐浅重添。线鸡肥，新篘酽，不须典琴留剑。

【注释】马谦斋〔双调·沉醉东风〕《自悟》。瓷瓯（ōu）：酒杯，新篘：新酿的酒。

【解析】这几句是对自己的农家生活的描述。意思是杯中的美酒不要停注，盆里的菜肴莫要停添。有肥美的鸡肉，也有新酿的酒，可以自给自足，不需要典当琴剑以糊口。这几句简朴生动的描写，散发着浓郁的乡土气息和欢快的情致。

【原曲】瓷瓯内潋滟莫掩，瓦盆中渐浅重添。线鸡肥，新篘酽，不须典琴留剑。二顷桑麻足养廉，归去来长安路险。

取富贵青蝇竞血，进功名白蚁争穴。

【注释】马谦斋〔双调·沉醉东风〕《自悟》。

【解析】这两句是作者对追逐功名利禄者的丑态的鞭挞。作者用“青蝇嗜血，白蚁争穴”来形容那些官僚的贪婪、卑劣，十分恰切，其中也可看出作者的深恶痛绝之情。语言锋利，有一针见血之快。

【原曲】取富贵青蝇竞血，进功名白蚁争穴。虎狼丛甚日休？是非海何时彻？人我场慢争优劣。免使旁人做话说，咫尺韶华去也。

他每都家家上树把这槐芽掐。他每都村村沿道将榆皮剐。他每都人人绕户将粮食化。

【注释】秦简夫《定秋山赵礼让肥》第一折〔寄生草〕。

【解析】《赵礼让肥》讲的是王莽末年，年荒世乱，赵礼一家逃难到宜秋山下，赵礼将仅有的一碗粥奉了兄长和母亲。他上山挖野菜，被虎头寨寨主擒住，要被剐了吃。他请求辞别母亲，辞别后再上山请死。其兄赵孝和赵母都赶到，都说自己肥，争求死以免刑二人。寨主被感动，放了他们。这三句表现的是饥荒岁月里，人们成群结队地上树掐槐芽、剐树皮，沿街串户乞讨。作者真实生动地记录了当时普遍的饥荒。在对偶中兼有排比，活泼生动，正是曲的风格。

【原曲】饿的这民饥色，看看的如蜡渣。他每都家家上树把这槐芽掐。他每都村村沿道将榆皮剐。他每都人人绕户将粮食化。现如今弟兄衣袂不遮身，可着俺贫寒子母无安下。

正厅上坐着个㑳㒖㒖问事官人，阶直下排两行恶哏哏行刑汉子，书案边立着个响珰珰责状曹司。

【注释】陆登善《河南府张鼎勘头巾》第二折〔梁州第七〕。㑳㒖㒖：即刚愎自用，强硬固执。

【解析】《勘头巾》描写了一个曲折生动的冤狱故事。王小二母子俩相依为命，贫困度日，他向富户刘平远借钱，遭刘家恶犬欺凌，他举石掷犬，误击中刘家之缸。二人激烈争吵，王小二讲气话："我要在无人处杀了你！"刘平远之妻与道士王知观私通，听到王小二这句话，萌生杀机，杀死刘平远，诬赖王小二。当案官吏不问青红皂白，判小二死刑。清官张鼎经过仔细调查，为小二洗刷了冤情。这几句是通过张鼎的视线，叙述公堂上的情况。正厅上坐着个自以为是的审案官，台阶下立着两排恶狠狠的差人，书案边有个口气蛮横的书吏，表现出了封建官吏的愚昧无能和凶狠残酷。

【原曲】我从来甘剥剥与民无私，谁取道另巍巍节外生枝。我向吓魂台把文案偷窥视。见一人高声叫屈，我这里低首寻思，多应被拷打无地，全没那半点儿心慈！想危亡顷刻参差，端的是垂命悬丝。正厅上坐着个㑳㒖㒖问事官人，阶直下排两行恶哏哏行刑汉子，书案旁立着个响珰珰责状曹司。为什事咬牙切齿，唬的犯罪人面色如金纸。见相公判个"斩"字，慌向前来取台旨，便待要血泊内横尸。

山中何事，松花酿酒，春水煎茶。

【注释】张可久〔黄钟·人月圆〕《山中书事》。

【解析】这几句描写归隐山中的淡泊生活。与喧嚣的尘世相比，山中会有什么事呢？有的只是用松花酿酒，用春水煎茶之事。我们可从中隐隐体会到作者的怡然自得之情。作者选取典型景物为我们描绘了一幅令人向往的山居图。

【原曲】兴亡千古繁华梦，诗眼倦天涯。孔林乔木，吴宫蔓草，楚庙寒鸦。数间茅舍，藏书万卷，投老村家。山中何事，松花酿酒，春水煎茶。

萋萋芳草春云乱，愁在夕阳中。

【注释】张可久〔黄钟·人月圆〕《春晚次韵》。

【解析】此曲写作背景为：作者在暮春傍晚来到昔日送别之地，而伊人不在，于是触景生情，表达了他的一腔离恨和惆怅。萋萋的芳草，年年复生蔓延，野火烧不尽，人力除不完，恰似离人心中的忧愁难以排除。芳草连天，乱云飞渡，再加上一抹黯淡的夕阳，便构成一个淡烟暮霭的凄迷境界，与离人内心的纷乱无绪相吻合，于是自然就显现了一位在夕阳中惆怅彷徨的诗人。这几句融情于景，意味无尽。

【原曲】萋萋芳草春云乱，愁在夕阳中。短亭别酒，平湖画舫，垂柳骄骢。一声啼鸟，一番夜雨，一阵东风。桃花吹尽，佳人何在，门掩残红。

桃花吹尽，佳人何在，门掩残红。

【注释】张可久〔黄钟·人月圆〕《春晚次韵》。

【解析】这三句为结尾三句，抒发花落人空的离恨和惆怅。化用了崔护的诗《题都城南庄》："去年今日此门中，人面桃花相映红。人面不知何处去，桃花依旧笑春风"的诗意，但比崔诗更为凝炼凄绝。崔诗尚有"桃花依旧"，而张词却"桃花吹尽"，象征着爱情的花朵遭到狂风的摧残而凋零了。作者化用典故而不见痕迹，且又能脱胎换骨，极为难得。

【原曲】见"萋萋芳草春云乱"句。

雪晴天气，松腰玉瘦，泉眼冰寒。

【注释】张可久〔黄钟·人月圆〕《雪中游虎丘》。

【解析】这三句写雪、松、泉三种景物：雪后初晴，整个世界银装素裹；棵棵松树披着白雪，亭亭玉立，如同一位美人，纤腰袅娜，玉洁清瘦；那山泉的泉口，泉水与雪片已融合凝结了一层薄冰，仿佛冰美人的眼睛，晶莹而凛冽。这几句为我们描绘了一幅虎丘冰雪图。

【原曲】梅花浑似真真面，留我倚阑杆。雪晴天气，松腰玉瘦，泉眼冰寒。兴亡遗恨，一丘黄土，千古青山。老僧同醉，残碑休打，宝剑羞看。

黄花庭院，青灯夜雨，白发秋风。

【注释】张可久〔黄钟·人月圆〕《客垂虹》。

【解析】这三句写秋天的孤寂凄凉。菊花已开满庭院，而自己独居异乡，不能与亲朋好友同赏共饮，徒增悲秋之思；夜晚守着一盏清灯，凄然独坐，听窗外绵绵秋雨，这一切都引起了诗人无尽的愁绪。肃杀的秋风凄然怒号，摇落草木，可白发的诗人仍在天涯飘零。此情此景，足以使人愁肠欲断。作者画出一幅秋风夜雨游子飘零图。

【原曲】三高祠下天如镜，山色浸空蒙。莼羹张翰，渔舟范蠡，茶灶龟蒙。故人何在，前程那里，心事谁同？黄花庭院，青灯夜雨，白发秋风。

山藏白虎云藏寺，池上老梅枝。

【注释】张可久〔黄钟·人月圆〕《吴门怀古》。

【解析】这两句描写苏州虎丘景物。关于虎丘有这样一个故事：吴王阖闾死后葬在山下，经三日，白虎蹲踞其上，故名虎丘。“云藏寺”说的是虎丘山上的虎丘寺的风光。山上朵朵白云飘浮，仿佛把寺也藏起来了。下句是写剑池。剑池在虎丘山下，清泉一泓，峭壁如削，池旁崖上遍植着苍老的梅树。这两句是对虎丘景物的描写，非常富有诗意。

【原曲】山藏白虎云藏寺，池上老梅枝。洞庭归兴，香柑红树，鲈脍银丝。白家池馆，吴王花草，长似坡诗。可人怜处，啼乌夜月，犹怨西施。

门前朝暮，无情秋月，有信春潮。

【注释】张可久〔黄钟·人月圆〕《春日湖上》。

【解析】这是张可久寓居西湖时作的一首小令，内容是怀人。这三句仍是描写作者的情感。朝朝暮暮同他相对的，只有无情的秋月和有信的春潮。秋月不顾人的聚合离散，该圆的时候圆，该缺的时候缺，于是便被人们认为无情。春潮来时有信，而人归无期，便增添了作者的烦恼。这三句，情景交融又典雅蕴藉。

【原曲】小楼还被青山碍，隔断楚天遥。昨宵入梦，那人如玉，何处吹箫？门前朝暮，无情秋月，有信春潮。看看憔悴，飞花心事，残柳眉梢。

蜜蜂飞绕簪花帽，野猿坐守烧丹灶。

【注释】张可久〔正宫·塞鸿秋〕《道情》。

【解析】这两句写山中修炼,全真养性的逍遥乐趣。作者想象在幽壑林泉中独结茅庵,隔绝红尘,赏春花秋月,观闲云流霞,有蜜蜂在插着山花的帽顶飞舞相逐,有通灵性的野猿为他坐守炼丹的炉灶。作者描绘的是世外桃源,神仙境界。

【原曲】直钩曾下严滩钓,清风自学苏门啸;蜜蜂飞绕簪花帽,野猿坐守烧丹灶。扁舟范蠡高,五柳陶潜傲。南华梦里先惊觉。

翩翩野舟,泛泛沙鸥。

【注释】张可久〔正宫·醉太平〕《怀古》。

【解析】这两句作者用以比喻自己天涯羁旅、萍踪无定。他用"翩翩"和"泛泛"形象地说明自己像一只来往不停的"野舟"和飘泊不定的"沙鸥",非常具有诗意。"野舟"和"沙鸥"既是登临所见之景物,又是自己的化身。

【原曲】翩翩野舟,泛泛沙鸥。登临不尽古今愁,白云去留。凤凰台上青山旧,秋千墙里垂杨瘦,琵琶亭畔野花秋。长江自流。

水晶环入面糊盆,才沾粘便滚。

【注释】张可久〔正宫·醉太平〕。

【解析】这一首曲子反映了元代社会的病态和世俗风气的腐败。这两句是写:社会或官场如同一个污浊的大面糊盆、大污染缸,即使本质光明纯洁的人,只要一走进去,立即就被环境熏陶,与坏人同流合污起来。水晶环,比喻清白无瑕的人;面糊盆,比喻污浊的社会、官场。沾粘,即沾染;滚,意为滚在一起,混成一团。作者语言尖刻,泼辣,又用口语俗语作比喻,形象生动。

【原曲】人皆嫌命窘,谁不见钱亲?水晶环入面糊盆,才沾粘便滚。文章糊了盛钱囤,门庭改作迷魂阵,清廉贬入睡馄饨。葫芦提倒稳。

红馥馥的脸衬霞,黑髭髭的鬓堆鸦。

【注释】张可久〔仙居·锦橙梅〕。黑髭髭:形容乌黑秀美的鬓发。

【解析】这两句是对一位少女的容颜的描写。"红馥馥"形容美人脸面,是以花拟人。这句是说白里透红的脸蛋宛如鲜艳馨香的一朵花,然而作者仍觉意犹未尽,于是以"衬霞"补足它,来形容少女的脸蛋像映衬着彩霞一样光彩照人。下句是写少女的发髻,又密又黑,仿佛乌鸦的羽毛会集,乌黑闪亮。通过这一红一黑色彩的对比,这位如花似玉的女子便如在眼前。

【原曲】红馥馥的脸衬霞,黑髭髭的鬓堆鸦。料应他,必是个中人,打扮的堪描画。颤巍巍的插着翠花,宽绰绰的穿着轻纱。兀的不风韵煞人也嗏。是谁家，我不住了偷睛儿抹？

绝顶峰攒雪剑，悬崖水挂冰帘，倚树哀猿弄云尖。

【注释】张可久〔中吕·红绣鞋〕《天台瀑布寺》。攒：聚在一起。

【解析】这三句点题，写天台山和飞瀑的奇险。浙江天台山绝顶名华顶峰，崔嵬峻峭，白雪覆盖，远望如雪剑刺天，一条瀑布奔腾直下，像一条用冰珠子做成的帘子，寒气逼人。树上的猿猴凄切地哀鸣着，攀援于山顶之树，仿佛在摘弄云尖。这就是作者描绘的天台之险，读来觉高寒奇诡，不愧为天下"第一奇观"。

【原曲】绝顶峰攒雪剑，悬崖水挂冰帘，倚树哀猿弄云尖。血华啼杜宇，阴洞吼飞廉。比人心山未险！

青蛇昏宝剑，团锦碎袍花。飞龙闲厩马。

【注释】张可久〔中吕·红绣鞋〕《宁元帅席上》。

【解析】作者看到前朝叱咤风云的王侯将相，随着时间推移、世代的变易，早已家门衰落，声名埋没，无人知晓，还不如做个普通人，逍遥自在，悠游岁月。在他看来，武将佩带的青蛇宝剑，昏暗无光；文臣穿着的团花锦袍，不过是零碎的布片，而功名成就，飞龙在天般的官场显赫，也不过如马在厩，受尽束缚。从中也可看出作者善于锤炼字句。

【原曲】鸣玉珮凌烟图画，乐云村投老生涯。少年谁识故侯家？青蛇昏宝剑，团锦碎袍花。飞龙闲厩马。

雁声芦叶老，鹭影蓼花寒，鹤巢松树晚。

【注释】张可久〔中吕·红绣鞋〕《虎丘道上》。蓼（liǎo）：一年生或多年生草本植物。

【解析】这几句写作者为秋天美景所陶醉，流连忘返的情景。他正兴致勃勃地观赏着山中景物，忘了时间的早晚、路途的远近，蓦然听到芦叶深处大雁的叫声，看见蓼花丛里鸥鹭的影子、苍松枝头的鹤群，这才觉察到夜幕降临，自己也该回去了。这里的"老""寒""晚"，既是写"雁""鹭""鹤"的感觉，又真正做到了情景交融，物我一体。张可久作品风格清丽也可见一斑。

【原曲】船系谁家古岸，人归何处青山。且将诗做画图看：雁声芦叶老，鹭影蓼花寒，鹤巢松树晚。

阑干晚风，菱歌上下，渔火西东。

【注释】张可久〔中吕·普天乐〕《西湖即事》。

【解析】张可久一生喜欢游山玩水，西湖是他吟咏最多的地方。这三句是写西湖夜景的。作者描绘这样一幅图画：轻轻的晚风吹拂着阑干，只听得到处是采菱人的歌声，只看见四面渔船上灯火闪烁。这就是西湖朦胧迷离的夜晚，是歌的海洋，是诗的世界。

【原曲】蕊珠宫，蓬莱洞。青松影里，红藕香中。千机云锦重，一片银河冻。缥缈佳人双飞凤，紫箫寒月满长空。阑干晚风，菱歌上下，渔火西东。

雁啼明月中，人在青山外。

【注释】张可久〔中吕·普天乐〕《秋怀》。

【解析】这一首小令写的是秋日闺中女子怀人之情。这两句意境绝美。晴朗的秋夜，一行大雁正飞在一轮满月中，澄黄明澈的圆月作为衬景，雁阵横斜，月圆雁归，而自己的情人却远在青山之外，不能归来，怎能不叫人思念呢？作者以景写情，情寓景中，也更耐人寻味。

【原曲】会真诗，相思债。花笺象管，钿盒金钗。雁啼明月中，人在青山外。独上危楼愁无奈。起西风一片离怀。白衣未来，东篱好在，黄菊先开。

西风驿马，落月书灯。青天蜀道难，红叶吴江冷。

【注释】张可久〔中吕·普天乐〕《秋怀》。

【解析】这几句写自己遭遇的不幸。他在萧瑟的秋风里，为功名为事业，骑着驿马奔波忙碌，在每一天的夜晚里，潜心钻研学问，直到月亮西沉。可是即使这样忙碌，求取功名的道路仍如蜀道艰不可攀，只落得像枫叶落后的吴江一样寂寞凄清、萧条冷落的境地。这几句勾画了一个急于进取而最终无所成就的士子形象，在元代社会里非常有典型性。

【原曲】为谁忙？莫非命。西风驿马，落日书灯。青天蜀道难，红叶吴江冷。两字功名频看镜，不饶人白发星星。钓鱼子陵，思莼季鹰，笑我飘零。

樽前有限杯，门外无常鬼。

【注释】张可久〔中吕·普天乐〕《道情》。

【解析】这两句感叹人生无常。“无常”，语出佛经，意谓一切事物不能久驻，都处在生灭成败的变化之中。故民间以“无常”为勾命鬼。意思是，屋内的人还活着举杯对酒，而门外“无常”在等候，转瞬间人被勾去变成了鬼。这两句用“有限”和“无常”对应，益发显出了人生的短暂和世事不测，富有哲理意味。

【原曲】北邙烟，西州泪，先朝故家，破冢残碑。樽前有限杯，门外无常鬼。未冷鸳帏合欢被，画楼前玉碎花飞。悔之晚矣，蒲团纸被，归去来兮。

落红小雨苍苔径，飞絮东风细柳营。

【注释】张可久〔中吕·喜春来〕《金华客舍》。

【解析】张可久在金华客舍之中，适逢清明佳节，他春思难遣，不免要踏青赏春，于是写下这首小令。这两句纯为写景：落红轻飘，细雨蒙蒙，苔径苍翠欲滴；飞絮袅袅，柳丝摇漾，东风阵阵送暖。细雨将落红洗得更艳，将苔径滴得更绿。其中尤可见出张可久清丽宛转、潇洒飘逸的风格。

【原曲】落红小雨苍苔径，飞絮东风细柳营。可怜客里过清明。不待听，昨夜杜鹃声。

荷盘敲雨珠千颗，山背披云玉一蓑。

【注释】张可久〔中吕·喜春来〕《永康驿中》。

【解析】作者在永康途中忽遇阵雨，于是小憩于一驿站中，写出这首小令。这两句写雨景：外面有座荷塘，千万颗雨点落下来，碧绿的荷叶如同绿盘子，而晶莹的雨点便是在盘子里滚动的珠子。再远远望去，远处的山脊上浮荡着白色的云雾，如同披着一领绿蓑衣。作者看似漫不经心勾画的这幅雨中小景却极为动人。

【原曲】荷盘敲雨珠千颗，山背披云玉一蓑。半篇诗景费吟哦，芳草坡，松外采茶歌。

风波几场，急疏利锁，顿解名缰。

【注释】张可久〔中吕·满庭芳〕《山中杂兴》。

【解析】这首曲子写对隐居生活的向往。这三句写诗人经过了几场风波，宦海沉浮，红尘喧嚣，他终于下定决心，要摆脱名缰利锁。这是过来人的顿悟语，作者用直抒胸臆的方式说了出来。一个“急”字、一个“顿”字充分反映出作者摆脱名缰利锁的迫切心情。

【原曲】风波几场，急疏利锁，顿解名缰。故园老树应无恙？梦绕沧浪，伴赤松归欤子房，赋寒梅瘦却何郎。溪桥上，东风暗香，浮动月昏黄。

半纸虚名，十载功夫。

【注释】张可久〔中吕·齐天乐过红衫儿〕《道情》。

【解析】这首曲子着重写读书人的不幸遭遇和满腹牢骚。这两句写读书人的失望之情。花了十年苦读的功夫，只是博得一个会舞文弄墨的虚名罢了。作者用简洁凝炼的语言反映出元代社会的状况，元代不重科举，而从吏中选仕，于是便造成了读书人想金榜题名的梦想的破灭。

【原曲】人生底事辛苦，枉被儒冠误。读书，图，驷马高车。但沾着者也之乎，区区，牢落江湖，奔走在仕途。半纸虚名，十载功夫。人传《梁甫吟》，自献《长门赋》，谁三顾茅庐？白鹭洲边住，黄鹤矶头去。唤奚奴，鲙鲈鱼，何必谋诸妇。酒葫芦，醉模糊，也有安排我处。

云松螺髻，香温鸳被，掩春闺一觉伤春睡。柳花飞，小琼姬，一声“雪下呈祥瑞”，团圆梦儿生唤起。“谁，不做美？呸，却是你！”

【注释】张可久〔中吕·山坡羊〕《闺思》。

【解析】这首小令写少妇与侍女间的一场富有戏剧性的小小冲突。前三句写少妇的睡态：她螺髻高挽，蓬松如云，对于外面姹紫嫣红的春色不感兴趣，躲在鸳被里，独自闷闷而睡，做着与丈夫团圆的梦。这时，一位小侍女偶尔抬头，望见柳絮飘飞，便雀跃而呼“雪下呈祥瑞”，硬是将少妇的团圆梦吵醒。少妇被惊醒好梦，对梦境的眷恋和对扰梦人的懊恼一起涌上心头，不由嗔怒：“谁，不做美？”待到发现是小侍女，只能无可奈何的感叹：“呸！”作者用字寥寥，却将人物刻画得栩栩如生，此曲可谓是一篇不可多得的佳作。

【原曲】云松螺髻，香温鸳被，掩春闺一觉伤春睡。柳花飞，小琼姬，一声“雪下呈祥瑞”，团圆梦儿生唤起。“谁，不做美？呸，却是你！”

儒，秦太虚；湖，明月珠。

【注释】张可久〔中吕·山坡羊〕《客高邮》。

【解析】这首小令为怀古之作，明确说是怀秦少游。“明月珠”，宋人盛传在高邮湖中发现大珠，“光明如月，阴雾中人面相睹”。作者用高邮湖中的“明月珠”比拟、陪衬秦少游词的杰出成就，可谓就地取材，天造地设，文章天成。

【原曲】危台凝伫，苍苍烟树，夕阳曾送龙舟去。映菰芦，捕鱼图，一竿风旆桥西路。人物风流闻上古。儒，秦太虚；湖，明月珠。

十年落魄江滨客，几度雷轰荐福碑，男儿未遇暗伤怀。

【注释】张可久〔中吕·卖花声〕《客况》。

【解析】这三句作者叙述其流浪江湖的落拓与困窘。首句写多年来，他落魄不遇，辗转在长江之滨做小官吏，这是对自己经历的概括；下句进一步说明他遭受了命运的捉弄和挫折。“雷轰荐福碑”，讲的是这样一个故事：范仲淹守鄱阳时，书生张镐穷困来投。荐福寺有欧阳询所书荐福寺碑，其拓本价值千钱。范拟拓印千本为赠，资助张镐赶考。不料一夜之间，碑为雷击碎。后人借这个故事指命途乖舛。最后一句直抒胸臆，写出了作者的孤独落寞。

【原曲】十年落魄江滨客，几度雷轰荐福碑，男儿未遇暗伤怀。忆淮阴年少，灭楚为帅，气昂昂汉坛三拜。

人远天涯碧云秋，雨荒篱下黄花瘦。

【注释】张可久〔南吕·四块玉〕《客中九日》。

【解析】这是作者重阳日登高所作的小令。主要是抒发其思乡之情。在碧蓝澄澈而白云朵朵的秋空下，在憔悴的黄花、霜染的红叶旁，远在天涯的游子不禁思念起了故乡，故乡篱下的黄花会不会因为主人不在、无人照料而在雨中憔悴瘦损了呢？作者借景写情，含蓄宛转，余味不尽。

【原曲】落帽风，登高酒。人远天涯碧云秋，雨荒篱下黄花瘦。愁又愁，楼上楼，九月九。

江中斩蛟，云间射雕，席上挥毫。

【注释】张可久〔双调·庆东原〕《次马致远先辈韵九篇》。

【解析】在这支曲子中，作者刻画了一位性格豪放、不计穷富得失的达士。这三句描写这位英雄的不同凡响之处：他能无畏地斩杀江中的蛟龙；他箭法高超，能轻易地射中云间的大雕；他还具有超人的文才，能在席间对客挥毫写诗作文。这里可看得出作者也气概不凡，这个英雄便是他心目中的理想。

【原曲】诗情放，剑气豪。英雄不把穷通较。江中斩蛟，云间射雕，席上挥毫。他得志笑闲人，他失脚闲人笑。

苍烟树杪，残雪柳条，红日花梢。

【注释】张可久〔双调·庆东原〕《次马致远先辈韵九篇》。杪（miǎo）：树枝的细梢。

【解析】这首小令可称得上是写景名篇。作者以生花之笔，为我们描绘了三幅风景画：暮霭笼罩的树林，春柳上的残雪，红日照耀下的花丛。这几幅美景赏心悦目，充分体现了张可久"清而且丽，华而不艳"的特色。

【原曲】山容瘦，木叶凋。对西窗尽是诗材料。苍烟树杪，残雪柳条，红日花梢。他得志笑闲人，他失脚闲人笑。

离愁满怀难寄书，付残潮落红流去。

【注释】张可久〔双调·落梅风〕《江上寄越中诸友》。

【解析】张可久孤身飘舟江上，不由产生孤独之感，顿起思友之情。但现在虽有千般感慨、万种情怀，亦鸿雁无托，不能与朋友倾诉。因此他觉得自己就像飘零的落花一样，只能无言地随残潮流水飘到天涯。这两句含意深沉，情韵悠长。

【原曲】江村路，水墨图，不知名野花无数。离愁满怀难寄书，付残潮落红流去。

秋千院，拜扫天，柳荫中躲莺藏燕。掩霜纨递将诗半篇，怕帘外卖花人见。

【注释】张可久〔双调·落梅风〕《春情》。

【解析】这首小令描写闺中少女利用寒食节与情人幽期密约的紧张情状和微妙心理。阳春三月，春光明媚，绿柳荫荫，莺歌燕语，这位少女趁全家寒食节扫墓，约定情人在秋千院会面。他们在柳荫中像莺燕一样躲躲藏藏，正在互相倾述情肠时，听到门外卖花人的阵阵叫卖声，少女意识到家人快要回来了，该分手了。此时，她才想起要送给情郎一篇诗稿，于是她迅速用白手绢掩盖着情诗，递给情郎。这首小令为我们刻画了一个痴情大胆又诡秘小心的封建叛逆者，同时作品包含有波澜叠生的情节，引人入胜。

【原曲】秋千院，拜扫天，柳荫中躲莺藏燕。掩霜纨递将诗半篇，怕帘外卖花人见。

名不上琼林殿，梦不到金谷园，海上神仙。

【注释】张可久〔双调·水仙子〕《次韵》。

【解析】这三句写作者鄙视和抛弃功名富贵并向往无拘无束的生活。“琼林殿”即宋代的琼林苑，北宋时常在这里欢宴新及第的进士。这句意为不要功名。“金谷园”为晋代石崇所建，石崇以巨富著称，经常在金谷园中宴客取乐，这句意为不羡富贵。做到这两点，人就会成为绝对自由的“海上神仙”了。

【原曲】蝇头老子五千言，鹤背扬州十万钱，白云两袖吟魂健。赋庄生秋水篇，布袍宽风月无边。名不上琼林殿，梦不到金谷园，海上神仙。

天边白雁写寒云，镜里青鸾瘦玉人，秋风昨夜愁成阵。

【注释】张可久〔双调·水仙子〕《秋思》。

【解析】这是一支怀念远人的闺怨小令。第一句写秋天的苍凉寂寥，萧瑟的秋风中，白雁高飞。“写寒云”的“写”字用得巧妙，大雁飞时，或排“一”字，或排“人”字，所以用“写寒云”。第二句写人，闺中女子对镜而照，像青鸾一样顾影自怜，为自己的憔悴伤感。这两句写天上白雁，人间玉人，既是映衬，也是对照。第三句写在凄冷的秋风中，作者陷入愁阵不能自拔。张可久遣词造句，不落俗套，不同凡响。

【原曲】天边白雁写寒云，镜里青鸾瘦玉人，秋风昨夜愁成阵。思君不见君，缓歌独自开樽。灯挑尽，酒半醺，如此黄昏。

夕阳芳草废歌台，老树寒鸦静御街，神仙环珮今何在？

【注释】张可久〔双调·水仙子〕《西湖废圃》。

【解析】这首曲子写怀古伤今。首句列出三种景物，夕阳、芳草、歌台，景景俱愁，全句皆哀，为下面奠定感伤的基调，用一“废”字已暗含怀古之情。第二句仍列三种景物：寒鸦、老树、御街，用“静”字点明如今的死寂和荒疏。面对这种情景，作者不禁要问，西湖往日的繁华哪里去了？这几句风格冷峻孤峭，意境幽远凄迷，可称佳作。

【原曲】夕阳芳草废歌台，老树寒鸦静御街，神仙环珮今何在？荒基生暮霭，叹英雄白骨苍苔。花已飘零去，山曾富贵来，俯仰伤怀。

凤不至空台上，燕飞来百姓家。恨满天涯。

【注释】张可久〔双调·水仙子〕《次韵金陵怀古》。

【解析】这首小令也是慨叹兴亡盛衰的。前句说的是凤凰台，在南京城西南。据载，南朝元嘉中，有凤凰飞到这里的山上，于是在山脚筑台以表祥瑞。这句写凤凰台空的怅惘之感。下一句化用“旧时王谢堂前燕，飞入寻常百姓家”诗意，更有不胜今昔之感。这两句描写内涵丰富，不言愁而愁自见，作者又用直接抒情的“恨满天涯”作结，将其兴亡盛衰的遗恨表露无遗。

【原曲】朝朝琼树后庭花，步步金莲潘丽华，龙蟠虎踞山如画。伤心诗句多，危城落日寒鸦。凤不至空台上，燕飞来百姓家。恨满天涯。

白云来往青山在，对酒开怀。

【注释】张可久〔双调·殿前欢〕《次酸斋韵》。

【解析】这是一首和作。酸斋即贯云石，曾位居显贵，后来厌弃官场，回到江南，卖药于钱塘市中，没有人认识他。张可久非常羡慕酸斋的闲适生活。这两句主要写他对归隐生活的向往。作者屈居小吏，事务繁忙，不能与青山白云为友过惬意的生活。当他看到青山依旧在，还是那么青翠葱茏，山间白云依然是飘来飘去，无牵无挂，他不禁感叹，此时若能举酒畅饮，摒除尘世间的烦杂事物，该有多么好啊！

【原曲】钓鱼台，十年不上野鸥猜。白云来往青山在，对酒开怀。欠伊周济世才，犯刘阮贪杯戒，还李杜吟诗债。酸斋笑我，我笑酸斋。

春残豆蔻花，情寄鸳鸯帕，香冷荼蘼架。

【注释】张可久〔双调·殿前欢〕《离思》。荼蘼（tú mí）：亦作酴醿，无名，属蔷薇科，夏日开花。

【解析】这首小令是写女子思念离人。豆蔻，是一种形似芭蕉的草本植物，夏初开花，故诗人谓之“春残”。这一句含惜时自爱、感叹青春流逝之意。第三句仍是感叹青春流逝，未赶上大好春光。这几句意思是：想当初我们以鸳鸯帕为定情之物，正当青春年少，男欢女爱，可现在，青春已逝，你我还是相隔遥遥，不能见面。这几句写出了女子深深的惆怅和悲伤。

【原曲】月笼沙，十年心事付琵琶。相思懒看帏屏画，人在天涯。春残豆蔻花，情寄鸳鸯帕，香冷荼蘼架。旧游台榭，晓梦窗纱。

南来北往随征雁，行路艰难。

【注释】张可久〔双调·殿前欢〕《客中》。

【解析】张可久一生仕途坎坷，沉沦下僚，其中有许多隐衷酸楚，感慨不平。这首小令便抒发他这种感受。第一句写自己如南来北往的大雁，来回奔波。以“随征雁”写自己的行踪，暗示了空间的广大和时间的漫长。一个“随”字说明自己作幕僚身不由己的感伤。在天南地北、春夏秋冬的辗转飘零中，不仅要强颜事人，而且会遭遇风波，“行路艰难”便是对此人生体验的概括。

【原曲】望长安，前程渺渺鬓斑斑。南来北往随征雁，行路艰难。青泥小剑关，红叶湓江岸，白草连云栈。功名半纸，风雪千山。

松风古砚寒，藓土白石烂，蕉雨疏花绽。

【注释】张可久〔双调·殿前欢〕《爱山亭上》。

【解析】这首曲子写张可久登上爱山亭的欢快心情。他于公务之暇，登上爱山亭，倒持着笏板，支着脸颊，看到这样一幅生机盎然的美景：松涛阵阵，不觉古砚也生寒意；石上长满了苔藓，一片烂漫；芭蕉夜雨，碧绿的叶子间偶尔有几朵花绽放。这一片美景也是作者远离尘嚣、取得心灵的宁静后才可真正领会得了的。作者语言优美生动，简洁自然。

【原曲】小阑干，又添新竹两三竿。倒持手版揞颐看，容我偷闲。松风古砚寒，藓土白石烂，蕉雨疏花绽。青山爱我，我爱青山。

掩柴门啸傲烟霞，隐隐林峦，小小仙家。

【注释】张可久〔双调·折桂令〕《村庵即事》。

【解析】这是写村居生活的小令。这三句写村庵所在的环境和庵中人的生活。内容是：在隐隐约约的树林和小山之中，有一座小小的屋舍，屋中人关起柴门，在里面无拘无束，过着神仙般的生活。这里贯穿着一种淡泊恬静的情调，带有浓厚的隐居色彩。另外，作者构图优美，笔力不凡。

【原曲】掩柴门啸傲烟霞，隐隐林峦，小小仙家。楼外白云，窗前翠竹，井底朱砂。五亩宅无人种瓜，一村庵有客分茶。春色无多，开到蔷薇，落尽梨花。

楼外白云，窗前翠竹，井底朱砂。

【注释】张可久〔双调·折桂令〕《村庵即事》。

【解析】这几句作者进一步描写上文所提的小庵：楼外白云朵朵，窗前翠竹碧绿，恰如一幅恬静而富有诗意的幽居图，颜色柔和，构图淡雅。这是从庵内所望见之景，而庵内呢，主人公正在炼丹。这几句从内容上反映作者对隐居生活的向往之情，从艺术上看，对仗工整，颜色鲜明，用字雅丽。

【原曲】见“掩柴门啸傲烟霞”句。

对青山强整乌纱，归雁横秋，倦客思家。

【注释】张可久〔双调·折桂令〕《九日》。

【解析】这支令曲是重九游赏所作。这几句写作者的思归之情。面对斑斓的秋景，苍翠的青山，作者很想归隐山林，可是头上的乌纱帽又该怎么办呢？实在是弃之可惜，留则难堪，这里表现了作者对官场的厌倦。于是，作者像归雁一样要回归，像倦客一样要回家。他把为官看做是客寓，而把归隐看做是正当的归宿了。其中的“横”字、“倦”字用得极妙，写出自己的孤寂和疲倦。

【原曲】对青山强整乌纱，归雁横秋，倦客思家。翠袖殷勤，金杯错落，玉手琵琶。人老去西风白发，蝶愁来明日黄花。回首天涯，一抹斜阳，数点寒鸦。

回首天涯，一抹斜阳，数点寒鸦。

【注释】张可久〔双调·折桂令〕《九日》。

【解析】这几句是写作者心境一片悲凉。在已是白发丛生的暮年之时，回首一生道路，正如同残阳西下，几只悲鸣的寒鸦无力地飞着，此情此景，必叫人潸然泪下了。作者用简洁凝炼的笔触描绘了一幅夕阳寒鸦图，虽是化用秦观“斜阳外，寒鸦数点，流水绕孤村”，但做到了浑化无迹，自出新意。

【原曲】见“对青山强整乌纱”句。

唤西施伴我西游，客路依依，烟水悠悠。

【注释】张可久〔双调·折桂令〕《次韵》。

【解析】这首小令是描写春景春愁的。这几句写：纵有西施伴游，可面对着羁旅之路，曲曲折折，没有尽头，烟水蒙蒙，悠悠东流，作者也不由产生淡淡的凄凉，缕缕的愁绪。后两句藏深情于风物迷离之中，语短意长，殊为蕴藉。

【原曲】唤西施伴我西游，客路依依，烟水悠悠。翠树啼鹃，青天旅雁，白雪盟鸥。人倚梨花病酒，月明杨柳维舟。试上层楼，绿满江南，红褪春愁。

试上层楼，绿满江南，红褪春愁。

【注释】张可久〔双调·折桂令〕《次韵》。

【解析】这三句写登高远望，看到的是满眼翠色，在单调的绿色中，揉进花的红色，对比强烈，色彩鲜明，整个画面好似一幅刚画就的水彩画，绿树红花，非常美。作者春愁难遣，蓦然间看见远处火红烂漫的花团，点点簇簇，不禁为之眼睛一亮，心中的惆怅似乎也减轻了许多。此数句堪称俊逸非凡。

【原曲】见“唤西施伴我西游”句。

懒上归鞍，慵开泪眼，怕倚层楼。

【注释】张可久〔双调·折桂令〕《西陵送别》。

【解析】这三句写送别后的情景。江岸一别，行人已去，送者不得不上马回去，一个“懒”字写出送者的依依不舍之情。眼泪模糊了视线，望不见船去的方向，“慵”字写出黯然神伤，又眼巴巴去望的样子，尤为生动。船渐行渐远，已望不见了，送者便寻思更上层楼，目送离人但又害怕离愁更深。这几句写分别情景，感人肺腑。

【原曲】画船儿载不起离愁。人在西陵，恨满东州。懒上归鞍，慵开泪眼，怕倚层楼。春去春来，管送别依依岸柳。潮生潮落，会忘机泛泛沙鸥。烟水悠悠，有句相酬，无计相留。

春去春来，管送别依依岸柳。潮生潮落，会忘机泛泛沙鸥。

【注释】张可久〔双调·折桂令〕《西陵送别》。

【解析】这四句写别后生涯之凄凉寂寞。岁岁年年，春去春来，惟有岸上杨柳依依，与离人之心相通。朝朝暮暮，潮起潮落，惟有水上沙鸥，与孤身一人相对而已。岸柳依依，仿佛含情，更令人伤心，沙鸥忘机，虽然可爱，但日日唯与沙鸥相对，也不免寂寞凄凉。这里表现了作者对行人的一往情深。

【原曲】见“懒上归鞍，慵开泪眼，怕倚层楼”句。

雁啼红叶天，人醉黄花地，芭蕉雨声秋梦里。

【注释】张可久〔双调·清江引〕《秋怀》。

【解析】这三句写作者深沉的乡思。作者收到一封家信，询问他的归期。他并没有正面回答，却为我们描绘了一幅图画：北雁在霜林如醉的长空里哀啼，行人在黄花已瘦的疏篱边痛饮。这样便把他有家归不得的矛盾心情和借酒浇愁的深沉乡思做了出色表达。而窗外的秋雨，点点滴滴，打在芭蕉叶上，惊醒了作者神游故国的美梦。这几句情景妙合无垠，含蓄不露。

【原曲】西风信来家万里，问我归期未？雁啼红叶天，人醉黄花地，芭蕉雨声秋梦里。

能消几日春,又是相思瘦。梨花小窗人病酒。

【注释】张可久〔双调·清江引〕《春思》。

【解析】题目名为春思,即写的是"好女怀春"。前两句写:不但思妇再经受不起几番风雨,就是游子也同样受不了离愁的折磨了。这种怅然无限的相思令人憔悴,令人瘦损,长此下去,如何是好呢?这里的"又"字点明他们长期经受着离别的煎熬。这位思妇隔着小窗,看到梨花凋零,春事阑珊,而远人未归,只好用酒来化解这相思之愁。这最后一句言简而余味无穷。

【原曲】黄莺乱啼门外柳,细雨清明后。能消几日春,又是相思瘦。梨花小窗人病酒。

纶巾紫髯风满把,老向辕门下。霜明宝剑花,尘暗银鞍帕。江边草青闲战马。

【注释】张可久〔双调·清江引〕《老王将军》。

【解析】全曲写一位久经沙场的老将军最后闲置无用了。大意为:在辕门下立着一位老将军,他戴着纶巾,紫色的胡须风一吹满满一束。他的宝剑已生锈,马鞍上也积满了灰尘。在江畔绿油油的青草上,他的战马在那里悠闲地啃吃青草。作者塑造的无用武之地的老将军,也许是为了寄托自己怀才不遇的感慨吧!

【原曲】纶巾紫髯风满把,老向辕门下。霜明宝剑花,尘暗银鞍帕。江边草青闲战马。

一城秋雨豆花凉。闲倚平山望。

【注释】张可久〔越调·小桃红〕《寄鉴湖诸友》。

【解析】这两句生动凝炼地刻画出秋天的凄凉萧瑟。作者登上平山堂,倚栏远望,只见秋雨、古城以及点缀在荒原中的一些豆花。此情此景,不由让人感到格外凄清冷落。一个"凉"字是对秋的描述,也是作者主观的感受,一语双关。

【原曲】一城秋雨豆花凉。闲倚平山望。不似年时鉴湖上,锦云香,采莲人语荷花荡。西风雁行,清溪渔唱,吹恨入沧浪。

西风雁行,清溪渔唱,吹恨入沧浪。

【注释】张可久〔越调·小桃红〕《寄鉴湖诸友》。

【解析】第一句是写眼前景,又含有比兴。看到雁之南来北往,他也想随大雁飞回故乡。他对长年累月的漂泊流荡已经十分厌倦,当他听到清溪传来的渔歌，更强烈地产生了归隐田园的念头。因此让西风驱散他的悲恨，摆脱尘世，再回到大自然中去吧。此数句中，作者的孤独之感，归隐之思，一一于景中流出，如盐入水，浑化无迹。

【原曲】见“一城秋雨豆花凉”句。

嗈嗈落雁平沙，依依孤鹜残霞，隔水疏林几家。小舟如画，渔歌唱入芦花。

【注释】张可久〔越调·天净纱〕《江上》。嗈嗈(yōng yōng)：雁鸣声。

【解析】这首小令描绘了一幅深秋傍晚江上的美丽图景。大雁鸣叫着落在江边平坦的沙滩上，天边的残霞渐渐隐去，野鸭子依依不舍地离开了。江对面，疏林旁有几户人家，已是炊烟袅袅。在这种美丽景色中，江上现出一只小船，船上的渔夫唱着歌，渐渐消失在芦花丛中。作者创造了一个幽静美丽的境界，描写了一个恬淡自然、任情适意的渔翁，从中可看出作者对与世隔绝、悠然自得的生活的向往。

【原曲】嗈嗈落雁平沙，依依孤鹜残霞，隔水疏林几家。小舟如画，渔歌唱入芦花。

青苔古木萧萧，苍云秋水迢迢。红叶山斋小小。

【注释】张可久〔越调·天净沙〕《鲁卿庵中》。

【解析】这是对朋友鲁卿隐居之处的描述。首句的“青苔”“古木”，隐然喻示着主人隐逸岁月之长久，而萧萧古木之卓然挺立，又象征着主人的品格。这句写隐居环境的幽静，下句写友人居处的远景。青苍色的云，迢迢的秋水，这一景喻示隐者悠然、明净的心怀。第三句写在山中红叶的掩映之下，坐落着隐者小小的山房。这三句，是写山居，亦是写主人，也是对主人隐逸生活的赞美。

【原曲】青苔古木箫箫，苍云秋水迢迢。红叶山斋小小。有谁曾到？探梅人过溪桥。

红蕉隐隐窗纱，朱帘小小人家。

【注释】张可久〔越调·天净沙〕《湖上送别》。

【解析】这首小令写作者与一女子离别。韶光正浓，红蕉盛开，一片灿烂，从绿绿的窗纱上隐隐可见，朱帘下，有一户小小的人家。我们从“红蕉”“朱帘”“小小人家”似乎可看出主人应是一位女子，其灵秀娴雅，从环境布置也可想而知。

【原曲】红蕉隐隐窗纱，朱帘小小人家。绿柳匆匆去马。断桥西下，满湖烟雨愁花。

断桥西下，满湖烟雨愁花。

【注释】张可久〔越调·天净沙〕《湖上送别》。

【解析】作者在同一位女子离别时，取道西湖白堤，但见满湖烟雨空蒙，这种迷离之景，不仅使人发愁，连花亦含愁了。这含愁之花可指雨中之花，也可指“小小人家”中的女子，作者把雨中之花同如花女子泪光点点的面容相关联，便给我们创造了一种凄美的境界，语言也极为优美。

【原曲】见“红蕉隐隐窗纱”句。

休，来往愧沙鸥。

【注释】张可久〔越调·寨儿令〕《次韵怀古》。

【解析】这是作者的一首怀古之作。作者登上楼后，思绪纷飞，大发怀古之愁。他以“休，来往愧沙鸥”作结，表明他看破红尘，希望能做到超然洒脱。沙鸥在江上来来往往，没有像自己那样想得那么多，它是多么自由自在，多么闲适。面对这忘机的沙鸥，自己真觉得有点惭愧了。作者此语很有新意。

【原曲】写旧游，换新愁。玉箫寒酒醒江上楼，黄鹤矶头，白鹭汀州，烟水共悠悠。人何在七国春秋，浪淘尽千古风流。隋堤犹翠柳，汉土自鸿沟。休，来往愧沙鸥。

自休官清煞陶家，为调羹俗了梅花。

【注释】张可久〔越调·寨儿令〕《次韵》。

【解析】这两句写作者在看破浊尘的世态炎凉后，希望摆脱名利纷争，过自由自在的生活。看，曾经做过彭泽令的陶渊明辞官归去后，生活是多么清洁高雅。如果把梅花做成调味品，便俗不可耐了。这里的意思是，如果你是一个高雅之士，入了仕途，就俗了。这两句表明作者要从名利场脱身的意向，含蓄蕴藉，余味悠长。

【原曲】你见么？我愁他，青门几年不种瓜。世味嚼蜡，尘事抟沙，聚散树头鸦。自休官清煞陶家，为调羹俗了梅花。饮一杯金谷酒，分七碗玉川茶。嗏，不强如坐三日县官衙。

梅亭十二阑，茅屋两三间。看，一带好江山。

【注释】张可久〔越调·寨儿令〕《投闲即事》。

【解析】这几句作者写他终于摆脱官场，可以自由自在地生活了。如果有游兴，可以倚遍“梅亭十二阑”，可以赏梅赏雪；如果要安定下来，便可以建造两三间茅屋。这时，再看这一片江山，真是风光如画，美不胜收。这几句中隐隐透出如释重负、怡然自得之情。

【原曲】石斗滩，剑门关，上青天不如行路难。世事循环，春色阑珊，人老且投闲。文君古调休弹，疏翁樵唱新刊。梅亭十二阑，茅屋两三间。看，一带好江山。

远水晴天明落霞。古岸渔村横钓槎。翠帘沽酒家。画桥吹柳花。

【注释】张可久〔越调·凭阑人〕《湖上》。

【解析】作者为我们展现了四组和谐优美的画面：下有远水，上有晴天，落霞飘浮在空中，又倒映在水中。一个“明”字给天水相连的辽阔画面染上明丽的色彩。古岸上渔村里的渔民把钓槎横在岸边。在这个湖村中，有翠帘飘扬的酒家，也有小桥流水。桥边高柳围绕，柳花正扑面乱飞。这四组画面可分开看，但合起来，更是一幅多角度的“湖上”一览图，它依次从远到近，从大到小排列，层次丰富，错落有致。

【原曲】远水晴天明落霞。古岸渔村横钓槎。翠帘沽酒家。画桥吹柳花。

二客同游过虎溪，一径无尘穿翠微。寸心流水知，小窗明月归。

【注释】张可久〔越调·凭阑人〕《湖上》。

【解析】这曲小令也是描写隐逸的情趣的。虎溪，传说东晋名僧惠远居此附近的东林寺，送客素不过溪。一日与诗人陶潜、道士陆静修畅谈，不觉通过此溪，虎即骤鸣，三人大笑而别。这一句隐隐写出其主题在于隐居。他们沿着洁净的沙路，穿越轻淡青葱的山林，这里使人联想到他们进入了一个隔断红尘的仙境。最后两句写山寺夜宿的感觉。宿于山中，听得窗外泉流潺潺，看见窗间明月映照，此时的“寸心”正如同明月一样空明，胸中的尘思俗念也被流水冲洗得一干二净。这首小令写情似淡实浓，似浅实深，极为含蓄蕴藉。

【原曲】二客同游过虎溪，一径无尘穿翠微。寸心流水知，小窗明月归。

江水澄澄江月明，江上何人挡玉筝？隔江和泪听，满江长叹声。

【注释】张可久〔越调·凭阑人〕《江夜》。挡(chōu)。

【解析】这首小令感染力极强，流传极广。江水澄澈，月光明朗，上下互相辉映。这一片空明的境界中，是什么人在吹筝呢，吹得如此凄切悲凉。最后两句从听众的反应写江夜筝声的哀怨。一个“满”字道出其感染力之深。这首小令写得朴实明白，然而言浅意深，给人无限遐思。

【原曲】江水澄澄江月明，江上何人挡玉筝？隔江和泪听，满江长叹声。

长天落彩霞，远水涵秋镜。

【注释】张可久〔南吕·一枝花〕《湖上归》。

【解析】这首曲子被沈德符称为“一时绝唱”。这两句写傍晚西湖的自然景色。秋日晴空，天显得格外辽阔；秋色连天，水面显得格外深远；彩霞绚烂，水面又清明如镜。这是对西湖景色的概括，格调清幽淡远，自有动人之处。

【原曲】长天落彩霞，远水涵秋镜。花如人面红，山似佛头青。生色围屏，翠冷松云径，嫣然眉黛横。但携将旖旎浓香，何必赋横斜瘦影。

不顺俗，不妄图，清高风度。任年年落花飞絮。

【注释】任昱〔中吕·上小楼〕《隐居》。

【解析】这几句作者写自己的隐逸情怀。他直截了当地道出自己心中的想法。他不随俗，他不妄生功名利禄的非分之想，保持着自己清高的风度，一任花开花落，春去春来，作者总是淡泊而恬静地过着自己的隐居生活，不再为青春已逝、功业无成而感伤。当然，诗人胸中的抑郁不平之气并不能真正消除。

【原曲】荆棘满途，蓬莱闲住。诸葛茅庐，陶令松菊，张翰莼鲈。不顺俗，不妄图，清高风度。任年年落花飞絮。

名不虚传，三峡飞泉，万籁号天。

【注释】任昱〔双调·折桂令〕《咏西城吉诚甫》。

【解析】吉诚甫是一位来自西域的少数民族词曲家，他也是一位放情山水、不慕名利的人，所以与任昱一见如故。这三句是对吉诚甫艺术成就的赞扬。“三峡飞泉”出自杜甫“词源倒流三峡水，笔阵独扫千人军”，用来比拟吉诚甫才华横溢，文思敏捷，清词丽句层出不穷。后句则形容吉诚甫的词章清新流畅，富有自然情趣，堪称天籁。作者也不由感叹：真是名不虚传啊！

【原曲】毳袍宽两袖风烟，来自西州，游遍中原。锦句诗余，彩云花下，璧月樽前。今乐府知音状元，古词林饱记神仙。名不虚传，三峡飞泉，万籁号天。

江流今古愁，山雨兴亡泪。

【注释】任昱〔双调·钱江引〕《钱塘怀古》。

【解析】这两句作者以“我”观物，将人们屡见不鲜的大江奔流、山雨萧萧的自然现象人格化，来抒写自己的怀古之情。于是江流含愁，山雨凝泪。作者又用“今古”“兴亡”修饰“愁”和“泪”，别具特色地道出了自己心中的无限怅惘之情。是的，悠悠江水、蒙蒙细雨见惯了几多世事变幻、人生无常的悲剧，它们怎么能不潸然泪下呢？

【原曲】吴山越山天下水，总是凄凉意。江流今古愁，山雨兴亡泪。沙欧笑人闲未得。

梦回昼长帘半卷，门掩荼蘼院。蛛丝挂柳棉，燕嘴粘花片，啼莺一声春去远。

【注释】钱霖〔双调·清江引〕。

【解析】此曲抓住梦醒后的见闻和感受，描绘出一幅初夏花鸟人物的风俗画，表现出隐者闲适恬淡的生活和惜春爱春之情。全曲大意为：主人公闭门酣睡，一觉醒来，白昼还很长，他从半卷的朱帘望去，院里的荼蘼素雅地盛开着。群芳已谢，只有屋檐下的蛛网，挂住几片柳絮，忙碌的燕子衔起沾花的泥片去筑垒香巢。正在作者沉浸在这一片美景中，林荫中黄莺一声悦耳的鸣叫，告诉人们，春天已经远远归去了。这首小令通篇写景，不仅富有诗情画意，也隐含哲理机趣，堪称佳作。

【原曲】梦回昼长帘半卷，门掩荼蘼院。蛛丝挂柳棉，燕嘴粘花片，啼莺一声春去远。

酒一樽，琴三弄。唤起凌波仙人梦，倚阑干满面天风。

【注释】徐再思〔中吕·普天乐〕《垂虹夜月》。三弄：三支曲。凌波仙人梦：曹植《洛神赋》中说他曾于洛川边梦见洛水女神，凌波微步而来。

【解析】垂虹桥的月色是吴江著名的景致，诗人即兴而来，手把一樽美酒，抚弄三支曲子，清冷的月光带着他的思绪在宇宙空间中游荡，他仿佛看到了凌波仙子飘然闪现。待习习夜风掠颊而过，诗人又回到现实中，此时发现自己正倚着阑干赏月。本句表达了诗人强烈的意兴，凌波仙子这一典故也引起了读者美好的想象。写月色，能到如此不露痕迹的地步，足见徐再思的艺术造诣。

【原曲】玉华寒，冰壶冻。云间玉兔，水面苍龙。酒一樽，琴三弄。唤起凌波仙人梦，倚阑干满面天风。楼台远近，乾坤表里，江汉西东。

凝烟暮景，转晖老树，背影昏鸦。

【注释】徐再思〔中吕·普天乐〕《西山夕照》。转晖老树：指夕阳的光辉在老树间移动。背影昏鸦：老鸦背带着日影。王昌龄《长信秋词》："玉颜不及寒鸦色，犹带昭阳日影来。"

【解析】凝滞的烟云笼罩着暮霭中的西山，夕阳正在沉落；余晖在老树间缓缓地移动，日影在老鸦背上不停地晃动。诗人寥寥数笔就勾勒出一幅夕照的美丽画卷。本句落笔凝重，于壮美之外，让读者感到了些许凄凉，恰是"夕阳无限好，只是近黄昏"的真实写照。

【原曲】晚云收，夕阳挂，一川枫叶，两岸芦花。鸥鹭栖，牛羊下。万顷波光天图画，水晶宫冷浸红霞。凝烟暮景，转晖老树，背影昏鸦。

始为天下忧，后为天下羞。

【注释】徐再思〔越调·凭阑人〕《咏史》。

【解析】历史上的封建帝王，当他们即将取得政权之时，或初登帝位之时，为博得天下百姓对他们的信任，总是信誓旦旦地声称以天下为己任，为人民谋幸福；一旦坐稳江山，他们便忘记了以社稷为重的承诺，开始残酷地剥削镇压人民，维持自己荒淫无道的生活。徐再思以隋炀帝的事情为例，总结出了封建王朝兴亡的规律。本句用十个字，简洁恰当地对这一规律进行了概括。

【原曲】九殿春风鳷鹊楼，千里离宫龙凤舟。始为天下忧，后为天下羞。

三千尺侵云粪土，十万家泣血膏腴。

【注释】徐再思〔双调·折桂令〕《姑苏台》。三千尺侵云粪土：高大的宫殿化成粪土。侵云，指直插云霄的建筑物。十万家泣血膏腴：十万户人家的血泪换来了他们的富贵荣华。

【解析】封建统治者为了满足自己的虚荣心，往往大兴土木，建造豪华的享乐寓所。春秋时吴王夫差所建的姑苏台唤起了徐再思的历史兴亡之感。他借古讽今，说明高大奢华的建筑随着时间流逝终将化为粪土，而统治者的荣华富贵是无数百姓的血泪筑就而成，警告统治者荒淫无度的享乐生活不会长久。

【原曲】荒台谁唤姑苏？兵渡西兴，祸起东吴，切齿仇冤，捧心钩饵，尝胆权谋。三千尺侵云粪土，十万家泣血膏腴。日月居诸，台殿丘墟。何似灵岩，山色如初。

日月居诸，台殿丘墟。何似灵岩，山色如初。

【注释】徐再思〔双调·折桂令〕《姑苏台》。日月居诸，台殿丘墟：光阴流逝，宫苑亭台变成了废墟。《诗经·邶风·日月》："日居月储，照临下土。"灵岩：山名，在今江苏吴山县西，山上有灵岩寺。

【解析】此处以宫苑亭台与自然界的江山风物对比，进一步阐明建立在百姓"泣血膏腴"上的浮世奢化并不能长久。虽是厚重的历史题材，要表达深刻的讽喻含义，但徐再思却清新出之，以灵岩"山色如初"煞尾，保持了他的清丽风格。读罢，让人有余音绕梁，三日不绝于耳的感受。

【原曲】见"三千尺侵云粪土，十万家泣血膏腴"条。

平生不会相思，才会相思，便害相思。

【注释】徐再思〔双调〕《春情》。

【解析】一句话，十四个字三次提到"相思"，且绝无重复之感，只有大家才会有如此笔力。古来不乏相思之作，但多含蓄委婉，缠绵多折。徐再思打破常格，起笔便入“相思”之态，且直言因“相思”而苦，仿佛过于直露，但恰是另类风格，让读者感受到相思者感情之真切，言语之坦诚，丝毫没有造作之态。

【原曲】平生不会相思，才会相思，便害相思。身似浮云，心如飞絮，气若游丝。空一缕余香在此，盼千金游子何之。证候来时，正是何时？灯半昏时，月半明时。

身似浮云，心如飞絮，气若游丝。

【注释】徐再思〔双调〕《春情》。

【解析】相思是一种浅淡的愁，弥漫在空气中，飘渺无依，却也不肯悄然离去。徐再思准确地描述了被相思包围的感受：身体像天边的浮云般没有依托，心像飘飞的柳絮般随处停泊，气息如游丝般微弱不堪。这是相思之苦的具体表现，形象逼真，入微传神。

【原曲】见“平生不会相思，才会相思，便害相思”条。

水深水浅东西涧，云去云来远近山。秋风征棹钓鱼滩。

【注释】徐再思〔中吕·阴春曲〕《皇亭晚泊》。

【解析】本句以涧水的东西，山云的来去，衬托征人的飘泊。虽只字未提羁旅愁怀，却满纸缠绕恋恋不舍之情。秋风、征棹、钓鱼滩暗示征人远行的凄凉。结句诗人点出茅舍两三间，表达“在家贫亦好”的观点。

【原曲】水深水浅东西涧，云去云来远近山。秋风征棹钓鱼滩，烟树晚，茅舍两三间。

船系浔阳酒家，多情司马，青衫梦里琵琶。

【注释】徐再思〔越调·天净沙〕《秋江晚泊》。浔阳酒家：白居易《琵琶行》中“浔阳江头夜送客，枫叶荻花秋瑟瑟。”此语化用白居易的诗。

【解析】《琵琶行》是唐代诗人白居易的一首长篇叙事诗。诗中叙述诗人和一位琵琶女遭逢的情景，抒发了作者抑郁难伸的情怀。本句化用白居易的诗，却另有一番风味，诗人以白居易的诗所表达的情韵与自己想描绘的秋景相契合，于诗情画意之外引起读者的深层思考。

【原曲】斜阳万点昏鸦，西风两岸芦花，船系浔阳酒家，多情司马，青衫梦里琵琶。

芳草思南浦，行云梦楚阳，流水恨潇湘。

【注释】徐再思〔商调·梧叶儿〕《春思》。南浦：典故。语出屈原《九歌·河伯》：“子交手兮东行，送美人兮南浦。”或江淹《别赋》：“春草碧色，春水渌波，送君南浦，伤如之何！”楚阳：即楚阳台。宋玉《高唐赋序》中有“旦为朝云，暮为行雨，朝朝暮暮，阳台之下”的描述。潇湘：典故。传说尧曾将自己的两个女儿(娥皇、女英)嫁给舜。舜南巡，死于苍梧之野。二妃溺死于湘江，神游洞庭之渊，出入潇湘之浦。

【解析】古代文学作品中伤春之作占很大比例，元曲吸收了诗、词的长处，表现出自己的特色，因而读来仍有新意。本句连用三个典故，由离别的伤楚，写到回忆欢聚的情景，继而表达诗人漫无边际的离恨。这使本曲开头就带上了凄迷的色彩，定下了感伤的基调。语言精致典雅，足见作者匠心独运。

【原曲】芳草思南浦，行云梦楚阳，流水恨潇湘。花底春莺燕，钗头金凤凰，被面绣鸳鸯。是几等儿眠思梦想。

髻拥春云松玉钗，眉淡秋山羞镜台。

【注释】徐再思〔越调·凭阑人〕《春情》。髻：即云髻，古代女子挽得很高的一种发髻。秋山：亦作“春山”，指眉，有时还写作“眉山”。

【解析】古代诗词中描写女子美丽的容貌，总是从头发或眉毛写起，几乎成了惯例。曹植《洛神赋》有句：“云髻峨峨，修眉联娟。”温庭筠《菩萨蛮》也说：“小山重叠金明灭，乱云欲渡香腮雪。”元曲融汇诗词句意，进入一种新的境界。本句即生动传神地描写了闺中女子晨起妆残，羞对镜盏的娇羞袅娜之态。语简而意多，言浅而味厚，出自不凡之手。

【原曲】髻拥春云松玉钗，眉淡秋山羞镜台。海棠开未开，粉郎来未来？

避愁愁不离，问春春不知。

【注释】徐再思〔越调·凭阑人〕《春愁》。

【解析】春是一种自然现象，此处诗人却给春以人的思维。他忖度春不知他内心中的愁思，实际却表明此愁与春无关，只是因春景的撩拨，愁思才汩汩而出。《珊瑚网》载，徐再思曾与宋末元初的词人张炎有过唱和。张炎论令曲时说：“词之难于令曲，如诗之难于绝句，不过十数句，一字一句闲不得，末句最当留意，有余不尽之意始佳。”徐再思此结语就空灵、别致、耐人寻味。

【原曲】前日春从愁里得，今日春从愁里归。避愁愁不离，问春春不知。

紫霜毫是是非非，万古虚名，一梦初回。

【注释】徐再思〔双调·蟾宫曲〕《江淹寺》。紫霜毫：即笔。

【解析】元代蒙古靠武力入主中原后，一直重武轻文，文人的社会地位与宋、金两代相比，简直是一落千丈。徐再思虽才华横溢，但并不能凭才学登上高位。他借咏叹江淹的身世，道出一代文人的苦衷。本句即叙江淹作诗撰文，品评古今是非成败，不过博得个万古虚名。文章既然如此无用，诗人更感慨应弃文从武。此句借题发挥，平缓的语气中，隐寓着深沉的感慨。

【原曲】紫霜毫是是非非，万古虚名，一梦初回。失又何愁，得之何喜，闷也何为？落日外萧山翠微，小桥边古寺残碑。文藻珠玑，醉墨淋漓，何以班超，投却毛锥。

一声梧叶一声秋，一点芭蕉一点愁，三更归梦三更后。

【注释】徐再思〔双调·水仙子〕《夜雨》。一点芭蕉一点愁：指雨点滴在芭蕉上引起人的愁思。

【解析】想象是诗歌的生命力所在，中国文学史中一些自然景物自古以来便被赋予特殊的象征意义，如依依的杨柳象征离别的伤痛，南归的大雁勾起人思乡的情愫。此句的梧桐、芭蕉与秋、愁相连，造成一种孤寂惆怅的气氛。李清照《声声慢》中有类似的句子："梧桐更兼细雨，到黄昏，点点滴滴。这次第，怎一个愁字了得？"而李商隐的名句"芭蕉不展丁香结，同向春风各自愁"（《代赠》），更赋予芭蕉愁的含义。可见，本句吸取前人诗词精华，又自铸新曲，是不可多得的佳句。

【原曲】一声梧叶一声秋，一点芭蕉一点愁，三更归梦三更后。落灯花棋未收，叹新丰逆旅淹留。枕上十年事，江南二老忧，都到心头。

落灯花棋未收，叹新丰逆旅淹留。

【注释】徐再思〔双调·水仙子〕《夜雨》。新丰：今陕西临潼县东北。汉高祖得天下后，将父亲接到京中，但太上皇思乡心切，于是按丰县的街道格式改筑骊邑，并迁来丰民。所以称新丰，是触动乡愁的地方。逆旅：旅舍。《新唐书·马周传》载，马周不得意时，住在新丰的旅舍里，主人不理他，他要了一斗八升酒，独自喝起来。

【解析】诗人梦醒时分，看到一柱残灯与凌乱的棋局，于是联想到自己零落天涯，羁旅孤客的生活，接着他暗用马周新丰之事，表明内心备受冷落的情怀。从纷纷坠落的灯芯余烬和未收的残棋中，我们很容易就能感觉到诗人客中羁旅的百无聊赖。浅淡的一句闲语，却蕴含着深深的愁思，没有一点锤炼的痕迹，却见出作者深厚的功力。此句用典恰到好处，提高了整首散曲的品味，显得雅致而端庄。

【原曲】见"一声梧桐一声秋，一点芭蕉一点愁，三更归梦三更后"条。

岁寒心不肯为梁栋，翠蜿蜒俯仰相从。

【注释】徐再思〔双调·殿前欢〕《观音山眠松》。岁寒心：写松木凌霜耐寒的特性，比喻隐士冰清玉洁、威武不屈的节操。此典故出自《论语》："岁寒然后知松柏之后雕也。"翠蜿蜒：指曲折缠绕松树上的青翠藤蔓。《诗经·小雅·頍弁》："茑与女萝，施于松柏。"俯仰：形容翠藤绕松枝或上或下之状。我国习俗以藤萝缠树比喻夫妻的友好关系。

【解析】徐再思借观音山上隐卧的一棵饱经沧桑、以风月为伴的老松为喻，赞颂隐士超尘绝俗，不肯随波逐流的高尚情怀，表明自己避世隐居的思想。本句即叙他宁可长卧山中与妻子淡泊相守，也不愿折腰摧眉，去做报效人主的忠臣。比"右抱琴书，左携妻子，无半纸功名，躲万丈风波"（曾端《自序》套）的直言明说更含蓄有味，也更趋向于雅化。

【原曲】老苍龙，避乖高卧此山中。岁寒心不肯为梁栋，翠蜿蜒俯仰相从。秦皇旧日封，靖节何年种，丁固当时梦？半溪明月，一枕清风。

秦皇旧日封，靖节何年种，丁固当时梦？

【注释】徐再思〔双调·殿前欢〕《观音山眠松》。

【解析】本句用了三个与松有关的典故。《史记·秦始皇本纪》："二十八年，乃上泰山，立石封祠祀。下，风雨暴至，休于树下，因封其树为五大夫。"陶渊明，世号靖节先生，其《归去来兮辞》："三径就荒，松菊犹存。"丁固是三国吴人，《吴书》载："固为尚书时，曾梦松树生其腹上，对人说：'松字十八公也，后十八岁，吾其为公乎！'"后果然位至三公（大司徒）。诗人揣测老松的年代久远，经历不凡，用来表明他是纵观历史兴亡，饱经人世沧桑之后才悟出人生真谛，选择归隐之途的。

【原曲】见"岁寒心不肯为梁栋，翠蜿蜒俯仰相从"条。

是山中宰相家，教儿孙自种桑麻。

【注释】孙周卿〔双调·水仙子〕《山居自乐》。山中宰相：原指陶弘景。《南史·陶弘景传》说他隐居句曲山中，礼聘不出，武帝时国家每有大事，都到山中咨询，时人称为山中宰相。

【解析】孙周卿现存二十三首小令，有好几首写他隐居山中怡然自乐的生活。本首前三句写他在青山下的几间茅屋中欣赏西风中的秋菊，落日中的枫林，耳边有晚鸦的叫声，眼前有亮丽的色彩。本句借用"山中宰相"的典故，表现他自得其乐的隐逸之情。古代写隐逸生活的诗篇极多，陶渊明"采菊东篱下，悠然见南山"便是最见真意的作品。而孙周卿此首小令语言清新，自得之意淡淡出之，读罢深觉别有一番风味。

【原曲】西风篱菊灿秋花，落日枫林噪晚鸦，数椽茅屋青山下。是山中宰相家，教儿孙自种桑麻。亲眷至煨香芋，宾朋来煮嫩茶，富贵休夸。

十年窗下万言书。欲赋生来惊人语，必须苦下死工夫。

【注释】顾德润〔南吕·骂玉郎过感皇恩采茶歌〕《述怀》。

【解析】顾德润是一位“隐吏”，他“谑浪笑傲睨世而不废啸歌”。他的这种性格在这首曲中得到淋漓尽致的表现。中国古代知识分子大多蹉跎一生，只有少数能“十年窗下无人问，一举成名天下闻”。此处作者自叙他耗费十年心血，起草呈给皇帝的万言长策，但却“明珠暗投”不受赏识。他自嘲功夫没有下到，实际却是牢骚愤激之辞。这是元代失意士子对社会贤愚颠倒、美丑不分的不合理现象的沉痛控诉。

【原曲】蛛丝满甑尘生釜，浩然气尚吞吴。并州每恨无亲故。三匝乌，千里驹，中原鹿。走遍长途，反下乔木。若立朝班，乘骢马，驾高车。常怀卞玉，敢引辛裾。羞归去，休进取，任揶揄。暗投珠，叹无鱼。十年窗下万言书。欲赋生来惊人语，必须苦下死功夫。

笑把霜枫叶拣，写罢衷情兴懒。

【注释】顾德润〔越调·黄蔷薇带庆元贞〕《御水流红叶》。

【解析】唐代范摅《云溪友议》卷十记载：唐宣宗时，舍人卢渥偶从御沟中拾到一片题有一首绝句的红叶，就把它藏在箱子里。后来宣宗放宫女外嫁，卢渥也得配一人，成婚后，其妻在箱中发现红叶惊讶不已，卢渥方知她就是那个在红叶上题诗的宫女。红叶诗云：“流水何太急，深宫尽日闲。殷勤谢红叶，好去到人间。”表现深宫女子对世间真情的渴望。后来“红叶题诗”就成了闺怨的代名词。此句化用了这个典故，写诗人随手拣起凌霜的枫叶，有所感悟，于是在叶上题诗，倾诉不得志的苦闷，写罢，又觉愿望难以实现，只把此当做一种自慰。

【原曲】步秋香径晚，怨翠阁衾寒。笑把霜枫叶拣，写罢衷情兴懒。几年月冷倚阑干，半生花落盼天颜，九重云锁隔巫山。休看！作等闲，好去到人间。

长门柳丝千万缕，总是伤心树。

【注释】曹德〔双调·清江引〕。长门：汉代冷宫之名，相传汉武帝时，陈皇后失宠，被送往长门宫。

【解析】我国古人在送别时，常折杨柳表示依依不舍之意，而且很早就创制了《折杨柳》一类送别的曲子。曹德把“长门柳”称为伤心树，说它听任行人折枝，燕子衔絮，表明了他对杨柳的同情。这暗合中国古代文学中以花木喻人事的传统，与当时的政治斗争有关，有很深的隐寓之意。

【原曲】长门柳丝千万缕，总是伤心树。行人折嫩条，燕子衔轻絮，都不由凤城春做主。

长安此时春梦热，多少豪杰，明朝镜中头似雪，乌帽难遮。

【注释】曹德〔失宫调·三棒鼓声频〕《题渊明醉归图》。春梦：比喻人事繁华如春夜的梦镜一样容易消逝。

【解析】曹德有感于当时的社会现实，对陶渊明的高风亮节表示赞赏。此句他嘲笑那些追名逐利的百官在做飞黄腾达美梦之时，竟不知人生短暂，荣华富贵若浮云般易逝，一切到头来都是一场空。这里暗用"一枕黄粱"的典故，与陶渊明诗酒人生的形象对比，劝世人远离污浊的官场。

【原曲】先生醉也，童子扶著。有诗便写，无酒重赊，山声野调欲唱些，俗事休说。问青天借得松间月，陪伴今夜。长安此时春梦热，多少豪杰，明朝镜中头似雪，乌帽难遮。星般大县儿难弃舍，晚入庐山社。比及眉未攒，腰曾折，迟了也，去官陶靖节。

树杈枒，藤缠挂；冲烟塞雁，接翅昏鸦；展江乡水墨图，列湖口潇湘画。

【注释】王仲元〔中吕·普天乐〕。

【解析】元散曲中常用由景及情的写法抒发羁旅愁怀。王仲元的这首小令在艺术上就有其独创性。他在写景时所采用的句法，由三言到四言，再到五言，均是对偶句，这显示出了作者观察景物的不同角度，同时给读者以不同层次的感受，于是景物描写变得立体而丰富。

【原曲】树杈枒，藤缠挂；冲烟塞雁，接翅昏鸦；展江乡水墨图，列湖口潇湘画。过浦穿溪沿江汉汉，问孤航夜泊谁家？无聊倦客，伤心逆旅，恨满天涯。

诗成神鬼愁，笔落龙蛇走，才展山川秀。

【注释】大食惟寅〔双调·燕引雏〕《奉寄小山前辈》。

【解析】大凡酬赠奉寄之作，佳篇多不易得。充填肤廓游词，固落下乘；若露媚俗之态，更是大忌。此句赞赏张可久的作品风貌和艺术效果，语言多与李白相关。李白《草书歌行》云："恍恍如闻鬼神惊，时时只见龙蛇走。"杜甫《寄李十二白二十韵》："笔落惊风雨，诗成泣鬼神。"可见把小山喻为曲中李白，从中也见出了大食惟寅深厚的汉文化功底。

【原曲】气横秋，心驰八表快神游。词林谁出先生右？独占鳌头。诗成鬼神愁，笔落龙蛇走，才展山川秀。声传南国，名播中州。

乾坤倦客，江海扁舟；床头金尽，壮志难酬。

【注释】亢文苑〔南吕·一枝花〕。

【解析】诗人描绘自己乘一叶扁舟在江海中飘流，身体劳累倦怠，食宿费用贻尽，而胸中所怀壮志却难以实现。这句话抒发了作者飘零异乡，壮志难酬，困厄不堪的满腔悲愤，从侧面反映了元代社会小人得志、贤才受制的黑暗状况。

【原曲】〔梁州〕尽是些喧晓日茅檐燕雀，故意困盐车千里骅骝，英雄肯落儿曹彀？乾坤倦客，江海扁舟；床头金尽，壮志难酬。任飘零身寄南州，恨黄尘敝尽貂裘。看别人苫眼铺眉，笑自己缄舌闭口，但则索向寒窗袖手藏头。如今，更有，那屠龙计策干生受。慢劳攘，慢奔走，顾我真成丧家狗，计拙如鸠。

大丈夫峥嵘恁时候，扶汤佐周，光前耀后，直教万古清名长不朽。

【注释】亢文苑〔南吕·一枝花〕。峥嵘：原形容山之险峻，这里比喻功名得志。扶汤佐周：用伊尹和吕尚的史实。伊尹原是奴隶，吕尚原是渔父，二人开始均不得志，后来都成为开国元勋。

【解析】元曲中叹世之作大都趋向消极遁世，而此句却充满积极乐观、穷且益坚的进取精神。诗人想象大丈夫得志的时候，可以像伊尹辅佐商汤、吕尚辅助周武王那样，做出安邦定国的功业，以使万古美名彪炳史册，永垂不朽。典故的运用，表明作者具有经时济世、建立功业的宏伟抱负。而积极进取的精神则给低迷的元代中下层文人集团注入新的活力。

【原曲】〔尾〕蛟龙须待春雷吼，鹏鹗腾风万里游；大丈夫峥嵘恁时候，扶汤佐周，光前耀后，直教万古清名长不朽。

梦虽虚，犹兀自暂时节相聚。

【注释】吕止庵〔仙吕·后庭花〕。

【解析】古诗词中通过梦境寄托思念之情，由来已久。《诗经·关雎》：“求之不得，寤寐思服。”汉乐府：“青青河畔草，绵绵思远道，远道不可思，宿昔梦见之。”本句则从另一个角度表达了这种情感。诗人知道梦境是虚幻的，但让他聊以自慰的是虚幻的梦境中有暂时聚首的时刻，那么虽无缘相见，梦中的情景也是弥足珍贵的。从中更见出相思之深，相望之切。

【原曲】西风黄叶疏，一年音信无。要见除非梦，梦回总是虚。梦虽虚，犹兀自暂时节相聚。近新来和梦无。

心事鱼缘木，前程羝触藩。

【注释】吕止庵〔仙吕·后庭花〕《怀古》。鱼缘木：《孟子·梁惠王上》：“以若所为求若所欲，犹缘木而求鱼也。”比喻南辕北辙，走错道路，愿望根本无法实现。羝触藩：《易·大壮·上六》：“羝羊触藩，不能退，不能遂。”公羊角挂在篱笆上，比喻进退两难。

【解析】古代文人，往往怀抱济世报国之志登上仕途，但官场的黑暗，让他们无比失望。吕止庵此句表现自己进不能实现济世救民的志向,退不能忘情国家世事的状态。这种两难境遇也是中国古代知识分子永恒的悲哀。

【原曲】功名览镜看,悲歌把剑弹。心事鱼缘木,前程羝触藩。世途艰,艰声长叹,满天星斗寒。

三春南国怜飘荡,一事东风没主张。

【注释】真氏〔仙吕·解三醒〕。三春:指春季三个月或三年,孟郊《游子吟》中有"谁言寸草心,报得三春晖"。南国:指故乡福州。东风:喻青春年华,李贺《南园》:"可怜日暮嫣香落,嫁与东风不用媒。"

【解析】本句叙官妓真氏思亲之愁和青春之恨。她感慨自己流落风尘多年,无法报答父母的养育之恩,而韶华易逝,青春难驻,自己却只能如落花随风飘零,一切任人摆布。风尘女子写风尘之事,生动逼真,血泪浸透纸背。此处作者不做艺术上的雕饰,只淡淡叙来,全凭本色真实触动读者的心弦,催人泪下。

【原曲】奴本是明珠擎掌,怎生的流落平康。对人前乔做作娇模样,背地里泪千行。三春南国怜飘荡,一事东风没主张。添悲怆,那里有珍珠十斛,来赎云娘!

月如牙,早庭前疏影印窗纱。

【注释】景元启〔双调·殿前欢〕《梅花》。

【解析】古代咏梅的作品很多,这首小令也以梅花为题,却别具一格。作者观察月下梅花在窗纱上落下的疏影,让人联想起林逋《山园小梅》中的描述:"疏影横斜水清浅,暗香浮动月黄昏。"它展示了作者虚静观照中物我两忘、浑然一体的审美体验。月色和梅影两个意象的组合提高了欣赏品味,显示出梅花超尘拔俗的摇曳风姿。这比之直接描绘梅花的实境艺术韵味更浓厚,达到物我合一、臻于极至的最大限度的和谐。

【原曲】月如牙,早庭前疏影印窗纱。逃禅老笔应难画,别样清佳。据胡床再看咱,山妻骂:"为甚情牵挂?"大都来梅花是我,我是梅花。

自将杨柳品题人,笑拈花枝比较春,输与海棠三四分。

【注释】查德卿〔仙吕·一半儿〕《春妆》。

【解析】古人形容女子的美丽,常用杨柳喻婀娜体态,用海棠喻秀美容颜。本句描绘一个闺中女子自信地与杨柳、海棠比美。"笑拈花枝"这个动作生动传神,刻画人物的心理入木三分。明代大画家唐寅读此曲受到启发,作画一幅,并另题七言古诗《题拈花微笑图》云:"昨夜海棠初着雨,数朵轻盈娇欲语。佳人晓起出兰房,将来对镜比红妆。问郎花好侬颜好?郎道不如花窈窕。佳人见语发娇嗔,不信死花胜活人。将花揉碎掷郎前,请郎今夜伴花眠。"其叙述直白,详尽,不及查德卿曲深藏不露。但一诗一曲各有千秋,在艺术上难分高下。

【原曲】自将杨柳品题人,笑拈花枝比较春,输与海棠三四分。再偷匀,一半儿胭脂一半儿粉。

淡月香风秋千下,倚阑干人比梨花。

【注释】查德卿〔中吕·普天乐〕《别情》。

【解析】这是一首写别情的小令。本句为读者勾勒出一幅淡雅的水墨画:朦胧的月光淡淡地笼罩着大地,有阵阵香风吹来,秋千架下,阑干边上一女子静静伫立,恰如枝头洁白的梨花。韦庄《浣溪沙》词中说:"暗想玉容何所似?一枝春雪冻梅花,满身香雾簇朝霞。"与查曲形成鲜明对比,前者轻描淡画,后者浓墨重彩,同样是表达思念之情,却有殊途同归之感。

【原曲】鹧鸪词,鸳鸯帕,青楼梦断,锦字书乏。后会绝,前盟罢。淡月香风秋千下,倚阑干人比梨花。如今那里?依栖何处?流落谁家?

物换星移,城是人非,今古一枰棋。

【注释】查德卿〔越调·柳营曲〕《金陵故址》。物换星移:喻世事变化。语出王勃《滕王阁诗》:"物换星移几度秋。"城是人非:语出《搜神后记》,丁令威学道化鹤归故乡辽东,徘徊空中言道:"城郭如旧人民非。"

【解析】诗人游金陵故址,发现唯余残碑断碣可供凭吊,于是产生人世沧桑之感。在他看来,斗转星移,景物变迁,不过如一盘棋局,反复变幻,终是空无。元曲中怀古诗词并不多见,主要是由于怀古的题材贵在含蓄蕴藉,抒发的感情多较凝重,而曲的风格比较清新明快,不适合表达这种深沉的感情。但本句曲辞凝炼厚重,从中可窥得元曲怀古题材作品的独特风貌。

【原曲】临故国,认残碑,伤心六朝如逝水。物换星移,城是人非,今古一枰棋。南柯梦一觉初回,北邙坟三尺荒堆。四围山护绕,几处树高低。谁,曾赋黍离离?

啼鸟关关,流水潺潺,乐似富春山。

【注释】查德卿〔越调·柳营曲〕《江上》。

【解析】东汉初年,严子陵不愿出来做官,曾隐居在两岸峰峦叠嶂、风光秀丽的富春江边钓鱼。而本句写渔翁乘一叶孤舟在江上漂流,岸边飞鸟唱和,船下流水低吟,这使他觉得自己像富春江边的严子陵享尽山水之乐。本句和谐的音韵,精巧的结构,令人回味不尽。

【原曲】烟艇闲,雨蓑干,渔翁醉醒江上晚。啼鸟关关,流水潺潺,乐似富春山。数声柔橹江湾,一钩香饵波寒。回头观兔魄,失意放渔竿。看,流下蓼花滩。

问从来谁是英雄?一个农夫,一个渔翁。

【注释】查德卿〔双调·蟾宫曲〕《怀古》。

【解析】怀古咏史,自汉魏以来,每代都有作品出现。诗人将冷峻的目光投向历史,同时带着对现实的深切体验。元曲作者困扰于贤愚不分的社会,他们的怀古作品反映出了这种特殊的心态。本句即写勋业彪炳史册的诸葛亮和吕尚。诸葛亮,早年避难荆州,躬耕陇亩,故称"农夫";吕尚,相传曾垂钓于渭水之滨,故称"渔翁"。这二人是作者心目中的英雄,作者以此表达与己相通的深层意蕴。

【原曲】问从来谁是英雄?一个农夫,一个渔翁。晦迹南阳,栖身东海,一举成功。八阵图名成卧龙,《六韬》书功在非熊。霸业成空,遗恨无穷。蜀道寒云,渭水秋风。

愁极处消除是酒,酒醒时依旧多愁。

【注释】查德卿〔双调·蟾宫曲〕《层楼有感》。

【解析】登高望远往往是为赋心中之愁,此首小令的作者亦不例外。从愁到酒再到愁的过程,刻画出了诗人灵魂由挣扎、无奈到绝望的痛苦经历。李白《登宣州谢朓楼校叔书云》中的"抽刀断水水更流,举杯消愁愁更愁"句与此句互为表里,有异曲同工之妙。

【原曲】倚西风百尺层楼,一道秦淮,九点齐州。塞雁南来,夕阳西下,江水东流。愁极处消除是酒,酒醒时依旧多愁。山岳糟丘,湖海杯瓯。醉了方休,醒后从头。

长江万里归帆,西风几度阳关,依旧红尘满眼。

【注释】吴西逸〔越调·天净沙〕《闲题》。

【解析】元散曲本以极尽刻画之能事为特色,但到了张可久,便走上雅化的道路,形成含蓄蕴藉的风格。吴西逸秉承这种风格,从古典诗词中汲取营养,并自铸新辞,终于达到凝炼清新的境界。本句中长江、归帆、西风、阳关、红尘均是开阔的意象,用以表达诗人无人理解的离愁。情与景高度统一,并化用王维《送元二使安西》诗中"劝君更尽一杯酒,西出阳关无故人"的句子和辛弃疾《水龙吟·登建康赏心亭》中的意境,了无雕琢之痕。

【原曲】长江万里归帆,西风几度阳关,依旧红尘满眼。夕阳新雁,此情时拍阑干。

楚云飞满长空,湘江不断流东。何事离多恨冗?

【注释】吴西逸〔越调·天净沙〕《闲题》。

【解析】荆楚之地,有种种传说、神话,本句描绘的楚天飞云、湘江奔流就让人联想起湘妃的哀怨、屈子的幽愤,以及众多墨客骚人传颂不衰的故事。这其中蕴含着一种悲愁的情怀,它深深植根于民族文化积淀的丰润土壤之中。作者选取这样的意象加以描绘,无非是为了引出"离多恨冗",而以云飞、水流状离愁别恨,恰表明千古诗心相通。

【原曲】楚云飞满长空,湘江不断流东。何事离多恨冗?夕阳低送,小楼数点残鸿。

白雁乱飞秋似雪,清露生凉夜。

【注释】吴西逸〔双调·清江引〕《秋居》。

【解析】每年如约而至的秋季,景色并没有什么不同。而到了诗人笔下,它却呈现出千姿百态。宋玉悲叹:"悲哉!秋之为气也。萧瑟兮草木摇落而变衰。"曹操感慨:"树木丛生,百草丰茂。秋风萧瑟,洪波涌起。"而马致远的"枯藤老树昏鸦,小桥流水人家,古道西风瘦马"亦描绘出枯淡凄凉的景致。本句独辟蹊径,以白色为主色调,勾勒出一幅淡雅宁静、远离人间烟尘的图画。诗人以白雁、雪、清露等意象点缀黯淡的秋色,给人奇特而美丽的感觉。

【原曲】白雁乱飞秋似雪,清露生凉夜。扫却石边云,醉踏松根月,星斗满天人睡也。

萦心事,惹恨词,更那堪动人秋思。画楼边几声新雁儿,不传书摆成个"愁"字。

【注释】吴西逸〔双调·寿阳曲〕《四时》。

【解析】《旧萝曲语》说:"词尚意内言外,曲竟是意外言外……词内旋而曲外旋;词收敛而曲解放;词之措词,比较上不免扭捏做作之处,若曲则适如时下新语所谓赤裸裸的是也。"(见任中敏《曲谐》卷二)这首小令恰是词与曲的结合体,前三句内敛,意蕴不外露,后两句外放,词意较豪辣。虽非元曲的当行本色之作,但却巧妙地使词曲结合,呈现出别样一种风貌。

【原曲】萦心事,惹恨词,更那堪动人秋思。画楼边几声新雁儿,不传书摆成个"愁"字。

春花闻杜鹃,秋月看归燕。人情薄似云,风景疾如箭。

【注释】吴西逸〔双调·雁儿落带过得胜令〕。

【解析】春残花谢,忽闻杜鹃"不如归去"的叫声入耳;秋寒月冷,静看燕子振翅南归的情景。作者深感人情淡薄,世态炎凉,却只能任眼前风景春去秋来不断变化,为名利奔波而蹉跎岁月,见到春花秋月怎能不为思乡愀然动容。此句看似平淡自然,实匠心独运,读罢"不如归去"之声不绝于耳。

【原曲】春花闻杜鹃,秋月看归燕。人情薄似云,风景疾如箭。留下买花钱,趱入种桑园。茅苫三间厦,秧肥数顷田。床边,放一册冷淡渊明传;窗前,钞几联清新杜甫篇。

风送梅花过小桥,飘飘。

【注释】赵显宏〔黄钟·昼夜乐〕《冬》。

【解析】古诗多以景物描写起兴,引起下文所咏之情,如《诗经·关雎》:"关关雎鸠,在河之州。"此首小令以本句起兴,描绘的是风吹梅花飘过小桥的情景。著一"送"字,一"过"字,梅花在风中的神韵悠然现出;"飘飘"进一步强调花瓣的摇曳风姿。写冬,以梅花起兴,恰切主题,是一首很有特色的小令。

【原曲】风送梅花过小桥,飘飘。飘飘地乱舞琼瑶,水面上流将去了。觑绝时落英无消耗,似才郎水远山遥。怎不焦。今日明朝,今日明朝,又不见他来到。

只着你冻的个孟浩然挣挣痴痴,只着你逼的个林和靖钦钦历历,只着你阻的个韩退之哭哭啼啼。

【注释】唐毅夫〔南吕·一枝花〕《怨雪》。

【解析】作者以"怨雪"为题,故举此三人为例。孟浩然是唐代诗人,终生布衣,据传他有雪中骑驴觅诗之事;林和靖即林逋,北宋诗人,酷爱雪中赏梅,有"梅妻鹤子"之称;韩退之指韩愈,唐宪宗朝,他曾因《谏迎佛骨表》之事被贬到潮州,途中作《左迁至蓝关示侄孙湘》云:"云横秦岭家何在,雪拥蓝关马不前。"他们都因雪遭困厄,正合作者控诉雪的罪孽之意。此句连用几个叠词,生动地刻画出三位诗人在雪中发呆发抖的形象。

【原曲】〔梁州〕才苫上茅庵草舍,又钻入破壁疏篱,似扬花滚滚轻狂势。你几曾见贵公子锦裀绣褥?你多曾伴老渔翁箬笠蓑衣?为飘风胡作非为,怕腾云相趁相随。只着你冻的个孟浩然挣挣痴痴,只着你逼的个林和靖钦钦历历,只着你阻的个韩退之哭哭啼啼。更长,漏迟,被窝中无半点阳和气。恼人眠,搅人睡。你那冷燥皮肤似铁石,着我怎敢相偎?

乱纷纷世事不欲听,倒大来耳根清净。

【注释】李爱山〔双调·寿阳春〕《厌纷》。倒大来:极大的意思。

【解析】儒家诗教讲求温柔敦厚,怨而不怒。而词亦崇尚含而不露的风气。只有元曲大异其趣,以极度地夸张渲染和泼辣的语言为当行本色。本句即体现了元曲的这一特点,主题是“厌纷”,十七个字尽意尽言,直接切入题目,毫不含混。它痛快地唱出了人们心中的不满和愤慨,给人亲切自然、透彻明白之感。

【原曲】离京邑,出凤城。山林中隐名埋姓。乱纷纷世事不欲听,倒大来耳根清净。

醉与诗人意同,辞柯霜叶,飞来就我题红。

【注释】朱庭玉〔越调·天净沙〕《秋》。

【解析】“红叶题诗”是唐代流传很广的一个爱情故事。大意是唐代一个宫女在红叶上题诗寄情经御沟流出,为一士人所得,这片红叶就成为二人日后结为佳偶的因缘。本句诗人没有取其爱情的含义,而是以此作为引子,表达作者在自然中身与境化,物我同一的感受。他视霜叶为有灵之物,能理解诗人的心曲,自己欲作诗时,恰有红叶飞来,以助诗兴。

【原曲】庭前落尽梧桐,水边开彻芙蓉。解与诗人意同,辞柯霜叶,飞来就我题红。

五里短亭人上马,一声长叹泪沾衣。回首各东西。

【注释】朱庭玉〔大石调·青杏子〕《送别》。

【解析】从《诗经》起,我国古代文学作品中抒写别情的篇章便叠代相传,绵延不断,经唐诗、宋词而至元曲时代,有“于今为烈”之风。本首便是由六支曲子构成的别离之作。“五里短亭”语出庾信《哀江南赋》:“十里五里,长亭短亭。”本句豁然直露,将别后各奔东西的情景渲染纸上,这使离情变得更加真实,更能动人心弦。

【原曲】〔归塞北〕肠断处,取次作别离。五里短亭人上马,一声长叹泪沾衣。回首各东西。

烟草萋萋。霜叶飞飞。落闲阶不管狼籍。

【注释】朱庭玉〔双调·行香子〕《别恨》。

【解析】深秋季节,烟草萋萋,台阶上洒满了落叶,远看一片狼籍。诗人开头便把本曲的基调定在忧愁相思的深秋季节,于是下文滚滚的愁思如潮水涌来。这样的景物描写营造出一种孤寂悲愁的气氛,达到情景高度和谐的境界。

【原曲】烟草萋萋。霜叶飞飞。落闲阶不管狼籍。雁儿才过,燕子先归。盼佳音,无佳信,误佳期。

茶烟一缕轻轻扬，搅动兰膏四座香。烹煎妙手赛维扬。

【注释】李德载〔中吕·阳春曲〕《赠茶肆》。赛维扬：维扬，即扬州，唐诗有“天下三分明月夜，二分无赖是扬州”之誉。“赛维扬”是自诩老牌之意。兰膏：古时用泽兰炼成的油脂称为兰膏，用作点灯，有香气。有香气的油脂亦称兰膏。

【解析】李德载生性嗜茶，常品茗于茶肆，遂做十首有关茶的小令。本句写茶烟轻扬，给四座送来阵阵芬芳。

【原曲】茶烟一缕轻轻扬，搅动兰膏四座香。烹煎妙手赛维扬。非是谎，下马试来尝！

蒙山顶上春光早，扬子江心水味高。

【注释】李德载〔中吕·阳春曲〕《赠茶肆》。

【解析】我国的茶文化历史悠久，唐代开始盛行，经过宋代，到元代依然兴盛不衰。饮茶被视为雅事，文人多与之为伍，于是创作出了不少吟茶、咏茶之作。此处李德载介绍蒙顶茶，扬子江心水，专写茶、水品味之高。

【原曲】蒙山顶上春光早，扬子江心水味高。陶家学士更风骚。应笑倒，销金帐饮羊羔。

恨绵绵深宫怨女，情默默梦断羊车，冷清清长门寂寞长青芜。

【注释】程景初〔正宫·醉太平〕。怨女：古人常以“旷夫”与之对举连用，特指渴求爱情的女子。羊车：典故。据《晋书·胡贵嫔传》载：武帝司马炎好色，后宫广蓄妃嫔，致使自己也选择不定，常常随拉车之羊任意行止以定临幸之所。嫔妃因此多将竹叶插于门前，吸此羊来。长门：汉代宫名。汉武帝时，陈皇后失宠，幽居于此。

【解析】封建社会帝王贪图享乐，广选天下美女入宫，造成许多嫔妃虚掷青春年华，红颜坐等衰老的现象。历代文人对此深切关注，写下了《长信秋词》（王昌龄）、《上阳白发人》（白居易）、《连昌宫词》（元稹）等著名诗篇，本首小令亦以此作为主题，开头便用“恨”字领起全篇，接着连用两个典故，不着痕迹，便使遗恨溢满纸面。这恰是对金元时代，宫闱内幕的真实揭露。

【原曲】恨绵绵深宫怨女，情默默梦断羊车，冷清清长门寂寞长青芜。日迟迟春风院宇，泪漫漫介破琅玕玉。闷淹淹散心出户闲凝伫，昏惨惨晚烟妆点雪模糊，淅零零洒梨花暮雨。

常记的《曲江池》丽日晴，正对着春风《细柳营》；初相逢在《丽春园》遣兴，便和他《谒浆的崔护》留情。

【注释】孙季昌〔正宫·端正好〕《集杂剧名咏情》。

【解析】这两句话嵌入四个杂剧名：石君宝的《曲江池》写郑元和李亚仙的爱情故事，此处喻本曲主人公游春的地方；王廷秀和郑光祖都有《周亚夫细柳营》，这里喻春风和煦、杨柳婆娑的景致；庾天锡有《苏小卿丽春园》，王实甫有《诗酒丽春园》，此指与情郎初逢的地方；尚仲贤有《崔护谒浆》，这里暗含女主人公与男方一见钟情之意。语言并无新奇之处，内容也属男女情爱系列，但使事用典翻出花样，让人不再有雷同之感。

【原曲】〔滚绣球〕常记的《曲江池》丽日晴，正对着春风《细柳营》；初相逢在《丽春园》遣兴，便和他《谒浆的崔护》留情。曾和他在《万花堂》讲志诚，《锦香亭》设誓盟；谁承望下场头半星儿不应，央及杀《调风月》燕燕莺莺。则被这《西厢待月张君端》，送了这《花月东墙董秀英》，盼杀君卿。

付能的《潇湘夜雨》晴，早闪出《乌林皓月》明，正《孤雁汉宫秋》静，知他是甚情怀《月夜闻筝》？

【注释】孙季昌〔正宫·端正好〕《集杂剧名咏情》。付能：刚刚，方才。

【解析】这里显然引用了杨显之的《临江驿潇湘夜雨》，无名氏的《乌林皓月》和《红叶传情》，马致远的《破幽梦孤雁汉宫秋》，郑光祖的《崔怀宝月夜闻筝》等杂剧名称。主要描写深秋夜雨转晴，皓月当空，孤雁哀鸣打破了四周的宁静，有幽怨的筝声时远时近，却不知弹筝人愁苦为甚？

【原曲】〔滚绣球〕付能的《潇湘夜雨》晴，早闪出《乌林皓月》明，正《孤雁汉宫秋》静，知他是甚情怀《月夜闻筝》？那时节理残妆对《玉镜台》，推烧香到《拜月亭》；则被这《㑇梅香》紧将咱随定，不能够写相思《红叶题情》。指望似多情《双渐怜苏小》，到做了薄幸《王魁负桂英》，撇得我冷冷清清。

梵宫、晚钟。落日蝉声送。半规凉月半帘风，骚客情尤重。

【注释】李致远〔中吕·朝天子〕《秋夜吟》。梵宫：指佛寺，可能就是诗人寄宿之处。半规凉月：规，圆形，今指“月牙儿”。

【解析】本句描绘凄清秋夜的景致：佛寺晚钟响起，蝉鸣送走落日，月牙儿在习习凉风中升起。这样的景色激起人的愁绪，而作为骚人墨客的作者感触尤深。前半段景物描写层次分明，最后一句点睛之笔恰到好处。

【原曲】梵宫、晚钟。落日蝉声送。半规凉月半帘风，骚客情尤重。何处楼台，笛声悲动？二毛斑秋夜永。楚峰、几重？遮不断相思梦。

数杯添泪酒，几点送秋花，行人天一涯。

【注释】李致远〔中吕·红绣鞋〕《晚秋》。

【解析】本句意在抒发离别感伤的痛苦，借用混有泪水的酒，送别行人的秋花这类意象，表明行人即将沦落天涯，今后的日子大家各居一方，凄苦之情不言而喻，伤感之态跃然纸上。虽写的是传统题材，但因几杯泪酒、几点秋花的点缀显得新奇生动。

【原曲】梦断陈王罗袜，情伤学士琵琶。又见西风换年华。数杯添泪酒，几点送秋花，行人天一涯。

画楼中有人情正苦，杜鹃声莫啼归去。

【注释】李致远〔双调·落梅风〕。画楼：古代妇女居住的地方。杜鹃：即杜宇。据《本草》："杜宇，其鸣若曰：'不如归去。'"所以杜鹃俗称"催归"。

【解析】此句描绘画楼中的女子思念离人，盼望他早日归来。故不让杜鹃啼"归去"。这是一个小的细节描写，杜鹃的叫声触动了女子的心弦，打乱了她宁静的心情，于是对离人的思念，便随这叫声不断袭来。用语虽然含蓄，但表达的感情并没有减弱，反而更加强烈。

【原曲】斜阳外，春雨足，风吹皱一池寒玉。画楼中有人情正苦，杜鹃声莫啼归去。

洛阳花，梁园月，好花须买，皓月须赊。

【注释】张鸣善〔中吕·普天乐〕《咏世》。洛阳花：即洛阳的牡丹花。欧阳修《洛阳牡丹记》曾称洛阳牡丹为天下第一。梁园月：即于梁园所赏之月。梁园为西汉梁孝王营造，孝王喜欢宾朋满座，曾延请司马相如、枚乘等辞赋家居园中，因而梁园便成了文人才子歌咏艳美的地方。

【解析】花、月在古代诗词中是人间美好事物的象征，蕴含着对美好生活的追求。本句援引李白"清风朗月不用一钱买"（《襄阳歌》）句，却反其意用之，表明了一种及时行乐的人生态度。这四句景物描写，以议论的口吻出之，道出了作者对人生的看法和带有理性的思索，表达了他的人生态度。

【原曲】洛阳花，梁园月，好花须买，皓月须赊。花倚栏干看烂熳开，月曾把酒问团圆夜。月有盈亏花有开谢，想人生最苦离别。花谢了三春近也，月缺了中秋到也，人去了何日来也？

柳眉颦翡翠弯，香脸腻胭脂晕，款步香尘双鸳印，立东风一朵巫云。

【注释】张鸣善〔中吕·普天乐〕《遇美》。

【解析】本句以诙谐的语调描绘女子的美貌，代表张鸣善另类风格的作品。白居易《长恨歌》"芙蓉如面柳如眉"中用柳叶喻杨玉环的眉毛，《诗经》中又有"手如柔荑、肤如凝脂"的描写，此处均借来为己所用。末了作者还借用唐代李群玉诗"裙拖六幅湘江水，鬓耸巫山一段云"来形容远去朦胧的那种美感。

【原曲】海棠娇,梨花嫩,春妆成美脸,玉捻就精神。柳眉颦翡翠弯,香脸腻胭脂晕,款步香尘双鸳印,立东风一朵巫云。奄的转身,吸的便哂,森的销魂。

风萧萧梧叶中,雨点点芭蕉上。

【注释】张鸣善〔中吕·普天乐〕。

【解析】本首小令写一个风雨之夜,作者对风雨的独特感受,以曲折表达自己悲怆凄凉的愁怀。所选句描绘风在梧叶间辗转,飒飒声不断;雨在芭蕉上滴落,淅沥声不绝。梧桐、芭蕉、夜雨几个意象暗示了作者内心的惆怅,让人想起古来诗人风雨中共同的悲怆。本句手法独特,虽未写愁,却满纸皆愁,风雨作为一种媒介,把作者的愁怀毫无遗漏地传达给了读者。

【原曲】雨儿飘,风儿扬。风吹回好梦,雨滴损柔肠。风萧萧梧叶中,雨点点芭蕉上。风雨相留添悲怆,雨和风卷起凄凉。风雨儿怎当?雨风儿定当。风雨儿难当。

讲诗书,习功课。爷娘行孝顺,兄弟行谦和。为臣要尽忠,与朋友休言过。

【注释】张鸣善〔中吕·普天乐〕《嘲西席》。行:宋元俗语,这里、这边的意思。过:过错。诗书:儒家经典四书五经的代称。

【解析】西席,是家塾延聘的教书先生的代称。张鸣善《嘲西席》是从教育这个侧面揭露元代教育制度的僵化与腐朽。本句指先生按照儒家经典,教育学生伦理纲常等一套东西,如孝悌观念、忠恕观念。这种生硬灌输的教学方式显然扼杀了儿童活泼好动的天性。作者以幽默的话语使这一严重的社会问题变得轻松,但实际却加深了结局的悲剧意义。

【原曲】讲诗书,习功课。爷娘行孝顺,兄弟行谦和。为臣要尽忠,与朋友休言过。养性终朝端然坐,免教人笑俺风魔。先生道“学生琢磨”,学生道“先生絮聒”,馆东道“不识字由他”。

五眼鸡岐山鸣凤,两头蛇南阳卧龙,三脚猫渭水飞熊。

【注释】张鸣善《双调·水仙子·讥时》。五眼鸡、两头蛇、三脚猫:均为元代俗语,分别指好勇斗狠者、心肠毒辣者、成事不足败事有余者。岐山鸣凤:喻兴世贤才,如周公。《国语》说周朝将兴时有凤鸣于岐山。南阳卧龙:是徐庶对诸葛亮的称呼 。飞熊:指吕尚。《史记·齐太幺世家》载文王出猎占卜,辞曰:“所获非龙非螭,非虎非罴,所获霸王之辅。”遂在渭水边遇吕尚。

【解析】本曲题为《讥时》,张鸣善用豪辣的元曲本色语言讽刺揭露了元代上层社会鱼目混珠的现象。本句以辛辣的笔调、漫画式的手法,揭露那些欺世盗名,却被奉为英雄的人。特别是嵌入一组数字,使对仗变得工稳尖新。

【原曲】铺眉苫眼早三公，裸袖揎拳享万钟，胡言乱语成时用。大纲来都是烘。说英雄谁是英雄？五眼鸡岐山鸣凤，两头蛇南阳卧龙，三脚猫渭水飞熊。

黄柑万颗霜初透，绿蚁香浮。

【注释】李伯瞻〔双调·殿前欢〕《省悟》。绿蚁：本指新发醅的酒，上有浮渣，这里即指酒。

【解析】李伯瞻擅长书画，因而对色彩比较敏感。本句描绘洞庭秋景，作者的视点放在了枝头耀眼的黄柑上，以挂霜的柑橘来体现季节的变化，下面用绿蚁代酒，色彩与黄柑搭配和谐。这样的景致抒发了作者逍遥山水间独得的快乐情趣。

【原曲】驾扁舟，云帆百尺洞庭秋。黄柑万颗霜初透，绿蚁香浮。闲来饮数瓯，醉梦醒时候，月色明如昼。白蘋渡口，红蓼滩头。

雪晴天地一冰壶，竟往西湖探老逋，骑驴踏雪溪桥路。

【注释】杨朝英〔双调·水仙子〕。老逋：这里代指梅花，北宋时隐居西湖孤山的诗人林逋，淡泊功名，在孤山植梅养鹤，有“梅妻鹤子”之称。

【解析】唐代有不少诗人骑驴的美谈，如李白骑驴过华阴，孟浩然雪中骑驴，李贺骑驴觅句，孟郊骑驴苦吟，以至郑綮说“诗思在灞桥风雪中驴子背上”（孙光宪《北梦琐言》引），钱钟书先生也说驴子仿佛“变为诗人特有的坐骑”（《谈艺录》）。本句写作者在冰天雪地中踏雪寻梅，一方面表现了他的逸志雅兴，另一方面见出他高洁不俗的冰雪情怀。

【原曲】雪晴天地一冰壶，竟往西湖探老逋，骑驴踏雪溪桥路。笑王维作画图，拣梅花多处提壶。对酒看花笑，无钱当剑沽，醉倒在西湖！

杏花村里旧生涯，瘦竹疏梅处士家，深耕浅种收成罢 。

【注释】杨朝英〔双调·水仙子〕《自足》。处士：不做官的人，指隐士。

【解析】杏花村，让人想起杜牧“牧童遥指杏花村”的句子，暗示作者所过的是诗酒人生。瘦竹疏梅，表示作者生活的环境清幽宁静。深耕浅种，点出作者自食其力、躬耕自足。从这句话中我们可以看出诗人隐居田园，享受清新恬淡的隐逸之趣，他不为尘俗污染，不为利禄所动，诗酒自娱，怡然自得。

【原曲】杏花村里旧生涯，瘦竹疏梅处士家，深耕浅种收成罢。酒新篘，鱼旋打，有鸡豚竹笋藤花。客到家常饭，僧来谷雨茶，闲时节自炼丹砂。

短命的偏逢薄倖，老成的偏遇真成，无情的休想遇多情。

【注释】宋方壶〔中吕·红绣鞋〕《阅世》。短命的：民间对无德的人的詈辞。

【解析】《阅世》之作，元散曲中甚多，都是表达作者对社会的不满以及他们避世遁逃的处世哲学。本句另辟蹊径，着眼于人情道德方面，总结出人与人之间应互相尊重，有情有义。它指出短命的人碰到的一定是薄情者，老成的人赢得别人的真诚相待，无情的人也不会遇到多情的人。这种朴素的处世哲学带有深刻的哲理色彩，对世人有警示作用。

【原曲】短命的偏逢薄倖，老成的偏遇真成，无情的休想遇多情。懵懂的怜瞌睡，鹘伶的惜惺惺，若要轻别人还自轻。

雨潇潇一帘风劲，昏惨惨半点灯明，地炉无火拨残星。

【注释】宋方壶〔中吕·红绣鞋〕《客况》。地炉：挖地为坑的火炉，坑中熏火以取暖。

【解析】元曲中以"客况"为题的作品，多含游子思乡的命意。客况，即旅途中的境况。本首散曲描绘客居途中夜宿的感受。所选句勾勒出一幅惨然的图画：窗外雨声潇潇，狂风大作，只觉帘动，寒风便嗖然吹入。案头的灯盏因风时大时小而欲明欲灭，屋内光线昏昏惨惨；地炉中的火已烧尽，用火箸翻拨，只余残星数点。读罢，"冷"的感觉迅速袭来，作者旅途中的凄凉也了然于心，虽未明言游子思乡，但处处让人体会到思亲之情。

【原曲】雨潇潇一帘风劲，昏惨惨半点灯明，地炉无火拨残星。薄设设衾剩铁，孤另另枕如冰，我却是怎支吾今夜冷。

贫，气不改；达，志不改。

【注释】宋方壶〔中吕·山坡羊〕《道情》。

【解析】《孟子·滕文公》记载孟子与景春谈论"大丈夫"的问题。孟子指出："居天下之广居，立天下之正位，行天下之大道。得志与民由之，不得志独行其道。富贵不能淫，贫贱不能移，威武不能屈，此之谓大丈夫。"长期以来，正直的中国文人一直以此为终生追求的最高目标。元代，蒙古入侵中原，在异族的统治下，汉族文人被推到了接受考验的刑台上，是顺从以求富贵，还是刚直以守节气？宋方壶以此句做了斩钉截铁的回答："贫，气不改"是指"贫贱不能移"，"达，志不改"是指"富贵不能淫"。从中，我们看到了元代文人背负天下道义，踽踽独行、不肯改志的精神。

【原曲】青山相待，白云相爱，梦不到紫罗袍共黄金带。一茅斋，野花开。管甚谁家兴废谁成败，陋巷箪瓢亦乐哉！贫，气不改；达，志不改。

剔秃圞一轮天外月，拜了低低说：是必常团圆，休着些儿缺，愿天下有情底都似你者。

【注释】宋方壶〔双调·清江引〕《托咏》。剔秃圞：圆的形容词，“剔”是语助词，无义。“秃圞”是团字的分读，写成“团圞”或“团团”，意思相同。者：语尾助词，表示无庸置疑的肯定语气。

【解析】唐五代，冯延巳《长命女》词云：“再拜陈三愿：一愿郎君千岁；二愿妾身常健；三愿如同梁上燕，岁岁长相见。”金元以后的戏曲里，便经常出现拜月的情节。本曲也以拜月为情节，表达的是“愿天下有情的都成了眷属”（《西厢记》）的主题。全篇虽然短小，但并不单薄，虽然没有刻画主人公的形象，但却通过语言使之跃然纸上。这是保持元曲当行本色的一篇作品，语言力求通俗化，口语化，于直白之外增加了情感的博大内涵。

【原曲】剔秃圞一轮天外月，拜了低低说：是必常团圆，休着些儿缺，愿天下有情底都似你者。

一天蟾影映婆娑，万古谁将此镜磨？

【注释】宋方壶〔双调·水仙子〕《居庸关中秋对月》。蟾影：即月影。传说月中有蟾蜍，故借称月为蟾。婆娑：本指盘旋舞蹈的样子，这里作为名词用，指在月光下晃动的景物。

【解析】辛弃疾《太常引·建康中秋夜为吕叔潜赋》云：“一轮秋影转金波，飞镜又重磨。把酒问姮娥，被白发、欺人奈何？……斫去桂婆娑，人道是，清光更多。”同是写中秋月，宋方壶却没有落入前人俗套。景物是相同的，而作者生活的时代不同，因此感受也各异。本句宕开一笔，把人带入想象的境界，并提出一个千古以来人们一直在思考，却没有人能真正回答的问题。以镜喻月，询问镜为谁磨，语意出新，诱人进入对宇宙空间的无限思考。

【原曲】一天蟾影映婆娑，万古谁将此镜磨？年年到今宵不缺些儿个。广寒宫好快活，碧天遥难问姮娥。我独对清光坐，闲将白雪歌，月儿你团圆我却如何！

广寒宫好快活，碧天遥难问姮娥。

【注释】宋方壶〔双调·水仙子〕《居庸关中秋对月》。广寒宫：传说中月中仙宫的名称。姮娥：即嫦娥，传说中的月宫仙女。

【解析】本句写诗人羡慕广寒宫中的仙女们快乐的生活，于是他想青天如此遥远，我怎么才能去问问嫦娥。语调轻松愉快，妙趣横生，并有意回避所问内容，给读者留下了丰富的想象空间。体现元散曲“文而不文，俗而不俗”“极情尽致”等特点，是当行本色的作品。

【原曲】见“一天蟾影映婆娑，万古谁将此镜磨”条。

时人个个望高官，位至三公不若闲。

【注释】宋方壶〔双调·水仙子〕《叹世》。三公：朝廷最高军政长官，或最高荣誉职衔。历代所指不一，如周代称司马、司徒、司空为三公；汉代称丞相、太尉、御史大夫为三公。

【解析】中国古代知识分子，一生学习、科举不过是为了实现“学而优则仕”的人生目标。欧阳修《相州昼锦堂记》说：“仕宦而至将相，富贵而归故乡，此人情之所荣，而今昔之所同也。”此处宋方壶一语中的，道出“时人个个望高官”的现实。但随即他笔锋一转，又指出在他看来即使位及三公，也不如闲居野处。一句话中包含了时人与自己两种截然相反的观点，表明了作者的人生追求。

【原曲】时人个个望高官，位至三公不若闲。老妻顽子无忧患，一家儿得自安。破柴门对绿水青山。沽村酒三杯醉，理瑶琴数曲弹，都回避了胆战心寒。

沽村酒三杯醉，理瑶琴数曲弹，都回避了胆战心寒。

【注释】宋方壶〔双调·水仙子〕《叹世》。瑶琴：以美玉装饰的琴。

【解析】宋方壶写自己的隐居生活：兴致高时，沽酒买醉；酒逢酣时，弹琴自娱。虽极平常，但却很丰富，作者从中得到了无限的乐趣。结尾句阐明了隐居的深刻原因，是不必胆战心惊。从而使读者在欣赏作者隐居生活的乐趣时，也看到了官场的种种黑暗。前面用通俗流畅的语言描绘生活实景，后面又以耐人寻味的口气表达不满，这种巧妙的结合方式是本句的成功之处。

【原曲】见“时人个个望高官，位至三公不若闲”条。

瘦伶仃腿似蛛丝，薄支辣翅如苇煤，快棱憎嘴似钢锥。

【注释】宋方壶〔南吕·一枝花〕《蚊虫》。如苇煤：《雍熙乐府》作“似莩灰”。按《汉书》卷五十三的《景十三王传》：“今群臣非有葭莩之亲。”注：“晋灼曰：‘莩，葭里之白皮也。皆取喻于轻薄也。’师古曰：‘葭，芦也。莩者，其筩中白皮至薄者也。’”

【解析】先秦典籍中记载了有关蚊子之事。晋代有赋写蚊子，而唐宋不少诗人有诛伐蚊子的篇章。此处宋方壶以通俗的语言、诙谐的笔调咏蚊子，很有特色。本句针对蚊子“叮人”的特点，着力描绘了蚊子的形体特征。以蛛丝、苇煤、钢锥形容蚊子的瘦腿、薄翅、尖嘴，形象生动，幽默感人。

【原曲】〔梁州〕每日穿楼台兰堂画阁，透帘栊绣幕罗帏。帐嗡嗡乔声气，不禁拍抚，怎受禁持？厮呜厮咂，相抱相偎；损伤人玉体冰肌，殢人娇并枕同席。瘦伶仃腿似蛛丝，薄支辣翅如苇煤，快棱憎嘴似钢锥。透人，骨髓，满口儿认下胭脂记。想着痒懺懺那些滋味，有你后甚是何曾到眼底？到强如蝶使蜂媒。

不想瘦躯老人根前逞精细，且休说香罗袖里，桃花扇底——则怕露冷天寒恁时节悔。

【注释】宋方壶〔南吕·一枝花〕《蚊虫》。根：即“跟”。精细：聪明。

【解析】作者嘲笑蚊子，吃饱不动，暂且逍遥自在，而到了“露冷霜寒”的天气，就该后悔了。刘禹锡《聚蚊谣》中云：“清商一来秋日晓，羞尔微形饲丹鸟。”与本句互为表里。这里用的是拟人化的手法，对蚊子的心理做了描绘，俨然是咏物散曲中的上乘佳作。

【原曲】〔尾〕闲时节不离了花香柳影清阴里睡，闷时节则就日暖风和叶底下依。不想瘦躯老人根前逞精细，且休说香罗袖里，桃花扇底——则怕露冷天寒恁时节悔。

落日遥岑，淡烟远浦。萧寺疏钟，戍楼暮鼓。

【注释】宋方壶〔越调·斗鹌鹑〕《送别》。岑：小而高的山。浦：小河流入江海的入口处。萧寺：即佛寺。相传梁武帝萧衍造佛寺，命萧子云飞白大书曰：“萧寺”。后世即用之泛指佛寺。

【解析】本句写送别者的所见所闻：远处的小山沐浴在斜阳里，河的尽头笼罩着淡淡的烟痕。佛寺疏落的钟鸣，戍楼断续的鼓声一阵阵传入耳廓，这是分手的时节。傍晚的景致为别离涂上了淡淡的哀痕，奠定了整首曲子凄清哀婉的基调。

【原曲】落日遥岑，淡烟远浦。萧寺疏钟，戍楼暮鼓。一叶扁舟，数声去橹，那惨戚，那凄楚，恰待欢娱，顿成间阻。

羞花闭月，落雁沉鱼。踌躇，从今后谁寄萧娘一纸书?

【注释】宋方壶〔越调·斗鹌鹑〕《送别》。

【解析】唐人杨巨源《崔娘》诗云：“风流才子多春思，肠断萧娘一纸书。”这里借“萧娘一纸书”含蓄地表达了自己肝肠寸断的相思之情。女主人公虽有羞花闭月、落雁沉鱼的美貌，但没有人赏识，她在犹豫不定之际思忖，谁能为我达情?

【原曲】〔紫花儿〕瘦岩岩香消玉减，冷清清夜永更长，孤另另枕剩衾余。羞花闭月，落雁沉鱼。踌躇，从今后谁寄萧娘一纸书?无情无绪，水淹蓝桥，梦断华胥。

无情无绪，水淹蓝桥，梦断华胥。

【注释】宋方壶〔越调·斗鹌鹑〕《送别》。水淹蓝桥：指夫妻分离或情人不能相会。蓝桥，指代与情人相会的地方。华胥：寓言中的理想国。传说上古时

代，黄帝白天睡觉，梦见周游于华胥氏之国，那里没有官长，没有嗜欲，没有爱憎，没有利害，也没有夭亡。（《列子·黄帝》）

【解析】本句连用三个典故。“水淹”是说战国时鲁人尾生与女子约会于桥下，女子未来，河水上涨，尾生坚守信约，决不离去，抱桥柱而淹死（《庄子·盗跖》）。“蓝桥”是指裴航遇云英之事，而“华胥”是梦中的理想国。李渔曾称赞此处的用典“亦系耳根听熟之语，舌端调惯之文，虽出诗、书，实与街谈巷议无别者”（《闲情偶寄》）。从中我们可以看出作者深厚的文化功底和高超的语言表达技巧。

【原曲】见“羞花闭月，落雁沉鱼。踌躇，从今后谁寄萧娘一纸书”条。

秀出乾坤，功在诗书。

【注释】王举之〔双调·折桂令〕《赠胡存善》。此句赞美散曲家胡存善天资聪慧灵秀，得天地精华，是他勤奋学习，饱读诗书而得来的。

【解析】王举之不啬美辞赞赏胡存善的散曲秀美雅致，一个“出”字，把胡的散曲艺术推到了一个别于世人的地位，有横空出世、独秀天下之感。但转而又道：“功在诗书”。这两句写得可谓凝练而简约，表现出作者对胡的才华的肯定与饱读诗书的赞赏。

【原曲】问蛤蜊风致如何？秀出乾坤，功在诗书。云叶轻盈，灵华纤腻，人物清癯。采燕赵天然丽语，拾姚卢肘后明珠，绝妙功夫。家住西湖，名播东都。

采燕赵天然丽语，拾姚卢肘后明珠，绝妙功夫。

【注释】王举之〔双调·折桂令〕《赠胡存善》。采：采撷。拾：吸取。燕赵：今河北、山西一带。姚卢：即姚燧、卢挚，元初散曲名家。

【解析】这首散曲是王举之赠给胡存善的。当时，元曲名家大都在燕赵一带，散曲也是首先在这一带产生的。因此，王举之谕胡的散曲采撷了燕赵天然语言风格，又吸取了散曲名家的精华，从而达到了绝妙的艺术境地。在这三句中，可感受到作者不仅对胡的散曲艺术给予了极高的评价，而且还充满推崇和赞赏，同时告诫人们，崇尚自然，去掉浮雕。从中也可感悟到采撷吸取前人与自然之精华，就能达到很高的艺术境地。

【原曲】见“秀出乾坤，功在诗书”句。

骏马双翻碧玉蹄，青丝鞚、黄金羁，入秦楼将在垂杨下系。

【注释】柴野愚〔双调·河西六娘子〕。双翻：马快速跑时，前后蹄双双翻动。鞚（kòng）：有嚼口的控马络头。羁（jī）：马络头。秦楼：美女居处。

【解析】这首曲子是写了一个春风得意、风流倜傥的青年男子，骑着矫健漂亮的骏马,怀着兴奋的心情去会见美女的情景。从此曲中可感到这位英俊青年为了见到自己心爱的美女,骑在马上的急切与喜悦的心情,特别是马蹄"双翻"更勾勒出一幅生动、急切去入"秦楼"的画面。首句鲜明细致地表现了主人公"入秦楼"以前的心态和感情。"系马垂杨下"的画面愈发栩栩如生。此时可使读者展开思路,去充分想象秦楼相会的万般美妙情景。四句写得潇潇洒洒,真切动人,实为描写人物心态的上乘佳句。

【原曲】骏马双翻碧玉蹄,青丝鞚、黄金羁,入秦楼将在垂杨下系。花压帽檐低,风透绣罗衣,袅吟鞭、月下归。

黄河水流不尽心事,中条山隔不断相思。

【注释】贾固〔中吕·醉高歌过红绣鞋〕《寄金莺儿》。情意如东流不息的黄河水,高高的中条山隔不断如缕的思念。

【解析】《青楼集》记载,贾固在任山东肃政廉访司佥事时,与当地歌妓金莺儿情深意笃。此事被上司知道后,遭弹劾,贾因此罢官离去。由此句可见贾对金莺儿怀有深厚的感情,人虽已走远,但思念却永远不会中断。在当时社会,贾能对一个烟花女子如此情深意切,执着不渝,真为不可多得。两句对贾思念金莺儿的情感描写得如泣如诉,感人至深。

【原曲】乐心儿比目连技,肯意儿新婚燕尔。画船开抛闪的人独自,遥望关西店儿。黄河水流不尽心事,中条山隔不断相思。当记得夜深沉、人静悄、自来时。来时节三两句话,去时节一篇诗,记在人心窝儿里直到死。

长江万里白如练,淮山数点青如淀;江帆几片疾如箭,山泉千尺飞如电。

【注释】周德清〔正宫·塞鸿秋〕《浔阳即景》。练:即白绸。淀:深兰色染料。淮山:淮南的山。

【解析】这差不多是人人皆知、有口皆碑的名句了。这里写的"长江万里"是指长江流经江西九江的浔阳江段。作者是在傍晚登上浔阳江城楼即兴而作的。作者起笔宏伟壮观:长江万里如一条白色的绸带,淮南的座座远山青得似蓝淀一样美丽,江面上的轻舟白帆快如飞箭,巍峨的庐山,那飞流直下千尺的泉水飞若闪电。短短四句,句句如一幅幅山水风景画展现在读者眼前:远山、近水、白帆、飞瀑,千姿百态,动中有静,明暗相间,光、色、声和谐得体,此时,长江的山光水色,雄奇伟岸,更令人惊叹不已,耳目一新。

【原曲】长江万里白如练,淮山数点青如淀;江帆几片疾如箭,山泉千尺飞如电。晚云都变露,新月初学扇,塞鸿一字来如线。

月光,桂香,趁着风飘荡。砧声摧动一天霜,过雁声嘹亮。

【注释】周德清〔中吕·朝天子〕《秋夜客怀》。砧(zhēn)声:捣衣声。

【解析】这是一首抒发游客情怀的曲子。在这两句中,作者写得景物优美动人,凄寒清冷,表现了一个客游他乡人的孤独与寂寞。他选用月、桂、风霜、雁、砧六种物体作了稀疏的渲染,把秋夜的景象写得自然、冷艳、动人、逼真。如"月光,桂香,趁着风飘荡"。在秋夜清冷的月光下,桂子的香气在空气中飘荡。与初唐诗人宋之问的名句:"桂子月中落,天香云外飘"(《灵隐寺》)相比,本句也不乏清新悠远,自然恬淡。接着,"砧声催动一天霜,过雁声嘹亮"。"摧动"二字写得尤为独具匠心;"一天霜"则以清寒的景色表现了秋夜游客孤独凄凉的心态。"过雁声嘹亮",此时,加上雁声的衬托,更使人倍觉伤感凄楚,格外思乡。两句写得可谓风韵别致,凄婉醇美,让人回味不尽。

【原曲】月光,桂香,趁着风飘荡。砧声摧动一天霜,过雁声嘹亮。叫起离情,敲残客况,梦家山身异乡。夜凉,枕凉,不许离人强。

钱塘路,愁风怨雨,长是洒西湖。

【注释】周德清〔中吕·满庭芳〕《看岳王传》。钱塘路:钱塘一带。

【解析】这三句曲子是元人咏歌岳飞名篇中的句子。据说岳飞含冤死后,葬于今杭州西(元时为钱塘县)栖霞岭下,西子湖边。"愁风怨雨,长是洒西湖",是说苍天好象都在为岳飞屈死而哭泣,西湖连绵不断的风雨,似乎也表达了天愁人怨的伤感。本句表现了一种深广低沉的气氛与感伤。

【原曲】披文握武,建中兴庙宇,载青史图书。功成却被权臣妒,正落奸谋。闪杀人望旌节中原士夫,误杀人弃丘陵南渡銮舆。钱塘路,愁风怨雨,长是洒西湖。

透疏帘风摇杨柳阴,泻长空月转梧桐影,冷雕盘香销金兽火,咽铜龙漏滴玉壶冰。

【注释】班惟志〔南吕·一枝花〕《秋夜闻筝》。金兽:即金色的兽形香炉。玉壶:即玉制的漏壶,古代计时器。

【解析】透过纱帘看到外面风儿摇曳的杨柳树影,银色的月光泼洒在梧桐树上,斑斑驳驳,叶影婆娑。转而又回到室内,清冷的雕花盘中兽形香炉里香烟缭绕,滴漏的玉壶隐隐作响。作者以他人的视觉和感觉,细致入微地描写了秋夜的清冷与宁静。短短四句营造出一个空灵秀雅的秋夜景象,令人神清气爽。曲辞典雅秀丽,表达细腻有韵,达到了虚实相间、声情并茂的艺术境界。

【原曲】透疏帘风摇杨柳阴,泻长空月转梧桐影,冷雕盘香销金兽火,咽铜龙漏滴玉壶冰。何处银筝?声嘹呖云霄应,逐清风过短棂。耳才闻天上仙韶,身疑在人间胜境。

风流贫最好，村沙富难交。

【注释】钟嗣成〔正宫·醉太平〕。

【解析】元代初期最尖锐的社会问题是贫富悬殊。在文人中更有“九儒十丐”之说。作者也身有同感，为此，以写诙谐调笑散曲诉诸笔端，诙谐幽默地抒发自己的胸臆。这两句作者以一个乞儿口吻自夸才情：有才有艺的乞丐虽然贫穷，但却透露出一身的风流潇洒，并嘲笑那些有钱蠢材；庸俗的富豪权贵们却是难以结交的。作者以“风流贫”与“村沙富”对举，褒贬分明，爱憎跃然眼前。两句乍看似有调侃讥讽之意，实则是作者借这种玩世不恭的态度来对抗现实。作者笔下的“乞儿”也其实并非现实中真的乞儿，而是写作者以及和作者一样怀才不遇的文人。此曲不仅以乞儿自说，而且浓泼重彩加以描述，在一般人认为是俗而又俗，可正是因其一点，它才在元曲中成为别具一格的作品，从而在我国文学史上异彩夺目。

【原曲】风流贫最好，村沙富难交。拾灰泥补砌了旧砖窑，开一个教乞儿市学。裹一顶半新不旧乌纱帽，穿一领半长不短黄麻罩，系一条半联不断皂环绦，做一个穷风月训导。

当时事，仔细思，细思量不是当时。

【注释】钟嗣成〔双调·凌波仙〕《吊沈和甫》。

【解析】这首小令是作者哀悼亡友沈和甫的。沈当时被称为江南的关汉卿。他豪放不羁，才情横溢，是梨园一位有名的散曲家。短短一句悼语，没如散文历数故人往事，反复哀诉；不似诗歌借景言情，曲折致意。这里没有疾首哀号，也没“长歌当哭”，只是平淡朴实地表达了对亡友的思念之情。由于生死相隔，岁月消逝，前尘影事恍在眼前，又显得朦胧飘忽。此种追悼感受，写的自然真切，尤其是作者运用了往复颠倒的句式表达这种心理感受，淡而深情，令人怆然欲泪。

【原曲】五言常写和陶诗，一曲能传冠柳词，半生书法欺颜字。占风流独我师，是梨园南北分司。当时事，仔细思，细思量不是当时。

平生湖海少知音，几曲宫商大用心。百年光景还争甚？空赢得雪鬓侵。跨仙禽路绕云深。

【注释】钟嗣成〔双调·凌波仙〕《吊乔梦符》。宫商：即杂剧散曲。仙禽：即仙鹤。相传仙人多骑鹤。雪鬓：两鬓白发。

【解析】作者在此曲中写出了知己乔梦符一生飘泊不遇的遭遇。乔一生才华横溢，是流寓杭州的散曲大家，可终不为世用，即“少知音”，只是把其高才绝学用于撰写杂剧散曲上。可作者高度赞扬了乔寄情山川,不复涉足仕途宠辱的志趣。在此曲中,同时也暗示了作者自己的情趣志向,自己所走的同样的人生道路,以及他对现实的不满。

【原曲】平生湖海少知音,几曲宫商大用心。百年光景还争甚?空赢得雪鬓侵。跨仙禽路绕云深。欲挂坟前剑,重听膝上琴。漫携琴载酒相寻。

有钱的高贵,无钱的低微。哪里问风流子弟?

【注释】钟嗣成〔南吕·一枝花〕《自序丑斋》。只有有钱才被看重,即使是貌美风流的子弟,假如没有钱财,照样没人理睬你。

【解析】钟在本曲中运用了"反言若正"的表现手法,论述了当时社会的美丑观。作者认识到,以貌取人只是表面的,"有钱的高贵,无钱的低微"才是问题的症结。他抨击嘲讽了是非颠倒、黑白混淆的时世。在论"美丑观"中,作者可贵的含义在于:这种世俗的美丑观,才是真正的丑恶。这两句评论了世态高低,其曲词闪耀着批判现实主义的思想光彩。

【原曲】〔哭皇天〕饶你有拿雾艺冲天计,诛龙局段打凤机,近来论世态,世态有高低。有钱的高贵,无钱的低微。哪里问风流子弟?折末颜如灌口,貌赛神仙,洞宾出世,宋玉重生,设答了镘的,梦撒了寮丁。他睬你也不见得,枉自论黄数黑,谈是说非。

生待如何,死待如何?纸上清名,万古难磨。

【注释】周浩〔双调·折桂令〕《题〈录鬼簿〉》。纸上:即历史上。

【解析】周浩也是元代门第卑微、职位低下,但博艺多才之士。他在这几句散曲里,表现出蔑视豪门权贵、正统文人的可贵意识。他提出自己的人生价值观,即人生的价值体现在文学事业中。可以说,在之前还从未有人把文学事业提到超乎生死、跨越时空的高度。重视文学,这是中国典型的文人意识,但没有越出儒家的"立言""立德""立功"的范畴。周浩则不然。他赞美的是被正统文人,即名公才人瞧不起的具有真正艺术才能的作家、作品;蔑视那些空有其名、贪图功名仕途之辈,以及他们所作的无病呻吟文章。他弘扬的是具有反传统意义的人生价值观。曲辞可谓是元代散曲家反传统精神的赞歌。

【原曲】想贞元朝士无多,满目江山,日月如梭。上苑繁华,西湖富贵,总付高歌。麒麟冢衣冠坎坷,凤凰台人物蹉跎。生待如何,死待如何?纸上清名,万古难磨。

叹乌衣一旦非王谢,怕青山两岸分吴越,厌红尘万丈混龙蛇,老先生去也。

【注释】汪元亨〔正宫·醉太平〕《警世》。第一句引自刘禹锡《乌衣巷》:

"朱雀桥边野草花，乌衣巷口夕阳斜。旧时王谢堂前燕，飞入寻常百姓家。"句意是：人世沧桑，盛衰无常。吴越：春秋时期的吴国、越国。

【解析】归隐田园是元曲的一个普遍主题，但作者表现出的不是无奈苟活的"归隐"，而是愤激批判式的"归隐"。在这四句里，作者运用了三个画龙点睛般的句子："叹""怕""厌"三个字，从三方面表现了作者思想感情深层次的开掘。乌衣巷本贫民巷，可"旧时王谢堂前燕，飞入寻常百姓家"，人世沧桑，盛衰无常，令人感叹。美丽的吴越之地，自春秋以来因统治者追逐权利多次分裂。其间，人民遭受多少苦难，这嗜血争伐，岂不可怕？"怕"流露出作者对人民命运的关切之情。而红尘滚滚，龙蛇混杂，怎能不让人厌恶？尤其最后一句，没有表现出消极遁去，而是以傲世意味来调侃，庄寓之谐，所以显得别开生面。

【原曲】憎苍蝇竞血，恶黑蚁争穴，急流中勇退是豪杰，不因循苟且。叹乌衣一旦非王谢，怕青山两岸分吴越，厌红尘万丈混龙蛇，老先生去也。

叹世人用尽千般计，笑时人倚尽十分势，看高人着尽一枰棋。老先生见机。

【注释】汪元亨〔正宫·醉太平〕《警世》。高人：指机关算尽的高手。机：即事情变化的枢纽。

【解析】此句表现出作者不欣羡高官厚禄、肥马轻裘的富贵生活，亲眼看到社会上一些人百般求名逐利，倚仗权贵，欺贫仰富，机关算尽，真是可叹、可悲又可怜。尤其是"看高人"句，表面机关算尽，像似高手，实则是对他们自以为得计的嘲讽。这"高人"也实则是当局者迷。在慨叹种种迷途不返之辈后，作者认识了人世之"机"，于是决心隐名遁去，远离红尘。

【原曲】莫争高竞低，休说是谈非，此身不可羡轻肥，且埋名隐迹。叹世人用尽千般计，笑时人倚尽十分势，看高人着尽一枰棋。老先生见机。

荣华梦一场，功名纸半张，是非海波千丈。

【注释】汪元亨〔中吕·朝天子〕《归隐》。

【解析】从此句可看出，作者经过功名利禄的官场后，却觉如梦一样，荣华富贵不过是一场美梦而已，到头却空无一物。即使有功名的，也不过在历史上有半张纸记载而已，这又有什么意思呢？而且已经历过的人间是非却如惊涛骇浪的海洋一样风波千丈。作者认为自己的宦海经历是毫无意义的，留下的只是在人间风浪中颠簸的记忆。本句表现出作者一种愤世厌俗的情绪。语言质朴流畅，无雕饰感，同时也表现出元散曲后期的干练风格特色。

【原曲】荣华梦一场，功名纸半张，是非海波千丈。马蹄踏碎禁街霜，听几度头鸡唱。尘土衣冠，江湖心量，出皇家麟凤网。慕夷齐首阳，叹韩彭未央，早纳纸风魔状。

看青山，玩绿水，醉田家瓦盆；采黄花，摘红叶，戏庄上儿孙。

【注释】汪元亨〔双调·折桂令〕《归隐》。

【解析】这两句是写了归隐田园后的一种生活情景。作者极富感情地描写了田园生活的乐趣：有美丽的青山绿水任玩赏，有醇美醉人的村野佳酿自由品尝。孤独时采花摘叶，与村里的孩子们戏耍，享受天伦之乐。在此，作者特意用山水花草作点缀，给宁静闲逸的隐居生活增添了诗情画意。这使读者想起了马致远的“和露摘黄花，带霜烹紫蟹，煮酒烧红叶”（〔夜船〕《秋思》）的佳句。作者在此句中着意表达了一种赞美田园、讴歌自然的意境。

【原曲】叹天之未丧斯文，剑气丹光，酒魄诗魂。名利秋霜，荣华朝露，富贵浮云。看青山，玩绿水，醉田家瓦盆；采黄花，摘红叶，戏庄上儿孙。随分耕耘，过遣晨昏；竹几藤床，草舍柴门。

越王百计吞吴地，归去层台高起，只今亦是鹧鸪飞处。

【注释】杨维桢〔双调·夜行船〕《吊古》。越王：即勾践。吴地：即吴国。

【解析】当年越王勾践用尽计谋灭了吴国，曾荣耀一时；但岁月无情，作者把胜利的越王与失败者的吴王都一笔勾销。越王台如今虽一层层高高的立在那里，但却也是满目苍凉，一片废墟。煞尾一句，化用李白“宫女如花满春殿，只今惟有鹧鸪飞”诗意。作者采取虚实结合的写法，抒发了凭吊遗迹时的悲凉凄怆的心情。

【原曲】〔尾声〕越王百计吞吴地，归去层台高起，只今亦是鹧鸪飞处。

伤心莫问前朝事，重上越王台。

【注释】倪瓒〔黄钟·人月圆〕。越王台：即浙江绍兴原越王台。

【解析】这是追忆过去，怀念故国的抒情之句。作者登上越王台，引起了怀念故国的惆怅之情。作者是个汉族文人，他一直铭记失去的宋王朝，他本人也一生隐居未官。登上越王台，联想到越王勾践报仇雪辱，收复越地，自然而然激发起亡国的悲痛记忆和收复江山的愿望。所以对前朝的往事就不堪问，也不忍听了。这两句文简意深，其感情真切，不尽之意，难限纸墨。

【原曲】伤心莫问前朝事，重上越王台。鹧鸪啼处，东风草绿，残照花开。怅然孤啸，青山故国，乔木苍苔。当时明月，依依素影，何处飞来？

闲身空老，孤篷听雨，灯火江村。

【注释】倪瓒〔黄钟·人月圆〕。蓬：通“棚”，茅棚。

【解析】此句抒发了作者栖身僻乡时思念故乡的心情。作者在元末动乱年间，疏散财产，弃家浪迹太湖一带，一生可谓一身闲散，不能有所作为而坐待岁月消逝。此句是写他悲凉寂寞的处境。作者是一位有杰出成就的画家，他在此句中同样表现出了擅于组织画面的才能，无悲苦寂寞之类的字眼，而凄苦、寂怅之情溢于言表。“孤蓬听雨”，以画作言，描绘出作者此时内心的空虚寂寞而又无可奈何；“灯火江村”则是以荒寂的环境气氛来烘托这种心情。虽是写景，但景中含情，情溢画面，诗人生不逢时的怅恨之情跃然纸上，让人不禁感慨。

【原曲】惊回一枕当年梦，渔唱起南津。画屏云嶂，池塘春草，无限销魂。旧家应在，梧桐覆井，杨柳藏门。闲身空老，孤篷听雨，灯火江村。

一江秋水澹寒烟。水影明如练。眼庭离愁数行雁。

【注释】倪瓒〔越调·小桃红〕。澹(dàn)：即安静。

【解析】这三句体现了前人评论唐代诗人、画家王维有“诗中有画，画中有诗”的艺术风格。这是一个典型的写景句子：一江秋水似一条宁静的白练铺向远处，水面上淡淡的雾霭似带着微微的寒意，天空中数行南飞的大雁，又勾起了诗人不尽的离愁别绪。短短的三句，却勾勒出一幅清新淡雅的水墨图。如练的秋水静卧于空旷，寒烟缀染，南雁悲鸣，都显得墨韵淡然悠远。

【原曲】一江秋水澹寒烟。水影明如练。眼底离愁数行雁。雪晴天。绿苹红蓼参差见。吴歌荡桨，一声哀怨，惊起白鸥眠。

草茫茫秦汉陵阙，世代兴亡，却便似月影圆缺。

【注释】倪瓒〔双调·折桂令〕《拟张鸣善》。陵：即古代帝王的坟墓。阙(què)：墓室门前立的双柱。

【解析】这是一段述志寄怀的曲子。作者生活的元末，正是社会动荡不定，元王朝日益走向崩溃之时。面对此时局，倪报清贞绝俗的态度，力图书画，名噪当时。但他终不能与世隔开。此曲就是写他在这种生活夹缝中的感慨，这也反映了他的生活态度和思想品格。曲辞的意思是：岁月无情，秦汉帝王的陵墓又都深深埋在野草之下。其言外之意，具有雄才大略的秦汉帝王的丰功伟绩都已成为陈旧的历史，被埋盖在荒草下面，甚至被人遗忘，连秦汉都是这样，以后历代历朝变更，也就像月亮圆缺一样，风速变幻是平常的事了。这三句，时空跨度大，短短数字，道出作者的沧桑感慨，同时也折射出他清高孤傲的做人风格。这正是这位才节双全的艺术家受人崇敬之所在。

【原曲】草茫茫秦汉陵阙，世代兴亡，却便似月影圆缺。山人室堆案图书，当窗松桂，满地薇蕨。侯门深何须刺谒，白云间自可怡悦。到如今世事难说，天地间不见一个英雄，不见一个豪杰。

侯门深何须刺谒，白云间自可怡悦。

【注释】倪瓒〔双调·折桂令〕。侯门：即指达官贵人之家。刺谒（yè）：即指带着名刺（名片）之类去拜访大人物。怡悦：即愉快喜悦。

【解析】周老南《云林先生墓志铭》说，倪为人“清而不污”，“不以谄曲以事上官，足迹不涉贵人之门”，这正是此两句曲辞的最好解释。这两句是说：为何要拜见那些门庭深似海的达官显贵之家来为自己谋利呢？像白云一样自由自在的生活岂不更是怡然自得？这使人联想到李白的“安能摧眉折腰事权贵，使我不得开心颜”的佳句。互为对照，可谓风骨气节相同。从此句也可看出作者高洁的人生品味。

【原曲】见“草茫茫秦汉陵阙，世代兴亡，却便似月影圆缺”句。

春寒不管花枝瘦，无情水自流。

【注释】倪瓒〔双调·水仙子〕。

【解析】这是一首写离别情绪的曲辞。作者没有从正面落笔，初看像是写景，可细细品味，字字深含离愁情绪，因不堪幽怨而“花枝显得孤独瘦怯，无情水流又自流不顾。“春寒”“流水”都指无情别离之意。这种无情的别离，已不管闺楼的女子痛别而消瘦，如流水无情东去。流水，古代常指喻游子。两句含蓄深邃，正显示出作为画家的诗人“诗中有画，以画释意”的特色。离别是人生一大憾事，古人诗词多有表现，可此句却风致有别，耐人咀嚼。

【原曲】东风花外小红楼，南浦山横眉黛愁。春寒不管花枝瘦，无情水自流。檐间燕语娇柔，惊回幽梦，难寻旧游，落日帘钩。

吹箫声断更登楼，独自凭阑独自愁。斜阳绿惨红消瘦，长江天际流。

【注释】倪瓒〔双调·水仙子〕。凭阑：即靠着阑杆。她吹了一阵箫，不忍再听凄怨哀婉之声，就中断了箫声上楼去了。自己一个人靠着阑杆，独自思念故人。此时，她眼前见到的只是斜阳，照在树上和花草间。绿叶红花都变得惨淡消瘦，再远望，只见无边无际的长江在天的尽头流动。

【解析】这也是一首抒写离愁别绪的曲辞。作者描绘了一个送别了心上人后，郁闷不乐的女子的复杂心情和心理感受。特别是对这位女子从吹箫到断箫声，直到上楼倚阑忧伤的样子入微的描写，使人仿佛看到一幅优美却带几分感伤的动人画面。对别离心绪的描写，更是真切感人。在主人公的眼里，斜阳、绿树和红花就像她的心情一样，都失去了色彩，只有不尽的长江带着她的思念在天边流动。这两句相思别愁之情可谓写得凄楚哀婉，令人感动。这也是古人诗词曲共同的表现手法。

【原曲】吹箫声断更登楼，独自凭阑独自愁。斜阳绿惨红消瘦，长江天际流。百般娇千种温柔,金缕曲新声低按。碧油车名园共游,绛绡裙罗袜如钩。

十年一觉扬州梦,春水如空,雁波寒写去踪。离愁重,南浦行云送,冰弦玉柱,弹怨东风。

【注释】倪瓒〔双调·殿前欢〕。南浦(pǔ):南面水边。行云:此处指女子。冰弦玉柱:即指琴瑟一类弹拨乐器。

【解析】古代文人墨客不知写了多少离愁别绪,但作者的这首曲辞仍不乏风韵别致。首句借用了唐代杜牧"十年一觉扬州梦,赢得青楼薄幸名"(《遣怀》)的诗句,来表达主人公久居他乡、空费时光的慨叹。"春水如空"二句,是说在清澈而寒冷的春水上面,雁群投下倒影,好像在水面留下了它掠过的踪迹。南雁北归,也喻指主人公久在异乡心思归。"离愁重",是本曲辞重要的一笔。主人公虽思归心切,可要离别,却给他又平添新愁。"南浦行云送",是说在南浦有自己恋恋不舍的人来相送,而这不舍之人惟有通过弹奏琴瑟来抱怨无情的东风,从而婉转地表达了她那种"无可奈何花落去"的伤感之情。辞曲情愠意婉,含蓄贴切,耐人寻味。尤其是主人公久客异乡思归心切,可又惜恋不舍心爱的人的那种矛盾心理,使人倍觉真切感人。

【原曲】揾啼红,杏花消息雨声中。十年一觉扬州梦,春水如空,雁波寒写去踪。离愁重,南浦行云送,冰弦玉柱,弹怨东风。

实心儿辞却莺花阵。谁想香车不甚稳,柳花亭进退无门。

【注释】夏庭芝〔双调·水仙子〕《赠李奴婢》。莺花阵:即歌妓院。香车:送亲的香车。柳花亭:即好的门第,指好人家。

【解析】这首曲辞是写一名从艺女演员的命运的。李奴婢不甘沦落风尘,自己"实心儿"告别了艺妓生涯,决心从良。《青楼集》记载她嫁了一个官僚,想终生有靠。可没想到,在等级森严的封建社会,她的美梦不久就破灭了。朝廷规定,烟花女子只能嫁给同一阶层的乐人,若被买娶,只能做达官贵人的侧室,供他们玩乐。她被告到官府,下场自然落得个休还的结局。"柳花亭"进不去,回妓馆又不心甘,真是进退无门。从此曲中,可看出封建社会对民间艺人的摧残是何等严重!在此,作者对女艺人寄予了深深的同情,同时也控诉了社会对她的不公平。曲子语言自然流畅,朴实无华,具有民间语言的风格特色。

【原曲】丽春园先使棘针屯,烟月牌荒将烈焰焚。实心儿辞却莺花阵。谁想香车不甚稳,柳花亭进退无门。夫人是夫人分,奴婢是奴婢身,怎做夫人!

夜深深静悄,明朗朗月高,小书院无人到。书生今夜且休睡着,有句话低低道:半扇儿窗棂,不须轻敲,我来时将花树儿摇。你可便记着,便休要忘了,影儿

动咱来到。

【注释】刘庭信〔中吕·朝天子〕《赴约》。

【解析】这首小令是写一对青年男女约会的情景。看去，约会的主动者是女方，她把约会的具体细节：时间、地点、方式，一一仔细告诉了对方。如在朗月高照、夜深人静之时，在没人到的小书院里，轻轻"将花树儿摇"。从此曲中，可以看出这位女子对这次约会特别重视。封建社会男女约会大都是以敲窗棂作暗号，对约会方式的改变，也像是很不放心似的，所以她让书生"且休睡着"，并反复叮嘱"你可便记着""便休要忘了"。在此，可看到这位女子紧张而热烈的情景和心态，以及她对爱情的执着追求。这首曲子的景物也写得十分和谐静美，全曲虽无一句描写人物形象的句子，但却把这位女子喜悦急切的情景表现得活灵活现。从这些鲜活的语言中，读者还可看到这位女子慎重勇敢的个性。整首曲子写得通俗、朴实、自然、甜美，而且画面逼真动人，可谓形神具备。

【原曲】夜深深静悄，明朗朗月高，小书院无人到。书生今夜且休睡着，有句话低低道：半扇儿窗棂，不须轻敲，我来时将花树儿摇。你可便记着，便休要忘了，影儿动咱来到。

想人生最苦离别，三个字细细分开，凄凄凉凉无了无歇。别字儿半响痴呆，离字儿一时拆散，苦字儿两下里堆叠。

【注释】刘庭信〔双调·折桂令〕《忆别》。

【解析】离别是一个被历代文人写熟的主题，只有不断挖掘新的内涵，才能产生不同凡响的作品。这支曲子就写得特别有新意。作者一开始从"苦离别"三字大作文章，并逐字进行入木三分的释析。把"三个字细细分开"："别"，是人分两处；"离"，是舍家远去；"苦"，是由离别而产生的心理感受。于是，一提"别"字，夫妻俩就表现出失魂落魄的样子，经好一会儿痴呆后，回过神儿来，认识到一对好夫妻转眼就要天各一方，这种被"拆散"的痛苦，忽然袭上心头，可谓"苦"字"堆叠"。而走的越远，离别越久，这种离愁的"堆叠"也就越厚重。后三句则更是层层深入，将离情别苦表现得淋漓尽致。作品读后，使人有种词尽而情未绝之感。

【原曲】想人生最苦离别，三个字细细分开，凄凄凉凉无了无歇。别字儿半响痴呆，离字儿一时拆散，苦字儿两下里堆叠。他那里鞍儿马儿身子儿劣怯，我这里眉儿眼儿脸脑儿乜斜。侧着头叫一声"行者"，阁着泪说一句"听者"，得官时先报期程，丢丢抹抹远远的迎接。

想人生最苦离别，唱到阳关，休唱三叠。

【注释】刘庭信〔双调·折桂令〕《忆别》。阳关：即今甘肃敦煌县西南。

【解析】这同样也是写忆别的。曲子的一开头就一吟三叹:“想人生最苦离别”,诉说如缕不绝的离情。接连是“唱到阳关,休唱三叠”。在此,作者借用了唐代诗人王维《送元二使安西》的诗情画意,来使读者想起折柳送别的种种感受。王维这首诗传唱开后,人们送别不能不唱“劝君更饮一杯酒,西出阳关无故人”来作惜别之意。但是,又不敢反复吟唱阳关三叠,这会使人更加断肠。此句饱含浓浓的送别之情,格调显得伤感、缠绵。

【原曲】想人生最苦离别,唱到阳关,休唱三叠。急煎煎抹泪柔眵,意迟迟揉腮挽耳,呆答孩闭口藏舌。“情儿分儿你心里记者,病儿痛儿我身上添些,家儿活儿既是抛撇,书儿信儿是必休绝,花儿草儿打听的风声,车儿马儿我亲自来也!”

恨重叠,重叠恨,恨绵绵,恨满晚妆楼。

【注释】刘庭信〔双调·水仙子〕《相思》。恨有很多很多,恨长长,而恨也充满了闺楼。

【解析】短短几句,四个“恨”字,可见“恨”多,即“恨重叠,重叠恨”。作者在修辞上,采用了“回文”格。强调恨,渲染恨,恨积恨聚,恨重恨叠。恨本是无形的,是一种感情传神,可作者转无形为有形:“恨满晚妆楼”。从而把重叠的恨、绵绵的恨,具体化、形象化。而从“恨满晚妆楼”,我们看出有着这么多恨的主人公是一位女子。从一个“恨”字入手,作者把女主人公的近于痴迷的相思之苦得以充分的表现。

【原曲】恨重叠,重叠恨,恨绵绵,恨满晚妆楼。愁积聚,积聚愁,愁切切,愁斟碧玉瓯。懒梳妆,梳妆懒,懒设设,懒爇黄金兽。泪珠弹,弹珠泪,泪汪汪,汪汪不住流。病身躯,身躯病,病恹恹,病在我心头。花见我,我见花,花应憔瘦。月对咱,咱对月,月更害羞。与天说,说与天,天也还愁。

懒栽潘岳花,学种樊迟稼。心闲梦寝安,志满忧愁大。无福享荣华,有分受贫乏。

【注释】刘庭信〔双调·雁儿落过得胜令〕。潘岳花:晋代潘岳是河阳(今河南孟县西)令,命令全县遍种桃李花。人称“河阳一县花”(见《白贴》)。樊迟稼:樊迟是孔子的学生,曾向孔子请教种庄稼的事,被孔子骂为“小人”(见《论语·子路篇》)。

【解析】这是一首抒怀咏志的作品。作者写了自己懒于官场,乐于田园的生活。作者以两个历史人物为典故,表现了自己的情怀志向。第一、二句说自己懒的做官,却喜欢去学习种庄稼;三、四句说明了一种人生哲理:“心闲”会“梦寝安”,相反,“志满”会容易“愁”多。“无福”“有分”皆含有讥讽之意,暗蕴一种执拗的怒气，即自己没有福分去享受那些荣华富贵，只有享受清贫的归隐生活才是自己的意愿。此曲表达了作者鄙视官场、乐于清贫的志趣，同时也反映了作者的理想追求，即古人讲的："达则兼济天下，穷则独善其身。"本曲辞句式呈现了对称美，严整有序，平仄和谐，韵律铿锵。

【原曲】懒栽潘岳花，学种樊迟稼。心闲梦寝安，志满忧愁大。无福享荣华，有分受贫乏。燕度春秋社，蜂喧早晚衙。茶瓜，林下渔樵话。桑麻，山中宰相家。

丝丝杨柳风，点点梨花雨。雨随花瓣落，风趁柳条疏。

【注释】刘庭信〔南吕·一枝花〕《春日送别》。其句大意是：丝丝微风吹拂着杨柳，带雨的梨花随风飘落，柳枝趁风婆娑，无奈春去花自落。

【解析】这是两句写景抒情的曲子。作者寓情于景，描绘了一幅形象生动、色彩和谐的春景图，把春天特有的柔美、秀丽表现得惟妙惟肖，同时流露出一种淡淡的感伤。因此曲含有送别的意思（古人折柳送别），所以作者以梨花带雨，巧妙地写了送行者泪痕满面的形象。作者这种借春喻人的双关写法，为曲辞增添了一种朦胧的美感。这种表现手法，使情景交融达到了炉火纯青的境地。

【原曲】丝丝杨柳风，点点梨花雨。雨随花瓣落，风趁柳条疏。春事成虚，无奈春归去。春归何太速？试问东君：谁肯与莺花做主？

故人别我出阳关，无计锁雕鞍。

【注释】刘燕歌〔仙吕·太常引〕《饯齐参议回山东》。故人：点明与作者的关系，情深意久，非是朝夕。阳关：借王维"西出阳关无故人"之意，指离别距离的遥远。无计：即没办法。锁：即挽留之意。

【解析】此曲是写一位歌女与其情郎离别之情的。曲辞一开头点明行者与作者的关系：情深已久，非同一般。而今面临的是什么？要离别而去。"无计"，说明离别已成定局；"锁雕鞍"，则是自己的主观愿望，无法挽留，就是一首挽留歌了。作者用简洁的文字，把其凄绝之情跃然纸上。尤其在句中，作者用"出阳关"等典而不晦涩，把一风尘女子难能可贵的真情写的十分动人，让人读而难忘。

【原曲】故人别我出阳关，无计锁雕鞍。今古别离难，兀谁画蛾眉远山。一尊别酒，一声杜宇，寂寞又春残。明月小楼间，第一夜相思泪弹。

铜壶更漏残，红妆春梦阑，江上花无语，天涯人未还。

【注释】邵亨贞〔仙吕·后庭花〕《拟古》。铜壶更漏残：即黑夜快过去的时候。红妆：女子。阑：即醒来。

【解析】曲辞刻画了一位住在江边的女子思念丈夫或情人(曲未说明)的情景。其大意是:夜半时分,楼中熟睡的佳人从梦中醒来,从一眼望不到边的长江岸上,看到夜色中独自开放的花朵,默默无语。转而想到远在天涯的亲人。作者在此用“花无语”,道出主人公的心境。也就是说,此时她多么希望花儿能听懂她的话,理解她的心,但是花儿毕竟无语,只有空守孤独寂寞。由此可见她醒来后的一番心理活动和梦犹未尽、心绪不宁的情景。此外,还可揣测出她希望远在天边的心上人能快些回来的意愿:“天涯人未还”,她多么希望茫茫长江的尽头出现自己所爱的人的身影。作者用广阔的空间,衬托主人公寂寥的心情,读来痴情感人。

【原曲】铜壶更漏残,红妆春梦阑,江上花无语,天涯人未还。倚楼闲,明月千里,隔江何处山。

秋风江上棹孤航,烟水茫茫。白云西去雁南翔,推篷望,清思满沧浪。

【注释】汤式〔正宫·小梁州〕《九日渡江二首》。棹:即划船。篷:即用竹木、苇席等制成的遮蔽日光、风雨的设备。

【解析】在秋风瑟瑟的江面上,一叶孤舟荡浆飘游,无边的江水烟波浩渺。白云缓缓的向西飘去,北雁已向南方飞翔。推开篷窗向远处遥望,愁思似那青色江水的浪一样,起伏不平,连绵不尽。此曲写了一个漂泊游子羁旅无期、佳节思亲,又慨叹韶光如水流的感伤之情。作者通过情景相融的笔法,深刻地表达了游子飘零孤寂的内心世界和久客思乡的情感。其曲表现出景中有情,情中寓景,情景交融,互为铺垫衬托,虚实结合巧妙的特色,从而达到了很高的艺术境地。

【原曲】秋风江上棹孤航,烟水茫茫。白云西去雁南翔,推篷望,清思满沧浪。〔幺〕东篱载酒陶元亮,等闲间过了重阳。自感伤,何情况,黄花惆怅,空作去年香。

残花剩柳,摧垣废屋,新冢荒丘。海门天堑还依旧。

【注释】汤式〔中吕·满庭芳〕《京口感怀》。垣:即墙;摧垣:指毁坏的墙。冢:坟墓。海门:镇江以下江面开阔,古人称为海,其地被称为海门。堑:即阻断交通的沟。天堑,即指长江是军事上的天然屏障。

【解析】这是两句对历史感怀的曲辞。前三句在读者面前形象地展现了一幅经历了战乱的满目创伤与荒凉颓废的景象。作者以六种景象:残落的花草、凋疏的柳枝、毁坏的墙壁、废弃的屋子、新的坟墓和荒凉的土丘作背景,从而使笔触引起由自然到人事、由生者到死者的过度,表达出一种活着的敷衍了事或无奈,死了的已经长久结束的感慨。第四句,则流露出今昔对比的慨叹:波涛滚滚的万里长江，自古奔流不息，它是过去所有事物的见证，它又使人常常想起历史上的兴衰之事，更让人感到人世间有如此的沧桑巨变。作者以自然的恒久来对比人间事物的匆匆短促。而“天堑依旧”句，则是突出“怀古”而有感于世事变化。此曲在吊古感怀散曲中不愧意蕴别具。

【原曲】残花剩柳，摧垣废屋，新冢荒丘。海门天堑还依旧。滚滚东流，铁瓮城横刺着虎口，金山寺高镇着鳌头。斜阳候，吟登舵楼，灯火望扬州。

山空蒙湖潋滟随处写坡仙旧诗？水清浅月黄昏何人吊逋老荒祠？

【注释】汤式〔中吕·满庭芳〕《武林感旧》。随处：即何处。坡：指宋朝诗人苏轼。逋：即林逋。

【解析】前句隐括苏轼“水光潋滟晴方好，山色空蒙雨亦奇”诗意；后句隐括林逋“疏影横斜水清浅，暗香浮动月黄昏”诗意。两句意为当年的西湖波光潋滟水色朦胧秀美，而今荒寂萧然，一片破败。什么地方可写出像东坡那样美丽可赞的诗句呢？旧时的“梅妻鹤子”高雅风韵，孤山梅花的疏影横斜，为杭州增添了多少风光景致；而今寂无人影，荒草丛生，就连林逋祠堂也被杂草野藤淹没，哪还有人去吊他呢？两句曲子，把杭州美丽的建筑、湖光山色、文化名贤的昔盛今衰写得活灵活现。此曲全文是写屡遭兵荒创伤的杭州萧条之象，抒发作者忧患之怀的。

【原曲】钱唐故址，东吴霸业，南渡京师。其间四百八十寺，不似当时。山空蒙湖潋滟随处写坡仙旧诗？水清浅月黄昏何人吊逋老荒祠？伤情思，西湖若此，何似比西施？

落花天红雨纷纷，芳草地苍烟衮衮。杜鹃啼血清明近，单注着离人断魂。

【注释】汤式〔中吕·醉高歌带红绣鞋〕《客中题壁》。衮衮：即连续不断。单注：即专门关注。

【解析】这两句曲辞极有特色地描写了客游他乡之人的愁思与惆怅。清明时节正是春天最美的季节，可在作者眼里却是一派乱纷纷的景象：满天落花像红雨一样飘撒，绿绿的草地上苍烟不断。这可谓正是愁思百结的游子眼中的景况。在如此凄楚悲凉的心境下，好似关注伤心离人的，只有那悲苦鸣叫的杜鹃鸟。作者将愁客的情绪写的入微入细。这种一反过去赞美阳春美景的手法，显出其清新别致的韵味。

【原曲】落花天红雨纷纷，芳草地苍烟衮衮。杜鹃啼血清明近，单注着离人断魂。深巷静，凄凉成阵；小楼空，寂寞为邻。吟对青灯几黄昏？无家常在客，有酒不论文——更想甚“江东日暮云”！

路波踏,事交杂。秋光何处堪消暇！昨夜梦魂归到家。

【注释】汤式〔中吕·山坡羊〕《书怀示友人》。波踏:即苦难,磨折。堪:即能。暇:空闲。

【解析】原曲辞是作者写给友人的抒怀之作。前三句的意思是说,在充满艰难困苦的人生道路上,人与人之间的关系纷繁复杂。此时,虽然秋光美好,但是诗人的心情却很不平静,到哪里去打发这些空闲的时间呢？而“昨夜”句,又是紧接上句之意,写了作者无法摆脱愁情,却又厌恶虚伪、复杂的社会境况,就是硕果累累的满目秋光也不能消除他的闲暇,至此,想到的只有自己的家园了。从此句可看出客游之人的归心是何等的急切、痛苦,就连做梦都回到了家乡。从此不难看出作者对当时社会的厌憎情绪,并将思乡与讥讽时世相结合抒发自己的感情,以渲泄诗人的爱憎之情。

【原曲】羁怀萦挂,人情浇诈,相逢休说伤时话。路波踏,事交杂。秋光何处堪消暇？昨夜梦魂归到家。田,不种瓜,园,不灌花。

木犀风淅淅喷雕栊,兰麝香氤氲绕画屏,梧桐月淡淡悬青镜。

【注释】汤式〔双调·湘妃引〕《秋夕闺思》。木犀:即桂花。雕栊:即雕花的窗格子。兰:兰草、泽兰,此指香料。麝香:是用雄性麝腹部分泌物制的香料。氤氲:即香烟弥漫状。

【解析】三句曲辞的大意是,秋夜里,带着桂花香味的风淅淅作响,并从雕花的窗栊吹进来,那芬芳使人陶醉;兰麝的香烟如淡淡云雾袅袅上升,弥漫缭绕在画屏上面;窗外,夜空清澄碧透,如银的圆月轻轻地挂在梧桐树梢,犹如高悬的一面铜镜。曲辞可谓写的优美动人,似一幅宁静、俊秀、典雅的夏夜图,令人不禁赞叹其语言的婉约清丽和意境的醇美。正如《太和正音谱》所说:“汤舜民之词,如锦屏春风。”大概就是说这类文章吧。

【原曲】木犀风淅淅喷雕栊,兰麝香氤氲绕画屏,梧桐月淡淡悬青镜。漏初残人乍醒,恨多才何处飘零。填不满凄凉幽窖,捱不出凄惶梦境,打不开磊块愁城。

问西湖昔日如何？朝也笙歌,暮也笙歌。问西湖今日如何？朝也干戈,暮也干戈。

【注释】汤式〔双调·天香引〕《西湖感旧》。笙歌:即欢乐之意。干戈:即战乱。

【解析】这六句是对整个杭州兴衰的感叹。作者在曲中亦问亦答,“问西湖昔日如何？朝也笙歌,暮也笙歌。”过去的西湖是长年的歌舞升平,而如今呢？“朝也干戈,暮也干戈”,说明了今日的西湖是处在长年的战乱当中。作者通过大跨度的今昔对比,表现出深沉的喟叹,从而又委婉地表达了自己希望太平的心愿。此曲辞朴实意赅,似一曲哀伤之歌。

【原曲】问西湖昔日如何?朝也笙歌,暮也笙歌。问西湖今日如何?朝也干戈,暮也干戈。昔日也,二十里沽酒楼,春风绮罗;今日个,两三个打鱼船,落日沧波。光景蹉跎,人物消磨。昔日西湖,今日南柯。

富贵随落日西沉,繁华逐逝水东流。

【注释】汤式〔双调·天香引〕《忆维扬》。逐:即追逐。

【解析】这是汤式"忆维扬"小令中的两句。维扬指扬州。隋唐时代,扬州是当时最大的国际性经济都会。因为唐朝的赋税收入及财物都集中在扬州,再外运,加之交通便利,所以商贾云集。扬州的繁华盛况在唐诗里多有反映。由于战争,扬州在唐末开始衰落,并遭到严重破坏。这两句就是汤式写的扬州的盛衰情况。一切富贵都随着落日成为云烟,所有繁华也追逐着逝去的水流而沉没。在此,作者虽没有写明这种衰败的原因,但他在〔普天乐〕《维扬怀古》中写道:"一自年来烟尘闹,月明中声断鸾箫。"却说明了其中的原委。两句曲辞对仗工整,语言苍劲浑厚,格调低沉,哀婉暗含愠怒,表现出作者深厚的艺术底蕴。

【原曲】羡江都自古神州,天上人间,楚尾吴头。十万字画栋朱帘,百数曲红桥绿沼,三千里锦缆龙舟。柳招摇,花掩映,春风紫骝;玉玎珰,珠络索,夜月香兜。歌舞都休,光景难留。富贵随落日西沉,繁华逐逝水东流。

冷清清人在西厢,叫一声张郎,骂一声张郎 。乱纷纷花落东墙,问一会红娘,絮一会红娘。

【注释】汤式〔双调·蟾宫曲〕。西厢:即引《西厢记》里的西厢。意崔莺莺独居西厢,思念张君瑞,由呼喊到愤慨,转而絮絮叨叨问红娘,张君瑞为什么还不来?

【解析】此句借《西厢记》第四本第一折一段故事,写崔莺莺思念张君瑞,盘问红娘,渴望重温美好枕衾的复杂心情。它通过一唱三叹的句式,接近口语化地表现了主人公对铭心刻骨的意中人无限眷念,对美满幸福的爱情生活无比企求的心理,从而扣动了读者的心扉,达到动之以情的目的。整个曲句,没有雕琢,自然得体而又不失典雅。

【原曲】冷清清人在西厢,叫一声张郎,骂一声张郎。乱纷纷花落东墙,问一会红娘,絮一会红娘。枕儿余,衾儿剩,温一半绣床,闲一半绣床。月儿斜,风儿细,开一扇纱窗,掩一扇纱窗。荡悠悠梦绕高唐,萦一寸柔肠,断一寸柔肠。

故园一千里,孤帆数日程。倚篷窗自叹漂泊命。

【注释】汤式〔双调·庆东原〕《京口夜泊》。故园:即故乡。

【解析】曲辞是写了一个在旅途中的游子思念故乡的情愫,全句气氛凄清,色彩单调,所表达情绪也是失意惆怅。开句便写自己身在异乡为异客,说自己远离故乡,漂泊于旅途。在茫茫的江面上,只船漂游,心情怅然,难以入眠,倚篷窗眺望,可谓是"故园千里",使人想起同样一句曲辞:"忽闻鸟啼之声,又起思乡之念。"全句以景衬情,寓情于景,明言愁叹为命中注定,而一生会流离漂游。

【原曲】故园一千里,孤帆数日程。倚篷窗自叹漂泊命。城头鼓声,江心浪声,山顶钟声。一夜梦难成,三处愁相并。

能文章会谈论才高反被时人厌,守清贫乐清闲运拙频遭俗子嫌。

【注释】汤式〔南吕·一枝花〕《旅中自遣》。拙:不顺达之意。

【解析】此句写了当时社会的世态炎凉,也表达了作者嫉俗愤世的感情。其意思是说,有才学的人不被重用,贫穷低贱的人遭嫌恶。从此看出,当时官场及现实的黑暗,也可见当时知识分子的遭遇和心理状态。作为一位才情独具的作家,怀才不遇、情志难抒的悲苦境地不言自表。

【原曲】能文章会谈论才高反被时人厌,守清贫乐清闲运拙频遭俗子嫌。有一日际会风云得凭验。那时节威仪可瞻,经纶得兼,正笏垂绅远佞谄。

一个个手执白木植,身穿着紫搭背,白石头黄铜片去腰间系,一对脚似踏在黑瓮里。

【注释】杨讷《西游记》第二本,第六出。白木植:即白木棍。搭背:即褂子。白石头:玉石。黄铜片:金属嵌饰。

【解析】作者写的是一位家住城外的庄户人老张,请村里人给他演述《西游记》里唐僧去西天取经时,百官为他饯行的热闹场面。于是村姑就向他讲说了她看到的这一送行情景。老张问:官人每(们)怎么打扮送他?村姑答:那些官员们个个手里拿着的,只是些白木棍,身上都穿着些"搭背",腰间还系了白石头黄铜片,一对脚穿着的黑官靴,好像踏在黑坛子里。唐僧西行,对统治阶级来说是一个庄严热烈的盛典,参与的官员们人人华冠锦衣,仪态威严。可在百姓眼里却都变成平常的事了。把表示地位身份的腰间玉带,他们说成是"白石头黄铜片";把代表高官衔的袍子叫做"搭背";把上朝时穿的官靴称为"黑坛子"。这种以百姓的视觉、口吻去写朝廷的盛典,一方面很具有艺术表现力,即有一种语言陌生化的审美力;另一方面,对朝廷冠冕堂皇庄严热烈的盛典仪式是一种很大的嘲弄和讽刺。这时的盛典被老百姓说得滑稽可笑,一钱不值。由此看见参加盛典的人更是小丑般可笑,盛典之事更为荒唐了。从而作者对官场的厌恶不言自明。

【原曲】〔乔牌儿〕一个个手执白木植，身穿着紫搭背，白石头黄铜片去腰间系，一对脚似踏在黑瓮里。（张云）那是个皂靴。

官人每腰屈共头低，吃得醉醺醺脑门着地。咿咿呜呜吹竹管，扑扑通通打牛皮。见几个无知，叫一会闹一会。

【注释】杨讷《西游记》第二本，第六出。每：即们之意。

【解析】此曲也是写唐僧西行取经，朝廷官员为其送行的具体场面。在这个达官显贵、顶礼膜拜的庄严仪式上，作者也以一个百姓的视角，写了这场盛典的滑稽可笑。在作者看来，这些"大人物"一个个姿态端庄，煞有其事，"腰屈"，"头低"，"脑门着地"，只是像喝醉酒的人似的耷拉下头，一副丑态。并把送行仪式上的表演，说成是"吹竹管""打牛皮""咿咿呜呜""扑扑通通"，还见有许多人在那儿"叫一会闹一会"。由此可见，山呼万岁的封建统治是个什么样子，所谓的皇亲国戚每天在做着什么事。这正是作者的进步思想所在。

【原曲】〔新水令〕官人每腰屈共头低，吃得醉醺醺脑门着地。（张云）拜他哩。咿咿呜呜吹竹管，扑扑通通打牛皮。见几个无知，叫一会闹一会。

恣狂情，谁与砭。英雄尽你夸，富贵饶他占。则这黄垆畔有祸殃，玉缸边多危险。酒呵播名声天下嫌。

【注释】杨讷《西游记》第五本，第十八出。恣：即放纵。砭：古代治病用的石针。饶：即尽管之意。黄垆：黄公酒垆，此指饮酒场所。玉缸：即指酒。

【解析】这是杨讷《西游记》第五本，第十八出"迷路问仙"中的一段曲辞。作者写了贪酒的得失并讥讽贪杯的弊端。其意思是说，随意纵情，狂饮无度，应受到指责针砭。说大话，逞英雄，炫耀富贵，是要不得的。贪杯纵酒，酣饮无度是很危险的。所以说，酒是天下名声远扬的讨嫌之物。作者指出酒是祸患之根，危险之苗，并劝人们远离它。

【原曲】〔南吕·玉交枝〕贪杯无厌，每日价泛流霞潋滟；子云嘲谑防微渐，托鸱夷彩笔拈。季鹰好饮豪兴添，忆莼鲈只为葡萄酽，倒玉山恁般瑕玷。又不是周晏相䨓，糟腌着葛仙翁，曲埋那张孝廉。恣狂情，谁与砭。英雄尽你夸，富贵饶他占。则这黄垆畔有祸殃，玉缸边多危险。酒呵播名声天下嫌。

铁棒来抽身便躲，戒刀着怎地存活。

【注释】杨讷《西游记》第五本，第十九出。

【解析】此句是写铁扇公主与孙悟空那场争斗的。作者在这里没有把她作为一个传说中人人认为的那种可憎的妖魔去写，更多地是写了一个女中豪杰的气慨。而此剧中的英雄孙悟空只是一个有着粗俗习气的配角而已。面对孙悟空的满口秽言恶语与骂阵，她拒绝借扇。然后，与其展开了殊死的搏斗。面对强大的敌人，她机智勇敢，没有退却。孙悟空大使枪棒，她躲过一招又一招，眼看“戒刀”劈来，她没有硬拼，而是采取缓兵之计，最后在忍无可忍的情况下使用了铁扇。字里行间，作者交待了铁扇公主的思想活动及斗争中的机智勇敢。最后，形像地写了孙悟空战败的可笑：铁扇公主一扇扇去，他便如一片树叶，随风飘去。在这折戏里，作者成功地塑告了一个栩栩如生的女英雄形象。此二句，在后来描述争斗场面也有应用。

【原曲】〔道和〕这扇子柄长面阔，锁铁贯嵌金磨，骨把搵薄。妖气罩冷风多，云端顶上观见我。铁棒来抽身便躲，戒刀着怎地存活。我着戒刀折，铁棒损，力消磨。

淡饭粗衣，山中活计。落托清闲，到大幽微。

【注释】杨讷《马丹阳度脱刘行首》第四折。幽微：即澄彻虚静之意。

【解析】此句寥寥数笔，便勾勒出一幅道家向往的神仙般的生活图景。远离世俗，虽然粗茶淡饭，但逍遥自在。做着山里的活儿，“悠然见南山”。困了睡一觉，闲时与朋友“把酒话桑麻”，逍遥洒脱。在当时尔虞我诈、争权夺利的元代社会里，作者劝人幡然醒悟，不要自陷泥潭，去寻找宁静恬淡的生活，有着一种积极意义。该曲辞文字简洁，读来上口。

【原曲】〔锦上花〕淡饭粗衣，山中活计。落托清闲，到大幽微。采蕨寻芝，绕山转水，炼药烧丹，驱神捉鬼。

我事事村，他般般丑。丑则丑村则村意相投。

【注释】兰楚芳〔南吕·四块玉〕《风情》。村：即蠢之意。

【解析】主人公显然是一位姑娘。她一开始就讲，自己是个“事事村”的姑娘。而她的意中人，则是一个“般般丑”的男子。可是，他们情投意合，十分美满。表面上，看似蠢女配丑男，门当户对，而实质上，最宝贵的是两人的真诚相爱。第三句反复说“丑则丑村则村”，即说丑就丑蠢就蠢吧。从这儿可看出这位姑娘内心的纯洁和高尚。在她看来，笨丑并不要紧，最重要的是心灵的美好和默契。从曲中可感到这是一位倔犟、不受约束的姑娘。在当时社会，这种反传统的真挚爱情弘扬，可谓是对封建婚姻观念的一种挑战。本曲辞韵节婉转悠美，读来顺口，特别是“村”“丑”二字出现多次，使曲子往复回环，具有一叠三唱之感。

【原曲】我事事村，他般般丑。丑则丑村则村意相投。则为他丑心儿真，博得我村情儿厚。似这般丑眷属，村配偶，只除天上有。

意思儿真,心肠儿顺。只争个口角头不囫囵。

【注释】兰楚芳〔南吕·四块玉〕《风情》。只争:即只差。

【解析】这完全是用元代口语化写成的。“意思儿”“心肠儿”“不囫囵”都可看出当时的民间语俗。唐代诗人白居易就提倡用“妇孺皆知”的民间语言写作。由此看出确是有很强的生命力,就是今天读来也不感枯燥。这是写一个女子追求爱情的心理活动的。她喜欢一个男子,因为他是一个让她“意思儿真,心肠儿顺”的如意郎君。但她却不敢大胆地向男子表白自己的心意。在她的羞涩与怯懦上,让她更害怕的是来自社会上的压力。所以,她每次话到嘴边,又咽了回去。“只争个口角头不囫囵”,仅仅一句话,却真实地反映出这位女子矛盾、复杂的心理活动。

【原曲】意思儿真,心肠儿顺。只争个口角头不囫囵。怕人知,羞人说,嗔人问。不见后又嗔,得见后又忖,多敢死后肯。

刚见一百个儿童刁刁厥厥的耍,更那堪景物佳。一个将〔尧民哥〕乱唱的令儿差,一个是彫扑冬冬擂鼓无高下,一个支周知挣羌管吹难收煞。一个水盆里击着料瓜,一个拖床上拍着布瓦。一个一张枕舞得了千斤乍,一个学舞斗虾蟆。

【注释】王大学士〔仙吕·点绛唇〕。刚见:即只见。刁刁厥厥:即指顽皮活泼之意。枕:(xiān):铲土用的工具。虾蟆(má):即蛤蟆。

【解析】这是一支别有风味的描写一百个农村儿童玩耍情态的曲子。作者在此写了七个儿童活蹦乱跳,天不怕地不怕地在野外玩耍的样子,并用白描手法,对七个儿童进行了不同的描写:有的又唱又跳,有的噘起嘴胡吼瞎唱,有的把鼓敲得震天响,有的把羌管吹得尖利刺耳,有的还随手拿起东西当乐器乱敲乱打。在这热闹、喧嚣声中,有一个孩子在空中挥舞着木枕,另一个却活灵活现地学跳斗虾蟆舞。曲子展现了一幅情趣盎然的儿童嬉戏图,同时也是一幅乡村民俗画。读后令人感到的首先是有种浓郁的乡土气息。儿童们顽皮活泼的样子更是表现得生动形象,栩栩如生。此曲具有画面感强、形象丰富、声态并作的特点。其语言泼辣新鲜,戏谑风趣,并具一种动态的节奏感,读来不禁使人赞叹。

【原曲】〔油葫芦〕:刚见一百个儿童刁刁厥厥的耍,更那堪景物佳。一个将〔尧民哥〕乱唱的令儿差,一个是彫扑冬冬擂鼓无高下,一个支周知挣羌管吹难收煞。一个水盆里击着料瓜,一个拖床上拍着布瓦。一个一张枕舞得了千斤乍,一个学舞斗虾蟆。

漫漫杀气飞,滚滚征尘罩,恹恹红日惨,隐隐阵云高。

【注释】罗贯中《宋太祖龙虎风云会》第二折。恹恹(yān):此指惨淡之意。

【解析】这是写赵匡胤率军出征的情景的。作者一开始就浓重的渲染赵军出征气氛。空中弥漫着腾腾杀气,滚滚烟尘笼罩着千里征程,红日昏暗而惨淡,隐隐见军队浩浩荡荡阵势雄伟。从句中,读者好像看到了赵军的庞大气势,可谓未见其兵,先现其势,似万马千军在眼前。在此,作者虽是虚写,但却描绘出出征的宏伟气氛,为赵统军北伐造成一种势不可挡的气势,给后面事态的发展作了铺垫和预示。作者在句中巧妙地运用了一连串叠字排句,在韵律上显得抑扬顿挫,铿锵悦耳。其基调是昂扬向上的。

【原曲】〔南吕·一枝花〕漫漫杀气飞,滚滚征尘罩,恹恹红日惨,隐隐阵云高。军布满荒郊,我命将凭三略,行兵按六韬。右白虎左按青龙,后玄武前依朱雀。

一霎儿九重宫阙如银砌,半合儿万里乾坤似玉妆,粉填满封疆。

【注释】罗贯中《宋太祖龙虎风云会》第三折。宫阙(què):指帝王的住所。

【解析】此句写宋太祖夜寐不成,去找宰相商量军国大事途遇飞雪的情景。作者没有客观地描述其雪景,而是通过主人公宋太祖的视角去写雪。他从皇宫出来,看到皇宫笼罩在一片鹅毛大雪之中,满眼不是文人的“旷野萧疏,关山寂寞”;也不是行者的“路遇大雪,哽咽难言”。因主人公的不同,同样写雪,我们看到的是,重叠环建的宫阙,银装玉裹、银雕玉砌;整个天下,即“万里乾坤”似富丽堂皇的玉妆一般。从“银砌”“玉妆”“粉填”,寥寥几字,道出主人公身为皇帝的广阔胸襟和轩昂气宇。他身为开国皇帝,踌躇满志,胸怀大略。“粉填满封疆”,可不可以看做是他权利所达之至呢?

【原曲】〔滚绣球〕似纷蝶翅飞,如漫漫柳絮狂。剪冰花旋风儿飘荡,践琼瑶脚步儿匆忙。用白襕两袖遮,将乌纱小帽荡。猛回头把凤楼凝望,全不见碧琉璃瓦鸳鸯央。一霎儿九重宫阙如银砌,半合儿万里乾坤似玉妆,粉填满封疆。

猛见了心飘荡,魂灵儿飞在天,怎生来这搭儿遇着神仙?他那里眼送眉传,我这里腹热心煎,两下里都思惹情牵。

【注释】贾仲名《李素兰风月玉壶春》第一折。

【解析】这段曲辞是写扬州人李斌与妓女李素兰初遇时的感情经历。前三句写了李初见乍逢如此俏丽佳人时所激发起的感情体验:他的心像飘了起来,精神也恍恍惚惚,灵魂似出了窍似的游离身外,似有种遇上仙女般的感觉。后三句,则是写了两人通过眉目传情进行的心理上的感情交流。双方彼此急切、热烈地想靠近对方,但一时间却不能够去实现,所以惹得两边情牵意扯。从字里行间可看出,本曲从形式到语言,都近似《西厢记》中张生初遇崔莺莺时的情境。由此看来,李斌与李素兰的爱情可谓一见钟情,这在古代爱情史上堪称一段佳话。曲辞语言朴素自然,形象生动鲜明,读来使人朗朗上口。

【原曲】呀！猛见了心飘荡,魂灵儿飞在天,怎生来这搭儿遇着神仙?他那里眼送眉传,我这里腹热心煎,两下里都思惹情牵。他则管送春情不住相留恋,引的人意悬悬似热地蚰蜒。他生的身躯袅娜真堪羡,更哪堪眉弯新月,步蹙金莲!

夕阳古道,客旅人稀,老树槎枒。一林红叶,三径黄花。看了那,高低禾黍。纷纷桑共麻。俺则为功名牵挂。今日个背井离乡,几时得任满还家?

【注释】贾仲名《吕洞宾桃柳升仙梦》第三折。槎枒(cnāyā):即枝杈。

【解析】此曲写的是,桃柳二树托生的柳春与陶氏结为夫妻后,吕洞宾设梦让桃柳二人进入梦境。柳在梦中接到皇帝的诏令,到江西赴任。途中,夫妻二人历尽艰苦,未等上任就萌生早日还家的念头,发出羁旅思宦饱受辛劳的感慨。柳春唱道:走在洒满落日余辉的古道上,只见行人稀少,又见路旁的树生出许多枝杈。眼前一片树林红叶似火,还有几处黄花在开放。再极目远望,高低不平的田野上种满了各种庄稼。这些农夫们还能享受桑麻的乐趣,而自己却牵挂着功名利禄,远走他乡。想到这儿,不知什么时候才能任满还家。全曲表现出柳倍感羁旅之苦,又思士宦之事以及渴望早日还乡的复杂心理活动。曲辞注重文采,渲染浓重,工于对句,且抒情意味较重。如红、黄、叶、花给曲子增添了声色之美。

【原曲】〔紫花儿序北〕夕阳古道,客旅人稀,老树槎枒。一林红叶,三径黄花。看了那,高低禾黍,纷纷桑共麻,俺则为功名牵挂。今日个背井离乡,几时得任满还家?

叹急急年光似水,看纷纷世事如棋;回首时今来古往,伤心处物是人非。

【注释】王子一《刘晨阮肇误入桃源》。

【解析】本曲故事出自《太平广记》。说刘晨、阮肇入天台山采药,远不得返,遇二仙女留宿。半年后,怀归,乡邑零落,已十世矣。这段曲辞写的是,刘晨经过回家时的争吵后,看透了人间的世态炎凉,决心要去寻找人间净土,以度今生。作者以主人公的口吻感叹:年华似水一样匆匆消逝,看红尘世事如同一盘棋子;回首相看,古往今来多少事,让人伤心的是,原来的景物仍就依然,而人却不是以前的模样了。本曲表达了一种感伤岁月无情、人世苍凉的凄楚情绪。此段曲子,雅词与俗语相济,典故与俚语共用。如"物是人非",语出李清照《武陵春》:"物是人非事事休。"总之,四句协调有致,跌荡回转,读之流利顺口。

【原曲】叹急急年光似水,看纷纷世事如棋;回首时今来古往,伤心处物是人非。若不游嫦娥月窟，必定到王母瑶池。

西风一叶乌江渡，夕阳十里邯郸树。

【注释】无名氏〔正宫·叨叨令〕。

【解析】这里表达了一种叹世伤怀的情感。其中含有两个人们熟知的典故。一个是项羽乌江自刎的故事。曾经“力拔山兮气盖世”的西楚霸王，最终只落得兵败被围，自刎乌江的悲惨下场。如今的乌江古渡秋风凄冷，落叶满地。另一个是黄粱美梦的故事。热衷功名的卢生在邯郸旅店的酣睡中实现了他登科及第、出将入相的人生理想，何其志得意满，然而一觉醒来却烟消云散，惟有古木萧萧，夕阳斜照。功名的无常，人生的短暂，怎不令人思之肠断。

【原曲】黄尘万古长安路，折碑三尺邙山墓。西风一叶乌江渡，夕阳十里邯郸树。老了人也么哥，老了人也么哥，英雄尽是伤心处。

青山隔断红尘路，白云满地无寻处。

【注释】无名氏〔正宫·叨叨令〕。

【解析】那绵绵的青山似乎隔断了尘世之路，那缭绕的云雾使得周围的一切都变得缥缈神秘。此句描写的是远离尘嚣的深山密林中静谧幽雅的环境气氛，读后不觉令人心生归隐之意。

【原曲】溪边小径舟横渡，门前流水清如玉。青山隔断红尘路，白云满地无寻处。说与你寻不得也么哥，寻不得也么哥，却原来侬家鹦鹉洲边住。

爱他时似爱初生月，喜他时似喜看梅梢月，想他时道几首西江月，盼他时似盼辰钩月。

【注释】无名氏〔正宫·塞鸿秋〕。西江月：词牌名，这里泛指诗词。

【解析】爱恋他就好似爱恋那初生的月亮，纤尘不染；喜欢他就好似喜欢那梅梢上的月亮，欣喜无限；想念他时吟诵几首诗词，寄托相思；盼望他时凝望天边那一弯残月，孤寂凄凉。整个句子以“月”为韵脚，并以不同形态的“月”来表达不同的心情，贴切而引人深思。

【原曲】爱他时似爱初生月，喜他时似喜看梅梢月，想他时道几首西江月，盼他时似盼辰钩月。当初意儿别，今日相抛撇，要相逢似水底捞明月。

东边路西边路南边路，五里铺七里铺十里铺；行一步盼一步懒一步，霎时间天也暮日也暮云也暮。

【注释】无名氏〔正宫·塞鸿秋〕《山行警》。铺：宋代称邮递驿站为铺，元代沿用，其制更加严密，州县凡十里一铺。

【解析】这里描写的是离别时那种难分难舍，不忍离去的心情。句子开头写行程。一会儿向东走，一会儿向西走，一会儿向南走；刚刚过了五里铺，又走到七里铺、十里铺。当然这里所写的行程并非实指，而是以此说明前路茫茫，与思念的人愈别愈远。接下来写行路时的心情，因为不忍离别，所以不愿向前走，走一下回头看一看，不愿再走下一步。这样边走边望，不知不觉中已近黄昏，陡然间惊觉太阳就要落山了，云彩也渐渐黯淡下来，天就要黑了。作者很巧妙地点出主人公伤别情绪之浓烈，以至都无心关注时间的变化，并以黄昏这一最易唤起游子相思情绪的时间背景，进一步渲染伤感气氛。

【原曲】东边路西边路南边路，五里铺七里铺十里铺；行一步盼一步懒一步，霎时间天也暮日也暮云也暮。斜阳满地铺，回首生烟雾。兀的不山无数水无数情无数！

夺泥燕口，削铁针头。

【注释】无名氏〔正宫·醉太平〕《讥贪小利者》。

【解析】从燕子嘴中夺泥，从针尖上削铁。这里是以极度夸张的手法，讽刺那些孜孜以求、寸利必得的贪鄙小人。其讽刺极其辛辣，其设想又非常新颖。尤其句中两个动词"夺"与"削"使用得相当准确而形象，令人如见其状，如闻其声。

【原曲】夺泥燕口，削铁针头，刮金佛面细搜求：无中觅有。鹌鹑嗉里寻豌豆，鹭鸶腿上劈精肉，蚊子腹内刳脂油。亏老先生下手！

鹌鹑嗉里寻豌豆，鹭鸶腿上劈精肉，蚊子腹内刳脂油。

【注释】无名氏〔正宫·醉太平〕《讥贪小利者》。

【解析】把鹌鹑吞咽到嗉囊里的豌豆再掏取出来，在细脚伶仃的鹭鸶腿上劈取精肉，甚至还要在干瘪的蚊子的肚肠内刳出脂油，这不仅仅是揭露其"贪"了，更突出了其"狠"。既贪又狠正是那些肆意搜刮民脂民膏的贪官污吏的真实写照，而不仅仅是"讥贪小利者"了。句子选取人们习见的物象，以夸张的漫画式手法写出，既生动又形象。

【原曲】见"夺泥燕口，削铁针头"句。

戴一顶十花九裂遮尘帽，穿一领千补百衲藏形袄，系一条七断八续勒身绦。

【注释】无名氏〔正宫·醉太平〕《叹子弟》。

【解析】这首《醉太平》标题为"叹子弟"，意在感叹不学无术的纨绔子弟一朝家败，难以自立，沦为乞丐的可悲下场。所选取的句子是描写纨绔子弟作乞丐时的装束：戴着一顶破帽子，十之八九都绽破碎裂，穿着一件补丁叠补丁千疮百孔仅能遮身敝体的破烂衣衫,腰间扎系着一条结了无数次的破绳烂带。

【原曲】寻葫芦锯瓢,拾砖瓦攒窑,暖堂院翻做乞儿学,做一个莲花落训道。戴一顶十花九裂遮尘帽,穿一领千补百衲藏形袄,系一条七断八续勒身绦。这的是子弟每下梢。

看了那吴山青似越山青,不如今朝醉了明朝醉。

【注释】无名氏〔仙吕·寄生草〕《闲评》。

【解析】吴山、越山皆在杭州,宋代林和靖曾有词云:"吴山青,越山青,两岸青山相对迎"(〔相思令〕),此句即由此而来。意谓:有如此秀美的青山绿水为伴,不如就于此携酒长醉聊度此生,何必再去理会人世的纷纷扰扰、吵吵闹闹呢。语似豪旷,实含悲辛,代表了那些不满现实又无力改变现状的知识分子的普遍心态。

【原曲】问甚么虚名利,管甚么闲是非。想着他击珊瑚、列锦帐石崇势,则不如卸罗襕、纳象简张良退,学取他枕清风、铺明月陈抟睡。看了那吴山青似越山青,不如今朝醉了明朝醉。

为几文口含钱做死的和人竞,动不动舍命亡生。

【注释】无名氏〔中吕·满庭芳〕。口含钱:死人口中所含的钱。古时民间有在殡殓时在死者口中放一枚铜钱的风俗。做死的:犹言"不要命的"。

【解析】这首小令,以妓女的口吻描画了一个贪婪狠毒的鸨母形象。所选取的这句话极其形象地刻画出了鸨母的贪狠:为了几文铜钱就撒泼耍恶,不要命地和人争,动不动就以死相胁,要钱可以不要命。其实,这不仅仅是鸨母的形象特点,更是一切贪鄙之人活生生的写照。句中使用"口含钱""做死的""动不动"等衬字,使句子生动活泼,富有感情色彩。

【原曲】枉乖柳青,贪食饿鬼,劼镘妖精。为几文口含钱做死的和人竞,动不动舍命亡生。向鸣珂巷里幽囚杀小卿,丽春园里迭配了双生,莺花寨埋伏的硬。但开旗决赢,谁敢共俺娘争。

香橙肥蟹家家酒,红叶黄花处处秋。

【注释】无名氏〔中吕·喜春来〕《四节》。黄花:指菊花。李清照〔醉花阴〕词云:"莫道不消魂,帘卷西风,人比黄花瘦",即以黄花指代菊花。

【解析】这首〔喜春来〕题为"四节",是以曲的形式记载了"四节"的民间习俗。其第四节是九月九,重阳节。秋天是收获的季节,这时候橙子熟了,蟹子正肥,家家户户取出酿好的黄酒,品橙食蟹。而此时秋景更是宜人,满山红叶,遍野黄花,美不胜收。句子在写作手法上与物象的选取上都极为平实质朴,虽无新颖处,但极富生活气息。

【原曲】海棠过雨红初淡,杨柳无风睡正酣。杏烧红桃剪锦草揉蓝。三月三,和气盛东南。

垂门艾挂狰狰虎,竞水舟飞两两凫。浴兰汤斟绿醑泛香蒲。五月五,谁吊楚三闾。

天孙一夜停机暇,人世千家乞巧忙。想双星心事密话头长。七月七,回首笑三郎。

香橙肥蟹家家酒,红叶黄花处处秋。极追寻高眺望绝风流。九月九,莫负少年游。

窄裁衫褃安排瘦,淡扫蛾眉准备愁。

【注释】无名氏〔中吕·喜春来〕《闺情》。褃(kèn):短袄,着在单衫外面的短衣。

【解析】这首小令通过描写一个思妇微妙的心理活动来表现其幽怨苦闷的心情。题材陈旧,但构思极其巧妙,所选取的句子正集中表现了这一特点。女子裁剪衣服时故意裁得窄窄的,是为了等以后消瘦时穿;她又浅浅地描画好双眉,好准备愁来时微微蹙起。这似乎是大异常理,但细加思索,却又不免对作者构思之巧妙而大加赞叹。女主人公早已饱尝相思之苦,又难以预知情人的归期,但她知道只要情人一日不归,自己的思念之情便一日不会消减,自己会一天比一天消瘦,旧愁未了,新愁又会相继,因此她未雨绸缪,事先便进行"安排""准备"。作者正是着意以此曲笔来展现女子心思之细密,怨情之浓郁。

【原曲】窄裁衫褃安排瘦,淡扫蛾眉准备愁。思君一度一登楼。凝望久,雁过楚天秋。

两叶眉头,怎锁相思万种愁。

【注释】无名氏〔中吕·四换头〕。

【解析】通过"眉"来写愁,在诗词中经常可以看到,如"都来此事,眉尖心上,无计相回避"(范仲淹〔御街行〕)、"此情无计可消除,才下眉头,却上心头"(李清照〔一剪梅〕)、"欲问行人去哪边,眉眼盈盈处"(王观〔卜算子·送鲍浩然之浙东〕)等等。而这位作者的可贵之处就是能点铁成金,花样翻新。首先他巧妙地使用"两叶""万种"这样的数字相对照,衬托出其愁之多之深,接着更进一步以"怎锁"二字写出其愁怨之深重,自身几乎都难以承受,使人不禁油然生出一番同情之心。

【原曲】两叶眉头,怎锁相思万种愁。从他别后,无心挑绣。这般证候,天知道和天瘦。

长空成阵，雁字行行点暮云。

【注释】无名氏〔中吕·快活三过朝天子四换头〕《忆别》。

【解析】这首散曲展现了一个思妇相思无及、幽怨苦闷的心情。在明知聚会无望的情况下，她无可奈何地仰望苍穹，在夕阳的余晖中，一群群鸿雁排列成阵掠过高空。于是，她叮嘱飞雁向自己思念的人传书寄信，以慰相思。

【原曲】人去后敛翠颦，春归也掩朱门。日长庭静怕黄昏，又是愁时分。新痕，旧痕，泪滴尽愁难尽，今宵鸳帐睡怎稳。口儿念心儿印，独上妆楼，无人存问。见花梢月半轮，望频，断魂，正人远天涯近。长空成阵，雁字行行点暮云。早是多离多恨，多愁多闷。叮咛的嘱君，若见俺那人，早寄取个平安信。

彩云飞上日边霞，体态轻盈那闲雅，精神羞落树头花。

【注释】无名氏〔南吕·骂玉郎过感皇恩采茶歌〕。

【解析】这首曲子描写的是在大好春光中，一群少女在花园里荡秋千时的情景。少女们随着秋千荡起，犹如一朵朵彩云飞上天边，同霞光相辉映。她们的体态是那么轻盈而娴雅，她们是那么富有青春的活力，那枝头盛开的花朵似乎也因相形见绌而害羞似地凋落了。

【原曲】四时唯有春无价，尊日月富年华，垂杨影里人如画。锦一攒，绣一堆，在秋千下。语笑欣恰，吵闹喧哗。软红乡，簇定个，小宫娃。彩绳款拈，画板轻蹅，微着力，身慢举，拽裙纱。众矜夸，是交加。彩云飞上日边霞，体态轻盈那闲雅，精神羞落树头花。

志诚的合天意，薄幸的逢着鬼兵，志诚的到底有个前程。

【注释】无名氏〔双调·水仙子〕《杂咏》。

【解析】这首曲子写了两个完全不同的爱情故事（双渐与苏小卿，王魁与焦桂英），一个是痴情志诚的终成眷属，一个则是负心薄幸而遭到报应。据此，作者认为志诚重义才能顺合天意，薄幸忘恩必将逢遇“鬼兵”（指王魁负了桂英，后被厉鬼捉去，死于非命）。有情有义之人即便一时遭遇挫折，最终必定会有个光明美好的前程。反映出作者伸张真、善、美，抨击假、恶、丑，渴求善恶有报的淳朴愿望。

【原曲】丽春园苏氏弃了双生，海神庙王魁负了桂英。薄幸的自古逢着薄幸，志诚的逢着志诚，把志诚薄幸来评。志诚的合天意，薄幸的逢着鬼兵，志诚的到底有个前程。

退毛鸾凤不如鸡，虎离岩前被兔欺，龙居浅水虾蟆戏。

【注释】无名氏〔双调·水仙子〕。

【解析】此句描写了英雄失意、身处逆境时的窘况。这里所使用的是一种比喻象征手法，以鸾凤、虎、龙比喻贤才；以鸡、兔、虾蟆等比喻小人，以“退毛”等象征鸾凤等贤才身处逆境，遭遇不幸，以致英雄无用武之地，而备受群小欺凌。

【原曲】退毛鸾凤不如鸡，虎离岩前被兔欺，龙居浅水虾蟆戏。一时间遭困厄。有一日起一阵风雷，虎一扑十硕力，凤凰展翅飞。那其间别辨高低。

孤城孤客孤舟上，铁石人也断肠。

【注释】无名氏〔双调·水仙子〕。

【解析】这首〔水仙子〕是一篇重九登高思乡怀人之作。飘泊异乡的游子在佳节之际更加思念家乡的亲人。家乡、亲人遥不可及，而此时的自己更是孤单单的一个人孤坐在一只孤伶伶的小船上，眼前是一座同样孤伶伶的城池。这里连用三个“孤”字，渲染异乡孤独的环境，此情此景，真是令铁石心肠之人也要伤心断肠。

【原曲】青山隐隐水茫茫，时节登高却异乡。孤城孤客孤舟上，铁石人也断肠，泪涟涟断送了秋光。黄花梦，一夜香，过了重阳。

夕阳西下水东流，一事无成两鬓秋。

【注释】无名氏〔双调·水仙子〕。

【解析】此句表达了对年华流逝、事业无成的慨叹与怅惘。句子以“夕阳”和“流水”起兴，首先奠定了一个凄凉的基调。又以“夕阳西下”比喻人生迟暮（两鬓秋），“流水东流”比喻事业落空（一事无成），非常妥贴自然。

【原曲】夕阳西下水东流，一事无成两鬓秋。伤心人比黄花瘦，怯重阳九月九。强登临情思悠悠，望故国三千里，倚秋风十二楼，没来由惹起闲愁。

欲拈斑管书心事，无那可乾坤天样般纸。

【注释】无名氏〔双调·水仙子〕。无那可：无那即无奈；可，整个，满，今北方语言中尚有此用法。

【解析】这首小令写对情人的相思。主人公难耐相思之苦，于是便“欲拈斑管书心事”。“心事”即指相思之情；“斑”为“斑竹”。传说舜南巡，死于九嶷山，其妃娥皇、女英追寻至洞庭，不遇，只好望着九嶷山痛哭，她们的眼泪遂化成斑竹上的斑点。这里使用这个典故，一方面增加了句子的感人力量，另一方面也暗示主人公相思之深重也足可化泪成“斑”。句子说“欲拈”，说明没有写，为什么没有写呢？原来是她（或他）想到“无那可乾坤天样般纸”——即使有乾坤和天那样大的纸，也难以写尽这种刻骨的相思，于是作罢了。这样曲折写来，主人公相思之深就表露无遗了。

【原曲】常记的离筵饮泣饯行时，折尽青青杨柳枝。欲拈斑管书心事，无那可乾坤天样般纸。意悬悬诉不尽相思，谩写下鸳鸯字，空吟就花月词，凭何人付与娇姿。

谩与下鸳鸯字，空吟就花月词，凭何人付与娇姿。

【注释】无名氏〔双调·水仙子〕。谩：与“空”字同义，意为徒然、白白的。鸳鸯字：与“花月词”同义，都是指情书。

【解析】此句承上句之意。上句说到想要拿笔写下相思之情，却又因那相思太浓郁了，无法写尽。此句进一步说到，即使写出来心事，又能怎样呢？也许山高路远，也许音信杳无……“凭何人付与娇姿”——谁能把它递送到那可爱的人的手里呢？这一声失望的长叹，进一步突出了主人公幽怨的情绪。

【原曲】见“欲拈斑管书心事，无那可乾坤天样般纸”句。

一春长费买花钱，每日花边一醉眠。

【注释】无名氏〔双调·水仙子过折桂令〕《行乐》。

【解析】在元代买花赏花的风气十分流行，元散曲中颇多写到卖花的。这首〔水仙子过折桂令〕标题为“行乐”，即写出了买花人、赏花人那种快乐的心情。这位买花人是那么的爱花，在春天里，不惜屡屡破费去买花，每天以花酒为伴，边品酒边赏花，酒醉即醉卧于花下，何等风流快活。

【原曲】一春长费买花钱，每日花边一醉眠。喜春来百花都开遍，任簪花压帽偏。花间士女秋千，红相映桃花面。人更比花少年，来寻陌上花钿。来寻陌上花钿，正是那玉楼人醉杏花天。常言道惜花早起，爱月夜眠。花底相逢少年，赴佳期梨花深院，约定在花架傍边。柳影花阴，兀的是月下星前。

断肠人寄断肠词，词写心间事。

【注释】无名氏〔越调·小桃红〕《情》。

【解析】这支小令题为“情”，是指男女相爱之情。主人公因为与爱人长久分离而十分苦恼，因此说自己是“断肠人”。她说，我想你想得很痛苦，所以才写下这封表达我深切思念的信寄给你，信内所说的都是我的心事。

【原曲】断肠人寄断肠词，词写心间事。事到头来不由自，自寻思，思量往日真诚志。志诚是有，有情谁似，似俺那人儿。

平沙细草斑斑，曲溪流水潺潺。

【注释】无名氏〔越调·天净沙〕。

【解析】一望无际的黄沙上点缀着星星点点的细草，在远处有一弯溪水，潺潺地流淌着。这里描写的是塞上风光。空旷而单调的塞上，因为有了这一点细草、这一弯清水而增添了无数生机。

【原曲】平沙细草斑斑，曲溪流水潺潺。塞上清秋早寒，一声新雁，黄云红叶青山。

夕阳楼上，无言独倚阑干。

【注释】无名氏〔越调·天净沙〕。

【解析】这首小令是怀古之作，感慨人去事非。作者在发出沉重的感慨之后，在夕阳的余晖中登上高楼，望着远处辽阔的景象。一个人孤独地斜倚着栏杆，更加深刻地体会到时光的无情，人生的短暂，一阵悲怆与迷惘之感不由地袭上心头。

【原曲】西风渭水长安，淡烟疏雨骊山，不见昭阳玉环。夕阳楼上，无言独倚阑干。

趁西风闲袖手，重整理钓鱼钩。

【注释】无名氏〔越调·柳营曲〕《范蠡》。

【解析】这支咏范蠡的曲子，旨在赞颂功成身退的处世态度，作者奉劝世人“趁西风闲袖手”。“趁西风”是化用晋人张翰之典。《晋书·张翰传》：翰因见秋风乍起，乃思鲈鱼正肥，曰：“人生贵得适志，何能羁宦数千里，以要名爵乎！”遂命驾而归。在作者看来，像张翰这样选择辞官回乡过一种闲淡的生活，及像范蠡那样功成身退泛舟五湖钓钓鱼，无疑都是最明智的选择。

【原曲】一叶舟，五湖游，闹垓垓不如归去休。红蓼滩头，白鹭沙鸥，正值着明月洞庭秋。进西施一捻风流，起吴越两处冤仇。趁西风闲袖手，重整理钓鱼钩。看，一江春水向东流。

城中黑潦，村中黄潦，人都道天瓢翻了。

【注释】无名氏〔失宫调牌名〕《大雨》。

【解析】这支曲子写大雨，并未直接描写雨状，或写其如何遮天蔽日，兴江涨河，摧花败柳，却注目于大雨的积水，并写出城市与乡村中积水的不同。城里人多，故其积水为“黑潦”；乡村中泥多，其积水为“黄潦”。“人都道天瓢翻了”，纯口语化，非常诙谐，又侧面写出了雨之大。

【原曲】城中黑潦，村中黄潦，人都道天瓢翻了。出门溅我一身泥，这污秽如何可扫？东家壁倒，西家壁倒，窥见室家之好。问天公还有几时晴？天也道阴晴难保。

锦模糊江景幽，翠崚嶒远山秀。

【注释】无名氏〔仙吕·村里迓鼓〕《四季乐情》。崚嶒（léng céng）：形容山高。

【解析】这两个句子描写的是夏季的景致。上句写江景之幽雅：江岸周围郁郁葱葱，繁花似锦，远望去一片花影模糊；下句写夏山之清秀：一带远山，高高耸立，草木繁盛，苍翠欲滴。这两个句子紧紧抓住夏季大自然充满生机、草木茂盛的特点，信手写来，妥贴自然。

【原曲】锦模糊江景幽，翠崚嶒远山秀。正值着稻分畦、蚕入簇、麦初熟。太平人闲袖手，趁着这古堤沙岸绿荫稠，缆船儿执着钓钩，缆船儿执着钓钩。

归来半醉黄昏后，暮雨收，牧童儿归去倒骑牛。

【注释】无名氏〔仙吕·村里迓鼓〕《四季乐情》。

【解析】这支〔上马娇〕写一个渔人捕鱼喜获丰收，于是在村里的酒馆中喝得微醺后，才满意地在黄昏时向家中走去。这时候，刚下过阵雨，空气格外清新，暮色中，一群群牧童天真快活，自由自在地倒骑在牛背上归来了。此句通过一个对生活十分满足的渔人眼光看乡村生活，仿佛一幅桃源乐图。

【原曲】我将这锦鲤兜，网索来收。村务内酒初熟。恰归来半醉黄昏后，暮雨收，牧童儿归去倒骑牛。

斜风新箬笠，细雨旧丝纶。

【注释】无名氏〔南吕·一枝花〕《渔隐》。箬（ruò）笠：竹笠。纶（lún）：钓鱼用的丝线。

【解析】这两个句子互文，意谓：在斜风细雨中，头戴或新或旧的竹笠，手持或旧或新的渔竿，在水边悠然自得地垂钓。句子化用唐人张志和《渔歌子》词意与词境：青箬笠，绿蓑衣，斜风细雨不须归。歌颂一种怡然自乐的渔隐生活。

【原曲】不沽朝野名，自守烟波分。斜风新箬笠，细雨旧丝纶。志访玄真，家与秦淮近，清时容钓隐。相看着绿水悠悠，回避了红尘滚滚。

有时摇棹近白鹭洲笑采青蘋，有时推蓬向朱雀桥闲看晚云，有时湾船在乌衣巷独步斜曛，有时满身衣襟爽透荷香润。

【注释】无名氏〔南吕·一枝花〕《渔隐》。

【解析】这里描写了一个隐者悠闲自在的渔人生活：有时摇船到白鹭洲，一边与人谈笑一边采摘青蘋（青蘋：多年生水生蕨类植物）；有时移舟至朱雀桥闲看天边晚霞;有时泊船至乌衣巷,独自一人在夕阳的余晖中漫步;有时则将小船驶进荷田里,让荷花的清香浸满衣襟。句中嵌入的地名“白鹭洲”“朱雀桥”“乌衣巷”,一方面增加了句意表达上的美感,另一方面也极易使读者联想起唐代著名咏诗中的意境及所抒写的今昔盛衰、世事无常之意,使得句子内涵得以进一步深化。

【原曲】结交些鱼虾伴侣,搭识上鸥鹭亲邻,忘机怕与儿曹混。寻了些六朝往事,吊了些千古英魂,悲了些陈宫禾黍,叹了些梁殿荆榛。本是个虚飘飘天地闲人,乐陶陶江汉逸民。有时摇棹近白鹭洲笑采青蘋,有时推蓬向朱雀桥闲看晚云,有时湾船在乌衣巷独步斜曛,有时满身衣襟爽透荷香润,旋折来柳条嫩,穿得鲜鲜出网鳞,归去黄昏。

凉露湿蓑衣,清风生酒斝,明月照盘飧。

【注释】无名氏〔南吕·一枝花〕《渔隐》。酒斝(jiǎ):一种玉制的酒杯。飧(sūn):饭食。

【解析】此句仍是描写渔隐生活的悠闲适意。在月夜里,备上一坛好酒,摆上几盘吃食,邀几个樵夫野老,一边品酒一边聊天,在不知不觉中夜露打湿了蓑衣。一阵清风吹过,酒香四溢,月光映照下的杯盘碗盏散发出银色的光辉。其描写颇富诗情画意。

【原曲】守着这萧索江滨,冷淡柴门。凉露湿蓑衣,清风生酒斝,明月照盘飧。樵夫野叟,相近相亲。昨日离石头城,今朝在桃叶渡,明日又杏花村。

山妻也最甘贫,稚子也颇通文,无忧无虑度朝昏。

【注释】无名氏〔南吕·一枝花〕《渔隐》。

【解析】这位“渔隐”终日以“山妻”“稚子”为伴 ,妻子是位普通的山里女子,勤俭质朴安贫乐道,幼子年龄虽小,但颇为机敏聪慧,已能稍通文墨。一家人终日生活一处,和和美美,无忧无虑。

【原曲】山妻也最甘贫,稚子也颇通文,无居无虑度朝昏。但得年年生意好,武陵何用访秦人。

但得年年生意好,武陵何用访秦人。

【注释】无名氏〔南吕·一枝花〕《渔隐》。

【解析】隐居的生活是如此悠闲、适意,这位“渔隐”不禁感叹道:只要年年生活都像这样适意,又何必再去寻找什么桃花源呢?“武陵”句化用陶渊明《桃花源记》典:一个武陵渔人偶然误入桃花源,桃花源中的居民是秦朝末年为躲避战乱而移居此处的，故称“秦人”。在那里，男耕女织，老人小孩生活都十分快活安逸。武陵人归家后，又希望重返桃源，但已无从寻觅。

【原曲】见“山妻也最甘贫，稚子也颇通文，无忧无虑度朝昏”句。

王侯大勋，博渔樵一哂，争似我一叶江湖钓船稳！

【注释】无名氏〔南吕·一枝花〕。哂(shěn)：微笑。

【解析】那些王侯将相朝廷大员，或为保住自己岌岌可危的地位，或为争权夺利，终日殚精竭虑，奔波钻营，一朝失势，丢官送命，则成为那些渔夫樵子的笑料谈资。这哪里比得上我隐居江湖、摇舟钓鱼过得安稳适意呢？一个“稳”字点明了渔隐生活的真意。

【原曲】茫茫烟水无穷尽，泛泛萍踪少定根。为甚生平怕求进？想王侯大勋，博渔樵一哂，争似我一叶江湖钓船稳！

云遮了庾亮楼，尘生满故国台。

【注释】无名氏〔双调·殿前喜过播海令大喜人心〕。

【解析】庾亮楼，《世说新语·容止》记东晋名臣庾亮在武昌时，有一次“秋夜气佳景清”，几个属吏登上南楼歌咏，恰好庾亮上楼来，属吏慌忙躲避，他却说：“老子于此处兴复不浅。”于是与属吏一起咏谑游乐，尽欢而散。“故国台”，“故国”即指故乡，古人在奔波异乡，怀才不遇时，常以登台望乡来抒发自己的幽怨惆怅。那么，现在“庾亮楼”被云彩遮住了，“故国台”也久未登临而生满灰尘，可见其心情颓丧，无情无绪。

【原曲】谪仙醉眼何曾开，春眠花市侧。伯伦笑口寻常开，荷锸埋，妨何碍？糟丘高垒葬残骸，先生也快哉！乌帽歪，醉眼开，心快哉！想贤愚今何在？云遮了庾亮楼，尘生满故国台。幸有金樽解愁怀，高歌归去来。诗书诗书润几斋，任落魄任落魄无妨碍。脱利名浮云外，俺窝中好避乖。

花飞也，一点点似离人泪血。

【注释】无名氏〔双调·珍珠马南〕《情》。

【解析】所谓“一切景语皆情语”，王国维在论有我之境与无我之境时也曾说：“以我观物，则物皆著我之色彩。”花谢花飞本是自然常景，但在情思惨切的思妇眼中，这漫天飞舞的花瓣是那样的凄切，那一点点、一片片仿佛离人伤心的眼泪。

【原曲】箫声唤起瑶台月，独倚阑干情惨切，此恨与谁说？又值那黄昏时节。花飞也，一点点似离人泪血。

燕山绝，湘江竭，断鱼封雁帖。

【注释】无名氏〔双调·珍珠马〕《情》。

【解析】情人在海誓山盟时往往愿意说除非海枯石烂，否则永不变心。汉乐府诗歌《上邪》中一个女子为表达自己对爱情的忠贞时也曾说，除非“山无陵、江水为竭”，“乃敢与君绝”。古人又常以鱼雁传书来表达对情人的思念爱慕之情。那么，在这里山已绝倒，水已枯竭，鱼书雁帖亦已尘封断绝，表明情人已负心，爱情已完结。

【原曲】他殷勤将春心漏泄，我风流寸肠中热。因此上楚云深锁黄舍阙，休把佳期暂撇。燕山绝，湘江竭，断鱼封雁贴。

自别，逢时遇节，冷淡了风花雪月。

【注释】无名氏〔双调·珍珠马〕《情》。

【解析】这首小令描写了一个女子与情人分别后凄凉孤寂的生活。自从与情人分别，每逢良辰佳节，在别人兴高采烈的时候，她却愈加感到寂寞凄凉，从前那些与情人一起吟诗唱曲、踏雪寻梅的浪漫情事，都已成为往事，如今再也没有情绪重新拾起。

【原曲】自别，逢时遇节，冷淡了风花雪月。奈愁肠万结，怎禁窗外铁无休歇，一似珮环摇明月，又被西风将锦帐揭。

柔软莫过溪涧水，到了不平地上也高声。

【注释】无名氏《包待制陈州粜米》第一折。

【解析】这首〔混江龙〕痛斥了贪官污吏的罪恶行径，同时表达了善良百姓不堪压榨决心反抗的心声。不平则鸣，老百姓即使再软弱，再善良，当他们遇到难以忍受的压榨与掠夺时，也将会奋起反抗。就像溪涧之水，在平地流淌时，再温柔驯顺不过了，然而一旦从陡坡下落，也会直泻而下，发出巨大声响。

【原曲】〔混江龙〕做的个上梁不正，只待要损人利己惹人憎。他若是将咱刁蹬，休道我不敢掀腾。柔软莫过溪涧水，到了不平地上也高声。他也故违了皇宣命，都是些吃仓廒的鼠耗，咂脓血的苍蝇。

想当初风尘落落谁怜悯，到今日衣冠楚楚争亲近。

【注释】无名氏《冻苏秦衣锦还乡》第四折。

【解析】《冻苏秦》杂剧的一个主题便是反映世态炎凉，人情冷暖。当苏秦第一次求官未果失意返家时，家人对他没有一丝安慰，而是冷眼相对，所谓“嫂不为炊，妻不下纴，父母不与言”。但当他二次出去求官成功，衣锦还乡时，家人态度大变，父母“张乐设饮，郊迎三十里”，妻“侧目而视”，嫂“蛇行匍匐”，争相和他亲近。前后两个苏秦是一样的，但伴随着他身份、地位的改变，家人的态度有着截然相反的表现，深刻地反映出人性的势利。

【原曲】〔鸳鸯煞〕想当初风尘落落谁怜悯，到今日衣冠楚楚争亲近。畅道威震诸侯，腰悬六印，也索把世态炎凉，心中暗忖：假使一朝马死黄金尽，可不的依旧苏秦，做陌路看承被人哂。

假使一朝马死黄金尽，可不的依旧苏秦，做陌路看承被人哂。

【注释】无名氏《冻苏秦衣锦还乡》第四折。

【解析】当苏秦亲身感受到世态的炎凉时，不禁想到，假使一朝马死财尽，地位、富贵都离他而去，仍然恢复那个困窘穷厄的苏秦，那么世人必定又会视自己为陌路人，冷眼相待，甚至还会招致他们的嘲讽和取笑。

【原曲】见“想当初风尘落落谁怜悯，到今日衣冠楚楚争亲近”句。

沧江夜寒明月皎，觑地远叩天遥。

【注释】无名氏《冯玉兰夜月泣江舟》第三折。觑：与“叩”字互文见义，望、看之意。

【解析】《冯玉兰夜月泣江舟》杂剧讲述了一个很悲惨的故事。女主人公冯玉兰全家随父乘船赴任，途中遭遇强人，结果母遭掠劫，其余家人均遭杀害，只逃出她一条性命。待强人远去，她重新回到舟中，只身一人伴着五六具尸体。这时候，小船随波飘荡，周遭寂静，船无灯火，只有惨凄凄的冷月陪伴着她，夜风冰凉好似她此刻的心情。江水茫茫，前路未卜何方，天遥地远，叫天不应，唤地不灵，景象十分凄惨。

【原曲】〔商调·集贤宾〕正沧江夜寒明月皎，觑地远叩天遥。这船呵在风中簸荡任东西，水上浮漂；又无人把舵推篷，那里也举棹撑篙。我则听的古都都泼天也似怒涛，斗合着忽剌剌风声儿厮闹。这水也流不尽俺千端愁思积，这风也抵不过俺一片哭声高。

似子规枝上月三更，低一声，高一声。似东风花外锦鸠鸣，恰便似斜月睡闻莺。

【注释】无名氏《苏子瞻醉写赤壁赋》第三折。

【解析】这支〔圣乐王〕描写的是箫声。苏轼在《前赤壁赋》中写箫声“其声呜呜然，如怨如慕，如泣如诉，余音袅袅，不绝如缕，舞幽壑之潜蛟，泣孤舟之嫠妇。”而这里则用三种鸟鸣来形容箫声。首先是子规，子规即杜鹃，杜鹃声悲，夜深人静，杜鹃在枝头哀啼，其声时高时低，凄切动人。以此喻箫声，形容箫声之凄婉，足以感动人心。又说其似锦鸠鸣。锦鸠即斑鸠。在春风吹拂，万紫千红的春日，斑鸠在花丛中婉转啼鸣，以此喻箫声，形容箫声之悦耳赏心。最后说其似莺啼。莺即黄莺，又称黄鹂。在温馨的春夜里，梦中醒来，间或听到一两声黄莺鸣啭，何其婉转动人。此亦为形容箫声之悦耳。这三种比喻说明那箫声时悲时喜，变幻多姿，其悲时足使闻者断肠，其喜处又令听者心爽耳清。

【原曲】〔圣乐王〕一枝的曲未终，韵更清。便似子规枝上月三更，低一声，高一声。似东风花外锦鸠鸣，恰便似斜月睡闻莺。

明代戏曲名句

乌啼不管旅愁牵，

梦回偏怪家山远。

——陈所闻《阊门夜泊》

残红飞絮点松杉，轻摇撼，无数落青衫。

【注释】汤式〔北正宫·小梁州〕《上巳日登姚江龙泉寺分韵得暗字》。

【解析】散曲发展到元末明初，犹如诗歌到晚唐，已经走上了“工巧”“骈丽”的途径，尽管在内容不很尽如人意，但艺术技巧却相当成功。汤式，字舜民，号菊庄，为明初散曲十六家之一。本曲句即细腻刻画了入寺登山的情景片断，红的落花，白的飞絮，青的衣衫，绿的松树，色彩纷呈，在不知不觉中已把作者的身份与落寂的心态委婉地传达出来。

【原曲】天风吹我上巉岩，正值春三。残红飞絮点松杉，轻摇撼，无数落青衫。(幺)登临未了斜阳暗，借白云半榻禅龛。发笑谈，论经谶。老龙惊惮，拖雨过江南。

莫迟留，壮志应酬，不负平生经济手。

【注释】汤式〔北仙吕·赏花时〕《送人应聘》。

【解析】本曲句为套曲的第三曲，通过描写友人在明初洪武年间征聘南京的送别情景，实质上表达的是作者欢快憧憬的心理活动，希望能在政治功业上有所建树。贾仲名称其“文宗皇帝在燕邸时，宠遇甚厚。永乐间，恩赉常及”，因此汤式这段时期的曲作多歌功颂德之语，志得意满之态跃然纸上。

【原曲】既奉紫泥宣，合拂斑衣袖。正桂子西风暮秋。整顿着千尺丝轮一寸钩，笑谈间钓出鳌头。莫迟留，壮志应酬，不负平生经济手。稳情取金花玉酒，银章紫绶。教人道凤凰台上凤凰游。

是必常团圆，休着些儿缺。愿天下有情底都似你者。

【注释】宋方壶〔北双调·清江引〕《托咏》。

【解析】宋方壶，名子正，因曾于华亭莺湖筑室数间，四面为镂花方窗，自号方壶。本曲句正如其题，借一轮圆月托咏青春少女的美好心愿，祝福“天下有情人终成眷属”。而“休着些儿缺”五字又折射出内心的忐忑不安，这也是对封建婚姻制度下女性毫无自主权的一种恐慌感的真实描摹，心中默默祈求月圆无缺，“但愿人长久，千里共婵娟”。

【原曲】剔秃圞一轮天外月，拜了低低说。是必常团圆，休着些儿缺。愿天下有情底都似你者。

忍着饥催去棹，捱着冷又还家。把一个老先生埋怨煞。

【注释】朱有燉〔北中吕·珠履曲〕《咏剡溪棹雪》。棹(zhào)：划船。

【解析】朱有燉为明太祖之孙，袭封周王，自幼留心翰墨尤精马(致远)、贯(云石)之学，其曲作在当时广为流传。本句语出《世说新语·任诞》，载王子猷于雪夜乘船寻访家居剡县的友人戴逵，至门前却不入而回，人问其故，则曰："吾乘兴而来，尽兴而返，何必见戴！"这件事一向被文人视作魏晋名士的佳品风神。但朱有燉却一反常语，以撑船梢公的立场批判了王子猷任性放诞的行为，全然不考虑老船家的饥寒交迫。二者的对比何等鲜明！

【原曲】乘兴去虽然美话，兴阑归也自由他。着梢公怎地不嗟呀？忍着饥催去棹，捱着冷又还家。把一个老先生埋怨煞。

望湖光万顷玻璃，山色空蒙雨亦奇，宜写在丹青画里。

【注释】朱有燉〔北双调·沉醉东风〕《秋日湖边晚行》。

【解析】"色天散圣，乐国飞仙，嗣出天潢，才分月露"，这是《曲品》对朱有燉的高度评价。本句亦可见其一斑，作者在秋夜之际湖边漫步，目见湖水在夕阳余辉的映照之下犹如玻璃般明亮，而远处山峦烟雾迷蒙之景又不由人忆起苏轼的佳句"山色空蒙雨亦奇"，恍如画境之中，陶醉不已。

【原曲】泛远水衰蒲败苇，护村居瘦竹疏篱。天寒沙鸟栖，日晚渔舟系。望湖光万顷玻璃，山色空蒙雨亦奇，宜写在丹青画里。

东乡米似珠，西市薪如桂，滴得愁人心如碎，怨天公不禁龙师。

【注释】杨廷和〔北中吕·普天乐〕《秋雨》。

【解析】史载，杨廷和为人美风姿，性沉静详审，为文简畅有法，所作多"课耕农，劝读诵；称说孝友，沐浴膏泽"之意。本曲即反映了作者同情遭灾贫困农民的心情。阴雨连天，颗粒无收，粮柴暴涨与心急如焚之态描写得生动传神，"珠""桂"与"滴"又天衣无缝地联结在一起，言简意赅，栩栩如生。

【原曲】五更风，终朝雨。禾头生耳，屋角生芝。东乡米似珠，西市薪如桂，滴得愁人心如碎，怨天公不禁龙师。荒村下里，孤儿寡妇，更是愁时。

风阑不放天晴，雨余还见云生，刚喜疏花弄影。

【注释】杨廷和〔北越调·天净沙〕《三月十三日竹亭雨过》（二首选一）。阑：残，尽。

【解析】杨廷和为四川新都人，属明代南京派的曲作家，在南方山明水秀、茂林修竹的环境浸染下，形成了清新自然的曲风。本句描写雨后初晴之景，机趣天成，一个"喜"字便突现了作者欢快的心绪，颇有陶渊明"采菊东篱下，悠然见南山"的意境。

【原曲】风阑不放天晴，雨余还见云生，刚喜疏花弄影。鸟声相应，偶然便有诗成。

望东华人乱拥，紫罗襕老尽英雄。

【注释】王九思〔北双调·水仙子带过折桂令〕《归兴》。

【解析】东华，即东华门，暗喻明代紫禁城。紫罗襕为紫色官服，象征高级官员。王九思因同以刘瑾党而被勾勒辞官，所以曲作中常隐含仕途失意、官场险恶的抑郁不平之气，以及对人生的透悟之感。本句即以一个局外人的视角冷眼宦海，颇有《围城》中“城里的人想冲出来，城外的人想冲进去”的慨叹，归隐之念寓于其中，王世贞嘉赞此二句为“名语”。

【原曲】一拳打脱凤凰笼，两脚蹬开虎豹丛，单身撞出麒麟洞。望东华人乱拥，紫罗襕老尽英雄。参详破邯郸一梦，叹息杀商山四翁，思量起华岳三峰。

青杏儿才黄，小鸭儿成双，雏燕语雕梁。

【注释】王九思〔北越调·寨儿令〕《夏日即事》。

【解析】王九思免官归里后，过着闲适的生活。此曲即描绘了端阳节前的夏日农村风光，青杏才黄、小鸭成双、雏燕呢喃，万物都呈现出一派生气盎然的景象，生命的律动喷薄而出，使人如临其境，忍不住想要投身其中，尽情地享受生活的礼馈。

【原曲】豆角儿香，麦索儿长，响嘶唧茧车儿风外扬。青杏儿才黄，小鸭儿成双，雏燕语雕梁。红石榴花满西窗，黄蜀葵叶扫东墙。泥金团扇影，香玉紫沙囊。将，佳节遇端阳。

不贪眼角飧，自吃犁头饭。莫怪先生腰折懒。

【注释】王九思〔北双调·清江引〕。飧(sūn)：饭。

【解析】此曲可谓作者归乡后的心志独白。绝不贪恋嗟来之食，自力更生，以田间劳作创造生存的价值。最后一句即以陶渊明为楷模，发出了“绝不为五斗米折腰”的誓言，令人感佩。王世贞在《艺苑卮言》中称其“不在关汉卿、马东篱下”。

【原曲】农圃生涯宜照管，禾黍鸡豚散。不贪眼角飧，自吃犁头饭。莫怪先生腰折懒。

石头烂也情离较难，水波干也情离较难，苍天万古为公案。

【注释】王九思〔南仙吕·醉罗歌〕《闺情》(四首选一)。

【解析】本曲深受民歌影响，借“海枯石烂”之意表达少女对忠贞爱情的渴望与向往。两次重复运用“情离较难”语句，加重了情感的坚贞不二，最后以“苍天为证”更突现了郑重严肃之态。此曲应为广大有情人铭记。

【原曲】北山北山石常烂，东海东海水曾干。此情若比海和山，今世里成姻卷。石头烂也情离较难,水波干也情离较难,苍天万古为公案。休辜负,莫浪攀,交人容易可人难。

天涯马蹄,灯前翠眉,马前芳草灯前泪。

【注释】唐寅〔南商调·黄莺儿〕。

【解析】《明史·文苑传》称唐寅:"文才倾艳,倾动流辈,传说者增益而附丽之,往往出名教外",并自刻"江南第一风流才子"之印,时名卓著。本曲前三句由景入情,点出"春愁"主题。此三句则进行细致刻画,对"天涯"与"灯前"进行反复对比,把远景与近景置于同一画面之中,强烈渲染了妻子对远方丈夫的思念之情,涓涓泪珠倾洒灯前。

【原曲】细雨湿蔷薇,画梁间燕子归,春愁似海深无底。天涯马蹄,灯前翠眉,马前芳草灯前泪。魂梦迷,云山满月,不辨路东西。

几回欲上,欲上羞人见。走入纱橱枕泪眠。

【注释】唐寅〔南商调·山坡羊〕《失题》其一。

【解析】唐寅的散曲多细腻温香之作,此曲即描绘了少女复杂敏感的内心情怀。春日花红柳绿,步入花园,想上秋千却又恐人看到,百感交集,不由躲回闺房泪洒香枕。现在读来似乎有些不可思议,但古时对少女的人身封锁是容易产生这种心态的。你是否同时也想到了《牡丹亭》里的杜丽娘呢?

【原曲】嫩绿芭蕉庭院,新绣鸳鸯罗扇。天时乍暖,乍暖浑身倦。整金莲,秋千画架前。几回欲上,欲上羞人见。走入纱橱枕泪眠。芳年,芳年正可怜;其间,其间不敢言。

断虹斜插珊瑚柄,斜阳倒挂轩辕镜,残霞乱摆锦帏屏。

【注释】王磐〔北正宫·醉太平〕《秋雨晚霁》。

【解析】王磐自号西楼,因"家于城西,有楼三楹"而得名。其散曲在明代地位很高,王骥德称之曰:"小令北调,以王西楼最佳。"此三句在刻画秋雨过后的晚景方面极具魅力,作者连用了三个比喻,以珊瑚柄、轩辕镜、锦帏屏来模拟彩虹、落日、晚霞,格调新颖妥帖,色彩斑斓又富有审美意境。其中"断""斜""残"三字即点明了"晚"景,又在一定程度上烘托出了作者的心态。

【原曲】泼空来雨声,滚地也雷鸣。须臾云散晚天晴,看秋光倒影。断虹斜插珊蝴柄,斜阳倒挂轩辕镜,残霞乱摆锦帏屏。助西楼画景。

分付鱼龙稳睡著,等闲间休放波涛。

【注释】王磐〔北正宫·脱布衫过小梁州〕《秋夜同陆秋水湖上泛舟》。

【解析】西楼的散曲除一些清丽的句子外，还有豪放之作。本曲即表现了作者秋夜泛舟湖上的满腔豪情。“分付”二字满纸命令，“休放”更使鱼龙不敢兴风作浪，颇有“后果自负”之意，凛凛风神激荡天地。

【原曲】分付鱼龙稳睡著，等闲休放波涛。老夫今夜弄风骚，搜诗料，翻动水云巢。一天星斗都颠倒，爱银蟾水底光摇。我这里用手捞，不觉的翻身落。也是俺形神俱妙，飞上紫金鳌。

军听了军愁，民听了民怕，那里去辨甚么真共假。眼见的吹翻了这家，吹伤了那家，只吹的水尽鹅飞罢。

【注释】王磐〔北中吕·朝天子〕《咏喇叭》。

【解析】此曲在民间广为流传，脍炙人口。作者表面上言咏官船喇叭，实质上无情地嘲讽与揭露了正德年间宦官专权，大肆搜刮民脂民膏的罪行。以“喇叭”口大肚空、肆无忌惮的特征喻指阉党之丑态，维妙维肖，入木三分。“水尽鹅飞罢”的结语愈加渲染了其鱼肉百姓、民不堪命的凄惨景象。

【原曲】喇叭，锁哪，曲儿小腔儿大。官船来往乱如麻，全仗你抬身价。军听了军愁，民听了民怕，那里去辨甚么真共假。眼见的吹翻了这家，吹伤了那家，只吹的水尽鹅飞罢。

那里有闹红尘香车宝马？只不过送黄昏古木寒鸦。

【注释】王磐〔古调蟾官〕《元宵》。

【解析】作者在本曲中主要采用了对比的手法，以昔日元宵节的灯火辉煌，反衬今日的愁怨万千；以“红尘香车宝马”的富贵之气喻指往日的繁盛，而以“黄昏古木寒鸦”的枯寂景象描摹时下的萧条。用语信手拈来，时代的境况与作者的情怀仿佛不经意般流淌笔端，造语非凡。

【原曲】听元宵往岁喧哗，歌也千家，舞也千家。听元宵今岁嗟呀，愁也千家，怨也千家。那里有闹红尘香车宝马？只不过送黄昏古木寒鸦。诗也消乏，酒也消乏。冷落了春风，憔悴了梅花。

刚方，奚落了膺和滂。荒唐，周全了籍与康。

【注释】康海〔北双调·雁儿落带过得胜令〕《饮闲》。奚落：嘲弄、讽刺。

【解析】康海为明代“前七子”之一，为救李梦阳而投靠并说服了宦官刘瑾，然而当他后来被列为瑾党免官之时，李梦阳却熟视无睹，作者的一腔怨愤因此常借曲作表现出来。这里引用了东汉李膺、范滂因刚直而终被杀，魏晋阮籍、嵇康以放诞之举传名于世的史例，藉以陈述自身的遭遇与无限激愤。

【原曲】真个是不精不细丑行藏，怪不得没头没脑受灾殃。从今后花底朝朝醉，人间事事忘。刚方，奚落了膺和滂。荒唐，周全了籍与康。

玉女池光摇天表，仙人掌翠捧丹霄，小可的如何到？

【注释】康海〔北中吕·满庭芳〕《华山》。丹霄：指天空。小可的：轻易的。

【解析】作者登临华山顶峰，举目四望，惊叹不已。但见云雾飘渺，仿佛玉女执守的瑶池所散发出的仙气；山峰层峦起伏，苍翠入天，犹如神人描画出来一般。此情此景，岂是轻而易举就能够看到的？寥寥数语即为读者展示出一幅峻伟神摇的华山风景卷。

【原曲】名山自好，三峰俱俊，四望都高。分明云气涵灵灏，瀑响箫韶。玉女池光摇天表，仙人掌翠捧丹霄，小可的如何到？十洲三岛，望似酒杯饶。

趁明时休负了平生价，觅一个循吏名儿兀的不可喜煞！

【注释】康海〔北中吕·粉蝶儿〕《代友人宦邸书怀》。兀的：这。

【解析】顾名思义，本套曲是作者代为官循吏的友人言志抒怀之作。内中的心理活动刻画得极为细致，有居官的恐慌，思乡的心切，对奸亲的憎恶，对百姓的同情。种种情感纠缠交织在一起，归结为一还是立志施展平生抱负，休负好时光，做一个好官仍是可喜可贺之事。

【原曲】论孤高须索向青门学种瓜。论读书怎可似庄周言飘瓦。趁明时休负了平生价，觅一个循吏名儿兀的不可喜煞！

客枕恨邻鸡，未明时又早啼，惊人好梦回千里。

【注释】杨慎〔南窗调·黄莺儿〕。

【解析】杨慎二十四岁即高中状元，“美才甘放”，但因真言劝谏而被嘉靖帝贬至云南。本曲为途中所作，充满了仕途坎坷的悲凉与凄迷，这与其所选择的景物色彩是完全吻合的。不由得让人也想起温庭筠“鸡声茅店月，人迹板桥霜”的诗句来，而此曲比之更加悲切。

【原曲】客枕恨邻鸡，未明时又早啼，惊人好梦回千里。星河影低，云烟望迷，鸡声才罢鸦声起。冷凄凄，高楼独倚，残月挂天西。

醒来时对陶令无弦，醉来时学苏晋逃禅，不似他憔悴骚人泽畔。

【注释】杨慎〔北仙吕·点绛唇〕。套曲。

【解析】杨慎空有一番才情而被贬穷荒，加之佯狂避祸之举，其内心痛苦似煎如熬。本曲即展现了他谪居云南时的心路历程，劝勉自己抛开荣辱，仿效陶渊明的清高古韵，学习苏晋的醉酒疏放，不要再像屈原那样自苦伤神。句句发自肺腑，苍凉萧瑟，读之令人动容。

【原曲】且听沧浪吟，休诵卜居篇。爱碧山石磴红泉，策杖行歌兴渺然。醒来时对陶令无弦，醉来时学苏晋逃禅，不似他憔悴骚人泽畔。任苍狗白衣屡变，笑蛙声紫色争妍。浮名与我无萦绊，再休寻无事散神仙。

吹来总是相思调，把闲愁唤上眉梢。

【注释】陈铎〔北正宫·小梁州〕《咏闺情》（十二首选一）。

【解析】《列朝诗集》评陈铎散曲曰："稳协流丽，被之丝竹，审宫节羽，不差毫末。"因此教坊子弟尊称他为"乐王"。所作内容多艳词丽语，风格轻柔婉转，本曲即言咏了闺中少妇的一片相思之情，也是化用了李清照"才下眉头，却上心头"的词句。

【原曲】碧纱窗外月儿高，秋到芭蕉，和衣刚得眼合着。谁惊觉？花底一声箫。（幺）吹来总是相思调，把闲愁唤上眉梢。展转听，伤怀抱。粉香花貌，一夜为君消。

乱南浦波心月明，碎浔阳江上潮声。

【注释】陈铎〔北中吕·满庭芳〕《摇橹》。浦（pǔ）：水滨。

【解析】陈铎世袭指挥，因为在魏国公面前高唱一曲而被斥以"何其卑也"之语，实质上这反映了他为艺术而艺术的精神，不过也间接造成了宦途的停滞不前。本曲以摇橹荡舟为背景，一"乱"一"碎"，明写波潮，暗里刻画出烦乱复杂的心绪，借景言情，飘泊思乡之情慨然而生。

【原曲】常依小艇，惊飞野鸟，荡散浮萍。几回欸乃风初静，雾渚莎汀。乱南浦波心月明，碎浔阳江上潮声。记不得当年恨，篷窗洒醒，感起故乡情。

弄泥浆直到老，数十年用尽勤劳。

【注释】陈铎〔前调〕《瓦匠》。

【解析】陈铎除长于写景抒情外，还有一些反映当时城市生活的力作。本曲借富贵之家府第兴衰变迁之慨叹，歌颂了瓦匠以其不息的劳动贡献于社会的崇高品质。这两句着重叙述了瓦匠数十年如一日的辛劳，同情与赞叹寓于其中，这种见解在当时是难能可贵的。

【原曲】东家壁上恰涂交，西舍厅堂初宽了，南邻屋宇重修造。弄泥浆直到老，数十年用尽勤劳。金张第游麋鹿，王谢宅长野蒿，都不如手镘坚牢。

沿街绕巷走如飞，两脚不沾地。俏的矜夸，丑的瞒昧，损他人安自己。

【注释】陈铎〔北中吕·朝天子〕《媒人》。

【解析】古时婚姻习俗讲求"父母之命，媒妁之言"，男女不得私自订情。因此,“媒婆”就成为关涉男女终身幸福的重要桥梁。她们东奔西走,巧舌如簧,往往夸大优点,隐瞒劣势,目的只是为了一己之私,却酿成了无数婚姻悲剧。本曲即侧重其弊处揭示了“媒婆”的丑恶嘴脸,如见其态,十分传神。

【原曲】这壁厢取吉,那壁厢道喜,砂糖口甜如蜜。沿街绕巷走如飞,两脚不沾地。俏的矜夸,丑的瞒昧,损他人安自己。东家里怨气,西家里后悔,常带着不应罪。

将将将日坠西,见见见雪浪惊涛拍岸回。

【注释】陈铎〔北黄钟·醉花阴〕《秦淮游赏》。套曲

【解析】作者游乐荡舟秦淮河上,饱览秀美风光,豪气满怀,心清神爽,“好风景,喜追陪,万斛尘襟皆荡洗”。黄昏时分,风起浪涌,鸟还霞坠,一系列的叠字连用,更见情致。作者又由此生发感慨,觉物转星移,昨是而今非,于是透悟人生,“常言道闲处光阴能享几”,流露出“及时享乐”之念。

【原曲】将将将日坠西,见见见雪浪惊涛拍岸回。纷纷纷宿鸟飞还,闪闪闪残霞飘坠,呀呀呀两三家半掩扉,喜喜喜送黄昏远寺钟声碎,看看看灯火见依稀。

倚阑无语掐残花,蓦然间春色微烘上脸霞。

【注释】沈仕〔前调〕《春怨》。

【解析】沈仕“善花鸟,工词曲,有前贤旷达之风”,为人疏狂之至。他的散曲多细腻温香、绮丽芊绵之作。本曲即如其题,描写了闺中少妇的相思之情,通过细致的外部波动,如“掐花”“面红”,反衬出微妙的心理变化。用语轻脱利落,朗朗上口,绝无板滞之嫌,颇似诗中的韩偓,词中的温庭筠,人称“南词宗匠”。

【原曲】倚阑无语掐残花,蓦然间春色微烘上脸霞。相思薄倖那冤家,临风不敢高声骂,只教我指定名儿暗咬牙。

恢恢,试问青天我是谁;飞飞,上的青霄咱让谁?

【注释】常伦〔南商调·山坡羊〕。恢恢:宽广貌。

【解析】常伦的散曲内容多为消极颓放或炼丹求仙之作,但这篇散曲却以豪爽直率见长。通过对功名利禄及肉体的参破,抒发了对自由生活的渴望与追求,其中老庄思想的影响清晰可见。但可惜最后因酒醉纵马,坠水而亡,年仅三十四岁。

【原曲】闷葫芦一摔一个粉碎,臭皮囊一挫一个蝉蜕,鸦儿守定兔窠中睡。曲江边混一回,鹊桥边撞一回。本来往往,无酒也三分醉。空攒下个铜斗儿家

缘也，单买那明珠大似椎。恢恢，试问青天我是谁；飞飞，上的青霄咱让谁？

绿摇着柳条，红映着小桃，山光岚气纱笼罩。

【注释】常伦〔南商调·黄莺儿〕。岚：山林里的雾气。

【解析】作者稳跨轻骑，扬鞭过桥，但见柳绿桃红，青雾霭霭，大自然焕发出一片生机。其中“摇”字既显现出柳枝的迎风飘摇，又隐含了策马掠过的动感，为整个画面倍添活力，春色与郊行之乐满载其中。

【原曲】金勒玉骢骄，辫丝鞭过小桥，青莎芳草平沙道。绿摇着柳条，红映着小桃，山光岚气纱笼罩。赏东郊，少年行乐，最得意是春朝。

泪流襟上血，愁穿心上结，鸳鸯被冷雕鞍热。

【注释】黄峨〔南南吕·罗江怨〕《寄远》。

【解析】黄峨为杨慎之继室，因杨慎远贬云南而分离达三十年之久。她才情横溢，因身世遭遇故散曲多悲愁哀怨之音。此曲为夫妻初别所作，泪泣如血，愁思万千，结尾以自身的孤寂与丈夫的劳顿作对比，更能突现出心系行人的满腔相思之苦。

【原曲】空庭月影斜，东方既白，金鸡惊散枕边蝶。长亭十里唱阳关也。〔一江风〕相思相见，相见何年月？泪流襟上血，愁穿心上结，鸳鸯被冷雕鞍热。

云山几盘，江流几湾，天涯极目空肠断。

【注释】黄峨〔南商调·黄莺儿〕《苦雨》。

【解析】秋雨微寒，花树雕残，作者置身此景倍添愁苦。夫婿远在天涯，自身孤枕难眠，劳雁分飞，痛断肝肠，这样的日子何时才是尽头？词语悲切动人，“几盘”“几湾”，恰可见两地之遥，读者不禁愈加怜其坎坷不幸。黄氏才名卓著，堪与词家巾帼李清照、朱淑真媲美。

【原曲】积雨酿轻寒，看繁花树树残。泥途满眼登临倦。云山几盘，江流几湾，天涯极目空肠断。寄书难，无情征雁，飞不到滇南。

灞桥驴背上，耸吟肩，风卷寒花扑帽檐。

【注释】吴承恩〔南南吕·梁州序〕《咏雪》。套曲。

【解析】《西游记》妇孺皆知，殊不知著者吴承恩的散曲创作亦具功力，只不过流传甚少。这首套曲首先对雪景极尽描绘之能事，字字珠玑，在此烘托之下隆重推出一位骑驴桥上，雪中吹笛吟诗的文人形象，风神潇洒，豪气逼人，可证作者的心性至情。

【原曲】对冰湖表里山川，正老子兴来非浅。漫试拈铁笛，倚空吹断。管甚么舟回剡曲，兵破淮西，打卑田院。灞桥驴背上，耸吟肩，风卷寒花扑帽檐。

磨而不磷，涅而不缁。得随时处且随时。

【注释】李开先〔南仙吕·傍妆台〕其一。磷：因磨而致薄损。涅：这里用作动词，指用黑色染料染物。缁（zī）：黑色。

【解析】李开先号称“嘉靖八才子”之一，词曲尤工，因太庙火灾事件而罢归家居近三十年。前两句语出《论语·阳货》：“不曰坚乎？磨而不磷；不曰白乎？涅而不缁”，随后又以“得随时处且随时”加以否定，看似矛盾，实质上曲折地反映了作者对官场黑暗与人情险恶的厌憎与无奈。

【原曲】雨丝丝，冲风跃马欲何之？闲游正喜风吹袂，况有雨催诗。休图云里栽红杏，好向山中觅紫芝。磨而不磷，涅而不缁。得随时处且随时。

背地里瞒神吓鬼，向人前苫眼铺眉。

【注释】张錬〔北双调·沉醉东风〕《阅世》（三首选一）。苫（shàn）：用席、布等遮盖。

【解析】张錬为康海的外甥，曲作在一定程度上受到他的影响，叹世与闲适方面的内容较多。这首小令即直指世态人情，形象地勾勒出一副阳奉阴违、笑里藏刀的小人嘴脸。用语精炼传神，讥刺尖锐，颇见功力。

【原曲】背地里瞒神吓鬼，向人前苫眼铺眉。战兢兢捉虎心，恶狠狠牢龙计，讨别人多少便宜！百岁逢场闹几回，做不到卢生梦尾。

高堂冷落斑衣事，幽闺想象回文字，兰亭辜负赏花诗：为功名半纸。

【注释】张錬〔北正宫·醉太平〕《京邸寄友》。

【解析】这支小令揭示出了古代文人普遍存在的为官心理。作者连用三个典故，依次说明入仕则不能亲侍双亲、令妻子倍添思念、身受拘束无法逍遥自在。虽然遗憾种种但又难以割舍宦途的根本原因，就在于功名之念，这确实道出了士人在仕与归之间的矛盾情结。

【原曲】和风摆柳丝，细雨润花枝。客窗啼鸟梦回时，恨飘零浪子。高堂冷落斑衣事，幽闺想象回文字，兰亭辜负赏花诗：为功名半纸。

我则见赤焰焰长空喷火，怎能够白茫茫平地生波。

【注释】金銮〔北双调·沉醉东风〕《忧旱》。

【解析】金銮号白屿，其散曲为明代一大宗。他为人任侠好游，厌弃功名，终生不仕，但对民生疾苦颇为关注，本曲即反映了百姓久旱而热切盼期甘露的焦灼心情。这两句用第一人称起首，更把作者自身融会到社会之中，其创作精神难能可贵。

【原曲】我则见赤焰焰长空喷火，怎能够白茫茫平地生波。望一番云雨来，空几个雷霆过。只落得焦熥熥煮海煎河。料着这露水珠儿有几多，也难与俺相如救渴。

人已去锦窗鸳瓦，物犹存青蒲细柳，怨难平舞态歌喉。

【注释】金銮〔北双调·水仙子〕《广陵夜泊》。锦窗鸳瓦：指富贵人家之居。

【解析】作者重过扬州，夜泊江上，偶然回念旧游，感慨万千，于是振笔写下了这支曲子，以寄寓内心的今昔对比与兴亡之感。“人已去”“物犹存”“怨难平”，物是而人非，往昔的歌舞繁华已经烟消云散，然而却留下了大量的哀怨之痼。

【原曲】城边灯火几家楼，江上风波一叶舟，月中箫鼓三更后。听谁家犹唤酒？正烟花二月扬州。人已去锦窗鸳瓦，物犹存青蒲细柳，怨难平舞态歌喉。

落得个半世青袍白发生，想着他前程水上萍。

【注释】金銮〔北仙吕·点绛唇〕《送汪小村归广陵》。套曲。

【解析】本曲为作者送别友人汪小村归乡之作，叙写了其人品经历，赏激之情流动挥洒，但随后笔锋一转，痛陈才子遭遇蹭蹬，半世奔波白发已生，而功名却如水上浮萍、镜中之花，怎不让人同情无限？字里行间隐晦地对朝廷未能唯才是举进行了批判，也反映了他参破人生的透悟。

【原曲】落得个半世青袍白发生，想着他前程水上萍。畅好是哭穷途阮步兵，才看破眼角儿怕待睁，惯转动脚跟儿怕待行，刚温热心肠儿怕待冷。

余薰香未冷，残睡酒初醒。薄利浮名，锁不住故园兴。

【注释】金銮〔北双调·新水令〕《晓发北河道中》。套曲。

【解析】作者路经北运河，晓钟残月之时目见水天相映。在这样苍茫凄清的夜色之中，薰香尚存，残酒初醒，愈发感到身冷心寒，思乡之情油然而生，这是虚幻的名利之念所无法取代的。用语简练精到，形象地刻画出作者深层的内心世界。

【原曲】晓钟残月乱鸡声，我这里望长河，水天相映。余薰香未冷，残睡酒初醒。薄利浮名，锁不住故国兴。

蛆心狡肚伏机穽，损人利己为公道，翻黄造黑驾空桥。

【注释】高应玘〔北正宫·醉太平〕《阅世》。

【解析】高应玘为李开先弟子，所作散曲笔锋犀利，矛头多指向世态人情。

本曲生动传神地刻画了那种挖空心思陷害他人，以求肥私利己的“小人”形象。尤其此三句用语辛辣，“蛆心狡肚”的比喻恰到好处，“驾空桥”之恶毒行经宛如目见。最后一句“老先生笑倒”，绝妙地表现出作者的轻蔑与憎恶之情。

【原曲】花花草草，攘攘劳劳。近来时世恁蹊跷，百般家做作。蛆心狡肚伏机窍，损人利己为公道，翻黄造黑驾空桥。老先生笑倒！

卖田宅无买的，典儿女陪不上。

【注释】冯惟敏〔北双调·胡十八〕《刈麦有感》其一。

【解析】冯惟敏为明代西北派的散曲作家之一，创作内容十分丰富，且有大量反映民生疾苦与社会问题的题材，流传极广。本曲揭示了农民在干旱无收的情况下仍备受官棒欺压的悲惨命运，即使“卖田宅”“典儿女”也无法交清租税。作者如实描绘，未夹杂一字议论，但读之却令人心潮澎湃，波动不已。

【原曲】穿和吃不索愁，愁的是遭官棒。五月半间便开仓，里正哥过堂，花户每比粮。卖田宅无买的，典儿女陪不上。

远乡中一向颠连，村也无烟，市也无烟。

【注释】冯惟敏〔北双调·折桂令〕《刈谷有感》其一。颠连：困顿不堪。

【解析】万历元年(1573)山东大旱，粮食欠收，作者目睹灾情之剧，农民之惨，于是创作了《刈麦有感》四首与《刈谷有感》二首，真实地反映了当时的社会现状。旱灾侵袭，百姓尚且应接不暇，而又催逼租税，造成无数农民家破人亡，因此“村也无烟，市也无烟”，一片凄惨景象。

【原曲】近新来百费俱捐，官也无钱，民也无钱。远乡中一向颠连，村也无烟，市也无烟。贫又逃富又逃前催后趱，田也弃房也弃东走西迁。幸赖明贤，招抚言旋。毒收头先要合封，狠催申又讨加添。

知书识字总成空，浮世干和哄。

【注释】冯惟敏〔北中吕·朝天子〕《自遣》(四首选一)。干：靠。和哄：欺骗。

【解析】冯惟敏，号海浮，聪颖过人，博学多才，但宦途却一直颇为失意，只任过几次小官，后因廉明公正为豪右所忌，于是解官归乡。这种遭遇与不平之气必然会融铸到作家笔下，化为阵阵“炮火”击向是非颠倒、美丑不分的可憎世道。语言明畅易晓，精炼传神，令人震动。

【原曲】海翁，命穷，百不会千无用。知书识字总成空，浮世干和哄。笑俺奔波，从他盘弄，你乖猾，俺懵懂。就中，不同，谁认的鸡和凤！

哀哀告，千劳万劳，谁承望一年勤苦总无聊！

【注释】冯惟敏〔前调〕《苦风》其一。

【解析】在散曲作家中，冯惟敏是少数几个创作了大量反映农民生活题材的强将之一。他把笔触伸向乡里农田，描写了天灾人祸下的百姓困苦辛劳。本曲即强调了一个中心主题“苦”字，狂飚忽起，无计可施，一张张哀苦愁怨的面容如在目前，悲惨不堪。

【原曲】难将风雨调，无计回天道，簸乾坤昼夜狂飚。核科折尽泥中倒，黍谷磨残水上漂。哀哀告，千劳万劳，谁承望一年勤苦总无聊！

名利机关没正经，笑的我肚儿里生疼。浮沉胜败何时定？

【注释】冯惟敏〔北双调·河西大娘子〕《笑园六咏》其二。

【解析】冯惟敏罢官归乡后，为自己的居舍命名“笑园”，并作曲六首。全曲突显了一个“笑”字，笑世态炎凉，笑人生沧桑，笑争名夺利，笑富贵虚无，这实质上是一种变相的血泪控诉，《曲谐》评之曰，“嘲讥戏谑，颠狂欲绝。”

【原曲】名利机关没正经，笑的我肚儿里生疼。浮沉胜败何时定？呀，个个哄人精，处处赚人坑，只落得山翁笑了一生。

强梁自有强梁赛，聪明反被聪明害，后人又使后人哀，看斑斑史策。

【注释】冯惟敏〔北正宫·醉太平〕《李中麓醉归堂夜话》其二。

【解析】这是一篇警告豪右之作，奉劝他们休倚势胡为，自作聪明，否则终究难逃报应，看古往今来，世事变幻，乍荣乍衰，还是应小心谨慎、明哲保身为好。作者采用了三句连用的排比手法，气势贯通，很有说服力，对一般世人也同样具有警醒之用。

【原曲】休随心作歹，莫倚势胡歪，须知暑往有寒来，不多时便改。强梁自有强梁赛，聪明反被聪明害，后人又使后人哀，看斑斑史策。

手托芙蓉面，背立梧桐影。瘦损伶仃，越端相越孤另。

【注释】冯惟敏〔南仙吕·月儿高〕《闺情》。端相：细看。

【解析】冯惟敏的闺怨之作也颇具特色。本曲细腻刻画了一位思妇的孤寂之态：夜深人静，难以成寐，信步花园，身影憔悴。寥寥数语就把她的相思之苦描摹得入木三分，随后又以“半明不灭灯”作背景陪衬，孤独难耐之状呼之欲出。

【原曲】月缺重门静，更残午夜永。手托芙蓉面，背立梧桐影。瘦损伶仃，越端相越孤另。抽身转入，转入房栊冷。又一个画影图形，半明不灭灯。灯，花烛杳无凭！一似灵鹊儿虚嚣，喜珠儿不志诚。

雨丝丝，风翦翦，聚一堆落花，散一堆落花。

【注释】冯惟敏〔北双调·蟾宫曲〕《四景闺词》其一。

【解析】秋雨凄凄，寒风袭袭，落花飘落地。少妇思念意中人而不至，愁闷无奈，拨动琴弦，一诉相思埋怨之苦。遣词清丽柔婉，“丝丝”“翦翦”的叠语更见幽情，如诗如画，意境新颖，音调悠扬，技巧深厚。

【原曲】正青春人在天涯，添一度年华，少一度年华。近黄昏数尽归鸦，开一扇窗纱，掩一扇窗纱。雨丝丝，风翦翦，聚一堆落花，散一堆落花。闷无聊，愁无奈，唱一曲琵琶，拨一曲琵琶。业身躯无处安插，叫一句冤家，骂一句冤家。

怎入驴肝肺？难道草肚皮！俺这里勾打吟揉，他那里前跑后踢。

【注释】冯惟敏〔北南吕·一枝花〕《对驴弹琴》。勾打吟揉：琴的四种弹奏手法。

【解析】“毛驴”岂能通解音律，作者明写“驴”，实际上无情嘲讽了那些腹内草莽、粗俗不堪而又倚势凌人的官僚形象，这也是他宦海沉浮中的经验体会。这首套曲结尾又说道：“不遇着子期，谁知道品题？”寄托了知音难求的无限慨叹。

【原曲】知音自古稀，感物非容易。名琴偏爱抚，大耳不曾习。思忆颜回，怎入驴肝肺？难通草肚皮！俺这里勾打吟揉，他那里前跑后踢。

猛追魂三唱邻鸡，急睁眼一枕南柯。

【注释】刘效祖〔南双调·锁南枝〕。

【解析】《静志居诗话》称刘效祖：“所填小令，可入元人之室。”其作既有讽世之言，又有刻画市井妇女的爱情心理之状，本曲属于后者。丈夫外出经商数载归来，妻子欣喜万分，共叙离别相思之苦，正情浓意蜜之际，猛然鸡啼惊醒，原来南柯一梦，无尽愁怅充溢胸中，这也是对明代商业活跃的一些家庭的真实描写。

【原曲】团圆梦，梦见他；笑脸儿归来，连声问我：“我在外几载经过，你在家盼望如何？”说一会功名，叙一会间阔。唤梅香把酒果忙排，与俺二人权作贺。万种相思，一笔勾抹。猛追魂三唱邻鸡，争睁眼一枕南柯。

情嚼蜡，意搦沙，空劳魂梦绕天涯。

【注释】刘效祖〔南仙吕·醉罗歌〕。

【解析】“嚼蜡”，形容毫无趣味；“搦沙”，形容毫无成效。闺中少妇心事沉重，丈夫外出不归，意寡情薄，心生埋怨，但又无限牵挂，魂绕天涯，这种爱恨交加的复杂心态被作者淋漓尽致地表达出来。遣词接近市井口语，通俗晓畅，与主人公身份相称。

【原曲】惜花惜花愁难罢，春去春去病偏加。闲将心事付琵琶，诉不尽离情话。王魁薄倖也不似他，桂英薄命也不似咱。恨来提着名儿骂。情嚼蜡，意搠沙，空劳魂梦绕天涯。

邀郎同上七香车，遥指红楼是妾家。

【注释】梁辰鱼〔前调〕《春郊邂逅》。七香车：以多种香料涂饰的车子。

【解析】梁辰鱼为明代昆山派散曲的鼻祖，崇尚格律，以求达到唯美的境界。这支曲子一反常理，写一女子春日郊游偶遇意中人的情景，且态度热情，举止大方，读之颇有耳目一新之感。后一句借用李白《陌上赠美人》诗句，情调更加热切，这与明代商业繁荣的时代氛围是密切相关的。

【原曲】为贪闲耍，向西郊常寻岁华。霎时间遇着个乔才，想今年命合桃花。邀郎同上七香车，遥指红楼是妾家。

破苫起，弄双剑，惊落疏星千点。

【注释】梁辰鱼〔南南吕·销金帐〕《夜宿穆陵关客舍》。苫（shān）：用草编成的覆盖物，这里指被。

【解析】梁辰鱼倜傥好游，足迹踏遍吴楚之间，故集中多羁旅登临之作。本曲写于湖北麻城某店，他孤身难寐，于是揭被而起，飞舞双锋，寒光闪过之际，仿佛扫过疏星千点。曲句构思新颖，而又意境雄浑，豪气逼人。但最后两句转为哀怨苍凉，身世之嗟油然而生，难以排遣。

【原曲】松窗半掩，月落空庭，暗笑孤身在关门店。争奈夜永不寐，剔残灯焰。西风透入，透入茅檐。破苫起，弄双剑，惊落疏星千点。谁怜变了，变了苍苍鬓髯。

岁久沉沦徒想像，看烟水微茫，玉殿锁荒凉。

【注释】梁辰鱼〔南越调·小桃红〕《过湘江吊屈大夫》。套曲。

【解析】作者漫游湘江，极目风浪，“携桂酒，奠椒浆”，并创作此曲以深深缅怀屈原的高节悲风。看烟水微茫，四周一派荒凉，内心感慨万千，对屈原放黜自沉的遭遇深表同情，“千载游魂招不返，只落得泪彷徨”。词语峻丽，感情真挚，无怪人称“曲中之圣”。

【原曲】星沙旧国，罗水空江，极目多风浪也。为吊孤忠魂，迢递下潇湘。携桂酒，奠椒浆。试问放何时，黜何方？鱼腹是何年葬也？岁久沉沦徒想像，看烟水微茫，玉殿锁荒凉。

蓦然间冷语三分，窣地里热心一寸。

【注释】张凤翼〔南仙吕·桂枝香〕《风情》。窣地(sū)：突然。

【解析】张凤翼时有才名，与其弟献翼、燕翼并称“三张”，曲作多以“纤艳”为胜。本曲描画了一位少女思念情郎时的魂牵梦绕之态，“冷语三分”“热心一寸”，细腻地揭示了她复杂曲折的心绪，形象生动。《曲谐》卷四评曰：“清疏隽永，荡漾不尽，不必用成语始然，实为南令中开一广妙法门。”

【原曲】半天丰韵，前生缘分。蓦然间冷语三分，窣地里热心一寸。梦中蝶魂，梦中蝶魂，月中花晕，暗中思忖可怜人。不知兴庆池边树，何似风流倜傥身？

常悽，生平知遇稀；一嘶，声名山斗齐。

【注释】薛论道〔北中吕·山坡羊〕《马》。

【解析】薛论道，号莲溪居士，中年弃文就武，从军三十载。官至指挥佥事，因此其作多边塞风光、战争戎事方面的题材，给脂粉浓郁的曲坛注入了一股刚劲之气。本曲借千里马无用武之地喻指世无伯乐，为才士不遇深鸣不平。这两组句式对仗工整，既展现了千里马的境遇，又赞扬其声势之威，忧愤之情寄寓其间。

【原曲】他本是天生骐骥，如之何终于伏枥？一驰千里，踏碎单于地。太行骊做泥，盐车其可羁？孤竹失道，虽老夷吾异。冀北空群，当年伯乐奇。常悽。生平知遇稀；一嘶，声名山斗齐。

云迷，惊沙带雪飞。风催，人随战角悲。

【注释】薛论道〔前调〕《吊战场》。

【解析】作者凭吊明朝与鞑靼交锋战败的战场遗迹，内心伤痛无限。战场上满是“森森白骨”“冢冢碛堆”，多少鲜活的生命葬送其中，而结果却仍是一败涂地。天昏地暗、沙雪纷飞之景更加重了悲凄氛围，作者忧时叹世之慨萦绕全篇。这种凭吊战场的内容在散曲创作中极为罕见，因此弥足珍贵。

【原曲】拥旌麾鳞鳞队队，度胡天昏昏昧昧。战场一吊，多少征人泪！英魂归未归？黄泉谁是谁？森林白骨，塞月常常会。冢冢碛堆，朔风日日吹。云迷，惊沙带雪飞。风催，人随战角悲。

狂飚，三冬任尔飘；休骄，一春看尔消。

【注释】薛论道〔前调〕《冰山》。狂飚(biāo)：暴风。

【解析】正如其题，这首小令先极力渲染“冰山”的巍巍赫赫，仪态威严，乾坤笼罩。作者借此喻指那些横行无忌、仗势欺人的权贵奸臣。最后言道，任你狂飚怒吼,待到春暖花开就是你大厦将倾的无情判决。结尾语气慷慨,令人振奋,也不由联想到《红楼梦》中对王熙凤的判词,历史在重演。

【原曲】巍巍乎势倾华岳,赫赫乎风声载道。飞霜万里,尽把乾坤罩。凌凌草木凋,芒芒星斗摇。江湖裂胆,罢了严光豹。朝野寒心,逼弯陶令腰。狂飚,三冬任尔飘;休骄,一春看尔消。

萧萧白发长扼腕,滚滚青衫弄巧舌。

【注释】薛论道〔南仙吕·桂枝香〕《宿将自悲》。

【解析】作者以一位老将的身份描写其悲,意欲喋血沙场,歼灭匈奴,保家卫国,然而直等到白发扼腕,依然报国无门。原因何在呢?后一句揭示了奸人从中作梗的丑恶嘴脸。篇末点题,读之令人气愤不已,深刻地反映了明代统治阶层内部的羸弱狡诈,极具现实意义。

【原曲】匈奴未灭,壮怀激烈。空劳宵旰忧贤,那见虏廷蹀血?任胡尘乱飞,污辱郊社。堂堂中图,谁是豪杰?萧萧白发长扼腕,滚滚青衫弄巧舌。

剪刀动心先恸,针线拈泪已残,寄一年一损愁颜。

【注释】薛论道〔北双调·水仙子〕《寄征衣》。

【解析】战争造成了无数家庭妻离子散,此曲从闺中少妇为戍边丈夫缝制寒衣的角度抒写了这幕悲剧。手持剪刀,心神俱恸,看针线已被泪水浸泡得有些锈残,一年一寄寒衣,表明了丈夫离家数载未还,妻子的无限伤痛在细致的行动刻画中呈现无疑。

【原曲】西风吹妾妾身单,君戍萧关君自寒,知他定把寒衣盼。提起来心上烦,旧征衣再补从翻。剪刀动心先恸,针线拈泪已残,寄一年一损愁颜。

一腔恩爱,秋潮卷沙;百年夫妇,春风落花。

【注释】史槃〔南仙吕·醉罗歌〕。

【解析】史槃为吴江派作家,散曲以典雅见长。顾佛影评论此曲曰:“用沦落女子口气,叙述身世,因遇人不淑,流落烟花,虽欲从良,恐蹈覆辙。一腔心事,尽情倾吐,鞭鞭见血,正是曲家当行处”,见解甚当。这两组词句以对偶与比喻手法描述了无情人的不辞而别,反映了妓女命运的辛酸。

【原曲】难道难道丢开罢?提起提起泪如麻。欲诉相思抱琵琶,手软弹不下。一腔恩爱,秋潮卷沙;百年夫妇,春风落花。耳边厢枉说尽了从良话。他人难靠,我见已差,虎狼也狠不过这冤家!

朝廷王法被你弄,纲常伦理被你坏,杀人仗你不偿命。

【注释】朱载堉〔南窗调·黄莺儿〕骂钱。

【解析】朱载堉为明朝宗室之子,因父获罪而独居宫外十九年,无意功名,专力于乐律的研究和著述。散曲多反映社会现实,这一首就猛烈抨击了"有钱能使鬼推磨"的不合理现象,不禁使人想到莎士比亚对金钱的控诉,异曲同工,冬尽其妙。语言简洁老到,自然浑成,气势丰沛。

【原曲】孔圣人怒气冲,骂钱财狗畜生!朝廷王法被你弄,纲常伦理被你坏,杀人仗你不偿命。有理事儿你反复,无理词讼赢上风。俱是你钱财当车,令吾门弟子受你压伏,忠良贤才没你不用。财帛神当道,任你们胡行,公道事儿你灭净。思想起,把钱财刀剁、斧砍、油煎、笼蒸!

街前骡子学马走,到底还是驴儿样。

【注释】朱载堉〔诵子令〕《驴儿样》。

【解析】本曲宛如一幅素描,把小人得志不可一世的丑行传神地勾画出来。尤其是这最后两句,幽默诙谐又辛辣嘲讽,"驴儿终究是驴儿",即便乔装改扮,装腔作势,也难逃本色。这同时也无形地衬托出君子的端方正直、品格高洁、不为时变。两厢对照,越发突出小人的无耻卑劣,令人蔑视。

【原曲】君子失时不失象,小人得志把肚涨。街前骡子学马走,到底还是驴儿样。

撒不下虹霓舞袖,带将回烟雨眉头。

【注释】陈与郊〔北双调·折桂令〕《硖山晚别》。霓:副虹,位于主虹外侧。

【解析】《硖山晚别》为作者与意中人的离别之作,"昨夜兰房""今宵桂楫",浩浩江水将一对有情人阻隔开来,内心难以割舍,无限愁怅攒簇眉头。"撒不下""带将回",形象地展露出作者的此情此态。语言清丽委婉,善于白描,毫无赘累之感,一气呵成而又真情毕现。

【原曲】两船儿分载离愁,云懒西飞,水恨东流。昨夜兰房,今宵桂楫,甚日琼楼?撒不下虹霓舞袖,带将回烟雨眉头。柳岸沙州,有限留连,无限绸缪。

溜街忽流忽刺,涮房屋扑提扑塌,湿渌渌逃命何方遄?

【注释】赵南星〔南双调·锁南枝带过罗江怨〕《丁未苦雨》。遄(chuán):迅速。

【解析】旱时无雨,而雨足却又下个不停,本曲即展现了大雨滂沱的情景及人们避之不及的狼狈之相。这几句用"忽流忽刺""扑提扑塌""湿渌渌"等词语加以描摹,声情并貌,且通俗利落,朗朗上口,又寓寄了深切同情。

【原曲】将天问,要怎么?旱时节盼雨闸定法,没情雨破着功夫下。溜街忽流忽刺，涮房屋扑提扑塌，湿渌渌逃命何方遄？阎王殿挤坏了功曹，古佛堂推倒了那吒。神灵说："我也淋的怕。"哭啼啼哀告天爷，肯将人尽做鱼虾？勾咧勾咧饶了罢！

愿天公到底从人愿，一度圆，照一度人欢忭。

【注释】沈璟〔南南吕・浣纱刘月莲〕《缺月怨别》。忭(biàn)：喜乐。

【解析】沈璟精通音律，是当日曲匠的宗师，格律派的代表。这首《缺月怨别》虽然套用了"千里共婵娟"的习语，但能翻出新意，因人有离恨才月有所缺，与前人的说法正好相反，颇有创见。不过其中思念团圆的主题却是一致的，这几句即言传了这种人间心愿。

【原曲】丹桂枝，嫦娥面。霎时阻隔风烟。虽然千里共婵娟，却怎生不盼杀人也天。〔刘泼帽〕愿天公到底从人愿，一度圆，照一度人欢忭。〔秋夜月〕如今离恨难消遣，将兔魄暂剪。〔金莲子〕不教这孤眠人可怜。又怎奈弄余辉，剩云和残雨笑孤眠。

相思没奈何，离恨难消破。欲倩游魂，入梦寻则个。

【注释】沈璟〔南窗调・金瓯线解酲〕《招梦》。请：请求。则个：语气词，表示叮嘱或希望之意。

【解析】这首套曲采用男子口吻，诉说他思念意中人而苦不可得，即便梦中也难相见，不禁恼羞成怒，责骂起"无情狠睡魔"来。随后展开二者对话，男子向睡神袒露心扉，声称自己"阁笔处泪珠双堕"，希望睡神成全梦中团圆。这种问答方式在散曲中颇为新颖，且语言华美流畅，令人倾倒。

【原曲】相思没奈何，离恨难消破。欲倩游魂，入梦寻则个。当初苦忆他，(东瓯令)眼难合，但合眼依稀得见多。如今梦里也潜逃躲。(针线箱)怨杀那不做美无情狠睡魔，(解三酲)把芳魂锁。惯呵云叱雨，特地张罗。

月华明，偏管人孤另，后会茫无定。信难凭，两处思量，今夜私相订："天边见月生，低低叫小名；我低低叫也，你索频频应。"

【注释】王骥德〔南南吕・一江风〕《见月》。孤另：孤独。

【解析】王骥德为明代著名的戏曲理论家，任中敏说："无骥德则谱律之精微，品藻之宏达，皆无一见，即谓今日无曲学可也。"其散曲创作亦"负盛名于当时"，内容多为描写男女恋情。这首小令构思精妙，口吻天真，《曲谐》评之曰："对月呼名，异方索应，是何光景！是何情致！其中写出一片孤心苦诣，望无穷；正不独活画出一妙人，痴绝而复憨绝也。"

【原曲】月华明，偏管人孤另，后会茫无定。信难凭，两处思量，今夜私相订："天边见月生，低低叫小名；我低低叫也，你索频频应。"

早起画蛾眉，红楼镇空倚。

【注释】王骥德〔南双调·锁南枝〕《待归》。

【解析】待归，顾名思义，本曲描绘了一位少女殷切盼望情郎归来的焦急心情。清早起床梳洗打扮，不断地向楼外观望，希望能马上看到意中人的身影。谁知日落西山，踪迹全无，希望化为泡影，不禁又泪落千行。语言刻画细腻生动，且展现了一日的心理与行动变化，词简而情深。

【原曲】灯花绽，蟢子飞，心心盼他郎马归。早起画蛾眉，红楼镇空倚。纱窗暝，日又西，多管是今霄尚欠几行泪。

含笑拜嫣然，秋波谩偷转。

【注释】王骥德〔前调〕《人至》。谩：同"漫"，流动。

【解析】此首与前曲不同，由"待归"而"人至"。少女见情郎到来，欣喜若狂，欲迎又还羞，嫣然下拜，秋波流转，一派妩媚之姿，令人不禁遐想勾画出动人的容颜。未见时满心怨恨，而相逢时却忘之云霄，一个痴情女子的心态如描如画。

【原曲】才郎至，喜倒颠，匆匆出迎羞不前。含笑拜嫣然，秋波谩偷转。你把归期误，办取掴打先。谁道见郎时都做一团软！

金天霁爽开，虚谷驰清籁。林端晚照微，碧空霞散彩。

【注释】卜世臣〔南仙吕·上马踢〕《中秋夜集虎丘四望阁》。霁(jì)：雨后转晴。清籁：清风。

【解析】卜世臣为沈璟同调，散曲创作追求工巧精妙。此套曲以中秋夜苏州虎丘曲会为描写对象，展现其繁华盛况。这几句引自第一曲，开篇即铺叙了虎丘怡人风光，黄昏时分秋高气爽，金光微射，而又彩霞满天，一派绚丽多姿，为下文的曲会奠定了动人的情感基调。

【原曲】金天霁爽开，虚谷驰清籁。林端晚照微，碧空霞散彩。路入三泉，额外添潇洒。试上古台，纵目雄奇，蟾魄凭阑待。

只落得湖留孤冢，山结愁云，树咽悲风。

【注释】陈所闻〔南中吕·驻马听〕《拜岳墓》。

【解析】陈所闻为明代著名散曲作家，风格平实素朴。此曲为作者往拜岳飞墓所作，悼念英雄的壮志难酬及被害身死，山云为之结愁，树风为之悲咽，一缕忠魂绵长不绝，万古流芳。最后以"孰轻孰重"的反问语气作结，严厉谴责了秦桧等人的卖国求荣、残害忠良的劣行，语气激切，振聋发聩。

【原曲】独秉精忠，誓返銮舆未奏功。只落得湖留孤冢，山结愁云，树咽悲风。游人洒泪拜行宫，怎怪那朱仙遥望旌旗恸！试问奸雄，流芳遗臭，孰轻孰重？

乌啼不管旅愁牵，梦回偏怪家山远。

【注释】陈所闻〔前调〕《阊门夜泊》。

【解析】此语化用了唐代张继《枫桥夜泊》"月落乌啼霜满天"的诗句，描写了作者夜泊舟船时的羁旅之叹，而周围的凄凉景象倍添思乡之情。时间跨度转长，由"市喧"至"寒夜"，韵味更加深远。结尾以"蓬窗曙色"振起全篇，给人带来一线生机与活力。

【原曲】风雨萧然，寒入姑苏夜泊船。市喧才寂，潮汐还生，钟韵俄传。乌啼不管旅愁牵，梦回偏怪家山远。摇落江天，喜的是蓬窗曙色，透来一线。

荷花片片迎人放，可似卢姬旧日妆。

【注释】陈所闻〔南南吕·懒画眉〕《徐王孙惺予邀泛莫愁湖看莲》。

【解析】莫愁湖，位于南京西南，风景秀美，相传为莫愁女所居而得名。句中"卢姬"即莫愁女，语出古乐府《河中之水歌》："河中之水向东流，卢家女儿名莫愁"。作者与友人泛舟湖上，周山环碧，波光如镜，荷花怒放宛如卢姬的绝世艳容，历史与现实巧妙地融合在一起，堪称双绝。

【原曲】挐舟深入水云乡，荡破湖心一镜光，四山环碧带沧浪。荷花片片迎人放，可似卢姬旧日妆。

你便一日间千遍书来，我心中也不嫌聒絮。

【注释】冯梦龙〔南仙吕入双调·玉抱肚〕《赠书》。聒（guō）絮：杂乱吵闹，使人厌烦。

【解析】冯梦龙为"三言"的辑者众所周知，同时他的散曲创作亦清新自然。本曲叙述了少妇接到丈夫书信时的喜悦与珍爱，"读你千遍也不厌倦"，纵使一日千书，也绝不稍嫌聒絮，其中寄寓了对丈夫的无限关切与深爱之情。《曲谐》评曰："语既质朴，情亦真挚"，冯梦龙自言："子犹诸曲，绝无文彩，然有一字过人曰真。"确实如是。

【原曲】频频书寄，止不过叙寒温别无甚奇。你便一日间千遍书来，我心中也不嫌聒絮。书呵原非要紧好东西，为甚一日无他便泪垂！

郎莫开船者！西风又大了些，不如依旧还奴舍。郎要东西和奴说，郎身若冷奴身热，且受用而今这一夜。明日风和，便去也奴心安贴。

【注释】冯梦龙〔南仙吕入双调·江儿水〕《偶述》。

【解析】整曲宛如伊人口述，风大浪急，不忍郎行，待到风静浪平，再放郎行。体贴温柔之态历历如绘，情感真切，语言素朴，委婉动人。

【原曲】郎莫开船者！西风又大了些，不如依旧还奴舍。郎要东西和奴说，郎身若冷奴身热，且受用而今这一夜。明日风和，便去也奴心安贴。

烛影红摇，翦翦风威寒正悄；茶烟青绕，腾腾篆字湿初飘。

【注释】施绍莘〔北双调·新水令〕《夜雨》。套曲。

【解析】施绍莘，少负隽才，因屡试不弟而置别业于泖上，自称“置身峰泖间，避世诗酒里”，在表面的闲适背后，实则隐藏着失意懊恼的复杂心态。本曲即描述了雨夜的惆怅之情，通篇未见一个“雨”字，然“雨”意却浓得无法化解。“烛影”“寒风”“青烟”“湿字”都陪衬出雨夜与作者的凄凉，颇似赋家“为文造情”的写作之法。

【原曲】烛影红摇，翦翦风威寒正悄；茶烟青绕，腾腾篆字湿初飘。低杨直接水西桥，鸣蛙总在池边草。一兜儿轩屋小，闷开窗可竟是无昏晓。

但落寞田园居士，满地黄金，依旧有寒儒风致。

【注释】施绍莘〔南仙吕入双调·步步娇〕《菊花》。套曲。

【解析】作者酷爱山水，自称“予烟霞痼疾，出于性成”，因而对花草树木也一并爱赏，“每春秋则居山，享桃梅桂菊之奉”。本曲歌咏了菊花的淡古幽姿，借此赞颂陶渊明之流的品格高洁，虽然落寞却仍坚操守。沈伯英评之曰：“咏物之难，难于洒脱；此词正得之笔墨之外”，恰切地道出了此曲的风格特色。

【原曲】可有幽深意，偏生古秀姿。比佳人较没胭脂腻，比诗人倒没寒酸气，比仙人尚少云霄志。但落寞田园居士，满地黄金，依旧有寒儒风致。

虽则是灯影堪遮掩，也要虑露容光惹是非。

【注释】李翠微〔南正宫·山渔灯犯〕《元宵艳曲》。套曲。

【解析】李翠微为闯王李自成之女，颇具才情。此曲为其与意中人偶然相逢所作，元宵佳节，又遇情郎，内心喜悦无限，但又恐人耳目，遮掩行藏，把又喜还惧的多重心态活灵活现地表达出来。归来后“慢慢的唱和新诗赠月姨，直等那斗转参横始掩扉”，痴情之状感天动地。

【原曲】灯如昼，人如蚁。总为赏元宵，装点出锦天绣地。抵多少闹嚷嚷笙歌喧沸，试问取今夕是何夕？这相逢忒煞奇，轻轻说与他，笑声要低。虽则是灯影堪遮掩，也要虑露容光惹是非。爱杀你，果倾城婉丽。

英雄恨，泪满巾，何年三户可亡秦！

【注释】夏完淳〔南仙吕·傍妆台〕《自叙》。套曲。

【解析】夏完淳，七岁即有“神童”之誉，后为抗清大业东奔西走，事露遇害，年仅十七岁。这首曲子为他的明志之作，回顾自身遭遇，感慨万千，借用《史记·项羽本纪》“楚虽三户，亡秦必楚也”，表达了誓死抗清的坚定信念。风格沉雄苍劲，激愤之情难以平复，自陷囹圄而初衷不改，令人感佩。

【原曲】两眉颦，满腔心事向谁论？可怜天地无家客，湖海未归魂。三千宝剑埋何处？万里楼船更几人！（合）英雄恨，泪满巾，何年三户可亡秦！

杯中物，鬓上秋，梦回酒醒月空楼。

【注释】夏完淳〔南仙吕·甘州歌〕《感怀》。

【解析】此曲亦为作者狱中所作，当时清兵已攻陷南京，明朝灭亡，作者身负国仇家恨，“人千里，泪两眸”，报国无门的悲愤涌上心头，如今只能靠“杯中物”借以遣怀，然而终归是“借酒消愁愁更愁”。

【原曲】吞声哭未休，怅荒烟古渡，衰蒲残柳。清宵无寐，漫将往事追求。珊鞭风软金条脱，宝剑霜生锦臂韝。飒威驶，露影流，隔墙人唱小伊州。杯中物，鬓上秋，梦回酒醒月空楼。

为君高韵，风流清俊，得随君半日桃花下，强如过一生。

【注释】蒋琼琼〔南仙吕·桂枝香〕《春思》。

【解析】蒋琼琼，明代名妓，但生平事迹不详。这支曲子真实地反映了她的不幸遭遇，恐俗客相邀而伪称有疾，对意中人则奉献全部真心，不敢求天长地久，只要厮守半日，便已觉强过一生。句中并未明言愁怨，然而斑斑血泪寄寓满怀。

【原曲】澄湖如镜，浓桃如锦。心惊俗客相邀，故倚绣帏称病。一心心待君，一心心待君。为君高韵，风流清俊，得随君半日桃花下，强如过一生。

孤眠人最怕隆冬，又值隆冬，做不就鸳鸯梦。

【注释】景翩翩〔南商调·金络索〕《冬思》。

【解析】作者亦为青楼女子，生平事迹不详。这支曲子反映了她冬夜里孤枕难眠的伤神落寂，“锦帐红炉，独自无人共”，清风落梅更添愁情，足证其对自身处境的憎恶与无奈，具有一定的现实意义。

【原曲】银台绛蜡笼，翠屋金钩控。锦帐红炉，独自无人共。月明初转却，〔东瓯令〕小房栊，不放清光照病容。愁听画角声三弄，〔针线箱〕吹落梅花一夜风。〔解三酲〕关山梦，〔懒画眉〕鱼沉雁杳信难通。〔寄生子〕孤眠人最怕隆冬，又值隆冬，做不就鸳鸯梦。

送情人直送到丹阳路，你也哭，我也哭，赶脚的也来哭。赶脚的你哭的因何故？道是："去的不肯去，哭的只管哭；你两下里调情也，我的驴儿受了苦！"

【注释】无名氏〔前调〕《送别》。

【解析】这首曲子一反常语，没有细致刻画男女送别时的依依不舍，而是通过第三者"赶脚的"话语侧面烘托。三人一起哭两事，语言幽默诙谐，令人忍俊不止，笔调化缠绵为愉快，构思新奇，匪夷所思。

【原曲】送情人直送到丹阳路，你也哭，我也哭，赶脚的也来哭。赶脚的你哭的因何故？道是："去的不肯去，哭的只管哭；你两下里调情也，我的驴儿受了苦！"

熨斗儿熨不开眉间皱，快剪刀剪不断我的心内愁，绣花针绣不出鸳鸯扣。两下都有意，人前难下手。该是我的姻缘奇耐着心儿守。

【注释】无名氏〔劈破玉〕《耐心》。

【解析】前三句一气呵成，构成了一个气势连贯的排比句，且以熨斗儿、剪刀、绣花针进行比喻，构思精巧。随后引出"愁苦"的原因，双方都有情意，却难以如愿，反映了古时礼教对男女爱情的束缚。

【原曲】熨斗儿熨不开眉间皱，快剪刀剪不断我的心内愁，绣花针绣不出鸳鸯扣。两下都有意，人前难下手。该是我的姻缘奇耐着心儿守。

要分离除非是天做了地，要分离除非是东做了西，要分离除非是官做了吏。你要分时分不得我，我要离时离不得你，就死在黄泉也做不得分离鬼！

【注释】无名氏〔山歌〕《分离》。

【解析】明代小令，堪称一绝，王骥德即在《曲律》中称之为"盖市井所唱小曲也"，因此它具有一定的通俗性，自然活泼。本曲以排比句式表达了男女双方对爱情的忠贞不渝，誓死不分离，与汉乐府民歌《上邪》颇为相似，具有感动天地的力量。

【原曲】要分离除非是天做了地，要分离除非是东做了西，要分离除非是官做了吏。你要分时分不得我，我要离时离不得你，就死在黄泉也做不得分离鬼！

傻俊角我的哥，和块黄泥儿捏咱两个：捏一个儿你，捏一个儿我。捏的来一似活托，捏的来同床上歇卧。将泥人儿摔碎，着水儿重和过。再捏一个你，再捏一个我。哥哥身上也有妹妹，妹妹身上也有哥哥！

【注释】无名氏〔锁南枝〕《风情》。

【解析】这支曲子在民间脍炙人口，广为流传，成为男女表达爱情的忠贞誓言。以捏泥人的孩子般的举止进行刻画，鲜活生动，尤其是摔碎后再重新和过，你中有我，我中有你，把爱情的融和阐释到了极点，且与传说中的“黄土抟人”之说不谋而合。语言大胆真率，具有浓郁的北方乡土气息，甚至已传播国外，堪称爱情曲作中之“绝唱”。

【原曲】傻俊角我的哥，和块黄泥儿捏咱两个：捏一个儿你，捏一个儿我。捏的来一似活托，捏的来同床上歇卧。将泥人儿摔碎，着水儿重和过。再捏一个你，再捏一个我。哥哥身上也有妹妹，妹妹身上也有哥哥！

梦回莺啭，乱煞年光遍。人立小庭深院。

【注释】汤显祖《牡丹亭》第十出。

【解析】《牡丹亭》描写了封建社会中一个贵族少女青春的觉醒及对美好爱情的追求。这里便描写了她有感于大好春光，而对自己幽居生活产生不满。一阵莺啼燕语惊醒梦中人：使人眼花缭乱的春光到处都是，而我却被深闭于幽闺中不得见。这位少女沉睡的心在春光的呼唤下渐渐苏醒，追求美好生活的愿望慢慢滋长起来。

【原曲】〔绕池游〕梦回莺啭、乱煞年光遍。人立小庭深院。炷尽沉烟，抛残绣线，恁今春关情似去年。

翠生生出落的裙衫儿茜，艳晶晶花簪八宝填，可知我常一生儿爱好是天然。

【注释】汤显祖《牡丹亭》第十出。翠生生：色彩艳丽、鲜明。出落的：显得。茜(qiàn)：同“倩”，鲜明。艳晶晶：极言光彩绚丽灿烂。花簪：用珍宝嵌饰成的簪子。八宝：泛指各种珍宝。填：嵌饰。爱好：爱美。

【解析】我身上穿着色彩绚丽的衣衫，头上戴着光彩灿烂的簪子，你可知道爱美、追求美那是我的天然本性。这里描写了杜丽娘——这个封建社会中的少女在春光的感召下青春开始觉醒，她不愿意再压抑自己内心的欲望。她穿上鲜艳的衣服，戴上美丽的头饰，把自己打扮得漂漂亮亮，并勇敢地说出“爱好是天然”。

【原曲】〔醉扶归〕你道翠生生出落的裙衫儿茜，艳晶晶花簪八宝填，可知我常一生儿爱好是天然。恰三春好处无人见。不提防沉鱼落雁鸟惊諠，则怕的羞花闭月花愁颤。

不提防沉鱼落雁鸟惊諠，则怕的羞花闭月花愁颤。

【注释】汤显祖《牡丹亭》第十出。

【解析】“沉鱼落雁”，形容女子的美丽。庄子《齐物论》：“毛嫱，丽姬，人之所美者,鱼见之深入,鸟见之高飞。”“羞花闭月”亦是形容女子的美丽。李白《西施》:“秀色掩今古,荷花羞玉颜。”曹植《洛神赋》:“仿佛兮若轻云之蔽月。”杜丽娘以此来形容自己娇美的容颜。这位封建社会中的少女开始关注自己,并对自己的美貌感到兴奋得意,她不再压抑自己的感情,表现出她人性的复苏。

【原曲】见“翠生生出落的裙衫儿茜,艳晶晶花簪八宝填,可知我常一生儿爱好是天然”句。

原来姹紫嫣红开遍,似这般都付与断井颓垣。

【注释】汤显祖《牡丹亭》第十出。姹紫嫣红:形容花的鲜艳美丽。

【解析】在明媚的春光里,百花盛开,姹紫嫣红,可是却无人来观赏,终日只与那些残垣枯井相伴。由物及人,在封建社会里,那些被幽闭在深闺中的少女,其命运就好似这些无人眷顾的花花草草,寂寞地绽放,又寂寞地凋零。她们美丽的生命就如同这美丽的春光般被荒废。

【原曲】〔皂罗袍〕原来姹紫嫣红开遍,似这般都付与断井颓垣。良辰美景奈何天,赏心乐事谁家院。朝飞暮卷,云霞翠轩。雨丝风片,烟波画船。锦屏人忒看的这韶光贱。

良辰美景奈何天,赏心乐事谁家院。

【注释】汤显祖《牡丹亭》第十出。

【解析】此句语出谢灵运《拟魏太子邺中集诗序》:“天下良辰美景,赏心乐事,四者难并。”在侍女春香的鼓舞下,杜丽娘违背父母、塾师的训戒,走出深闺,看到了一个美丽的新天地。她不由地感叹到,如此良辰美景,有多少赏心乐事,不知何人能拥有享受。她痛惜自己的青春埋没深闺,开始自我觉醒。

【原曲】见“原来姹紫嫣红开遍,似这般都付与断井颓垣”句。

牡丹虽好,他春归怎占的先?

【注释】汤显祖《牡丹亭》第十出。

【解析】皮日休咏牡丹诗有“独占人间第一春”句。其实牡丹当春尽才开花,故有此反问。整句意为,牡丹虽美,但它开花太迟了,怎能占春花中的第一呢?这里寓有杜丽娘对美丽的青春被耽误了的幽怨和伤感。

【原曲】〔好姐姐〕遍青山啼红了杜鹃,荼蘼外烟丝醉软。牡丹虽好,他春归怎占的先?闲凝眄,生生燕语明如剪,呖呖莺歌溜的圆。

观之不足由他缱,便赏遍十二亭台是枉然。

【注释】汤显祖《牡丹亭》第十出。缱(qiǎn):留恋不舍。十二:虚指,犹言所有。

【解析】美丽的春光令乍出深闺的杜丽娘赏之不足,留连忘返。在春光的感召下,她有了青春的觉醒和对美好生活的向往,而不仅仅是赏花观亭,她更需要的是切实的生活感受。

【原曲】〔隔尾〕观之不足由他缱,便赏遍十二亭台是枉然。到不如兴尽回家闲过缱。

则为你如花美眷,似水流年。

【注释】汤显祖《牡丹亭》第十出。

【解析】貌美如花的少女,幽居深闺,无人怜爱,让那青春年华如流水般匆匆逝去。《红楼梦》中描写林黛玉听到这句唱词"不觉心动神摇。……如醉如痴,站立不住,便一蹲身坐在一块山石上,细嚼'如花美眷,似水流年'八个字的滋味。忽又想起前日见古人诗中,有'水流花谢两无情'之句;再词中有'流水落花春去也,天上人间'之句;又兼方才所见《西厢记》中'花落水流如,闲愁万种'之句:都一时想起来,凑聚在一起。仔细忖度,不觉心痛神驰,眼中落泪。"

【原曲】〔山桃红〕则为你如花美眷,似水流年。是答儿闲寻遍,在幽闺自怜。

这般花花草草由人恋,生生死死随人愿,便酸酸楚楚无人怨。

【注释】汤显祖《牡丹亭》第十二出。

【解析】杜丽娘游园后在梦中与理想中的情人柳梦梅相会。醒来时她并未觉得那样的梦有什么可羞,反觉得"美满幽香不可言"。当好梦不再、郁闷愈深,使她深觉人生不足恋时,她也希望死后能葬于梅树(象征柳梦梅)之旁,使幽魂得以常温梦境:像那些花花草草一样自由相恋,生生死死在一处,果能如此,即便有什么酸辛苦楚也绝不怨悔。

【原曲】〔江儿水〕偶然间心似缱,梅树边。这般花花草草由人恋,生生死死随人愿,便酸酸楚楚无人怨。待打并香魂一片,阴雨梅天,守的个梅根相见。

谁弱谁强排蚁阵,争甜争苦闹蜂衙。

【注释】康海《中山狼》第一折。蚁阵:蚂蚁群。蜂衙:蜂巢。

【解析】这句话意在慨叹人世纷争。人世间的男男女女、老老少少终日苦奔波,乱哄哄你方唱罢我登场,争来夺去,无非是受名利二字所驱使。句中以终日忙碌,一刻不得闲的蚁阵蜂群作比,形象而具有讽刺意味。联系这句唱词出自前往中山求取功名的东郭先生之口,那么此语也就明显地具有了一些自嘲的意思。

【原曲】〔混江龙〕堪笑他谋王图霸，那些个飘零四海便为家。万言书随身衣食，三寸舌本分生涯。谁弱谁强排蚁阵，争甜争苦闹蜂衙。但逢着称孤道寡，尽教他弄鬼抟沙。那里肯同群鸟兽，说什么吾岂匏瓜。有几个东的就，西的凑，千欢万喜；有几个朝的奔，暮的走，短叹长呀。命穷时镇日价河头卖水，运来时一朝锦上添花。您便是守寒酸枉饿杀断简走枯鱼，俺只待向西风恰消受长途敲瘦马。些儿撑达，恁地波喳！

有几个东的就，西的凑，千欢万喜；有几个朝的奔，暮的走，短叹长呀。

【注释】康海《中山狼》第一折。就：与“凑”同义反复，凑近、靠近。呀：叹息。

【解析】此句承上句之意。争名求利的人们终日奔波忙碌、东奔西走。最终，有的人获得成功，功成名就；有的人则终生失意，一事无成。功成的便千欢万喜，失意的则长吁短叹，真个是“几家欢乐几家愁”。人生的名利场上周而复始，永无休止地上演着这样的悲喜剧。

【原曲】见“谁弱谁强排蚁阵，争甜争苦闹蜂衙”句。

古道垂杨噪晚鸦。

【注释】康海《中山狼》第一折。

【解析】这首曲子是模仿马致远的散曲《天净沙 · 秋思》而作，在意境的构造与意象的选取上二者几乎是一致的。那么这句“古道垂杨噪晚鸦”很明显是“枯藤老树昏鸦”一句的翻版。但该句在原句全部静态描写的基础上增一“噪”字，以动衬静，静愈静，更添孤独凄凉意。

【原曲】〔油葫芦〕古道垂杨噪晚鸦。看夕阳恰西下，呀呀寒雁的落平沙。黄埃卷地悲风刮。阴云遍野荒烟抹。只见的连天衰草岸，那里有林外野人家？秋山一带堪描画。揾不住俺清泪洒袍花。

谁曾见这锦囊诗袋，却遮藏的虎党狐侪？

【注释】康海《中山狼》第二折。

【解析】东郭先生明明是用他的装书袋子藏匿了中山狼，但当猎人赵简子向他询问并欲搜查其书袋时，他却矢口否认，并说谁会用这宝贵的书袋子来掩藏那些坏家伙呢！他明明这样做了，却又巧言令色加以否认，他明明是饱读诗书，应该懂得坏家伙不值得同情这个简单的道理，却又滥开慈悲之怀，充分暴露出东郭先生迂腐，甚至有些愚昧的性格特征。

【原曲】〔滚绣球〕您道是三尺剑吹毛的快，把俺这天灵盖尖劈开。非是俺巧言令色，索与您数黑论白。这囊呵，有图书数卷收，只青毡一片来。谁曾见这锦囊诗袋,却遮藏的虎党狐侪?只您这眉前眼后谁瞒过,道不的露尾藏头怎撒乖,没处安排。

才得个皮毛抖擞,便把恩来负。

【注释】康海《中山狼》第三折。

【解析】忘恩负义者在失意时总是摇尾乞怜,求取别人的同情,而一旦时来运转即会翻脸不认人,露出狰狞的本来面目。"好心"的东郭先生出于怜悯救下了被猎人围捕的中山狼,但那狼待险情一解除,便露出凶恶本相,非旦不感恩,还要将东郭先生吃掉充饥。至此,东郭先生方知悔悟。

【原曲】〔调笑令〕您馋眼脑,天生毒,狠辣的心肠和那胆底儿虚。才得个皮毛抖擞,便把恩来负。也是俺两眼儿无珠,谁引得狼来屋里居。今日里懊悔何如!

此身飘泊,一似湛露浮烟。

【注释】高濂《玉簪记》第四出。湛(zhàn):浓重。

【解析】《玉簪记》中女主人公陈娇莲(即陈妙常)父亲早逝,家道中落,与母亲相依为命。这句唱词即是她对世事无常、身世凄凉所抒发的慨叹。把飘泊的身世比拟为难以持久的晨露,飘浮无定的轻烟,词句形象、优美且切合人物身份。

【原曲】〔前腔〕叹人生万事由天,又何须苦埋怨 。此身飘泊,一似湛露浮烟。那些个翠遮红掩。赧言,泪渍愁添,只忧春老庭萱。

湖烟乍起风色冷,山树凉生日影偏。烟光外,树杪间,栖鸦时带夕阳还。花村渡,柳岸船,一蓑风月老渔竿。

【注释】高濂《玉簪记》第九出。

【解析】湖面渐渐腾起层层薄雾,天色渐暗;微风吹拂山间绿树,凉意顿生,日影已偏。透过薄雾斜阳,在树枝掩映中,不时可以看见一只只恋巢的乌鸦在夕阳的余晖中飞回来。在远处红花绿柳间的渡口边,泊着几只小船,还有一个老渔翁手持钓竿悠闲而自得。好一幅西湖晚景图。

【原曲】〔前腔〕山深路渺漫。更扳萝扪壁,直上层峦。云霞镜净,乘空便欲骖鸾。湖烟乍起风色冷,山树凉生日影偏。烟光外,树杪间,栖鸦时带夕阳还。花村渡,柳岸船,一蓑风月老渔竿。

有竹堪留客,无鱼可当餐。

【注释】高濂《玉簪记》第十二出。

【解析】剧中男主人公潘必正科考落第，无颜回乡，遂前往金陵女贞观。女贞观观主（潘之姑母）就用此语挽留其住下。苏东坡言“宁可食无肉，不可居无竹”。这里即是化用此意：观中虽无鱼肉可食，但环境清幽，有竹堪赏，尽可留居此间。

【原曲】一自风尘分面，常对云山增叹。喜天涯瓜葛相逢，俨千里连枝重见。不须泪涟，不须泪涟，有日眉扬额点。且自雕虫刻篆。我这里尽清闲，有竹堪留客，无鱼可当餐。

我见了他假惺惺，别了他常挂心。

【注释】高濂《玉簪记》第十六出。

【解析】看见他（恋爱的对象）时装作一本正经，看不见他时心里又不住地牵挂思念。这里描写的是青年女子恋爱时的矛盾心态。女子由于经受着许多社会与自我的心理约束，在表达情感时不免躲躲闪闪，瞻前顾后，欲放还收。《西厢记》中描写崔莺莺“对人前巧语花言；背地里愁眉泪眼。”同样表达的是这样一种心理状态。

【原曲】〔前腔〕你是个天生后生，曾占风流性。无情有情，只看你笑脸来相问。我也心里聪明，脸儿假狠，口儿里装作硬。待要应承，这羞惭，怎应他那一声。我见了他假惺惺，别了他常挂心。我看这些花阴月影，凄凄冷冷；照他孤另；照奴孤另。

天空云淡蓼风寒，透衣单。江声凄惨，晚潮时带夕阳还。

【注释】高濂《玉簪记》第二十三出。蓼（liǎo）风：蓼，一种味辛辣的植物。蓼风，这里指凄冷令人不适的寒风。

【解析】“追别”（现通称“秋江”）一场戏是《玉簪记》一剧的高潮部分。在这一折中，潘必正、陈妙常两位有情人被迫分别。潘必正满怀离愁别怨行至江边，伤心人眼中的景物亦呈伤心色，江风吹过，他感到的是寒风凄楚，穿透单衣，一片冰凉。在夕阳余晖中晚潮叠起，然而那潮水声及江鸟的鸣叫声在他听来都是那么凄惨。

【原曲】〔水红花〕天空云淡蓼风寒，透衣单。江声凄惨，晚潮时带夕阳还。泪珠弹，离愁万千。欲待将言遮掩，怎禁他恶狠狠话儿劖，只得赴江关也罗。

伤心怕向篷窗见，堆积相思两岸山。

【注释】高濂《玉簪记》第二十三出。

【解析】内心忧伤不敢看视窗外，（怕窗外的景物触发内心的感受，徒增伤悲。）满腔相思之情，堆积得有如山高。这里描写的是潘必正在船中思念情人陈妙常时的心理感受。“堆积相思两岸山”比喻形象贴切且切合场景（船上），信手拈来，非常生动。

【原曲】〔前腔〕我只为别时容易见时难。你看那碧澄澄断送行人江上晚。昨宵呵、醉醺醺欢会知多少，今日里、情脉脉离愁有万千。莫不是锦堂欢，缘分浅，莫不是蓝桥倒，时运悭。伤心怕向篷窗见也，堆积相思两岸山。

君如水上萍，妾似风中烛。

【注释】高濂《玉簪记》第二十六出。

【解析】水上浮萍，风中泪烛，都是摇摆飘浮不稳定之物。这里是以此来表明女主人公对前途命运的深深忧惧。潘必正赴京赶考，陈妙常留居观中日思夜想，未来的一切在她看来是那么渺茫，难以预测。她说君（潘郎）就像水上浮萍漂泊难依，我则似风中红烛飘摇泪坠。

【原曲】〔东坡引〕君如水上萍，妾似风中烛。盈盈泪落悠悠路，愁眉空自戚，愁肠空自续。

论传奇，乐人易，动人难。

【注释】高则诚《琵琶记》第一出。

【解析】从这句唱词中可以看出明代的剧作家已朦胧意识到戏曲有悲、喜剧之分，而悲剧场子更难写。剧作家开始更加关注作品感动人心的巨大力量，而不仅仅是其娱乐功能。

【原曲】〔水调歌头〕秋灯明翠幕，夜案览芸编。今来古往，其间故事几多般。少甚佳人才子，也有神仙幽怪，琐碎不堪观。正是不关风化体，纵好也徒然。

论传奇，乐人易，动人难。知音君子，这般另眼儿看。休论插科打诨，也不寻宫数调，只看子孝共妻贤。正是：骅骝方徒步，万马敢争先。

小门深巷，春到芳草，人闲清昼。

【注释】高则诚《琵琶记》第二出。

【解析】一条狭深小巷，一户农家小院，新绿满园，春意盎然，人闲无事，怡然自得。本剧中男女主人公蔡伯喈、赵五娘新婚不久，夫妻和顺，子孝亲慈，一切称心顺意。因此在他们眼中农家的生活虽然俭朴，但依然充满情趣。

【原曲】〔宝鼎现〕小门深巷，春到芳草，人闲清昼。人老去星星非故，春又来年年依旧。最喜今朝春酒熟，满目花开如绣。愿岁岁年人在，花下常斟春酒。

相思两处，一样泪盈。

【注释】高则诚《琵琶记》第五出。

【解析】身隔两地，但相思是一样的，眼泪是一样的。这里化用的是李清照《一剪梅》词中“一种相思，两处闲愁”之句。

【原曲】〔前腔〕你宽心须等待，我肯恋花柳，甘为萍梗？只怕万里关山，那更音信难凭。须听，我没奈何分情破爱，谁下得亏心短行？从今后，相思两处，一样泪盈。

荣归去，绿绶新，休教妻嫂笑苏秦。

【注释】高则诚《琵琶记》第七出。绿绶（shòu）：绶，丝带，常用来拴玉和印。绿绶，即绿色的丝带。这里喻指科考得第，功成名就。

【解析】《战国策·秦策》中载苏秦第一次出游说秦不行，垂头丧气地返回家。到家后，“妻下下纴，嫂不为炊，父母不与言。”“休教妻嫂笑苏秦”一句即指此而言。在封建时代，苏秦的这一经历是所有读书人都不愿面对的遭遇。每一个寒窗苦读、历尽千辛万苦参加科考的学子，内心都有一个宏愿：但愿金榜题名，怀里揣着系着新新丝带的黄灿灿的官印，荣归故里。

【原曲】〔前腔〕风光正暮春，便纵然劳役，何必愁闷？绿阴红雨，征袍上染惹芳尘。云梯月殿图显贵，水宿风餐莫厌贫。乘桃浪，跃锦鳞，一声雷动过龙门。荣归去，绿绶新，休教妻嫂笑苏秦。

乱荒荒不丰稔的年岁，远迢迢不回来的夫婿。急煎煎不耐烦的二亲，软怯怯不济事的孤身体。

【注释】高则诚《琵琶记》第二十一出。

【解析】这四句唱词写明了女主人公赵五娘身处的困境：年头不好，庄稼无收，丈夫远走他乡还未归家，双亲年事已高，盼儿回来不耐心焦，自己一个弱女子，又重担难挑。每句前使用叠字，一方面演唱时琅琅上口，另一方面又使表达更形象准确，突出了女主人公烦忧急迫的心情。

【原曲】〔山坡羊〕乱荒荒不丰稔的年岁，远迢迢不回来的夫婿。急煎煎不耐烦的二亲，软怯怯不济事的孤身体。衣尽典，寸丝不挂体。几番拚死了奴身己，争奈没主公婆教谁看取。思之，虚飘飘命怎期？难捱，实丕丕灾共危。

苦人吃着苦味，两苦相逢，可知道欲吞不去。

【注释】高则诚《琵琶记》第二十一出。

【解析】〔孝顺歌〕是《琵琶记》中一段很著名的唱词。孝妇赵五娘将家中仅有的一点粮食奉献给公婆吃，自己却背着公婆自咽糟糠，但那糟糠实在难以下咽：“呕得我肝肠痛，珠泪垂，喉咙尚兀自牢嗄住。”她不由得悲叹自己辛酸痛苦的命运：命苦的人咀嚼着苦涩的滋味，两苦相逢，如何吞咽得下去。描写非常细腻形象，令人读之堕泪。

【原曲】〔孝顺歌〕呕得我肝肠痛，珠泪垂，喉咙尚兀自牢嗄住。糠那！你遭砻被舂杵，筛你簸扬你，吃尽控持，好似奴家身狼狈，千辛万苦皆经历。苦人吃着苦味，两苦相逢，可知道欲吞不去。

糠和米，本是相依倚，被簸扬作两处飞。

【注释】高则诚《琵琶记》第二十一出。

【解析】赵五娘将自己和丈夫比做糠与米。丈夫同自己本来是亲密无间，相依相附，如今却如同那被簸扬的糠与米分飞两处。丈夫就如同那米不知身处何方，自己却好似这糠苦不可当。写出她悲凉的处境。形象的比喻增添了抒情的感染力。

【原曲】〔前腔〕糠和米，本是相依倚，被簸扬作两处飞？一贱与一贵，好似奴家与夫婿，终无见期。丈夫，你便是米呵，米在他方没寻处。奴家恰便似糠呵，怎的把糠来救得人饥馁？好似儿夫出去，怎的教奴，供膳得公婆甘旨？

涟漪戏彩鸳，把露荷翻，清香泻下琼珠溅。

【注释】高则诚《琵琶记》第二十二出。

【解析】夜雨荡涤尘埃，清晨的空气异常清新。荷池中一对对鸳鸯在水中嬉戏，荡起阵阵涟漪，露珠在荷叶上滚动，随着荷叶翻卷，一颗颗带着荷叶清香的露珠滚落下来好似摔碎的珍珠琼玉溅满地。

【原曲】〔节节高〕涟漪戏彩鸳，把露荷翻，清香泻下琼珠溅。香风扇，芳沼边，闲亭畔。坐来不觉神清健，蓬莱阆苑何足羡？只恐西风又惊秋，不觉暗中流年换。

纵使我词源倒流三峡水，只怕你胸中别是一帆风。

【注释】高则诚《琵琶记》第三十六出。

【解析】赵五娘千里寻夫，终于寻至丈夫现今居住的府上。即将与日夜思念的丈夫会面，她内心却又充满了矛盾。只怕丈夫已变了心肠，忘了旧情，纵使自己话语万千能说转三峡水倒流，怕只怕丈夫别有一番心肠，充耳不闻。

【原曲】〔前腔〕纵使我辞源倒流三峡水，只怕你胸中别是一帆风。还是教妾若为容？只怕为你难移宠。纵认不得这丹青貌不同，若认得我翰墨教心先痛。

清代戏曲名句

春红都被东风嫁，

细数韶华。

——许光治《满庭芳》

他倒不辞素秋将姿态改，兀自松粉沾衣展翅来。

【注释】沈自晋〔南仙吕·解三酲〕《见黄蝶》。

【解析】沈自晋属由明至清的过渡作家，前期字句多秀丽典雅，明朝灭亡后，作品满怀身世之悲与亡国之恨。这首小令借黄蝶描绘了自己在清兵南下之时的逃难历程及劫后余生的欣慰之感。黄蝶在战地尘埃中不改容姿，依旧展翅飞翔，作者借此说明了自己的高洁之质与坚贞信念。

【原曲】只道领春风向野花飘洒，却纷飞在战地尘埃。牡丹丛曾染姚家色，怕霜信紧旧颜衰。他倒不辞素秋将姿态改，兀自松粉沾衣展翅来。还留在，喜得个篱边菊下，且自舒怀。

今番好，喜的是承颜无恙，洗耳能逃。

【注释】沈自晋〔前调〕。承颜：指承欢父母。

【解析】清兵入关，灭亡明朝，文人们面对着改朝换代的严峻现实，他们既无力兴兵抗清，更不愿剃发侍清，而幻想着能不问世事，依旧过着诗酒娱情的生活。这支小令即表达了当时文人带有普遍性的情感走向，“洗耳”即仿效许由颍水归隐，沈自晋在明亡后隐居吴江，这也可以代表文士的一种无言的反抗，虽然它终究不免孱弱。

【原曲】譬如我血溅戈矛，等闲如刈草。譬如我风雨沉埋何处招；譬如你图南不返迷荒徼，使我穷泪眼望归轺；譬如你纷华未断还来入市朝，使我愁见蒙茸一锦貂。今番好，喜的是承颜无恙，洗耳能逃。

蓦然间塞鼓烽烟，顷刻来飘蓬断梗，博得个孤舟贫病。

【注释】沈自晋〔南羽调·胜如花〕《避乱思归》（寓子昂村东）。

【解析】副题即已交代了写作之地，与主标题相联，可看出这是作者躲避战乱途中所作。原本生活闲适滋润，可忽然间烽烟四起，犹如根断的莲藕，到处飘荡，且又孤独一身，贫病交加，担惊受怕，睡里梦里都思念着何如归返故国，不再颠沛流离。词语精炼，饱含深情，“蓦然间”“顷刻来”准确地勾画出所受打击的沉重，令读者充分感受到历史剧变时的场景。

【原曲】思燕玉，忆楚萍，老去愁饥畏冷。蓦然间塞鼓烽烟，顷刻来飘蓬断梗，博得个孤舟贫病。捱一番朝惊晚惊，又一番风行雨行。数点秋萤，早六花飞迸。遏不住鲈乡归兴。盼西流可是江城？盼西流可是江城？

那得胡圈乱点涂人目，漫假批评玉茗堂。

【注释】沈自晋〔南仙吕·解醒乐〕《偶作》（窃笑词家煞风景事）其一。

【解析】自明中代以来，书籍刊印有了很大发展，为文化的普及与交流起到了重要的作用,但同时也产生了粗制滥造的弊端。此曲即尖锐嘲讽了那些只知谋利的书商,胡圈乱点,假借汤显祖之名以抬高身价,根本不通曲律,这对文化市场来说是一种严重的戕害。

【原曲】觑传奇喜巧镌图像,最堪憎妄肆评量。只合从头按拍无疏放,一入览便成腔。〔大胜乐〕那得胡圈乱点深人目,漫假批评玉茗堂。坊间伎俩,更莫辨词中衬字,曲自同行。

眼底云山皆愁绪,惨淡花深处,春光有似无。

【注释】沈自晋〔南仙吕入双调·步步娇〕《旅中雨况》其一。

【解析】旅中逢雨,使行人倍添愁苦,看天空阴云密布,群山仿佛都感染上了愁绪,沉静肃穆,惨遭风雨的小花瑟瑟发抖,令人怜爱。内心盼望着风和雨住,老天不要再折磨这离别人已经脆弱不堪的情怀了!语言精炼传神,“春光有似无”,为晦暗的基调投注了一缕光明。

【原曲】眼底云山皆愁绪,惨淡花深处,春光有似无。入夜狂飚,雨又朝和暮。恁般雨雨更风风,天还不惜离人苦。

俺虽没有临潼斗的无价宝,只这三声鼍鼓走遍天涯。

【注释】贾应宠〔鼓词〕(节选)。鼍(tuó):爬行动物,体长二米多,有鳞甲,穴居江河岸边。皮可制鼓,通称猪婆龙。

【解析】鼓词,是明清时流行于北方的一种曲艺,可一人击鼓自唱,也可加三弦等乐器伴奏,相当于现在的大鼓书。这两句是作者对自己说唱生涯的评价,虽然没有秦穆公临潼大会的奇珍异宝,但手击鼍鼓评道历史亦感到十分满足了,读者能从中感受到他对艺术事业的投入与执着。

【原曲】打墙板儿翻上下,运去铜钟声也差。管教他来世的莺莺丑似鬼,石崇托生没个板渣。海外有天天外有海,你腰里有几串铜钱休浪夸。俺虽没有临潼斗的无价宝,只这三声鼍鼓走遍天涯。

槛猿笼鸟三生事,煮鹤烧琴一霎时。

【注释】毛莹〔南正宫·玉芙蓉〕其一。

【解析】古时青楼女子,多半因家庭贫困而沦入烟花,过着备受欺凌压榨的悲惨生活。作者有感于斯,创作此曲,以“槛猿笼鸟”喻指她们人身权利的不能自主,以“煮鹤烧琴”象征美好事物的屡遭摧残,寄寓了无限的慨叹与同情。

【原曲】沉沦露水司,狼藉烟花市,想断云残雨,瘦损腰肢。槛猿笼鸟三生事,煮鹤烧琴一霎时。星前誓凭谁主持?乍提起狠阎罗,血泪洒胭脂。

任安排女膺滂，不算好男儿。

【注释】毛莹〔南正宫·玉芙蓉〕其二。膺滂，指东汉末年的忠臣李膺、范滂，后均为宦官所杀。

【解析】作者在曲前的小序中写道："梁姬道昭，清标绝俗，有盛名于时，以株累为当事者所困，社中共爱惜之。""曲中的女膺滂"就当指梁姬为权贵构害，作者义愤难忍，痛惜佳人薄命，希望有识之士能够仗义援手，予以搭救，颇有豪侠风范。

【原曲】霜凋杨柳枝，风剪鸳鸯翅。恨无端业火，锻炼芳姿。梦回香阁消魂死，默祷莲台肠断时。从前事，朝思暮思。任安排女膺滂，不算好男儿。

此身不是玉堂仙，字挟风雷不值钱。

【注释】毛莹〔南仙吕入双调·玉抱肚〕《社集沈若一斋中醉后作》其一。

【解析】唐宋以后称翰林院为"玉堂"，"玉堂仙"即指翰林学士。"字挟风雷"，指文章具有风雷之势。作者自嘲虽怀文采，无奈却一事无成，"醉后作"体现了怀才不遇的愁闷心情，并对只重权势的不公平社会现象进行了抨击，这在下层文人中具有一定的普遍性。

【原曲】年华荏苒，隙中驹何堪着鞭。赖君家有酒如渑，任他们有笔如椽。此身不是玉堂仙，字挟风雷不值钱。

池塘蛙鼓更喧哗，比朱门热闹谁真假？我只是闲垦荒田课种瓜。

【注释】毛莹〔南南吕·懒画眉〕。套曲。

【解析】此曲序言写道："小窗晚坐，内人历叙旧事，感而有作。"作者在与妻子回顾过去的生活中，感慨万千。如今朝代已换，许多人投靠新贵，献媚邀宠，而自己却闭门独守，以开垦田园为谋，表达了坚持节操，不与清王朝合作的态度，"尾声"中又自陈己志："平泉台馆无全瓦，有茅屋粗安且结跏。你须晓陵谷翻腾都是耍。"

【原曲】午梦初回启窗纱，刚值蜂王放晚衙。池塘蛙鼓更喧哗，比朱门热闹谁真假？我只是闲垦荒田课种瓜。

对朝餐自悲，对朝餐自悲，一餐难凑，官粮还欠七八斗。

【注释】叶承宗〔南仙吕入双调·步步娇〕《临川散粥》。套曲。

【解析】"堪怜他面鹄形鸠，都充名口"，老百姓在饥荒之年骨瘦如柴，为食一口粥而勉强移步前来，看粥碗泪如雨下，自己都难以保全，又怎么去交纳那尚欠七八斗的官粮呢？字字含悲，句句泣血，结尾言道："怎能够明诏蠲免将孑遗留。"幼小的后代孩童也难逃一劫，真是触目惊心！

【原曲】对朝餐自悲，对朝餐自悲，一餐难凑，官粮还欠七八斗。几番家欲死，几番家欲死，卖不出贱田畴，叫不应狠亲旧。还仗赖邑侯，还仗赖邑侯，早奏宸旒，急来搭救。

莫嫌村酒为君筛，壶干时再买。

【注释】徐石麟〔北正宫·醉太平〕《喜故人远访》。

【解析】徐石麒的散曲作品多清新高趣，本曲即可谓典范之音。与友人离别一载，忽然重逢，心情无比欢悦，急忙烹制菜肴，准备"村酒"，并叮嘱客人不要嫌弃，多多饮用，体现出主人的深情厚谊，且侧面烘托出作者所居的清雅之境，颇有孟浩然、陶渊明之高韵，自然古淡。

【原曲】别离一载，今日重来。斋头正有花开，抱清香满怀。旋烹新笋黄芽菜，野人扑簌家风在。莫嫌村酒为君筛，壶干时再买。

羞看旧吏颁新朔，忍见新符换旧桃。

【注释】沈永隆〔南正宫·双红玉〕《甲申除夕咏》。新朔：指清朝颁布的新年历。

【解析】沈永隆为沈自晋长子，善度曲，晚年随父隐居，以吟咏自娱。作者借除夕之际的变化举动，反映了身处新朝的万分愁苦之情。这两句对仗工稳，以"羞""忍"二字突现出"新""旧"的不同命运，使原本团圆美满的除夕之夜笼罩上一层悲郁之色。"甚玉烛千年炤"，往昔的辉煌已然消逝，空留遗残存在人间。

【原曲】岁岁个书生老，怎蓦把愁怀吊。〔玉芙蓉〕痛思君半载，尽此今宵。羞看旧吏颁新朔，忍见新符换旧桃。〔红娘子〕听竹爆，声终亥交。甚玉烛千年炤！

俺自向长林丰草，山坳水峤，一曲伴渔樵。

【注释】归庄〔万古愁〕节选。套曲。坳(ào)：山间平地。峤(jiào)：山道。

【解析】归庄为明末复社成员，积极抗清，失败后亡命天涯，穷困以终。这首套曲即反映了他绝不投降清廷，辞世归隐，走向山水的坚定誓言，活画出一位弃绝尘俗的高士形象。世事变幻莫测，这也是作者的一种无奈抉择。

【原曲】俺再不向小朝廷拜献降胡表，再不向钱神国告纳通关钞，再不向众醉乡跪进精浑醨。拔尽鼠狼豪，椎碎陈玄宝。万石君已绝交，楮先生告辞了。俺自向长林丰草，山坳水峤，一曲伴渔樵。

相思写尽题倦标，怕听邻院夜吹箫也。又铜壶暗滴，疏钟乱敲，纱窗月影和

闷摇。

【注释】尤侗〔南南吕·罗江怨〕《旅思》。

【解析】尤侗本为清代豪放派作家，但这首小令却写得颇为清丽缠绵。作者身居异地，思乡之情难以自禁，怕听吹箫牵动心情。同时，又以铜壶、疏钟、纱窗及月影加以陪衬烘托，愈加形象地刻画出一位辗转反侧、愁恨苦闷的游子的归乡之思。

【原曲】乡关道路遥，思归梦劳。相思写尽题倦标，怕听邻院夜吹箫也。又铜壶暗滴，疏钟乱敲，纱窗月影和闷摇。〔一江风〕偷掩鲛绡，莫向孤帏照。秋鸿唳几宵，春莺唤几朝，都说道江南好！

梦魂不怕险，飞过大江边。又被茅店鸡声重呼转，依旧对空房独自眠。

【注释】尤侗〔南仙吕·醉扶归〕《秋闺》。套曲。

【解析】这几句为全曲中的第六曲，前者细腻刻画了闺中少妇思念远方丈夫的愁闷缱绻，“瘦褪芙蓉钏，愁粘翡翠钿”，“盼征人秦关楚关，诉离情长弦短弦”。日里相思，夜里梦萦，心切切而欲飞越高山大川与夫君相会，谁知正欣喜却被鸡声唤醒，仍孤枕独眠。此曲融注了诗歌的精巧深婉，借用温庭筠“鸡声茅店月，人迹板桥霜”之语，含羁旅情愁于一身，寓意更丰。

【原曲】梦魂不怕险，飞过大江边。又被茅店鸡声重呼转，依旧对空房独自眠。

听东西喧嚷乱如麻，男女喜喳喳。折这是扬州道上越繁华，恰便是端午新夏。

【注释】石庞〔南北中吕合套·石榴花〕《广陵端午》。套曲。

【解析】广陵，即今天的扬州，作者亲身经历并如诗如画地描绘了端午佳节的繁华景象。这几句从总体上概括了喧嚣热烈的场面，随后又铺陈了街市的应有尽有，以及各色人等的行为举止：渔婆子“新样的戴着萍花”，俊俏女“水色红衫，凌波白袜”，小婴孩“臂挂红丝，艾枝斜插”，淋漓尽致地展现了端午节的人情风韵。结尾说道：“倒不如醉死扬州尽不差”，读后深感是也。

【原曲】听东西喧嚷乱如麻，男女喜喳喳。折这是扬州道上越繁华，恰便是端午新夏。俺行一路芳草平沙，见几处楼船箫鼓中流发，热腾腾喷的浪花。喜的是中间有个红妆插，软闪闪穿一件细宫纱。

把豪情倚月，逸气干云，西第南楼，都付与漆园蝴蝶老庄周。

【注释】吴绮〔南中吕·尾犯序〕《赠苏昆生》。套曲。

【解析】苏昆生，时人称为“昆生曲子敬亭书”，始投靠宁南伯左良玉，极受器重，左死后即削发出家。作者以此曲追忆苏老的坎坷身世，备赞他的无双才艺及高洁品质，并对其摒弃红尘采取了倾慕欣赏的态度，同时寄寓了“知音冷落”之慨。全曲笔致遒俊，流畅婉转，颇有一唱三叹之妙。

【原曲】风流，忆少年不解愁，游侠争驰骤。也曾向麋鹿台前，貔貅帐里，金谷留连，玉箫遙逗。把豪情倚月，逸气干云，西第南楼，都付与漆园蝴蝶老庄周。

青山夕照，芳魂何处招？只见寒烟碧树，乱水斜桥，嫩桃花风外飘。

【注释】沈谦〔南仙吕入双调·江头金桂〕《孤山吊小青墓作》。

【解析】小青，为杭州冯姓士人之妾，因遭大妇嫉恨，而于西湖孤山别业郁郁而终，年仅十八岁，能诗善画，其故事广为流传。作者途经西湖，至孤山凭吊小青墓，痛惜芳魂飘散，而四周的“寒烟、乱水、嫩桃”，既烘托出她遭遇的凄悲，又使人联想到绝伦的容华与才情。作者随后又大声疾呼，“怪苍天恁狠”，对造成她不幸早逝的“社会”提出沉重的抗议，怜惜之情发自肺腑。

【原曲】青山夕照，芳魂何处招？只见寒烟碧树，乱水斜桥，嫩桃花风外飘。〔金字令〕想着你听雨无聊，临波独笑。直弄得红啼绿怨，翠减香消，今来教人空泪抛！〔桂枝香〕怪苍天恁狠，怪苍天恁狠！生他才貌，将他罗唣。漫心焦，如今几个怜文采，只是卿卿没下梢？

灯不定风如箭急，枕常闲泪似杷推。愁滋味教咱告谁，不提防楼外又吹笛。

【注释】沈谦〔北中吕·粉蝶儿〕《除夜悼亡》。杷(pá)：即犁耙。

【解析】除夕之夜原应家家团圆，热闹非凡，然而作者却“魂消心碎”。缘何？去年今日夫唱妇随，一团和美，而如今却人单影只，物在人亡。回想着亡妻的温柔可意，耳听着窗外爆竹声声，目见着他人夫妇的举案齐眉，在强烈的对比之中更觉万箭穿心，喉咙哽咽，不提防又传来楼外笛声，越发情难堪、意难遣。全曲情感深挚，为散曲中“悼亡”题材的典范。

【原曲】闹攒攒排门间壁，筛锣击鼓，火爆如雷。抵多少夫妻携手添春意，越教咱痛苦伤悲。灯不定风如箭急，枕常闲泪似杷推。愁滋味教咱告谁，不提防楼外又吹笛。

假词章赚得长门价，老面皮写入瀛洲画，秃头发簪了上林花，被旁人笑杀。

【注释】朱彝尊〔北正宫·醉太平〕。

【解析】朱彝尊可称得上是一个多才多艺的作家，他诗词文曲样样精通，论者称其曲多学张可久，清丽婉转。本曲则饶具韵味，无情地嘲弄了那些不学无术而又信口雌黄的假文人形象，以“假词章、老面皮、秃头发”攀附“长门价、瀛洲画、上林花”，对比异常鲜明，使人不禁也如作者一样“笑杀”。

【原曲】瞎儿放马,纸虎张牙,寒号虫时到口吱喳,尽由他自夸。假词章赚得长门价,老面皮写入瀛洲画,秃头发簪了上林花,被旁人笑杀。

城头残角戍楼开,天际征鸿丁字排,携手试登山上台。

【注释】朱彝尊〔北仙吕·一半儿〕《金山》。

【解析】金山位于江苏镇江西北,为风景胜地。作者在山脚下目视城楼遗迹,随后抬头看鸿雁齐飞,视角由近及远,逐渐开阔起来。登至山顶,长江浩浩渺渺,曲词中虽然没有明言,但作者流连于山川秀美风光的情感却清晰可察。

【原曲】城头残角戍楼开,天际征鸿丁字排,携手试登山上台。暮潮来,一半儿江声一半儿海。

暗水横桥,矮屋香茅,看黄花都放了。

【注释】朱彝尊〔北中吕·朝天子〕《送分虎南还》。

【解析】分虎,即李符,善诗词,为朱彝尊好友。很显然,此曲为送别之作,但作者却一改常体,没有胶着于伤感的分离情绪中,而是借曲言志,表明了自己向往田园,意欲归隐的心愿。结尾说道:"丝绦,布袍,再不想长安道",对功名利禄无所留恋,颇具高士之风。

【原曲】鱼标、稻苗,争似南湖好。月寒沙柳夜萧萧,帆影卸三姑庙。暗水横桥,矮屋香茅,看黄花都放了。丝绦,布袍,再不想长安道。

一行白雁清秋,数声渔笛蘋洲,几点昏鸦断柳。夕阳时候,曝衣人在高楼。

【注释】朱彝尊〔北越调·天净沙〕。蘋洲:长满蘋草的水边。曝(pù):晒。

【解析】阅读此曲,马上会使人联想到马致远的〔天净沙·秋思〕:"枯藤老树昏鸦,小桥流水人家,古道西风瘦马。夕阳西下,断肠人在天涯。"描绘了行人的羁旅之苦。但本曲却进行了巧妙地化写,以"白雁、渔笛"为金秋抹上了一层清远之色,又以"曝衣人"取代"断肠人",把视角由偏狭荒僻之地拉到了渔村海边,整个画面变得神气意动,别具情韵,毫无愁苦之状,这可谓另类的"秋思"了。

【原曲】一行白雁清秋,数声渔笛蘋洲,几点昏鸦断柳。夕阳时候,曝衣人在高楼。

脱离了鼎镬适刚才,那歪鳖的头巾依旧摔。

【注释】蒲松龄〔北正宫·九转货郎儿〕。镬(huò):古代的大祸。鼎镬:指刑具。

【解析】蒲松龄身怀异才,却屡试不第,七十一岁始中贡生,他在《聊斋志异》里猛烈地抨击了八股制度。这首套曲则以一名考生的亲身经历，抒写其紧张凄惨的神态，穷形尽相，入木三分。听吊牌忽到，“把狂魂惊吊了”，进考场，“战战咯咯开怀脱履”；答卷时，“恰便似活挑着肝肠在滚油锅”；出考场，闻成绩最差，“那歪鳖的头巾依旧摔”。整个过程描写有条不紊，语言且诙谐幽默，活画出古代八股取士对文人的摧残，意味深长隽永。

【原曲】忙促促写成两块，丢将去凭他怎布摆。出得场门鸟喜画筵开，丢笔砚才赴阳台，那块癖早上心来。这一篇似差讹未曾改，那一篇真真可坏，湿淋浸冷汗常揩，悔从前做的是何来。忽传昨宵已把卷箱抬，相顾也失色。陡听的老宗师丢将个川字来，又渐把雄心丢放在九霄外。脱离了鼎镬适刚才，那歪鳖的头巾依旧摔。

鼪鼯，鹧鸪，啼遍桄榔树。郁金香散雨如酥，村社敲铜鼓。

【注释】洪昇〔北中吕·朝天子〕《送融谷宰来宾和竹垞》。鼪(shēng)鼯(wú)：即黄鼠狼。桄(guāng)榔(láng)：常绿乔木，产于广东、广西等地。

【解析】好友融谷将赴广西来宾上任，作者为和朱竹垞的《朝天子·送融谷宰来宾》而创作了此曲。全曲情调别致，满纸广西风情，鼪鼯、鹧鸪、桄榔与祭神仪式的描写，使人如临其境，热带民俗的风貌活灵活现地传达出来。

【原曲】鼪鼯，鹧鸪，啼遍桄榔树。郁金香散雨如酥，村社敲铜鼓。退食公余，岸帻升车，向青山闲吊谷。男巫，女巫，酹酒拜刘因户。

谁将翠管亲画描，这一片生绡。活现陈郎风度好，撚吟髭慢展霜毫。

【注释】洪昇〔南窗调·集贤宾〕《题其翁先生填词图》。生绡(xiāo)：指画绢。

【解析】其翁，即陈维崧，词画精工。作者应命为他填词作画写了这首套曲。这种题图内容既要切合场景画面，又要精美工巧，具有一定的难度。作者开篇即推出图主形象：画绢铺展，轻拈胡须，慢起霜毫，一派从容自信的大家风范，随后又力叙他的才学卓著与画艺绝伦，笔力纵横驰骋，令人叹服。

【原曲】谁将翠管亲画描，这一片生绡。活现陈郎风度好，撚吟髭慢展霜毫。评花课鸟，待写就新词绝妙。君未老，旁坐着那人儿年少。

几回把新图觑，生疏个半篙野水，冷落了十里寒芜。

【注释】洪昇〔北中吕·粉蝶儿〕《题徐虹亭枫江渔父图》。套曲。

【解析】此曲是作者为徐虹亭的自画像《枫江渔父图》所作，准确地再现了吴江的景致风情与图主人隐居及思乡之意，描写细致灵动，字字把握画卷精髓，毫无赘冗之弊。结尾处又荡开一笔，由人及己，感慨自己混迹诗酒，一事无成，面对枫江渔父，不免有些自惭形秽，实质上流露出对自身遭际的愤慨及对归隐生活的向往。

【原曲】俺不能含香簪笔金门步，只落得穷途恸哭。山中尚少三间屋，待归休转又踌躇。不能做白鸥江上新渔父，只混著丹凤城中旧酒徒。几回把新图觑，生疏了半篙野水，冷落了十里寒芜。

看忽雷无端悲又喜，游戏浮生世。都愁白发生，谁把乌纱弃，听那景阳钟儿还要早些起。

【注释】孔尚任〔北商调·集贤宾〕《博古闲情》。景阳钟：喻指上朝时刻。

【解析】孔尚任的《桃花扇》可谓家喻户晓，他还有一部与人合著的传奇《小忽雷》亦颇为闻名，这套散曲即为其"叙作传填词之由"的开场。小忽雷，为一种古代乐器，围绕它发生了一系列的宫廷斗争。作者结合自己的仕途失意，在《小忽雷》中融注了感伤情绪。曲中的这最后几句，即生看破俗尘之念，而芸芸众生仍在为名利苦苦奔波，空扰愁肠。

【原曲】看忽雷无端悲又喜，游戏浮生世。都愁白发生，谁把乌纱弃，听那景阳钟儿还要早些起。

须知道总贫困相依，胜黄金身畔绕。

【注释】林以宁〔南越调·小桃红〕《忆外》。

【解析】林以宁，洪昇表弟钱肇修之妻，能文善画，《钱塘县志·名臣》记载他们"夫妇唱酬，为士林佳话"。外，是妻子对丈夫的称呼。丈夫在外，妻子无限挂念，"想杀伊人天际遥"，"为伊消得人憔悴"，但愿人长久不分离，胜却黄金无数。词语全以己心出发，不同于"男子作闺音"的终显隔膜，滚滚真情令人慨叹万千，极具感染力。

【原曲】咱为你担愁恩瘦成楚腰；咱为你尘封镜翠眉懒描；咱为你清泪透鲛绡。待要向游子寄语，晚云缥缈，天涯去了，如何是好。须知道总贫困相依，胜黄金身畔绕。

只指望功名遂，瞻帝阙。谁知老大鹑衣结！

【注释】徐旭旦〔南南吕·香罗带〕《感怀》。套曲。鹑衣：喻指破旧的衣服。

【解析】作者在《感怀》序中写道："壮怀沦落，百感俱生。爰赋断词，以书伊郁"，明确交代了创作的缘由起因，且定下了全曲感伤抑郁的情感基调。原指望求取功名，以成勋业，谁承想老大无成，贫困交加，其中寄寓了作者仕途蹭蹬的不平之音。言简意浓，而又扣人心弦。

【原曲】青毡冷似铁，乱愁如织。伤心万事皆瓦裂，叹飞蓬廿载风云劣。只指望功名遂，瞻帝阙。谁知老大鹑衣结！〔合〕但见处处沧桑，也消不得我男儿一点血。

银镜里朱霞残照，鸳枕上红泪春潮。恨在心苗，愁在眉梢。洗了胭脂，涴了鲛绡。

【注释】徐旭旦〔北双调·新水令〕《冬闺寄情》。套曲。涴（wò）：弄脏。

【解析】冬日冷云残雪，风峭冰寒，主人公独倚香枕，形容憔悴，感慨自己歌舞生涯的无奈与辛酸，撒破了红裙，剪碎了鸾靴，再不愿强颜欢笑，故作风情。回首往昔，泪如潮涌，湿透了鸳枕香帕。只愿心上人早早到来，"携手儿下妆楼，桃花粥吃个饱"，相依相随，快慰终生。词句生动宛转，了然如见。

【原曲】叹儿家揉开云髻，折损宫腰。睡昏昏似妃葬坡平，血淋淋似妾堕楼高。怕旁人呼号，舍着俺软丢答的魂灵没人招。银镜里朱霞残照，鸳枕上红泪春潮。恨在心苗，愁在眉梢。洗了胭脂，涴了鲛绡。

眼看他起高楼，眼看他宴宾客，眼看他楼塌了。青苔碧瓦堆，曾睡风流觉，百十年兴亡看饱。

【注释】徐旭旦〔北双调·新水令〕《旧院有感》。套曲。

【解析】作者再次来到秦淮旧院，往日的舞榭歌台已化为一片废墟，曾经的胭脂香粉、风花雪月已成梦幻泡影，只空留青苔碧瓦，枯井颓巢。昔日繁华与今日荒残形成了强烈对照，江山已改，旧朝已亡，作者把亲眼所见诉诸笔端，寄寓了深重的兴亡之感。

【原曲】俺曾见红楼翠馆莺啼晓，秦淮水榭花开早，谁知道容易冰消。眼看他起高楼，眼看他宴宾客，眼看他楼塌了。青苔碧瓦堆，曾睡风流觉，百十年兴亡看饱。乌衣巷不姓王，莫愁湖鬼夜哭，凤凰台栖枭鸟。残山梦最真，旧境丢难掉，不信这风流换稿。把俺那汉宫春，一幅幅记到老。

探雏趁蝶受朋侪哄，参军苍鹘把先生弄，甘罗项橐笑古人聪。

【注释】厉鹗〔北正宫·醉太平〕《题村学堂图》。侪（chái）：同辈。

【解析】厉鹗为清代浙西词派的代表作家，时人推举甚高，因而散曲创作多少也带有一些词的韵味。这支小令为乡村学堂的真实写照：孩童们顽劣起哄，学参军苍鹘的滑稽角色捉弄先生；拿起书本，又像十二岁拜相的甘罗与七岁即驳倒孔子的项橐那样指手画脚，自信非凡。短短三句即把少年学生的天真顽皮、憨直可爱的情状表达出来，形神毕肖。

【原曲】村夫子面孔，瞌睡汉形容。周遭三五劣儿童，正抛书兴浓。探雏趁蝶受朋侪哄，参军苍鹘把先生弄，甘罗项橐笑古人聪。不乐如莱佣。

绿杨风里掩茅茨,红藕香中收钓丝,翠竹影边吟小诗。日长时,一半儿横经一半儿史。

【注释】厉鹗〔北仙吕·一半儿〕《题吴抱村闲居消夏图》。茅茨:芦苇。

【解析】作者身居吴抱村,正值夏日,阳光明媚,信步闲游,看杨柳青青,芦苇飘荡,若隐若现,红色的莲藕群中有人安然垂钓,此情此情,怡然陶醉,不禁立于翠竹旁即兴赋诗。作者勾勒了一幅复日秀美恬静的动人画面,只是最后两句稍嫌板滞,但也是对儒士生活的真实写照。

【原曲】绿杨风里掩茅茨,红藕香中收钓丝,翠竹影边吟小诗。日长时,一半儿横经一半儿史。

东风倚阑花似雪,小汊分鳞鬣。鱼将花吐吞,花逐鱼明灭。人生不如鱼乐也。

【注释】厉鹗〔北双调·清江引〕《花港观鱼》。汊(chà):分支的小河。鳞鬣(liè):这里指鱼。

【解析】前四句写作者在花港观鱼所见:西湖水面轻风徐徐,群花飞舞,在水波分流处,鱼儿隐约可见。有的鱼儿悄悄把头露出湖面,瞄准中意的鲜花一口吞去,眨眼间,人们只看到花枝摇摆,而花朵与鱼儿俱已无踪。作者在欣赏的欢快之余,又不禁陷入遐思,鱼儿在水中自由自在,无所牵绊,而人呢?人不如鱼啊!惆怅之情油然而生,极富深意。

【原曲】东风倚阑花似雪,小汊分鳞鬣。鱼将花吐吞,花逐鱼明灭。人生不如鱼乐也。

最可叹龙盘虎踞,尽销磨燕子春灯。

【注释】郑燮〔道情〕其一。

【解析】郑燮,即郑板桥,时负才名,为“扬州八怪”之一。《道情》共十首,展现了世态人情、历史兴衰。这几句引自第八首,作者首先回顾了从远古至唐、宋、元的朝代更迭,历史就在“你方唱罢我登场”中交替演进。最后两句感慨明朝的灭亡,“虎踞龙盘”之称的南京,也抵不住福王整日的演出《燕子笺》《春灯谜》,含蓄地点出统治者耽于淫乐而造成国破家亡的深层内因。

【原曲】邈唐虞,远夏殷。卷宗周,入暴秦。争雄七国相兼并。文章两汉空陈迹,金粉南朝总废尘,李唐赵宋慌忙尽。最可叹龙盘虎踞,尽销磨燕子春灯。

孔明枉作那英雄汉,早知道茅庐高卧,省多少六出祁山。

【注释】郑燮〔道情〕其二。

【解析】作者点评历史，感叹龙逄、比干这样的忠臣直谏而死，韩信、马援这样的名将权高招谤。世事如此是非颠倒，孔明又何必六出祁山、呕心沥血，最后“师未捷身先死”，不如像庄周、老聃那样归隐无为，自得其乐。作者表面上似乎消极颓废，否定功业，实质上表达了对黑暗统治的憎恶与控诉。

【原曲】吊龙逄，哭比干。羡庄周，拜老聃。未央宫里王孙惨，南来薏苡徒兴谤，七尺珊瑚只自残。孔明枉作那英雄汉，早知道茅庐高卧，省多少六出祁山！

读书人，最不济；烂时文，烂如泥。国家本为求才计，谁知道变作了欺人计。

【注释】徐大椿〔道情〕《时文叹》。

【解析】时文，特指八股文。这里的“读书人”也并非泛称，而是特指那些只会习作八股，并无真才实学的无用蠢材，“于国于家无望”。作者尖锐地嘲讽了八股取士制度的罪恶，声调铿锵有力，发人深省。

【原曲】读书人，最不济；烂时文，烂如泥。国家本为求才计，谁知道变作了欺人计。三句承题，两句破题，摆尾摇头，便是圣门高弟。可知道三通四史是何等文章，汉祖高宗是那朝皇帝？案头放高头讲章，店里买新科利器。读得来肩背高低，口角嘘唏。甘蔗渣儿嚼了又嚼有何滋味？辜负光阴，白白昏迷一世。就教他骗得高官，也是百姓朝廷的晦气。

机关算尽太聪明，反算了卿卿性命！生前心已碎，死后性空灵。家富人宁，终有个家亡人散各奔腾。枉费了意悬悬半世心；好一似荡悠悠三更梦。忽喇喇似大厦倾，昏惨惨似灯将尽。呀，一场欢喜忽悲辛。叹人世，终难定！

【注释】曹雪芹《聪明累》。

【解析】王熙凤是《红楼梦》中极为引人瞩目的形象，这首《聪明累》既预言了她的最终悲剧命运，又暗示了她所依靠的势力阶层必如大厦将倾，油灯将尽。作者在对她进行道德审判的同时，亦同时赞赏了她的非凡才能，只是“凡鸟偏从末世来”，纵有此心亦回天无力了，且陪上了卿卿性命。她是女儿国度的一只雌豹，虽然刚口利爪，心狠手辣，亦使人怜爱不已，“都知爱慕此生才”，可见作者人物刻画的超绝造诣。

【原曲】机关算尽太聪明，反算了卿卿性命！生前心已碎，死后性空灵。家富人宁，终有个家亡人散各奔腾。枉费了意悬悬半世心；好一似荡悠悠三更梦。忽喇喇似大厦倾，昏惨惨似灯将尽。呀，一场欢喜忽悲辛。叹人世，终难定！

滴不尽相思血泪抛红豆，开不完春柳春花满画楼。睡不稳纱窗风雨黄昏后，忘不了新愁与旧愁。咽不下玉粒金波噎满喉，照不尽菱花镜里形容瘦。展

不开的眉头，捱不明的更漏。呀，恰便是遮不住的青山隐隐，流不断的绿水悠悠。

【注释】曹雪芹《小曲》。

【解析】此曲是在《红楼梦》的第二十八回贾宝玉应邀至冯紫英家时席上所作，淋漓尽致地抒发了“女儿”的“悲”情“愁”意。第一句即开篇点题，以“相思泪”为背景，引出了辗转难测、食不甘味与瘦损憔悴，具体细致，历历如画，这时读者往往会把对象引向黛玉，两地相思一种愁情。此情悠远绵长，恰似青山绿水，永不消逝。一人吟唱却写出了两人乃至无数痴情男女的同样相思。词语凄婉缠绵，又意味幽扬，且绝不落人窠臼，成为千古绝唱！

【原曲】滴不尽相思血泪抛红豆，开不完春柳春花满画楼。睡不稳纱窗风雨黄昏后，忘不了新愁与旧愁。咽不下玉粒金波噎满喉，照不尽菱花镜里形容瘦。展不开的眉头，捱不明的更漏。呀，恰便是遮不住的青山隐隐，流不断的绿水悠悠。

重关厚围铁限裹，谁把愁城破？聊将傀儡瞍，磊块浇一过，堪叹世情都戏作！

【注释】孔广林〔北双调·清江引〕《观傀儡戏》。傀(kuǐ)儡(lěi)：木偶戏里的木头人。瞍(suō)：看。

【解析】作者把自己的忧愁比作铜墙铁壁，难以超越与化解。正苦闷不堪之时，觑眼看到官场众生恰如傀儡一般，只知服从权贵，任人摆布，于是心中抑郁不平的磊块如水浇过，原来世事人情都如这木偶作戏，何必当真！作者借观戏之名，对官场的丑恶予以抨击，但较为含蓄，需深入体味。

【原曲】重关厚围铁限裹，谁把愁城破？聊将傀儡瞍，磊块浇一过，堪叹世情都戏作！

风来暗长，雨来更肥。娇儿比一般田稚，煞费栽培。

【注释】吴锡麒〔南仙吕·掉角儿〕《吴兴道中观插秧者》。田稚：幼苗。

【解析】作者赶赴吴兴途中经过农田，目睹农民插秧的忙碌景象，于是即兴创作了此曲。农民在梅雨时节斜带蓑笠，双脚立于泥中，熟练地快速操作。“风来暗长，雨来更肥”，预示了对未来好收成的信心，充满了乐观之态。而最后以娇儿比幼苗，由物及人，既表达了耕作的艰辛，又把主题升华一层。

【原曲】听田讴水乡最宜，鸣秧鼓梅天新霁。转桑阴时看笠攲，立草泥不嫌脚腻。这边抛，那边接，井字排，针尖簇，绿混东西。风来暗长，雨来更肥。娇儿比一般田稚，煞费栽培。

问根由，古来曾阅几春秋？却烦寿酒今番酹，大江依旧。

【注释】吴锡麒〔南中吕·好事近〕《八月十八日秋涛宫观潮》。酹(lèi)：把酒浇在地上，表示祭奠。

【解析】“浙江秋涛”为钱塘八景之一，“万人争看浙江潮”。作者也于八月十八日前来观潮，像摄影机一般把浪潮汹涌的一个个镜头组接起来。前四曲皆挥毫如泻，艺术化地描绘了江潮的声势，“似银潢从空倒流”，“青天湿透，惹乌啼兔泣，鼍愤龙愁”，惊涛拍岸之状震天动地，犹如万马齐喑。第五曲作者因景入情，由潮水激荡联想到世事沉浮，物是人非。这四句很明显化用了苏轼《念奴娇·赤壁怀古》的词句，对历史与现实进行了哲理性的反思。

【原曲】问根由，古来曾阅几春秋？却烦寿酒今番酹，大江依旧。呼吸神通，过了天长地久。有甚难平，一番息后，但听伊呜咽过津头。叹则叹茫茫世宙，也等闲消长如沤。残山剩水，荷花桂子，故宫回首，寂寞付寒流。看来去，只铜驼无语铁幢愁。

昔日旃裘，雪打蒙茸寒欲透；今朝杨柳，风摇旖旎态逾柔。

【注释】吴锡麒〔北双调·新水令〕《喜洪稚存自塞外归》。旃(zhān)：毡衣。旖(yǐ)旎(nǐ)：娇柔的样子。

【解析】洪稚存，即洪亮吉，为清代著名诗人，因上书直谏而被贬伊犁，作者写这支套曲以庆贺他遇赦归还。这四句运用了对比手法，拟想友人独居塞北时的天寒地冻，处境艰难；欣慰还京后的杨柳旖旎，日丽风和，其中隐含了对其遭遇的同情与不平。对仗工整严谨，与《诗经》“昔我往矣，杨柳依依；今我来思，雨雪霏霏”的蕴意正逆向而行。

【原曲】昔日旃裘，雪打蒙茸寒欲透；今朝杨柳，风摇旖旎态逾柔。从军来分戴吾头，破荒去恁关渠口。压还装诗万首，声声噤住秋笳奏。

竹隐遥峰，花彫微风，都触我寻诗梦。

【注释】石韫玉〔南商调·金络索〕《访杜子美草堂旧迹》。彫(diū)：抛掷。

【解析】杜甫为唐代的“诗圣”，他的作品更可谓唐由盛转衰的一部“诗史”，备受后世文人景仰。作者拜访杜甫在四川成都浣花溪上曾经居住的草堂，描写了林石密布的环境，“乱石成蹊，迸裂苍苔缝”。结尾处再次远望竹峰隐隐，轻风袭袭，越发增添了对杜甫沦落于此的叹息及对其品格的崇敬之情。

【原曲】林花著雨浓，茅屋临溪竦。乱石成蹊，迸裂苍苔缝。初疑是梵宫，〔东瓯令〕访幽踪，原来杜老当年住此中。想当日门前小队来严武，〔针线箱〕座上圆蒲款已公。〔解三酲〕真尊重！〔懒画眉〕高天厚地一诗翁。〔寄生子〕竹隐遥峰，花飐微风，都触我寻诗梦。

若不是广寒梯跌了脚，蓬瀛路迷了道，郁轮袍走了调，因甚价年年矮屋中，唤不醒才子英雄觉。

【注释】詹应甲〔北双调·新水令〕《中秋闱中望月》。郁轮袍：王维所作，以之干谒公主，应试及第。

【解析】作者中秋望月，心生感喟，叹世人匆匆为名利，只有少数幸运儿能蟾宫折桂，其余人等均名落孙山，望洋兴叹，然而依旧挣扎苦苦，“脱不尽书魔旧套”，做着才子英雄的南柯梦。词句描写细致生动，又慷慨激昂，道尽了普天下不遇之士的隐痛情结。

【原曲】素娥掩面何须笑，朱衣点首何曾恼。君不见世上儿曹，有多少玉楼文，有多少金銮草，有多少孙山康了。洗愁肠一尊绿浇，粲花心三条红照，脱不尽书魔旧套。若不是广寒梯跌了脚，蓬瀛路迷了道，郁轮袍走了调，因甚价年年矮屋中，唤不醒才子英雄觉。担误著青衫易老，诌一套棘闱秋，要和那吹角声寒唱到晓。

颠沛何辜，听闻犹骇，浮天卷地潮来。

【注释】范驹〔南南吕·恋芳春〕《哀风潮》。

【解析】作者开篇即言水灾侵袭之状，铺天盖地，惊心动魄，它造成的恶果可想而知。随后作者紧扣文题，写了“四哀”：“顷刻存亡一可哀”，“得命家无一可哀”，“剜肉医疮一可哀”，“忍饿完租一可哀”，即便是“吾庐在，尚且风掀瓦去，雨进窗来”。以亲身经历真实地描写了农民在天灾人祸下的悲惨遭遇，斑斑如血，触目惊心。

【原曲】颠沛何辜，听闻犹骇，浮天卷地潮来。大抵秋风七月，生怕成灾。不道今年恁快，只通夜东南风大漫堤界。苦了江滩海涯，一例湮埋。

萧条，冷清清昏和晓；煎熬，眼巴巴暮又朝。

【注释】仲振履〔北双调·新水令〕《羊城候补曲》。套曲。

【解析】羊城，即广州 。候补，为听候委用的没有实权的官员。作者就曾处于这一尴尬境地，乍始出京“甜似枣”，待赴任才发觉“闲散无依靠”。这两组句子既表现了其无事可作的冷清及无人重视的落寞，又描绘了内心的焦灼与渴望。语句整饬，刻画栩栩如生，如见其态。“休恼，没个威权敢自骄”！因无权而备受嘲弄，只能“耐着牢骚，忍着粗豪”，此情向谁诉！

【原曲】三顿怎除消，七件开门少。盒剩新朝帽，箱留旧蟒袍。萧条，冷清清昏和晓；煎熬，眼巴巴暮又朝。

笑诸生,知勤紧,惟涂抹之乎者也,但吟哦子曰诗云。

【注释】王景文〔北般涉调·耍孩儿〕《里塾》。

【解析】表面看来,这几句似赞扬诸生苦读,联系前文,则隐含讥讽之意。窗外的世界杨柳依依,清水弯弯,黄莺求友,白鹭乐群,大自然的景象风情万种,而诸生却只知闭门造车,完全游离于社会之外,这样仅会“之乎者也,子曰诗云”的“书呆子”又于国何用?作者在这里对读书人提出了一个需要深思的问题。

【原曲】柳依依别有村,水弯弯独绕门,东西插架图书满。黄莺尽日如求友,白鹭随时似乐群。笑诸生,知勤紧,惟涂抹之乎者也,但吟哦子曰诗云。

好因缘,羡他侥倖,得近小婵娟。

【注释】王景文〔南窗调·黄莺儿〕《货郎鼓》。

【解析】作者结尾处构思新颖精巧,他先写小货郎手持串鼓,穿街走巷,兜售商品,忽然转而写其“得近小婵娟”,这就把买针求线的深闺少女的婉转清韵侧面地烘托出来,而同时伴以羡慕口吻,更使得整个画面神飞意动,充满灵性,化平凡为新奇,其中可见作者的高超笔力。

【原曲】直柄喜当权,笑颟顸两耳悬,花街柳巷都行遍。扬声杂然,停声讪然,深闺绣罢求新线。好因缘,羡他侥倖,得近小婵娟。

但见属玉交飞,布谷争啼,树杪众峰色尽翠。

【注释】王景文〔南小石调·骤雨打新荷〕《浔郡郊步》。属玉:一种比鸭略大的水鸟。杪(miǎo):树梢。

【解析】浔郡,即广西桂平。作者清明过后漫步出游,至郊外见雨后山峰尽翠,树木青青,满眼舒泰润泽,湖面上属玉飞来飞去,不远处又传来布谷鸟的阵阵鸣叫,春天的气息就这样扑面而来。作者随后又描绘了田间农作与儿童放牧之景,语言清亮悠扬,读后令人不禁思欲入内一游,高歌一曲。

【原曲】西门外,水满陂,烟云湿空山径微。一阵暄风,过清明谷雨期。屐珊珊可试,杖弯弯可倚。但见属玉交飞,布谷争啼,树杪众峰色尽翠。

笑貔虎开门揖仇,任蚍蜉撼树无休。群羊莫敢驱,困兽还思斗,贬潮阳臣罪岂无由。

【注释】张应昌〔北双调·新水令〕。貔(pí):古书上说的一种猛兽。蚍(pí)蜉(fú):大蚂蚁。

【解析】这篇套曲是作者为林则徐“边城伴月图”所作,高度赞扬了他反抗外国殖民者入侵中国的民族气节及英雄业绩，另一方面又从反面无情地鞭挞了投降派的卖国求荣，致使英雄被贬伊犁，功败垂成。“貔虎开门”，即指琦善的卖国行为；“蚍蜉撼树”，指外国侵略者的无耻掠夺。最后三句以韩愈贬谪潮阳比拟林则徐的革职之事及意欲东山再起的雄心壮志。“岂无由”三字，表达作者面对时局的强烈愤慨与焦灼之情，那一段屈辱的历史在每个中国人的心中都应永记不忘。

【原曲】笑貔虎开门揖仇，任蚍蜉撼树无林。群羊莫敢驱，困兽还思斗，贬潮阳臣罪岂无由。但愿借天河洗剑矛，又何妨冷月边城独受。

僵，十指嫩红姜，一般模样。笼袖轻呵，兀自翻书强。

【注释】赵庆熺〔南中吕·驻云飞〕《冬日早起》。

【解析】赵庆熺为道光时进士，他的散曲卓然自立，句法新鲜活泼，不落元人窠臼。这首小令绘声绘色地描摹了一介书生寒窗苦读的情景：清晨早起开窗，见银装素裹，雪花满天，铜盆里的水在夜晚已经冰冻，闪闪发亮。再看自己的双手，十指僵硬，红肿得如生姜一般，凑近嘴边轻呵取暖，另一只手还没忘了继续翻书。作者以白描的手法，抓住几个典型的镜头，传神地表达了贫困书生的求学不易与刻苦精神。最后一句“知多少软玉衾窝梦正长”，抒发了不平之愤，在强烈的对比中使主题得到升华。

【原曲】晓起开窗，万瓦浓揩一片霜。日影铜盆晃，一个圈儿亮。僵，十指嫩红姜，一般模样。笼袖轻呵，兀自翻书强。知多少软玉衾窝梦正长。

荒坟冷，只怕你枝头子满，谁奠清明。

【注释】赵庆熺〔南商调·梧桐树〕《葬花》。

【解析】乍见曲题，不禁想到《红楼梦》中“黛玉葬花”一节，凄婉悱恻，痛断人肠。这篇套曲却是以男子的立场与口吻，抒写了对众多薄命女子的悼念之情。开始时，“名香爇至诚，薄酒先端整。兜起罗衫，一掬泥干净”，充满了对女性的尊重与爱情，随后进入正题，感叹美人光华不再，聪颖无双、身影娉婷、柔情蜜意都伴同一缕芳魂消逝天国，如今只见荒坟清冷、枯草寒鸦，空留余恨绵绵。作者爱花惜花，结尾处祈祷道：“叮嘱你地下轮回莫依然薄命”，首尾呼应，收起全文。

【原曲】收拾起风流行径，收拾起慧业聪明；收拾起水边照你娉婷影，收拾起镜里空形；收拾起通身旖旎千般性，收拾起彻胆温和一片情。荒坟冷，只怕你枝头子满，谁奠清明！

最好水杨柳下，盖三间茅屋，紫竹篱笆。沿溪雨过响渔叉，夕阳破网当

门挂。

【注释】赵庆熺〔南仙吕入双调·步步娇〕《泖湖访旧图》。套曲。

【解析】泖湖，位于上海松江西面，风光秀美，作者只看到《泖湖访旧图》即惊叹叫绝，“四面青山真如画，好个江乡也，生绡太短些”，又遗憾画绢有限，不能饱览全貌，喜爱之情溢于言表。观后不由心生归隐之念，思欲在泖湖之畔盖起茅屋，扎紧篱笆，过着打渔的自由生活，并希冀在旖旎景色中陶冶自己的情操，何其雅致飘逸。这也是古代士大夫寄情山水的一种理想，其中存在着一定的玄想臆断。

【原曲】最好水杨柳下，盖三间茅屋，紫竹篱笆。沿溪雨过晌渔叉，夕阳破网当门挂。遥天一抹，朝霞暮霞；遥山一煞，朝鸦暮鸦。更夜深蟹火有星儿大。

山河，君弦断了问谁人担荷，把浩劫红羊愁里过。

【注释】赵庆熺〔南商调·二郎神〕《谢文节公遗琴》。浩劫红羊：古人认为丙午、丁未两年为国家发生灾祸的年份。丙丁为火，未为羊，因此称国家大乱为红羊劫。

【解析】谢文节，即谢枋得，南宋忠臣，宋亡后，因元朝迫降而绝食身死，门人私谥为“文节”。作者热烈地赞颂了他的气节与以身殉国，随后又引申到当今时事，清朝也正面临外国侵略的严峻时刻，统治者耽于淫乐，只求自保而丧权辱国，谁能像谢文节公那样大义凛然，救民于水火之中呢？全曲苍凉悲愤，满纸抑郁徘徊不绝。

【原曲】山河，君弦断了问谁人担荷，把浩劫红羊愁里过。燕云去后，看看没处腾挪。听塞鼓边笳声四合，冷照著僧房暗火。漫延俄，眼见得没黄沙荆棘铜驼。

秋波两眶，潮痕两庞，把如山心事从头讲。

【注释】赵庆熺〔南商调·黄莺儿〕《拜月》。

【解析】中国古代对女子的压抑与束缚十分严重，她们纵使心事满怀，也往往无人敢诉，所以常会发生对月祈愿之事。这一类题材在文学作品中很多，如《西厢记》等。本曲亦细腻地描写了闺中女子自步出兰房到满面红晕跪拜诉说，详尽地铺叙她的心理活动，“提防，须识那伶俐鬟儿，窃听回廊”，可见其万分小心谨慎之状。默默私语，愿月神赐予她美满姻缘，“兔影成双”。尽管此曲句丽字清，韵美律谐，但读后总是感觉“心事如山”。

【原曲】金鸭篆烟长，拜嫦娥两炷香，玉钗儿轻拨炉灰飏。秋波两眶，潮痕两庞，把如山心事从头讲。小屏张，今朝十五，银烛点双行。

打轻舣，柔情逸思，都付与沧浪。

【注释】陈钟祥〔南商调·黄莺儿〕《下滩曲》。舣(shuāng)：小船。

【解析】作者乘舟由沅水湘水顺流而下，开始还目见秋叶半黄，秋烟茫茫。再向下行，仅耳听松涛阵阵，水湍流急，小船随着海浪颠簸起伏，其水势惊心动魄，但作者却绝无惧色，反添豪情万丈，大有“直挂云帆济沧海”之壮勇，表现了大无畏的坦荡风怀。

【原曲】恍惚间阵马风樯，乱山迎送如屏障。滩浅处石淯惊雷，滩高处岸争骇浪。风风雨雨更彷徨，添无限烟波情状。打轻舣，豪情逸思，都付与沧浪。

春红都被东风嫁，细数韶华。

【注释】许光治〔北中吕·满庭芳〕。

【解析】许光治，为嘉庆咸丰间人，散曲风格属乔吉、张可久一派，崇尚清雅，有《江山风月谱》一卷。这首小令清新秀丽，展现春光将逝时仍旧绚烂的一面，又感慨时不再来，韶华短暂。“蔷薇、芍药”尽管风姿已褪，但仍给人以美感。最后以乡村进入夏种时分作结，为人带来收获的希望。

【原曲】蔷薇槛亚，荼蘼径仄，芍药阑斜。春红都被东方嫁，细数韶华。梅雨波添钓槎，麦风晴送田家。村庄话，听来不差，小满动三车。

绿阴野港，黄云陇亩，红雨村庄。

【注释】许光治〔前调〕。

【解析】作者擅长描写乡村风物，往往能抓住几个典型镜头进行艺术加工，给人带来审美的享受。这几句突出了“绿”“黄”“红”三种颜色，读者可以尽情遐想：绿树成荫，黄土整饬，落雨花红。人们愉快地提笼采桑，场面热烈喜庆，笑脸盈盈，“打豆好时光”，备添欢悦。全曲画面鲜明，字句雅丽，音调谐婉，不愧为清丽派之作。

【原曲】绿阴野港，黄土陇亩，红雨村庄。东风归去春无恙，未了蚕忙。连日提笼采桑，几时荷锸栽秧？连枷响，田塍夕阳，打豆好时光。

深碧垂杨乳鸦，丛青芳草鸣蛙。

【注释】许光治〔北双调·折桂令〕。

【解析】本曲与前两首风格基本相同，只是描写更为工巧精致，尤其这两句为全篇的点睛之笔，乳鸦飞动，青蛙齐鸣，又以杨柳与芳草加以陪衬，整个画面动感十足，不禁使人想到辛弃疾“听取蛙声一片”的词句，乡村气息在这里被淋漓尽致地展现出来，令人心旷神怡。

【原曲】芭蕉绿上窗纱，日日梅风，落尽馀花。且门锁葳蕤，阑开绿曲，帘卷丫叉。深碧垂杨乳鸦,丛青芳草鸣蛙。又换韶华,煮茧香中,处处缫车。

春山翠黛,秋风野蒿;绿波明镜,罗裙细腰。珮珊珊应有芳魂到。

【注释】吴淑仪〔南仙吕入双调·步步娇〕《题王佛云藏叶小鸾眉子砚》。套曲。

【解析】叶小鸾为江苏才女,终年仅十七岁。眉子砚,是由眉子石所作之砚。标题指王佛云得叶小鸾眉子砚一事。作者见砚怀人,"千古伤心,美人香草",痛悼佳丽撒手人寰。遥想墓地周围青山环抱,野蒿飘舞,近处湖水澄静,仿佛名媛凌波而来。听,水响处,她到了。

【原曲】落日松陵古道,叹荒烟蔓草,遗冢萧条。桃花三尺艳魂销,垂杨几度啼莺老。春山翠黛,秋风野蒿;绿波明镜,罗裙细腰。珮珊珊应有芳魂到。

倚青天一声长啸舞,留正直好规模。刚到手风云常助,乍离鞘神鬼齐驱。

【注释】朱冠瀛〔北商调·集贤宾〕《咏剑》。鞘(qiào):装刀剑的套子。

【解析】朱冠瀛,字紫仙,生平事迹不详。从这篇套曲来看,他剑术高超,"一声长啸"点出了潇洒劲健的风姿。剑由鞘出,则寒光迸射,风雷交加。它曾经伴随作者驰骋沙场,而如今却委屈床头。面临国家危亡之际,作者最后指出,"怎能够赋从军平胡兼破虏?一霎时弃文就武,好和你立功名万里定边隅",表达愿意舍身报国、立功疆场的决心与斗志。全曲气势雄浑,刚劲有力,又怀"拔剑击柱长叹息"的哀鸣与感喟。

【原曲】倚青天一声长啸舞,留正直好规模。刚到手风云常助,乍离鞘神鬼齐驱。想当日敌万人簇拥旌旗,到而今挂三尺屈伴琴书。休说是引豪情举杯长看汝,便御侮亦欲赖渠。床头与壁上,随我玩江湖。

凉灯颤雨梦回时,姑妄言之妄听之,纸上墨花浓欲飞。境迷离,一半儿狐仙一半儿鬼。

【注释】易顺鼎〔北仙吕·一半儿〕《题聊斋志异》。

【解析】《聊斋志异》是蒲松龄笔下的杰作,内容大多以狐鬼神仙影射现实世界,"刺贪刺虐入木三分",在中国文坛上影响极大。作者即以这首小令表达了阅读《聊斋》的感受,"凉灯颤雨",既交代了读书环境,又渲染了书中情景所造成的氛围。"姑妄言之妄听之",果真吗?否则何以感到"纸上墨花浓欲飞",作者已深深地陷入《聊斋》的情节之中,在谈狐说鬼的故事里恍惚迷离,已辨别不出虚幻世界与现实时空,可见作品感染力之强。本曲并没有正面予以评论,但激赏之情深寓于字里行间。

【原曲】凉灯颤雨梦回时,姑妄言之妄听之,纸上墨花浓欲飞。境迷离,一半儿狐仙一半儿鬼。

这青溪九曲间,偶借作消愁窖,把数十年牢骚尽扫。

【注释】托盏懒云〔北双调·新水令〕《咏秦淮灯舫仿云亭山人体》。

【解析】托盏懒云,生平事迹不详。观本曲内容,它应作于太平天国运动终结以后,因战争停止,秦淮的歌舞青楼重又繁荣,作者置身于此,不禁感慨世事沧桑,宦海浮沉,而游戏人生的目的也不过是借以消愁遣怀,忘却失意烦恼之事,扫尽牢骚,再享华年。两方面互为因果,又彼此矛盾,复杂地纠缠在一起,构成了中国文人难以解开的心结。

【原曲】谁能够巫云海水都经了,软红堆里抽身早,但图个快意游翱。也不是溺烟花,也不是溷尘俗,也不是矜文藻。这青溪九曲间,偶借作消愁窖,把数十年牢骚尽扫。那麒麟阁几辈登,金银穴无处觅,蓬莱宫甚时到?梦魂水样清,心迹灯辉皎,又何必逃禅学道。打一套北曲儿,迓清凉,谢热恼。

六朝事业空凭吊,万里乾坤共寂寥,短鬓频搔。

【注释】沈祥龙〔北正宫·端正好〕《秋暮自金陵溯江至京口》。套曲。

【解析】"情以物迁,辞以情发",刘勰在《文心雕龙》中即以精粹的语言总结了文学创作的这条客观规律。本曲也正是此类"情景交融"的作品,作者于秋夜之际,乘舟至金陵而下,但见枯杨衰草,西风残照,不禁愁肠滚滚,对酒解怀。醒来后,江水滔滔,波浪汹涌,作者又为眼前之景所震动,尽抛愁怨,豪情满怀,于是慢吹洞箫,凭栏远眺。大江东去,历史也如江水般更迭前行,往昔已灰飞烟灭,想到此,不由搔首自笑,"笑底事敝敝焦焦,便无端攘攘劳劳",人生须称适,何必自寻烦恼?

【原曲】且忙忙的倚画桡,携草屩,登高长啸,大江头水势滔滔。更漫漫的吹洞箫,上小阁,凭栏远眺,乱山边云影迢迢。六朝事业空凭吊,万里乾坤共寂寥,短鬓频搔。

蹊跷,明明吃砒霜枣;求饶,盖棺时再看瞧。

【注释】黄荔〔北双调·新水令〕《鸦片词》。套曲。

【解析】黄荔,时有才名,人称"黄三淡"。这篇套曲猛烈抨击了鸦片对中国人的戕害,作者开始即表明立场,"莽乾坤一块大麼糟,弄得人痰迷心窍"。描写鸦片枪时,"横白玉一枝竹箫,泛珍珠满盏清膏"。以反语表达愤慨之情。随后即直言鸦片的危害,"弄得唇焦,舌焦;尽教的心熬,血熬,百炼金也禁不得洪炉灼耗"。但即使这样,仍有许多人执迷不悟,飞蛾投火。作者以这两组句子警示世人鸦片是害人的砒霜,当盖棺时再求饶为时已晚,如今快快回头。这首曲子对于警醒世人认清鸦片毒物,具有十分深刻的现实意义。

【原曲】也有那好色徒恋娇娆,逢场作戏开摊鸨。尽由他金迷纸醉梦魂劳,还有个酒阑人散心头恼。象这般蛊皿为灾狐媚妖,蜂虿有毒刀藏笑。偏向那迷魂阵认着枪尖咬,全不顾扑灯蛾自惹火来烧。蹊跷,明明吃砒霜枣;求饶,盖棺时再看瞧。

相思欲寄从何寄,画个圈儿替。话在圈儿外心在圈儿里,我密密加圈你须密密知侬意:单圈儿是我,双圈儿是你。整圈儿是团圆,破圈儿是别离,还有那说不尽的相思把一路圈儿圈到底。

【注释】无名氏〔北仙吕·寄生草〕《圈儿信》。

【解析】乍看此曲,不觉惊讶万分,以圈儿倾吐相思衷肠,真是闻所未闻。但随之即被深深感动,情到深处至无言,无论多么优美华丽的辞藻都难以传达内心深处的相思之苦,于是以只有心心相印之人才能理解的各种圈形抒写情志。单圈儿、双圈儿、整圈儿、破圈儿,一圈儿圈到底,构思极为新颖精妙,不禁使人拍案叫绝,而且词句口语化,仿佛双方天涯如咫尺般地在喃喃私语。满纸情意,满纸圆圈,满纸相思泪。

【原曲】相思欲寄从何寄,画个圈儿替。话在圈儿外心在圈儿里,我密密加圈你须密密知侬意:单圈儿是我,双圈儿是你。整圈儿是团圆,破圈儿是别离,还有那说不尽的相思把一路圈儿圈到底。

万山深处松影蔽,涧水潺湲鸟乱啼,看翠竹交加檐际。

【注释】李玉《清忠谱》第三折。

【解析】远远望去那层峦叠嶂的深处,一棵碧松遮天蔽日,山间小溪潺潺流淌,各种鸟儿争相鸣叫,在一片翠竹掩映下的是一幢山间别墅。

【原曲】〔嘉庆子〕万山深处松影蔽,涧水潺湲鸟乱啼,看翠竹交加檐际。过万竹,款柴扉;穿三径,踏苔莓。

不惜身家酬国恩,风波匝地一孤臣。

【注释】李玉《清忠谱》第九折。匝地:遍地。

【解析】不惜牺牲自己的身家性命以报答朝廷的恩德,在这风波四起、昏暗已极的社会中做一个身单势孤的耿介忠臣。周顺昌是《清忠谱》一剧中的一个正面形象。他丝毫不畏惧权势熏天的阉党魏忠贤等人,坚决抵制他们的种种丑行与恶行,终遭陷害。当他被捕捉时,正直善良的民众对他充满同情与敬慕,纷纷歌颂他忠贞耿直的品行。

【原曲】〔哭相思〕不惜身家酬国恩,风波匝地一孤臣。从今痛定还思痛,狼藉衣衫半血痕。

呼天，夜茫茫失曙；呼君，路迢迢难吁；呼亲，形影无寻处！

【注释】李玉《清忠谱》第十二折。

【解析】周顺昌被阉党陷害捉拿，即将其秘密押解进京。其子周茂兰一路追来，希望能找到父亲以寻机解救。他满怀悲苦焦虑又深感身单势孤，不由地悲叹：呼告苍天，夜茫茫没有一丝光亮；求告君王，山长水远难以听到；找寻亲人，又不知身在何方没有个寻处。句子以三“呼”起始，突出了人物急迫、心焦、无助的心情。

【原曲】〔山坡里羊〕呼天，夜茫茫失曙；呼君，路迢迢难吁；呼亲，形影无寻处！气喘吁，踉跄泣路隅。分离不得斯须语，生死无由抚抱呼。身孤，盼亲闱，泪眼枯。舟逋，觅轻帆，望眼模。

百尺冰山今消歇，梦醒邯郸夜。

【注释】李玉《清忠谱》第二十四折。邯郸夜：典出唐传奇《枕中记》。即著名的“黄粱美梦”故事：热衷功名的卢生，在邯郸旅舍借道士吕翁的青瓷枕入睡，在梦中他实现了娶高门女、登进士第、出将入相、子孙满堂等等一切理想。一旦梦中惊醒，身旁的黄粱饭犹未蒸熟。

【解析】《清忠谱》剧终以正义一方得胜，邪恶势力倒台为结局。昔日权势熏天、气焰嚣张的阉党一朝失势便如百尺冰山霎时间倒塌消融，又如一枕黄粱梦醒，已一无所有，显示出巨大的人生空幻感。说明荣名、富贵、权势、权利场上的角逐争夺，就像冰山、美梦一样终将消褪，抛人而去。

【原曲】〔南步步娇〕百尺冰山今消歇，梦醒邯郸夜。我权威难再窃，把这博带峨冠，换得个双双缧绁。你半生枉自拜干爷，此时何处通关节。

万里何愁南共北，两心那论生和死。

【注释】洪昇《长生殿》第一出。

【解析】唐明皇李隆基与杨贵妃的爱情故事历来是文人墨客笔下所喜爱的题材。戏曲《长生殿》将这个故事再次演绎。剧中对“情”这一全剧的核心作了充分的描写和反复渲染，并把故事的结局，写成一方虽死，犹抱痴情，一方虽生，而痛不欲生，共守前盟，因此感动天地鬼神，得以共升仙宫，永久团圆。正所谓一情相系，哪怕远隔万里；两心相依，何论生与死。在这里“情”超越了时空界限，成为一种超自然的神秘而伟大的力量。

【原曲】〔南吕引子·满江红〕今古情场，问谁个真心到底？但果有精诚不散，终成连理。万里何愁南共北，两心那论生和死。笑人间儿女怅缘悭，无情耳。感金石，回天地。昭白日，垂青史。看臣忠子孝，总由情至。先圣不曾删郑、卫，吾侪取义翻宫、徵。借太真外传谱新词，情而已。

愿此生终老温柔，白云不羡仙乡。

【注释】洪昇《长生殿》第二出。

【解析】惟愿此生与所爱的人终日相伴，长相厮守，即便是对天上仙境也没有丝毫羡慕。吴舒凫曰："明皇英主也，非汉成昏庸之比。只因行乐一念，便自愿终老温柔，酿成天宝之祸，末路犹不若汉成。……足为宴安之戒。"唐明皇痴于情经常为后人所感念，然而他"占了情场"，却"驰了朝纲"，几乎葬送了整个大唐。

【原曲】〔大石引子·东风第一支〕端冕中天，垂衣南面，山河一统皇唐。层霄雨露回春，深宫草木齐芳。升平早奏，韶华好，行乐何妨。愿此生终老温柔，白云不羡仙乡。

料非他丹凤衔书，多又恐乌鸦传信。

【注释】洪昇《长生殿》第八出。

【解析】杨贵妃因唐明皇风流无度而大为恼火，与明皇发生激烈冲突，皇帝一时兴起，将其遣送出宫。贵妃出宫后，待心情渐渐平息下来时，又不禁深深地思念起明皇来，盼望能早日还宫。就在此时，远远一个太监骑马而来，她心中一阵惊喜，但更多的却是担忧：只恐送信人带来的并非喜讯（凤凰被认为是一种吉祥之鸟）而是噩耗（乌鸦被认为是不祥之鸟）。

【原曲】〔前腔〕凭高洒泪，遥望九重阍，咫尺里隔红云。叹昨宵还是凤帏人，冀回心重与温存。天乎太忍，未白头先使君恩尽。料非他丹凤衔书，多又恐乌鸦传信。

此情已自费支持，怪杀鹦哥不住向人提。

【注释】洪昇《长生殿》第九出。

【解析】唐明皇一怒之下，将贵妃遣出宫。不久即心生悔意，起初的那一点怒气早已被刻骨的相思所取代。思念之情不断滋长，几乎令他难以承受，可是不懂事的鸟儿却还在不停地提醒他记起往事，让他的心倍受煎熬。

【原曲】〔南吕引子·虞美人〕无端惹起头烦恼，有话将谁告？此情已自费支持，怪杀鹦哥不住向人提。

人散曲终红楼静，半墙残月摇花影。

【注释】洪昇《长生殿》第十四出。

【解析】第十四出题为“偷曲”，杨贵妃创制出一套“霓裳羽衣曲”，明皇惊谓“千古奇音”。此曲创出后，贵妃命乐工每夜于朝元阁中演习。有一李謩慕此新声，遂于宫墙外窃听。此句便是描写“霓散羽衣曲”演奏完毕后李謩的感受。曲终人散，周遭寂静，一弯残月斜映宫墙，墙边花影摇动。在这寂静中，仿佛那乐音仍在空气内流动。白居易在《琵琶行》中描写曲终后的情景是：东船西舫悄无言，唯见江心秋月白”，让人感觉到乐曲余音袅袅，不绝如缕，此句也同样有此功效。

【原曲】〔鹅鸭满渡船〕霓裳天上声，墙外行人听。音节明，宫商正，风内高低应。偷从笛里，写出无余剩。人散曲终红楼静，半墙残月摇花影。

稳稳的宫廷宴安，扰扰的边廷造反。

【注释】洪昇《长生殿》第二十四出。

【解析】正当唐明皇携贵妃在御花园中饮宴时，忽闻惊变：安禄山起兵造反，不日就要攻到长安。一句“稳稳的宫廷宴安”暴露了唐明皇终日沉湎酒色，无心国事。

【原曲】〔南扑灯蛾〕稳稳的宫廷宴安，扰扰的边廷造反。冬冬的鼙鼓喧，腾腾的烽火烟。的溜扑碌臣民儿逃散，黑漫漫乾坤覆翻，磣磕磕社稷摧残，磣磕磕社稷摧残。当不得萧萧飒飒西风送晚，黯黯的一轮落日冷长安。

看云山重叠处，似我乱愁交并。

【注释】洪昇《长生殿》第二十九出。

【解析】这里描写的是唐明皇入蜀后的悲苦心情。安禄山兴兵造反，唐明皇一路西逃，途经马嵬，军中哗变，杨玉环被逼身亡。身遭如此国难情伤，其内心悲苦可想而知。如果说明皇在逃跑途中内心惊惶，还无心伤悲，那么，入蜀后，局势略微稳定，内心稍安，此时痛定思痛，种种痛苦忧愁纷至沓来，齐涌上心头，就好似那云雾缭绕的蜀山，重重叠叠，绵延无尽。

【原曲】〔武陵花〕万里巡行，多少悲凉途路情。看云山重叠处，似我乱愁交并。无边落木响秋声，长空孤雁添悲哽。提起伤心事，泪如倾。回望马嵬坡下，不觉恨填膺。袅袅旗旌，背残日，风摇影。匹马崎岖怎暂停，怎暂停！只见阴云黯淡天昏暝，哀猿断肠，子规叫血，好叫人怕听。兀的不惨杀人也么哥，兀的不苦杀人也么哥！萧条恁生，峨眉山下少人经，冷雨斜风扑面迎。

无边落木响秋声，长空孤雁添悲哽。

【注释】洪昇《长生殿》第二十九出。

【解析】杜甫《登高》诗中有“无边落木萧萧下”之句，此句似化此而来。在瑟瑟秋风中，万木齐凋，落叶漫山，应是一种很悲壮的图景。长空万里，一只孤雁在空中徘徊，间或发出一两声悲鸣。天空的背景是那么阔大，孤雁越发显得弱小，巨大的反差产生强烈的悲怆感。

【原曲】见“看云山重叠处，似我乱愁交并”句。

一恸空山寂，铃声相应，阁道崚嶒，似我回肠恨怎平！

【注释】洪昇《长生殿》第二十九出。

【解析】这一出标题为“闻铃”，写唐明皇夜行遇雨，遂登剑阁避雨。夜雨冰凉，淅淅沥沥的雨声和着檐前的铃声，好不凄惨，不由地勾起了明皇内心的愁绪，而痛哭失声。在寂寂的空山中，凄切的哭声与铃声相应，闻者凄然欲绝。唐明皇更以崚嶒的阁道比己之愁肠百结，更觉哀婉动人。

【原曲】〔前腔〕淅淅零零，一片凄然心暗惊。遥听隔山隔树，战合风雨，高响低鸣。一点一滴又一声，一点一滴又一声，和愁人血泪交相迸。对这伤情处，转自忆荒茔。白杨萧萧雨纵横，此际孤魂凄冷。鬼火光寒，草间湿乱萤。只悔仓皇负了卿，负了卿！我独在人间，委实的不愿生。语娉婷，相将早晚伴幽冥。一恸空山寂，铃声相应，阁道崚嶒，似我回肠恨怎平！

今夕徒然愧悔生，泉路茫茫隔上清。

【注释】洪昇《长生殿》第三十出。

【解析】杨玉环身死化为鬼魂后对唐明皇仍不能忘情，她深深愧悔自己生前的行为断送掉了爱情，如今生死两相隔，人间地下难相见，真是追悔莫及。但由此我们也不能不为杨李这种生死相恋、忠贞不二的真情所感动。

【原曲】〔前腔〕业障萦，夙慧轻。今夕徒然愧悔生，泉路茫茫隔上清。说起伤情，说起伤情，只落得千秋恨成。

弛了朝纲，占了情场，百支支写不了风流帐。

【注释】洪昇《长生殿》第三十八出。

【解析】这里写的是唐明皇自从得遇杨玉环后，便终日沉溺于温柔乡之内，他获得了甜蜜的爱情，情场得意，却荒废了朝政。作者对唐明皇深于情持肯定态度，但对其忘记自己的身份责任，昏愦误国也不无贬抑。

【原曲】〔转调货郎儿．四转〕那君王看承得似明珠没两，镇日里高擎在掌。赛过那汉宫飞燕倚新妆，可正是玉楼中巢翡翠，金殿上锁着鸳鸯，宵偎昼傍。直弄得个伶俐的官家颠不剌、懵不剌，撇不下心儿上。弛了朝纲，占了情场，百支支写不了风流帐。行厮并，坐厮当。双，赤紧的倚了御床，博得个月夜花朝同受享。

一个愁人有谁偢采，已自消难受，那堪墙外，又推将这轮明月来。

【注释】洪昇《长生殿》第四十一出。偢(chǒu)：同“瞅”。

【解析】“月”在中国古典文学中具有极强的表现力。又因其多出现于描写思妇游子的作品中，因而就为其平添了一种幽怨的色彩。在这里，唐明皇在叛乱平定后重回到宫中，池苑依旧，但香魂已陨，真正是物是人非。在寂静的深夜里，他独自坐在宫中，想起爱人，愁肠百转。他说自己一个人在这里伤心饮泣没人理睬，这愁苦本来已难堪，却又有那恼人的月悄悄移进墙内，更平添了许多愁。

【原曲】〔摊破金字令〕黄昏近也，庭院凝微霭，清宵静也，钟漏沉虚籁。一个愁人有谁偢采，已自消难受，那堪墙外，又推将这轮明月来。寂寂照空阶，凄凄浸碧苔。独步增哀，双泪频揩，千思万量没布摆。

梅开有信，人去越遥；凭栏凝眺，把盈盈秋水，酸风冻了。

【注释】孔尚任《桃花扇》第二十三出。酸风：刺眼的冷风。

【解析】唐代诗人王维在其《杂诗·其二》中写道：“君自故乡来，应知故乡事。来曰绮窗前，寒梅著花未？”诗中询问寒梅是否著花这一富有象征意义的事情来表达漂泊异乡的游子对故乡的殷切怀念。那么，现在梅花就要绽放，而游子却仍在外漂泊；我(指思妇)在家中盼你回来，终日登楼依栏远眺，那刺眼的冷风似乎都快把我秋水般的眼睛冻坏了。《桃花扇》描写了一对情人(侯方域与李香君)在乱世里分合聚离的爱情经历，这里就是描写李香君对避祸他乡的侯方域的深深思念。

【原曲】〔沉醉东风〕记得一霎时娇歌兴扫，半储备里浓雨情抛；从桃叶渡头寻，向燕子矶边找，乱云山风高雁杳。那知道梅开有信，人去越遥；凭栏凝眺，把盈盈秋水，酸风冻了。

一朵朵伤情，春风懒笑；一片片消魂，流水愁漂。

【注释】孔尚任《桃花扇》第二十三出。

【解析】奸人田仰倚势欲强霸香君。香君至死不从，用与侯生定情之诗扇自卫，致使血溅扇扉，后其友人杨龙友就着扇上的血点而敷演成一桃花扇，香君看着那扇上桃花不由暗自点头，想那桃花正如自己薄命：一朵朵凄然伤心，虽沐春风犹难展颜，一片片肠断魂消，便掷流水亦悲滞难漂。正是愁眼人看花花也愁。

【原曲】〔锦上花〕一朵朵伤情，春风懒笑；一片片消魂，流水愁漂。摘的下娇色，天然蘸好；便妙手徐熙，怎能画到。樱唇上调朱，莲腮上临稿，写意儿几笔红桃。补衬些翠枝青叶，分外夭夭，薄命人写了一幅桃花照。

干儿义子重新用，绝不了魏家种。

【注释】孔尚任《桃花扇》第二十四出。

【解析】这一出戏标题为“骂筵”，写香君痛斥奸人，奸人马士英、阮大铖本是阉党谬种，魏忠贤的干儿义子，魏忠贤败落后，他们又迅速转舵，改头换面摇身成了南明小朝廷的重臣权要。在一次筵会上，李香君不畏强权，怒斥其卑劣行径。显示了香君的铮铮铁骨，直令须眉汗颜。

【原曲】〔玉交枝〕东林伯仲，俺青楼皆知敬重。干儿义子重新用，绝不了魏家种。冰肌雪肠原自同，铁石心腹何愁冻。吐不尽鹃血满胸，吐不尽鹃血满胸。

知情只有闲莺燕，尽着狂，尽着颠，问着他一双双不会传言。

【注释】孔尚任《桃花扇》第二十八出。

【解析】侯方域兴冲冲地来访香君，以为久别重逢，不知如何惊喜，不意人去楼已空。空院寂寂，无人可问讯，知情的恐怕只有那些悠闲自得的莺莺燕燕，可它们只知飞来飞去，向它们打听，它们也不会言语。人物的失望惆怅跃然纸上。

【原曲】〔雁过声〕萧然，美人去远，重门锁，云山万千。知情只有闲莺燕，尽着狂，尽着颠，问着他一双双不会传言。熬煎，才待转，嫩花枝靠着疏篱颤。帘栊响，似有个人略喘。

残军留废垒，瘦马卧空壕；村郭萧条，城对着夕阳道。

【注释】孔尚任《桃花扇》续四十出。

【解析】这里描写的是战乱刚刚结束后的惨淡景象：残军废垒，瘦马空壕，孤村夕照，一派凄凉。

【原曲】〔哀江南·北新水令〕山松野草带花挑，猛抬头秣陵重到。残军留废垒，瘦马卧空壕；村郭萧条，城对着夕阳道。

野火频烧，护墓长楸多半焦。山羊群跑，守陵阿监几时逃。鸽翎蝠粪满堂抛，枯枝败叶当阶罩；谁祭扫，牧儿打碎龙碑帽。

【注释】孔尚任《桃花扇》续四十出。

【解析】这支曲子是对明孝陵的凭吊。昔日庄严神圣的皇陵，如今却是野火频烧，那些护墓的大树多半都被烧焦了。守陵的太监不知何时跑掉了，没人看守，以致羊群在墓地里乱跑。陵内到处都是鸟羽兽粪，陵外满地枯枝败叶。既无人奠祭亦无人打扫，甚至墓碑都已被淘气的牧童打坏了。

【原曲】野火频烧，护墓长楸多半焦。山羊群跑，守陵阿监几时逃。鸽翎蝠粪满堂抛，枯枝败叶当阶罩；谁祭扫，牧儿打碎龙碑帽。

白鸟飘飘，绿水滔滔，嫩黄花有些蝶飞，新红叶无个人瞧。

【注释】孔尚任《桃花扇》续四十出。

【解析】这里描写的是战乱后的江南秦淮萧条衰败的情景。当年最为繁华，最为热闹的秦淮两岸，如今却是笙箫已绝，人踪杳杳。清风依旧，旧景还在，欢乐的人儿却已了无踪影。

【原曲】〔哀江南·折桂令〕问秦淮旧日窗寮，破纸迎风，坏槛当潮，目断魂消。当年粉黛，何处笙箫。罢灯船端阳不闹，收酒旗重九无聊。白鸟飘飘，绿水滔滔，嫩黄花有些蝶飞，新红叶无个人瞧。

好时光，都酝做一天愁，簇在两眉上。

【注释】方成培《雷峰塔》第十一出。

【解析】《雷峰塔》讲述的是一段人妖相恋的爱情故事。蛇仙白素珍为人间春色所动，遂往凡间。路遇许宣，成就一段奇缘。在第十一出里，讲述的是白娘子盗用官银，不慎连累许宣，许宣不得已远避姑苏。这里便表现了许宣此时的烦闷心情，大好春光，本该欢欢喜喜，可在他这里却都酿成万千愁思，终日愁眉不展。这里运用人物心理与外部环境所形成的巨大反差来突出强调其内心的郁闷。

【原曲】〔双调·北新水令〕一簇红楼压女墙，映东风绿杨轻扬，撩人教我如何向？好时光，都酝做一天愁，簇在两眉上。

好事从来由错误。刘、阮非差，怎入天台路。

【注释】李渔《风筝误》第一出。刘、阮二句：民间传说东汉时刘晨和阮肇在汉明帝永平年间（公元58—75年）入天台山采药，因一时迷路而得遇二仙女，遂结成眷属，居半年方回家，后复寻仙女，终不可再得。

【解析】好事（这里指男女情事）往往是由一连串的错误所引发的，刘晨和阮肇如果不是因为迷路，又怎会得遇仙女成就奇缘呢？此剧名为《风筝误》，全部情节便是由一个“误”字展开，故作者以此言开篇。误会与巧合也正是明清戏曲中惯常的表现手法。

【原曲】〔蝶恋花〕好事从来由错误。刘、阮非差，怎入天台路。若要认真才下步，反因稳极成颠仆。更是婚姻拿不住。欲得娇娃，偏娶强颜妇。横竖总来由定数，迷人何用求全悟。

条目拼音索引

A

ai

an

ao

B

ba

ban

bai

bei

bi

bian

bu

C

cai

can

cang

cao

cha

chai

chang

chao

chen

cheng

chi

chong

chou

chu

chuan

chuang

chui

chun

ci

cong

cui

D

da

dai

dan

dang

dao

deng

di

duan

dui

duo

E

e

er

F

fan

fang

fen

feng

fu

G

gan

gang

gao

ge

geng

gong

gu

guan

guang

gui

guo

H

hai

han

hao

he

hei

hen

hong

hou

hu

hua

huai

huan

huang

hui

hun

huo

J

ji

jia

jian

jiang

jiao

jie

jin

jing

jiu

juan

jue

jun

K

kai

kan

kang

ke

kong

ku

kua

kuang

L

lai

lan

lang

le

lei

leng

li

lian

liang

liao

lie

lin

ling

liu

lou

lu

lü

luan

lun

luo

M

ma

mai

man

mei

men

meng

mi

ming

mo

mu

N

na

nan

nao

neng

ni

ning

niu

nong

P

pa

pan

pei

peng

pian

pin

ping

po

Q

qi

qia

qian

qiang

qiao

qin

qing

qiong

qiu

qu

R

ren

ri

rong

rou

ru

ruan

ruo

S

sa

san

sha

shan

shou

shu

shuai

shui

si

song

suan

sui

T

ta

tai

tan

tang

tao

tou

tui

tun

tuo

W

wan

wang

wei

wen

wo

wu

X

xi

xia

xian

xiang

xiao

xie

xin

xing

xiu

xu

xue

xun

Y

yan

yang

yao

ye

yi

yin

ying

yong

you

yu

yuan

yue

yun

Z

zan

zao

ze

zen

zhai

zhan

zhang

zhe

zhen

zheng

zhi

zou

zui

zun

zuo